梨花雪後 中

東籬菊隱 著
游素蘭 繪

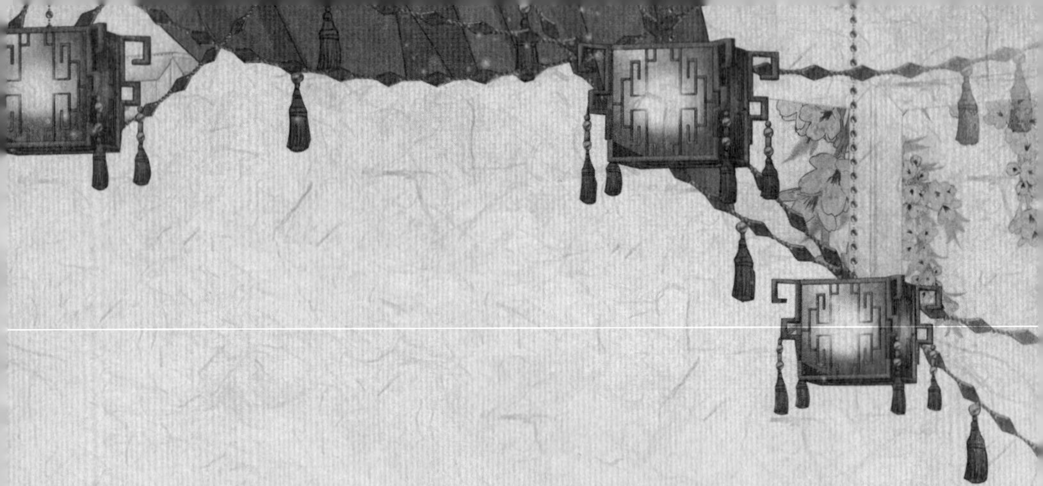

目次

壹之章　危機暗伏

下午拓跋元衡讓人傳旨讓她一個人去護國寺，辛情點頭，她還真是想一個人去呢。本來是換好了禮服，可是想了想，既然拓跋元衡不跟她一起去，她還大張旗鼓幹什麼，便換了輕便常服，也不施脂粉，只帶了幾名侍衛和馮保便往護國寺來了。

因為是大年初一，護國寺對百姓開放，所以來上香參觀的人特別多，摩肩接踵。辛情到了正殿，頭一次虔誠地上了香，祈求菩薩保佑魚兒平安，祈求老爹九泉安心。

燒完了香，忽然想起馮保說的供養菩薩之事，便往後山石窟來了。到了石窟發現來看的百姓更多，在一處看起來極新的石窟外更是圍得人山人海。

「這是看什麼呢？」辛情問馮保，馮保忙過去也看了看，回來笑著小聲對辛情說道：「娘娘，是皇上和娘娘的供養畫像。」

「哦，好看嗎？」辛情笑著問道。

「是，還請娘娘移步一瞧。」

辛情點點頭也往這石窟外來了。石窟被鐵護欄圍著，還有沙彌把守，不過因為石窟巨大，裡面還是看得清楚的。石窟穹頂和四壁都是顏色鮮豔的繪畫，她和拓跋元衡的畫像不在穹頂，而是正對著石窟洞口的一面。雖然前面是巨大的菩薩蓮花座像，不過偏一點位置還是看得清清楚楚的，那日畫卷上的空白如今已被亭臺樓閣山水花樹補全了，看起來和諧許多。

以前對著拓跋元衡沒發現什麼，今日站在他們的畫像前，辛情才發現，她和拓跋元衡的表情還真有點像，都是似笑非笑的樣子，看起來便像是兩人在做戲一樣。辛情無聲地笑了，心裡佩服畫師的水準。

忽然感覺有人對她指指點點，辛情眼睛一掃，發現很多人看看她又去看看畫像再看她，然後和旁邊的人小聲嘀嘀咕咕。辛情笑了笑，自己也看看畫像，然後擺出和畫像中一樣的表情，果然人們的臉上都露出了訝異的神色，瞪大了眼睛看她，似乎她是從畫上走下來的妖怪。

「馮保，走吧！」她怕發生踩踏事件。

「是，娘娘。」馮保說道，那十幾名便衣侍衛早將她護住了。

轉了身在護衛的保護下慢慢前行，背後傳來聲音：「那位是不是畫像中的娘娘？」然後就有人說「是」，也有人說「不是」，不過人群倒是漸漸圍過來了。辛情笑眯眯地，忽然有了當明星的感覺，只是不知道這裡的人會不會向她要簽名。

「娘娘小心。」馮保有些急，侍衛們更加小心，但是這個小圈子還是越來越小。

辛情想笑，她今天要是被踩成照片，就可以直接貼到石窟裡了。正想著，辛情覺得自己飛了起來，腰被一隻胳膊緊緊地圈著。

「蘇豫！」辛情小聲叫道，從他懷裡望出去，十幾名侍衛施展輕功踏過人群緊隨其後。

「小心！」蘇豫說道。

「嗯。」辛情說道。一路出了護國寺，來到一處幽靜的林中，地上、樹上都是未融的雪。追過來的侍衛們在不遠處小心地盯著蘇豫，卻不敢輕舉妄動。

「這麼冒失可不像你。怎麼到這兒來了？這麼久沒見，你還好吧？」辛情笑著看蘇豫，他一襲白衣，比南宮行雲的白衣多了分溫暖，不過看起來比在溫泉宮的時候蒼白了些。

「妳不想見見魚兒嗎？」蘇豫問道。

辛情抬頭看天，「有你照顧她，我放心。我見了她，只會讓她倒楣，還是不見了。」

「辛情，妳在玩火自焚。」蘇豫的聲音裡有一絲焦急。

「不，我喜歡玩火，但是不喜歡自焚，你放心好了。」辛情笑著說道。

「我帶妳走！」

辛情搖頭，看了看遠處，「看到那些人了嗎？他們剛才不過一時大意讓你得了手，真要動手，恐怕你打不過……而且還有我這個累贅呢！這樣吧，如果明年的今天我還活著，你再來帶我走，可以嗎？」

「辛情，妳為什麼這麼固執？」蘇豫看著她，眼神裡是不解。

「每個人都有自己想珍惜的東西，於我，最珍貴的是水越城的那盞燈。很小的時候我就發過誓，如果有一天幸福降臨到我身上，就算拚了命我也不會讓它從我手中溜走，現在都沒有了，燈滅人亡……」辛情又抬頭看天，「我上輩子一定是做多了壞事，這輩子要還清才行。我習慣了，不用擔心，好了，時候也差不多，我也該回去了。」

轉身要走，蘇豫叫住她，「明年的這個時候，我來帶妳走。」

辛情沒轉身，「你一定要小心，活到明年的今天。」

「好！」蘇豫答應道。

辛情走向那十幾個侍衛，「誰敢對他動手，我就殺他全家。」

回到皇宮的時候，拓跋元衡鐵青著臉在鳳凰殿等她，辛情冷笑，這消息傳得還真是快。

「這是怎麼了，皇上？」辛情問道，結果一把被拓跋元衡抓住手腕。

「那個男人是誰？」拓跋元衡一臉陰冷。

「那個？」辛情笑了，「難道沒人告訴您那個男人是誰嗎？」

「說！」拓跋元衡用了力，辛情皺皺眉頭。

「您抓疼臣妾了。」辛情故意撒嬌。這混蛋和她揣著明白裝什麼糊塗？都知道有個男人了，會不知道那男人是誰？鬼才信！

「那個男人是誰？」拓跋元衡瞇著的眼睛裡，辛情看到了火光和陰狠。

「您覺得是誰？」辛情笑著問道。

「不管是誰，朕會殺了他。」拓跋元衡的口氣陰狠。

「殺他？」辛情瞪大眼睛看拓跋元衡。

「捨不得？」拓跋元衡湊近她，就差鼻尖碰到鼻尖了。

「當然。」辛情點頭說道，然後發現自己的脖子被扼住了。

「放肆，真以為朕捨不得殺妳？」拓跋元衡的手在用力。

辛情有些喘不過氣，便冷笑看著拓跋元衡。

等他鬆開手，辛情摸著脖子猛喘氣，心裡怨念，為什麼她都是美女了還要被禽獸們這麼對待？穿越重新為人，已經有兩次差點被人掐死了。

「還不捨得？」拓跋元衡又問道。

辛情點頭。

拓跋元衡額頭上青筋暴起，拳頭握得關節發白。辛情便笑了，笑得開心放肆。

「辛情，早晚有一天妳會逼得朕殺了妳。」拓跋元衡看著她，聲音冰冷。

「我知道，膩了、夠了就會殺我了。」

「最好不要將朕的話當成耳邊風。」

「臣妾記住了。」辛情笑著說道：「只不過，皇上為什麼要殺我哥哥？」

拓跋元衡瞇了眼睛，「編個好點的理由給朕。」

辛情笑了，「人真是奇怪，往往把真話當成假話聽。您若不信，臣妾也無話可說了。」

「哥哥？」拓跋元衡似乎虐待她上了癮，又抓起她的手腕，「情哥哥？」

辛情愣了一下，笑了，「是啊，情哥哥。如果我沒有被裝進棺材運來，我早就嫁給他，也許已經生了兩個孩子，一家人其樂融融了。」辛情的臉上做出嚮往的表情，忽然覺得胳膊肘一痛，原來是被拓跋元衡推倒在地毯上，胳膊肘著地，硬生生地疼了起來。

「辛情，朕改變主意了。」拓跋元衡俯身對著她的臉。

「您不殺他了？」辛情微扯嘴角。

「對，朕不殺他，朕要他看著妳和朕以及皇子們如何其樂融融。」拓跋元衡捏起她的下巴，「賭約取消，朕要讓妳儘快誕育皇子。」

「不守約定非君子。」辛情瞇眼看他。

「朕從來都不是君子。」拓跋元衡說道，然後起身往外走。

辛情看著他的身影，有些著急，弄巧成拙了！

「我沒騙你，他是我哥哥。」辛情急忙說道。拓跋元衡的腳步停了停，然後陰陰地笑了說道：「是妳哥哥更好，國舅一定也希望妳儘快誕育皇子。」怒氣沖沖地走了。

辛情坐在地毯上揉著胳膊，她又惹毛拓跋元衡了，看來日子消停不了了。怎麼辦？告訴他事實？可是她總覺得他知道的，那現在這是唱哪齣？

誕育皇子？拓跋元衡看來是吃了秤砣要把她一輩子困死在他身邊了，還要「其樂融融」。辛情笑了，他們在一起其樂融融的樣子還真是讓人無法想像，如果他們其樂融融了，她得被多少人詛咒？估計到時候都可以拍一個後宮版的《咒怨》了。

本來以為至少可以拖幾個月，但是現在看來沒有可能了，她的仇人們還恣意地過著尊貴的生活，若她真的懷孕，拓跋元衡勢必會讓皇后重掌後宮，那麼她辛苦換掉的人、安插的人就會被換掉，她的心血就白費了。這個未知的胎兒會給她帶來麻煩。辛情呆呆地坐了許久，直到天黑透，馮保過來說該傳晚膳了辛情才回過神。

用過晚膳正在沐浴，一聲「皇上駕到」把辛情嚇了一個激靈。她以前不怕的，可是今天她怕，她怕拓跋元衡。迅速起身抓起宮女手中的衣服胡亂地穿上，辛情來到殿門口，拓跋元衡剛剛邁進殿門，看到她便邪邪地笑了。
「皇上。」辛情低了頭，今天拓跋元衡看她的眼神很嚇人。
「嗯！」拓跋元衡答應了，一把抱過她，「洗了澡不穿暖會著涼，朕可是會心疼的。」
「謝皇上！」辛情的手竟然有些發抖。
「冷了？」拓跋元衡讓宮女拿了巾帕，抱著辛情在榻上坐了，親自幫她擦頭髮。
「皇上今天沒有宴請群臣？」大年初一，按例不是王公貴族們陪他大吃大喝，拉近感情的時候嗎？
「比較起來，朕以為皇子比較重要，愛妃認為呢？」
「皇上的話總是對的。」辛情笑著說道，覺得自己的臉皮處於硬化狀態。
「妳害怕了？」拓跋元衡握住她的手，笑了，「為朕誕育皇子是多少女人夢寐以求的，愛妃該高興才是。」
辛情沒言語。
「天也不早了，早些安寢吧！」拓跋元衡說道，辛情扯了個生硬的笑。
接下來的半個月，拓跋元衡夜夜宿在鳳凰殿，辛情心中的不安也慢慢擴大。這些天，拓跋元衡總是對她邪笑，更是隔三差五傳太醫給她開各種補藥，而且還看著她喝下去，想把藥倒掉根本不可能。辛情漸漸平靜下來，反過來想，這個孩子應該會幫她的忙才對。這樣想，她稍稍放了心，可是偶爾摸摸自己的肚子，她的心會微微抽痛——她又要失去一個孩子了嗎？如果是這樣，恐怕她這一輩子都沒有機會做媽媽了。她很想有一個和自己血脈相連的人陪著，對她來說最親近的就是孩子，即使這個孩子是拓跋元衡的，她現在還是很想留下他，可是如果留下他，就代表著她對拓跋元衡的妥協，一輩子提心吊膽的日子。
這天辛情剛喝過藥歇著，馮保又跪地謝恩。

「謝什麼恩？」辛情問道。

「娘娘為老奴尋得家人，為老奴的侄子捐得前程，這份恩德老奴無以為報，唯誓死效忠娘娘。」

「這事啊？」辛情微微笑了，「以後有機會你也回鄉修個橋造個路什麼的，流芳百世。」

「老奴謝娘娘恩典。」馮保的聲音有些激動。

「怎麼謝？」辛情抬抬眼睛看他，微微一笑，「不如，你幫我報仇如何？」

馮保一震，「老奴願為娘娘赴湯蹈火。」

「沒那麼嚴重，你只要告訴我是誰要殺我們父女三人就可以了。」辛情仍然笑著。

「娘娘，老奴實在不知。」

「是嗎？真的不知道？馮保，你在宮裡混了這麼多年，一定也知道官場上變幻莫測，一個不小心可能就是滅族之罪滿門抄斬。你侄子的事你以後上心些，若是有什麼人找他麻煩你來找我，看在你的面上我會盡力保他，不過……」辛情頓了頓，「不過，你若對不起我，你就自己想辦法吧！」

「娘娘，老奴真的是不知道！娘娘如此厚待老奴，老奴若知道一定會告訴娘娘！」

「馮保，你還記得升蘭殿嗎？那個人臨死還瞪著眼睛恨不得殺我，若不是你一刀了結了他，我恐怕早已身首異處了。」辛情看著馮保。

「保護娘娘是老奴職責所在。」

「唉，非得讓我跟你繞來繞去地說？」辛情冷冷一笑，「保護我？還是趁亂殺我？」

「老奴從無此心！」

「是嗎？那你為何要我出升蘭殿找死？為何我說留活口，你卻當著我的面殺一個沒有還手能力的人？」

「當時情況危急，老奴只惦念娘娘的安危，一時顧慮不周，請娘娘見諒！」

「果然是混了多年的人了，兵來將擋水來土掩啊，說辭一套一套的！不過，馮保，我勸你想清楚站在哪一邊，否則等娘娘我一旦懷了龍種，我可沒心情再來跟你說話了，到時候要多少忠心的人沒有？」辛情笑著說道。

馮保靜默不語。

「其實你已經想清楚了是不是？你看，前些日子我召見盧院判和長秋殿太監的事你都沒去告訴你主子。我說要幫你尋找家人的時候，你應該也會想到我會問你這樣的話吧？既然已經做了決定，就別扭扭捏捏，在這後宮裡換主子投靠沒什麼可恥的，你也不必跟我惺惺作態。等哪天我沒了權勢，你再去投靠新主子也不必心有愧疚。我之所以現在跟你說，就是想看看你要效忠的人還有什麼本事。現在皇后無權，後宮在我手裡，而你，要麼成為我的幫手，要麼成為我的敵人，你自己選吧！」辛情仍舊笑著，「等這炷香燒完了你便告訴我，否則，我可不擔保你侄子明天會不會人頭落地。」

一炷香的時間之後，馮保擦了擦額頭的冷汗，鄭重其事地伏地磕頭，辛情便微微笑了，「那麼，以後我們就是最好的主僕了？呵呵，起來吧，我還有事問你。」

「娘娘請問，老奴一定知無不言。」

「馮保，在這後宮中有什麼禁忌？那要殺我的人又是誰？」

馮保一震，「娘娘為何這樣問？」

「本娘娘要誕育皇子，對我來說可是性命攸關的事，自然要特別小心，如果有什麼禁忌本娘娘還是要提前防備些的好，你說呢？」

「娘娘言之有理，不過依老奴看，皇上對這個皇子極其重視，後宮是不敢對娘娘怎麼樣的，還請娘娘寬心。」

「以防萬一，本娘娘在這後宮裡太招人恨了，拿我沒辦法，保不齊就有人要算計我的皇子了。」辛情說道：「你在宮中的時日久了，自然知道有什麼禁忌，告訴我，幫我防著些。」

「是，老奴明白了。」

辛情遣出宮女太監們，只留下馮保安靜地說話。

拓跋元衡來的時候，辛情用過晚膳，正在沐浴。

「愛妃看起來心情不錯。」拓跋元衡撩開紗簾進來了。

「皇上您看起來心情也好得很。」辛情說道，氤氳的水汽在她周圍瀰漫著。

「只要妳這個妖精乖一些，朕的心情就會很好。」

「臣妾這些日子不乖嗎？」辛情往水裡縮了縮，下巴藏進水裡，水氣在她的睫毛上凝聚成小水滴。

「乖？」拓跋元衡又邪邪地笑了，「愛妃若是以後也這麼乖就好了。」

「是，臣妾明白了，臣妾會努力把左昭儀的性子好好學學。雖然不能盡得神髓，學個皮毛也好。」

「哦？怎麼忽然想明白了？」拓跋元衡來到桶邊看著她。

「皇上讓臣妾誕育皇子，要做母親了，臣妾想還是收斂一下的好，可不能把這個壞脾氣教給皇子。」

「真心？」拓跋元衡瞇著眼睛看她，彎腰用手指肚劃過她的臉。

「當然是真心。既然沒有辦法改變命運，那麼就改變我自己，這樣才能活得安全一點，您說呢？」

「識時務的聰明小貓，所以朕才寵妳。」拓跋元衡笑著說道。

辛情便笑了。

快到二月，左昭儀的的肚子快九個月了，常常睡不安穩，拓跋元衡便時常夜宿翔鸞殿。

這天過了子時，鳳凰殿值夜的宮女們正在低著頭打瞌睡，忽然被一道白白的身影嚇醒，瞪大眼睛看，是她們的右昭儀眼睛發直、神情呆滯地往外走，動作輕得像鬼。幾名宮女忙拉住她，她才驚醒了一樣，看看宮女，臉上現出迷茫的神色。
「拉我幹什麼？」
「娘娘，您剛才要往殿外走，所以奴婢們才……」
「說什麼胡話？好好的，死冷寒天，大半夜的我出去幹嘛？又不是瘋了。」辛情皺眉說道。
「娘娘，奴婢沒有說謊，請娘娘明察。」宮女忙說道。
辛情摸摸額頭，也是一頭霧水的樣子，「也許本娘娘有夜遊症，得了，睡吧！」辛情晃晃悠悠地走回去睡覺了，宮女們這才鬆了口氣。
第二天早上宮女們忙和馮保說了，馮保忙跑過來給辛情請安。
「娘娘，老奴聽說昨天晚上娘娘有些不適，老奴這就傳太醫來。」
「沒什麼不適，可能是最近太累了睡不好，夢做多了就犯夜遊症了。」
「娘娘，老奴看還是讓太醫看看的好！」
「好啊，看看也沒什麼壞處。」辛情笑著對馮保說道，馮保也微微一笑，讓太監傳太醫去了。
等太醫來了，望聞問切了一陣子也沒看出個什麼子丑寅卯，還是馮保說「娘娘是否是太累所致？」，太醫們才點頭稱是，開了些寧神靜心的藥。
太醫走了，宮女們熬好了藥，辛情卻不喝，囑咐了馮保幾句，馮保命人把藥端走了。
「娘娘，這樣妥當嗎？」馮保小聲問道。
「本娘娘要誕育皇子，服了藥可能會對將來的皇子有影響，明白嗎？」
「是，老奴明白了。」
「左昭儀的胎還好吧？聽說最近睡不著？」辛情狀似無意地喝茶。
「回娘娘，老奴昨兒問過翔鸞殿張元，說是自皇上去了，左昭儀已好多了，半夜不常驚醒了。」

「左昭儀怕是擔心胎兒，所以夜不能寐吧。」

「娘娘，老奴聽張元的意思，怕是左昭儀……不是擔心上得的毛病呢！」

「別管怎麼說，皇上在那兒的時候不就沒事了？可見帝王之氣還是管用的。」辛情笑著說道。

「娘娘說的是！」

「哦，對了，太后和皇后最近還好吧？最近忙於後宮的事務，都少去給兩位請安了。馮保，明兒本娘娘要去給兩位請安。」

「是，娘娘！」馮保躬身答應。

用過早膳吩咐了幾件前些日子沒有辦的事，辛情收拾停當便往慈壽殿來了。其時許多妃子們都已請完安回去了，慈壽殿裡只有許久不見的赫連和賀蘭兩個人陪著太后說話。她進來了，赫連和賀蘭忙向她請了安，侍立一邊不敢坐。

「臣妾給太后請安，這些日子忙了些，沒來向娘娘請安，還請太后恕罪。」辛情行了禮說道。

「皇后身子不好，這後宮裡自然妳要多受累，哀家是知道的。」太后老太婆看著她，一副端莊的樣子。

「臣妾謝太后體諒！」辛情笑著說道，又看看赫連和賀蘭，「還好，還有兩位來陪太后說說話。」

「臣妾分內的事，右昭儀娘娘。」賀蘭說道。赫連沒言語，只是低了頭，輕輕哼了一聲。

「以後兩位還要多費心哪。」辛情說道，然後向太后福了福，「太后，臣妾還要去顯陽殿請安，這就先告退了。」

「去吧！」太后微微點頭。

「恭送右昭儀娘娘！」賀蘭說道，赫連只是做了動作，也不說話。辛情媚笑著看她，然後轉身往外走。

剛到了慈壽殿門口，迎面碰到一個人，辛情認得他，是慶王拓跋元緒，他看她的眼神依然放肆。來到她面前，拓跋元緒略略低頭，「臣弟見過娘娘。」

「慶王爺多禮了，一家叔嫂哪有這麼多虛禮！」辛情笑著說道：「王爺快進去吧，母后正等著您呢。」

「是！」拓跋元緒一雙眼睛就沒離開她的臉。

從他身邊走過去幾步，辛情略略偏頭看，果然拓跋元緒在看她的背影，辛情便故意舉袖掩嘴笑了，帶著人往顯陽殿去了，留下一個紅豔豔的背影給慈壽殿。

顯陽殿的氣色果然還不是很好，辛情略略坐了一會兒就走了。

回到鳳凰殿，太極殿的太監帶著太醫正候著呢，說是拓跋元衡的旨意，聽說她昨日不適，傳太醫看看。辛情說太醫瞧過了，不過為了讓皇上放心再瞧瞧也沒什麼，幾位太醫瞧過了也沒看出什麼毛病。

辛情讓馮保拿了賞賜給幾位太醫，太醫們本不想收，可是馮保說右昭儀近些日子恐怕還要多多麻煩太醫，幾位太醫才忐忑不安地收了。

用過午膳，辛情去翔鸞殿看左昭儀，去的時候太醫正給左昭儀看脈，拓跋元衡坐在床邊輕輕拖著左昭儀。辛情便暫時在一邊等著，看左昭儀的肚子，又看左昭儀的臉，那張美如天仙的臉上帶著抑止不住的幸福感，再看拓跋元衡的臉上也是少見的溫柔表情，眼神裡少了陰冷，那一瞬間，辛情覺得他們簡直是天生的一對兒，一個極其強勢的男人和一個雲淡風輕的美人兒，多好的組合。

正想著，太醫已看完了脈，宮女們來抬走了屏風，太醫向拓跋元衡和左昭儀稟報說一切安好，再不到一個月左昭儀便會誕下皇嗣。拓跋元衡臉上露出笑容，大手一揮重賞太醫。

「獨孤姊姊來了，請恕妹妹無禮了。」宮女們扶著左昭儀坐好，拓跋元衡仍然握著她的手不放。

「聽說妳這些日子有些睡不安穩，早就想來看，只是雜事太多，今兒才來，妳可別記怪！」辛情笑著說道：「不過，現在看來妳一切安好，我也就放心了。」

「謝姊姊記掛。」左昭儀微笑著說道。

「別跟她客氣，她現在管著後宮，應該的。」拓跋元衡拍拍左昭儀的手。

「皇上，就因為姊姊現在管著後宮，臣妾才更要謝啊！姊姊每日大事小事忙得很，還惦記著來看臣妾是臣妾的福分。」左昭儀輕聲說道。

「妹妹，妳別客氣。像皇上說的，我應該應分的。」辛情也笑著說道，眼光轉向拓跋元衡，「既然妹妹一切安好，皇上又在這裡，臣妾就告退了。」

「嗯，妳先忙去吧！」

辛情轉身欲走，忽然一副恍然大悟的樣子說道：「臣妾見妹妹安好太高興，連正事都忘了。皇上，臣妾今兒來還有一件事。」

「什麼事非得請示朕的？」

「事關左昭儀當然得請示您了。」辛情笑著接著說道：「皇上，這翔鸞殿雖說不小，可是也不很大，以前住著左昭儀和其他四位妹妹倒也沒什麼，不過臣妾想，皇嗣降生之後這翔鸞殿恐怕就住著不方便了。再說，人多手雜，恐怕對皇嗣也不好，所以臣妾想把其他四位妹妹移宮。」

拓跋元衡在她說這些話的時候一直盯著她看，她說完了，他想了想說道：「難得妳想得周到，就依妳所言。」

「謝謝姊姊。」左昭儀說道。

「剛才皇上不是說了，應該的，妹妹妳好好歇著吧，我這就去安排人收拾了宮殿出來，也好讓四位妹妹搬進去。」

略福了福，辛情轉身出去了，沒看見拓跋元衡若有所思的目光。

出了翔鸞殿的門，辛情想了想，問馮保正德夫人、赫連弘德夫人、賀蘭光猷幾人宮中配殿是否空著，馮保說是，辛情便下了命令，讓翔鸞殿的兩嬪分別入住正德、弘德夫人宮中配殿，兩位世婦搬去賀蘭光猷宮中配殿。馮保領命忙去辦了，選了動遷吉日，四人搬出了翔鸞殿。

這天喝過補藥，辛情躺下歇了會兒，忽然坐起來下床，拿了前幾天讓裁霞院做的嬰兒鞋帽坐在長毛地毯上看。這是那日在翔鸞殿中看到那些可愛的嬰兒服裝忽然興起的念頭，傳令讓裁霞院做的，這兩日送了來，果然精緻可愛。

拿了雙紅色的小虎頭鞋放在手掌上，小小的還沒她的手長，用手指丈量了下，忍不住笑了，「寶寶的腳丫原來可以這麼小！」低頭摸了摸肚子，「寶寶，你在裡面嗎？聽得到媽媽說話嗎？你看，媽媽讓人給你做的鞋子和衣服，好看嗎？你喜不喜歡？如果不喜歡就踢踢媽媽的肚子，媽媽讓她們給你做新的來，好不好？」然後嘆了口氣，「寶寶，你放心，媽媽不會不要你了，所以快點來媽媽這兒吧，媽媽會一輩子疼你愛你陪著你……」然後又拿了那些五顏六色的小衣服，對著自己的肚子自言自語。

「愛妃在幹什麼？」拓跋元衡的聲音傳來，辛情回頭看，拓跋元衡似乎剛進來。

「沒幹什麼，讓裁霞院做了嬰孩的衣服，打算讓人送去給左昭儀呢！」辛情笑著起身說道。

拓跋元衡看看她，從她手裡拿過那件小衣服，「愛妃年內應該也會誕下皇子，這些東西還是留著給皇子用的好，左昭儀那裡有內庫呈上來的。」

「您這麼確定臣妾會誕下皇子？」辛情笑著問道，順勢被拓跋元衡抱在懷裡。

「就算這一胎不是皇子，下一胎、下下一胎總會生出皇子。」

「呵呵，臣妾倒希望生個女兒。」

「為何？」

「公主與皇位無涉，不必過得那麼辛苦，況且女兒貼心。」辛情笑著說道。

「愛妃還是要朕給妳承諾是不是？」拓跋元衡拍拍她的背，「不要逼朕。」

「臣妾說的是真心話。」辛情掙脫他的懷抱，收拾那些小衣服，「臣妾在宮裡這兩年，大多數時候與人勾心鬥角，臣妾不想自己的孩子也過這樣辛苦的日子。若生了皇子，就算您將來讓他繼承皇位怕是也十分辛苦，若不能承襲皇位，為人臣子更辛苦，還要日日夜夜提心吊膽。女兒就不一樣了，金枝玉葉的公主，就算嫁出去也還是高高在上，過些隨心的日子多好。」

拓跋元衡沒言語，只是站在她身後看著她收拾小衣服。

「臣妾知道您不相信。不過沒關係，畢竟能不能誕育皇嗣還是個未知數。」辛情把小衣服放好，剛一轉身又被拓跋元衡抱住。

「現在不像妖精，倒像是賢妻良母了。」拓跋元衡笑著說道：「不過，朕都一樣喜歡。」

「承蒙您的厚愛。」辛情也笑著說道。

「朕相信愛妃定能為朕誕下皇子，這個皇子一定會很優秀，也會像愛妃一樣俊美。」

「那就要看臣妾的福分了。」辛情把臉埋在拓跋元衡胸口前——帶著冷笑。

過了幾日，拓跋元衡下朝到翔鸞殿看過之後便往鳳凰殿來了，進得殿來，見辛情正在桌邊一動也不動地坐著，面前擺著一杯茶，一點熱氣都沒有，看來早涼了。

「愛妃想什麼這麼入神？」拓跋元衡笑著問道。

辛情仍舊紋風不動，只是看著眼前的茶水。

拓跋元衡皺眉，來到桌邊，輕輕拍了辛情一下，辛情才觸電一樣抬頭看他，眼神有點迷茫。

「您來了，怎麼不叫臣妾，還要嚇臣妾。」辛情笑嗔。

「朕叫了，愛妃沒聽見。」拓跋元衡坐下，拉了她坐在膝上，「想什麼，連朕來了都不知道？」

「想什麼？」辛情微微皺了皺眉，然後笑了，「臣妾能想什麼？想皇上，想怎麼算計人啊！」

「這些日子後宮事多，愛妃別太累。」

「您不是說這是臣妾應該應分的嗎？」辛情口氣不滿，「既然是應該的，累死了就理所當然了，您現在這樣子，臣妾實在不能不說您是假慈悲。」

「又挑理。」拓跋元衡捏她的臉，「這後宮是妳自己要管的，反倒怪到朕身上，沒良心的妖精。」

「臣妾可不是自己要管的，誰讓皇后的身體不好，您的寶貝左昭儀又大著肚子呢。」辛情笑著說道：「您不謝臣妾就算了，還說這樣的風涼話，真是讓人寒心。」

「她是朕的寶貝左昭儀，妳這個妖精是朕心尖上的右昭儀，滿意了？」拓跋元衡笑著說道。

「皇上心懷天下，何況區區三千佳麗，可是捧在手心的寶貝卻只有一個。」辛情也笑著。

「妖精！」拓跋元衡笑著。

陸續有各殿的管事來回話，辛情有的當場指示了，有的暫時按下了不提，有的乾脆駁回。拓跋元衡在一邊饒有興趣地看著，時不時看辛情一眼。

好不容易忙過了這一陣，辛情見拓跋元衡還坐著，便一臉不滿地過來了，「您這個皇上當得比臣妾還清閒，真是讓臣妾不舒服。」然後媚笑著坐在他膝上。

「朕比妳聰明，妳呀，事必躬親當然累。」

「臣妾也不想啊，可是也沒個幫手，您的這些娘娘們吃飯穿衣、打牌看戲、吃藥看醫、腹痛經期，就是個雞眼腳氣也不敢當小事，臣妾就是長出千手千臂來伺候恐怕也不夠。除了娘娘，各位娘娘得意的人那都是小主子，哪能得罪啊，都得恭敬伺候著。這小主子得意的就是小小主子，一層層算下來，您瞧瞧得多少事？臣妾有什麼辦法？」辛情把頭放在拓跋元衡的肩頭，雙臂環上他的脖子，「要不，您找人幫臣妾伺候些主子們？」

「這麼算，這宮裡都是主子，只妳一個奴才了？編排！又和朕邀功！」拓跋元衡說道，又看看她，

「盤算好了？有什麼合適的人選？」

「您覺得正德夫人和賀蘭光猷如何？」

拓跋元衡沒言語，然後把她的頭挪到他面前，「算計了皇后，接下來就算計她們了？」

「呵呵，就知道您這麼想，可見臣妾平時做人太失敗了。本來臣妾這一陣子思來想去，為了不讓皇上左右為難，好不容易說服自己安了個冰釋前嫌的心思，誰知道皇上竟是第一個疑心的，臣妾的心可算是扔到冷水裡浸過又冰天雪地裡凍著了。」辛情的嘴角斜斜扯著，以示她在冷笑。

「難得妳竟能有這份心思！」拓跋元衡的口氣明明白白地帶著嘲諷。

「臣妾知道皇上是因為邯鄲的事記恨臣妾，可是皇上，臣妾是迫不得已的。若邯鄲跳下去了，臣妾跳到黃河也洗不清嫌疑，誰能信不是臣妾推她下去的？為了自保，臣妾只好自己跳下去了。早知道讓皇上記恨到現在，臣妾當時說什麼也不會跳的，就等著您還臣妾公道好了，這樣既能顯出您的英明神武，臣妾自己也落個心思單純的好名聲。」

「哼哼，狡辯！強詞奪理！」拓跋元衡冷哼，「為了自保跳下去就夠了，夜明珠不是畫蛇添足？」

辛情笑了，伏在拓跋元衡肩頭輕聲問道：「您知道為什麼嗎？」

「乘勝追擊，徹底打壓正德母女。」

「錯了！」辛情笑著說道：「臣妾小時候住的地方一到了夏天晚上就有很多螢火蟲，有時候會飛到帳子裡，一閃一閃的很好看。後來長大換地方住了，就再也看不到了。臣妾看到您賞的夜明珠時，想起了螢火蟲，可是馮保說夜明珠是珍貴的東西……然後，臣妾……」

「借邯鄲的手，一舉兩得？」拓跋元衡還是冷笑。

「皇上真是英明，原來當初就看出臣妾的小心思了。」辛情說道：「皇上當年知道臣妾的心思，現在反倒不知道了，可見皇上心裡已經認定臣妾是個大大的壞人了，無論安了什麼好心，在您那兒都得反著想了。唉，算了算了，這事您就當臣妾沒提過吧，臣妾本就是勞碌命，繼續吃苦受累著吧！」

「編個理由給朕聽聽，若編得圓滿，朕就答應，不圓滿，愛妃妳就接著受累吧！」拓跋元衡笑著說道。

辛情笑了，清清喉嚨：「那臣妾可就編了，您可仔細聽了。皇上，知道您不信所以臣妾也就不浪費時間說那『家和萬事興』的虛話了，臣妾剛才說為了皇上不左右為難卻是真話，不過，呵呵，臣妾可不是心疼皇上您，臣妾純粹是為了自己著想的，只是說得冠冕堂皇罷了。本指望著哄您龍顏大悅，可惜，又打錯算盤了。」

「就知道妳沒這個好心思。」

「不管有沒有，若臣妾和正德、賀蘭冰釋前嫌，您難道就一點好處都沒有？正德是五皇子和邯鄲的母親，皇上的舊愛，情分自然比一般女人深厚許多，可是為了臣妾這個新歡卻不得不作出冷落舊愛的姿態，這長久不能親近，皇上心裡怕是要怨臣妾了。賀蘭就更不用說了，前兩年還是含苞待放，現在可是怒放的好時候呢，又為了新歡只能遠觀不能褻玩，皇上心裡的這把火怕是熊熊燃燒吧？」辛情笑著摸摸拓跋元衡的心臟，「皇上心跳得這麼快，定是被臣妾說中了是不是？呵呵，臣妾與她們和解了，皇上就不必顧慮新歡的妒意，可以放心去親近美人了，對於臣妾來說呢，以後在宮裡就少了兩個強勁的對手，睡覺也安穩些。再說，她們兩人可都是太后娘娘面前的紅人，臣妾與她們結交正好巴結太后娘娘，若是有了太后這座靠山，臣妾在宮裡還怕誰呀？」

「果然不安好心。」拓跋元衡捏她的臉，「朕得到的那算什麼好處？難道朕親近誰還要看妳的臉色？笑話！說來說去，全部的好處都是妳得了！」

「是啊，臣妾還有一樣好處呢！若舊愛分走一些您的時間和精力，天仙昭儀就不是專寵了，臣妾這個右昭儀也不用太沒面子，也免得被人說人老珠黃敗下陣來。」

「誠實，這麼陰險的用心也敢和朕明著說。」

「知道跟您耍小花樣沒用，還不如臣妾自己直接招了，這樣的話，您就算嘲諷也就一次機會。」辛情笑著說道：「皇上，臣妾編完了，您看圓滿不？」

「不圓滿，但態度還不錯。」

「那……您的意思是替臣妾討人情了？」辛情妖媚地笑。

「怎麼個討法？」拓跋元衡瞇著眼睛看她。

「您說呢？」辛情笑著在他臉上輕輕親了一下，「這後宮的女人最稀罕什麼呀？您就當心疼臣妾了。臣妾不那麼受累，心情一好，也許就能早日懷上龍種，誕下皇子啊！」

「哼！」拓跋元衡瞪著她，「又讓朕去給別人暖床？」

「皇上就不要再做出這樣的姿態了，您的心思臣妾已經知道了，臣妾既然給您搭了臺階，您順勢下了就是了，還要故意做這姿態……」辛情笑著說道：「這可是一舉多得的事兒，皇上應該趕緊去才是啊！」

「歪理！」拓跋元衡又拍她的背，「不怕妳的皇子是殘羹剩飯了？」

「偶爾一次兩次沒關係。」辛情笑著說道：「再說，這後宮花園總不打理花兒會敗的。」

「所以？」拓跋元衡斜眼看她。

「所以以後，在臣妾懷上龍種之前，您偶爾也要灑些雨露在花園裡，免得給臣妾招來怨恨。」

「妳這個妖精，沒一句話中聽，朕算是白疼妳了。」

「臣妾也是為您著想。」辛情眨眨眼睛，笑著說道。

當晚聽說拓跋元衡去了正德夫人宮中，正在沐浴的辛情微微笑了。

只不過第二天早上又聽說拓跋元衡半夜又走了，因為翔鸞殿那位胎又不好，所以睡得不安穩，辛情聽了又是微微一笑，然後帶著人去慈壽殿請安。到了慈壽殿外，正碰上正德夫人，正德夫人看她的眼神是恭敬生疏的，辛情朝她點了點頭，兩人一同進了慈壽殿。

赫連夫人也在，大家行了禮說了幾句虛話坐下了。

「正德夫人今兒也來請安了？」赫連夫人口氣有些酸，辛情用茶杯擋住嘴邊的笑意，看來拓跋元衡的行蹤大家掌握得很清楚。

「我每天都來向太后請安。」正德夫人的聲音涼颼颼的。

「正德夫人倒是識禮，不會因為皇上的寵愛就失了分寸呢。」赫連夫人說道。

辛情看她一眼，看來過了好幾年她還是對自己抱有敵意啊，這脾氣還真該好好改改！

「弘德夫人過獎了。」正德夫人說道。

正在這時，賀蘭光猷和其他妃子們也紛紛來請安了，看到辛情在，也恭敬地向她行了禮。辛情便笑著還禮。

女人們坐了一會兒，因為沒什麼共同語言，所以便散了。出了慈壽殿的門，正德夫人快步趕上辛情，「臣妾謝娘娘看得起，不過臣妾自知沒那個本事協理後宮。」

辛情笑了：「正德夫人客氣了，這可是皇上的意思，您若不願意就跟皇上說吧！」頓了頓，「唉，這後宮除了皇后和太后，誰又有這個本事？不過是聖命難違罷了，所以我勸夫人還是勉力為之吧！」

「若不是娘娘的意思，臣妾這就和皇上說去。」正德夫人略略福了福便欲走，辛情在後面笑了。

「夫人，我勸妳還是不要去的好！」辛情晃到她面前，「就算要去也要過些日子，現在就去，拂了皇上的面子，皇上面上不好看，心裡不舒服，夫人知道是什麼後果吧？再說……」圍著她轉了一圈，「再說，這命令是經過了昨晚才下的，妳若現在去辭，其他的妃子會怎麼想……您想過嗎？」

正德夫人冷冷地看她。

辛情一笑，轉身接著往顯陽殿走，正德夫人想了想也跟上，差她一步的距離。

「說實話吧，夫人，是我請皇上跟妳討這個人情的，當年的事真是對不起了，但是如果妳當初沒有想算計我，我也不會那樣對待邯鄲公主。不過既然事情已經過去了就讓它過去吧，我可是真心想跟妳冰釋前嫌的，也希望妳不計前嫌。」

「為什麼是我？」

「我倒是不想麻煩妳，可是如今這後宮之中，妳和赫連夫人都是從王府時候就伺候在皇上身邊的，按理是最有資格替皇后暫管後宮的。只是赫連夫人一向不得皇上的心，那就只有夫人妳了，妳還是五皇子的生母，除了妳，別人也沒有這個資格，妳覺得呢？」

「妳為什麼這麼做？」正德夫人問道。

「我不想樹敵太多，那會分散我的精力。我這麼做，對妳我都好，夫人好好想想吧！」辛情笑著說道。

說著話，顯陽殿已到了，顯陽殿總管親自在門口迎接。

「福喜，皇后好些了嗎？」辛情問道。

「回娘娘，皇后稍有起色。」福喜恭敬地說道。辛情點點頭，進去了。

皇后的臉色果然稍稍好了些，辛情和正德夫人行了禮坐下了。皇后又說了些什麼右昭儀費心的話，辛情便笑了，看看正德夫人，然後對皇后說道：「皇后以後要謝，也要謝正德夫人了。」

皇后便看她們。

「皇上的意思，讓正德夫人也協理後宮。所以皇后娘娘不必擔心臣妾累著，可以安心地養病了。」

皇后稍稍好看點的臉色不動聲色地不好看了。

「那正好，正德夫人做事一向有條有理，皇上還是王爺那會兒就常常誇獎夫人呢，有她幫妳，哀家也放心。」皇后微笑著說道。

「是啊，就因為這樣，皇上才讓正德夫人幫忙啊！」

「臣妾不才，到時候請皇后娘娘和右昭儀多多海涵！」正德夫人說道。

辛情笑了。

其他妃子們陸續來了，皇后便和她們說以後有事也可以向正德夫人請示，妃子們忙答應了。

只不過，出了顯陽殿的門，辛情和正德夫人並排走的時候，聽到了後面許多的竊竊私語和指指點點。

「右昭儀娘娘，臣妾現在是騎虎難下了。」正德夫人說道。

「夫人，這後宮處處是虎，妳總算還騎在虎上，也該知足了。」辛情笑著說道。

第三天早上，辛情藉口忙，沒去慈壽殿和顯陽殿請安，而是悠閒地坐在鳳凰殿等著妃子們給她請安來。妃子們來了，一個個滿臉莫名的高興和期待。辛情請她們坐了，問什麼高興的事，便有人笑著告訴她，皇上今早又下了旨，讓賀蘭光猷協理後宮。

辛情聽了沒言語，過了一會兒才媚媚地笑，說果然是值得高興的事，可是看妃子們的表情卻頗有些不屑。

這一波妃子們走了，賀蘭光猷才來鳳凰殿向她請安，辛情親迎到門口，賀蘭光猷有些受寵若驚的樣子。

「有勞娘娘迎接，臣妾愧不敢當。」

「有什麼愧不敢當的？」辛情笑著看她，「從今以後還要妳幫忙費心，我出來迎迎也是應該的。」

「臣妾謝娘娘恩典！」

「恩典？」辛情笑了，沉默了片刻說道笑著：「妹妹應該謝皇上的恩典才是。」

「娘娘如此寬宏大量，臣妾實在慚愧，當年……臣妾……」賀蘭光猷低了頭。

「我知道，在這後宮之中有許多身不由己的事，說來也只能怪我們可憐來到後宮。」辛情拉了她的手，「妹妹協理後宮之事皇上並未對我講，不過我想皇上也是為了妳我二人冰釋前嫌，這份心思我們也該領情才是。」

「是，娘娘說的是。臣妾謝娘娘體諒臣妾的無可奈何。」

「誰不無可奈何呢！」辛情說道：「只要從此以後大家都多多體諒就是了。」

「是，臣妾明白。」

正說著，殿門外響起了「皇上駕到」的聲音，辛情和賀蘭光猷忙向門口走去，拓跋元衡進了殿，見她二人一起，看了看辛情又看了看賀蘭光猷，說道：「光猷也在。」

「是，臣妾來給娘娘請安。」賀蘭光猷恭敬地說道。

「正好也給皇上謝恩啊！」辛情笑著走到拓跋元衡身邊，福了福，「臣妾也要謝皇上恩典。」

「嗯，好！」拓跋元衡自顧到桌邊坐下了。賀蘭光猷見如此便要告退，被辛情笑著拉住。

「急什麼？洞房早已入過了，今兒難不成還害羞嗎？」辛情笑著說道。

「臣妾想娘娘一定還有許多事要忙，臣妾就不打擾娘娘了。」賀蘭光猷紅著臉說道。

「忙？有妳們幫襯著，我就沒什麼忙的了，伺候好咱們皇上就行了，以後這些事還要多多麻煩妳們呢。」

「是，臣妾明白，臣妾先告退了。」賀蘭光猷又向拓跋元衡福了福，拓跋元衡點了點頭，她恭敬地退出去了。

「妳這個妖精，說話這麼露骨，當她們跟妳一樣呢。」拓跋元衡拉著她坐在他膝上。

「喲，我聽聽，我們皇上這是心疼了不是？」

「朕為妳達成目的，怎麼謝朕？」拓跋元衡笑著看她，「是了，剛才說好好伺候朕，愛妃打算怎麼好好伺候朕哪？」

辛情起身，妖媚地笑了，「您怎麼舒服就怎麼伺候囉！」然後拉了拓跋元衡起身，給他整整龍袍，「只是現在，臣妾陪您去慈壽殿向太后請安吧，聽說您好些日子沒去慈壽殿了，太后恐怕惦記著您呢。」

「愛妃近些日子禮節多了些。」拓跋元衡把她困在懷裡。

「臣妾決定要好好作一個母親，當然要以身作則。俗話說，百行孝為先，臣妾當然從這教起。」辛情笑著說道。

「這麼說，朕也要為皇子以身作則了？」拓跋元衡笑著問道。

「皇上是為天下百姓做表率。」

「有理！」拓跋元衡拍拍她的臉，「這麼賢慧的愛妃，朕還真是有些不習慣。」

「以後就會習慣了。」辛情走到一邊，讓宮女為她打扮好，穿上大紅的羽緞斗篷，襯著拓跋元衡的玄狐斗篷更顯豔麗。

出了殿門，卻見正飄著小雪，辛情抬頭看看還有些亮色的天，說道：「什麼時候了還下雪？」

「愛妃，過來！」拓跋元衡叫她，辛情往前走了兩步到他身邊，拓跋元衡對她笑了笑，笨手笨腳地幫她戴好了斗篷後面的雪帽。辛情愣了，眨了好幾下眼睛。

「皇上……」辛情喃喃。不能怪她沒見過世面，只是拓跋元衡對著她的時候，不是在發怒就是在發情，這麼人性化的一面還真是很少見到。

「走吧！」拓跋元衡邁步向前。辛情看看他的背影，想了想忙跟上。

浩浩蕩蕩的隊伍到了慈壽殿，拓跋元弘和拓跋元緒也在，兩人向拓跋元衡請了安，宮女太監們服侍褪了斗篷，一眾人這才重新坐了。拓跋元衡讓辛情坐在他旁邊，辛情依言坐了，對面是拓跋元弘，辛情的視線掃過他，又掃過拓跋元緒。前者沒看她，後者對她微微一笑。

坐了一會兒，有太監火燒屁股一樣衝進來跪到拓跋元衡面前，上氣不接下氣地說道：「娘娘、娘娘好像、要生了！」

拓跋元衡「呼」地站起來就往外走。

「皇上這樣出去會著涼的，再說，有太醫們在，皇上不必擔心。」辛情讓宮女拿來了玄狐斗篷，親自為拓跋元衡穿戴好，「臣妾安排一下，隨後就到。」

拓跋元衡點頭，走了。辛情跟太后行了禮，讓宮女給自己穿戴好，忙忙地也走了，邊走邊吩咐將準備好的各種物什都送到翔鸞殿。

到了翔鸞殿，雖然拓跋元衡早已到了，但是殿內的情況還是有點混亂。辛情叫了一個產婆過來，讓她全權指揮，所有人不得亂跑，殿內外也加強了警戒，然後陪著拓跋元衡在臥室外的廳內等著。裡面傳來左昭儀痛苦的聲音，辛情聽了一直皺著眉，渾身不舒服。拓跋元衡來回走著，時不時抬頭朝那邊看一眼。

直過了午時，裡面才傳來一聲響亮的嬰兒哭喊聲，辛情覺得自己的心也放下了，拓跋元衡早大步進去了。產婆拿了嬰兒臍帶出來，命人埋到宮外去。辛情也進到內室，左昭儀滿臉的汗水已睡過去了，好幾個奶娘正忙著伺候小嬰兒。

「臣妾恭喜皇上！」辛情笑著對正在看嬰兒的拓跋元衡說道。

拓跋元衡笑著看她一眼，「朕的第七位皇子，朕要為他好好慶祝。」

「是，臣妾這就著人安排！」辛情看看左昭儀，「臣妾這就告退了。」

出了殿門，辛情長長地出了口氣，生孩子還真是九死一生的事，看左昭儀疼的那個樣子真是嚇人。

「左昭儀娘娘真是命好，第一胎就生了皇子。」馮保在她旁邊小聲說道。

「馮保，去請正德夫人和賀蘭光猷到鳳凰殿，皇上說要好好為七皇子慶祝呢。本娘娘要和她們商量商量如何個慶祝法。」辛情想了想，問道：「怎麼是七皇子呢？我記得皇上只五個皇子啊？」這造人的成功率太低，這麼久才成功兩個，還程式運行半路失敗了一個。

「回娘娘，去年二月，一位世婦生了六皇子，只可惜未足月夭折了。」

「未足月夭折？」不是說早死的不排隊嗎？

「按例本不該序齒，可是這位娘娘去年據說十分得皇上喜愛，所以皇上一反常例將六皇子序齒。」這是私底下聽來的。可惜那位世婦不久之後便失寵了，又因為對左昭儀不敬，被皇帝找理由賜死了。

「這樣啊！好了，馮保，去辦正經事吧，請兩位過來。」

「是，娘娘！」馮保答應了，回頭囑咐了兩個小太監幾句。

回到鳳凰殿沒一會兒，兩個人也到了。辛情請二人坐了，商議了半天才商議出了結果，辛情便命馮保等人去辦了。

嬰孩出生第三天的「洗兒會」在翔鸞殿舉行，連皇后都出席了，妃子、宮女、太監們向拓跋元衡磕頭，辛情便命人將準備好的洗兒果子、金銀錢、銀葉坐子、金銀鋌子賞賜給宮女太監們。太后賜了金盆給嬰兒洗澡，翔鸞殿內笑聲一片，只不過辛情一一掃過，妃子們看著嬰孩的眼睛裡除了冰就是火。

鬧了一個多時辰才散了，辛情吩咐了一切小心謹慎，又命小心檢查進給左昭儀的東西。

回到鳳凰殿，辛情看看正德夫人，「夫人，咱們三人也只有妳生育過，所以這如何照顧產婦，恐怕還要多勞妳費心了，有什麼需要直接吩咐人去辦就好了。」

「是，臣妾明白了。」

辛情讓她們退下了，自己覺得有些懶懶的，便爬到床上要睡一會兒，讓宮女們沒有要緊事不要吵她。躺在被窩裡，波斯貓朵兒跳到她身邊的枕頭上，辛情摸摸牠的小腦袋，「別吵我，我要好好睡一覺。」想了想，從枕頭底下拿出那雙虎頭小鞋子看了半晌，直到迷迷糊糊睡去。醒了卻發現小鞋子從枕頭左邊挪到了右邊，瞪一眼波斯貓，「你要是再淘氣拿這個玩，小心我揍你。」波斯貓扭頭過去不理她。

宮女們服侍她重新更衣，說剛剛皇上來過，見她睡著又走了。

晚上，拓跋元衡在耀德殿宴請王公大臣鬧了兩個時辰方才散了。回到鳳凰殿，辛情也不洗澡了，直直地斜撲到床上衣服也沒脫就睡了。宮女們不敢打擾她，只好重新拿了被子給她蓋上。睡到半夜，宮女們就見辛情「騰」地坐了起來，一動也不動地低垂著頭，一點聲音也沒有，坐了半天又「撲通」倒回去了，宮女們暗暗訝異。

又過了兩天，是二月十五，拓跋元衡為皇子命名，並且決定三月初九萬壽節為幾位皇子冊封。此消息一出，辛情立刻感到後宮的緊張氣氛，尤其是其他五位皇子的生母，連正德夫人的臉色都不好看。

「娘娘，皇上這道旨意可真是讓許多娘娘心裡不舒服著呢！」晚膳後，馮保給辛情端了葡萄酒來，小聲地說道。

「凡事有人開心，必定就有人不開心。」辛情搖搖酒杯說道。

「可是，娘娘，襁褓封王我朝開國以來就沒有過，也難怪幾位娘娘心裡不舒服。」

「沒有不代表不能有。」辛情喝了口酒，「規矩既是人定的，自然人也能改。都是一樣的皇子，就算身在襁褓，封王也應該是一樣的。」

「是，老奴明白了。」

「明白？」辛情看他一眼，「明白什麼了？一樣的皇子，他能襁褓封王，別的卻不能，一樣嗎？」

「娘娘的意思……」馮保有些捉摸不透這位右昭儀的想法，明明就是前後矛盾。

「沒什麼意思，就事論事。馮保，大皇子的母親是路世婦吧？」

「是，娘娘！」馮保說道：「路世婦身分低微，早於皇后入府時已侍奉皇上左右，不過，後來正德夫人和其他幾位夫人入府，路世婦便一直被冷落，皇上登基，只給了個世婦的封號。」

「哦，知道了！」辛情端著酒杯，慢慢地搖著，慢慢品著。

第二天一早，到了下朝的時候，辛情去了太華殿，在太華殿外碰見了拓跋元弘和拓跋元緒，淡淡點頭便越過去了。

「愛妃有什麼事不能等朕去了再說，這麼急？」拓跋元衡笑著問她，明顯心情超級好。

「因為事情急，臣妾只好來這一趟了。」辛情褪下斗篷，笑著來到拓跋元衡身邊。

「哦，急事？說來聽聽。」拓跋元衡抱住她，口氣有些不正經。

「皇上，臣妾問您，臣妾若生了皇子，也會襁褓封王嗎？」辛情笑著問道。

「就為這事？」拓跋元衡點點她的鼻子，「這是當然的。」

「皇上，臣妾說句不敬的話，您這可是懷著偏袒的私心呢！」辛情仍舊笑著。

拓跋元衡瞇了眼睛，「愛妃的意思是指責朕偏著左昭儀了？」攬著她的胳膊用了力。

辛情點點頭，又笑了，「您別動氣，聽臣妾把話說完。」

「最好說些讓朕開心的事！」拓跋元衡瞇著眼睛，力量不減分毫。

「皇上，臣妾若生了皇子能襁褓封王，臣妾不會認為是好事，反倒會替他日夜擔心，您知道為什麼嗎？」辛情問道。拓跋元衡示意她繼續說下去。

「大皇子已快成年了，而臣妾的孩子尚在襁褓，差了這麼些年的人生閱歷，卻一樣的封王。您換個角度想想，若您是大皇子，可會服氣甘心？」

「愛妃的意思是七皇子不當此次封王？」

辛情搖頭，「臣妾不是這個意思，左昭儀位高，所生皇子封王理所當然，只不過若這小小的嬰孩封了王，恐怕會為她們母子都招來怨恨，臣妾以為皇上一定也不願意看到這樣的狀況發生。」

「愛妃以為當如何？」拓跋元衡擁著她坐了。

「臣妾以為，七皇子可以封王，同時，其他幾位皇子的母妃或升位分或給賞賜，雖然不能完全讓她們心裡平衡，但是起碼可以減少她們的怨念，至少讓她們知道皇上並沒有忘了她們，也並沒有輕視幾位皇子而獨獨重視七皇子的意思。」

拓跋元衡雙手捧著她的臉看了半天，然後笑著說道：「果然想得周到，愛妃的心胸度量足可以母儀天下。」

「您過獎了，臣妾可也是帶著私心的。」辛情笑著說道：「所謂槍打出頭鳥，七皇子順利冊封，大家罵也罵過，恨也恨過，過去就完了，以後臣妾的皇子冊封就不會招人怨了，少些詛咒福壽多點。」

「依愛妃的意思，朕如何做她們才會心裡好受？」

「依臣妾看，問題的關鍵在大皇子身上，大皇子身為長子，母妃卻一直屈居從三品的世婦。皇上，您別忘了，路世婦可是伺候您時間最長的，您這樣對她，她心裡委屈，大更皇子心裡恐怕是難受，在其他幾位兄弟面前，將來如何抬得起頭來？現在崇德夫人之位尚空缺，不如將路世婦升為夫人之位，其他三位嘛，目前三嬪之中昭訓、隆徽還空著，不如您擢升哪一位或者兩位補這個空缺，剩下那一位雖然有些委屈，但是可以升為一宮主位，實際上的嬪級，再給其外家些封賞也就是了。至於正德夫人，皇上已讓她協理後宮，相對而言已是天大的恩賜了，不必再給封賞了。」辛情一口氣說完，然後看著拓跋元衡。

「愛妃這也是存了私心的？」拓跋元衡看她，眼神讓人捉摸不定。

辛情笑了笑：「當然！」站起身，「皇上，這封王的事在尋常百姓家就是分家產的事，如何做到平均不偏袒最重要了。只不過尋常百姓家比帝王家簡單些罷了，但是理上都是一樣的。至於臣妾的私心

——家產若不能多分些，最低的要求還是希望能平均一些。」

拓跋元衡哈哈大笑，「妳這麼一說，朕的這些家產還真要好好考慮一下了。」

「那就是您的事了，只要將來別少了臣妾和臣妾皇子那一份就可以了。」辛情也笑著說道。

「什麼時候都不忘了跟朕要承諾。」拓跋元衡指指她，一副她無可救藥的樣子。

「趁著臣妾還討您喜歡，能多攢些私房錢自然要多攢了。」辛情笑著說道：「對了，皇上，臣妾還有一件事。」

「說！」

「三月三快到了，臣妾想藉這個機會把宮中各處宮殿好好清理一下，有些宮殿一直空著，有的又人滿為患，整理之後重新分配宮殿，這些問題就都解決了。再說之後馬上就是皇上的萬壽，如今又算上幾位皇子的冊封大典，之後又是七皇子的滿月慶典，每一件都是大事，宮裡還是亮亮堂堂的好，您覺得呢？」

「這些事愛妃還要向朕請示嗎？」

「其他的宮殿倒沒什麼，只是有幾處宮殿沒有皇上的聖旨，臣妾可不敢開那個門。」禁地，皇宮之中的禁地，真想知道都藏了什麼祕密。有一點可以肯定，大多數都是命案發生地。

拓跋元衡想了想，「這後宮本就是禁地，禁地之中不該再有禁地。」

「臣妾遵旨！」

有太監來報說有大臣求見，辛情便告退出去了。

回到鳳凰殿，太監說正德夫人和賀蘭光猷正等著，辛情點點頭說知道了，然後換了笑臉入得殿來，

「什麼事非得親自跑這一趟啊？」

「剛才去慈壽殿請安，太后說二月十九觀音誕辰要去護國寺祈福，臣妾等來請示娘娘。」正德夫人

說道。

「祈福？」辛情想了想，「正巧了，皇上喜得皇子，又趕上觀音誕辰，既然太后有心去護國寺祈福，我看不如宮中各位都隨行去吧，為皇上祈福祝禱。而且宮中人難有機會出去，也趁這個機會大家出去走走。」

「娘娘，您的意思是後宮全部隨行嗎？」賀蘭光猷問道。

「當然不是，從太皇太妃們算起，若都去了，這護國寺怕接待不了，而且恐怕也會有護衛不周之處。這樣吧，老太妃們自然要陪伴太后前去的，餘下的，世婦以上都去吧，御女以下就改日再去吧。」

「娘娘，世婦也同行？」正德夫人問道。

「世婦之中有兩位皇子的母妃，自然要隨行。」

「是，臣妾明白了。」

「夫人一向細心，這祈福的準備就交給妳了。」辛情說道。正德夫人點了點頭，告辭出去了，她走了，辛情看看賀蘭光猷，「皇上的意思，萬壽、冊封大典、滿月典禮要辦得風光，藉著三月三，讓宮中煥發新氣象，所以各處宮殿都要重新打理，或修或補，這件事光猷就麻煩妳幫我的忙了，我一個人真是怕忙不過來。」

「是，臣妾知道了。」賀蘭光猷說道，然後也告辭出去了。

晚些時候，馮保偷偷告訴辛情，皇后去了太華殿。辛情聽了扯了個微笑，「什麼急事連身子都不顧了。」

「老奴聽副總管說，似乎是為了皇子冊封之事！」

「冊封能有什麼事啊？皇后又沒有皇子！」

「這……副總管並沒有聽見什麼。」

「馮保，那對琉璃盞本娘娘也用不著，放著也是放著，聽說副總管愛飲酒，送給他權當酒杯了。」

「是，老奴這就去辦！」馮保小心裝了琉璃盞出去了。

波斯貓朵兒跳到她懷裡，辛情撫摸牠柔軟的皮毛，「跑哪兒去了，樂不思蜀？找揍的小東西，天天出去玩，還不如留在這兒看戲呢！朵兒以後別亂跑，這地方鬼多不太平，知道嗎？」

朵兒「喵」地叫了一聲。

二月十七，正德夫人來說祈福所需已準備好了，儀仗等也已安排完畢。辛情聽了但笑不語。

二月十八早朝之後，拓跋元衡下旨將大皇子生母路氏擢升為崇德夫人，二皇子和四皇子的生母從下嬪分別擢升為上嬪之昭訓和隆徽，三皇子的生母從世婦晉為下嬪之首的宣徽，令居通明殿。這道旨意的下達讓正德夫人不得不手忙腳亂地重新安排儀仗。鳳凰殿的小太監去正德夫人宮中送東西回來，跟辛情說正德夫人的臉色不是很好看。辛情便笑了，然後帶著人往顯陽殿來請安。

皇后臉色不好，眉頭微鎖，似是頭痛又像是正和誰生著氣。辛情笑著請了安。

「這些日子忙著太后去護國寺祈福和皇上萬壽的事，臣妾不能時常來請安，還請皇后娘娘見諒。」辛情端莊地坐了說道。

「右昭儀忙的事還真是不少！」

辛情喝了口茶，微微一笑，「雖然不少，不過現在有正德夫人和光猷幫襯著，比以前輕鬆些了。」

「那就好，本宮還擔心右昭儀事事費心累著呢。」

「謝娘娘厚愛，明日臣妾一定在佛前為娘娘祈福祝禱，保佑娘娘鳳體早日康復。」

「那就多謝右昭儀了。」

「娘娘何必這麼客氣，您這麼關心臣妾，怕臣妾累著，臣妾這麼做也是應該的。」辛情說道：「娘娘如此善心，菩薩一定會保佑娘娘的。」

皇后端起茶輕啜一口，沒搭辛情的腔，辛情微微一笑，說道：「正德夫人昨兒說皇后娘娘鳳體不適，去不了護國寺是嗎？」

「溫太醫說哀家的病怕寒，所以哀家就在宮內祈福，護國寺，等哀家好些了再去也一樣的。」

「怕寒的體症冬天是最不好過的了，現在雖已是二月天了，但天還是冷得很，依臣妾看，皇后娘娘也還是少走動的好，有什麼事，讓太監宮女們告訴臣妾去辦就行了。」辛情笑著說道。

皇后放下茶杯，茶杯蓋略微發出了些聲響，「那就有勞右昭儀了。」

「您別客氣，皇上都說是臣妾應該應分的，您也不用心疼臣妾。」

皇后對著她勉強笑了笑，辛情起身，「臣妾看娘娘的氣色不是很好，要不要臣妾傳溫太醫來？」

「這種小事，哀家讓太監去通傳就行了，怎麼敢勞煩右昭儀？」

辛情點點頭，「娘娘正位中宮，為後宮之主，娘娘有半點不適，臣妾們都跟著懸心，怎麼說是小事呢？前些日子娘娘誇讚溫太醫醫術好，可治了這些日子，臣妾看娘娘似乎沒什麼大的起色，不如換個太醫來看看吧！」

「不必了，哀家不過是前些日子七皇子慶典著了些涼罷了，這些日子已好多了，不必換太醫。」

「既然娘娘這麼說，臣妾就不多言了。」辛情福了福，「臣妾先行告退，娘娘請好好歇著吧！」然後喚了顯陽殿總管來，讓他派人去傳溫太醫。

等她走了，皇后狠狠地將茶杯砸向殿中的大柱子，宮女太監們都縮了縮肩膀。

用過午膳，辛情命人請來賀蘭光猷和各殿總管、副總管，說是拓跋元衡的旨意，徹底清理宮中各殿，各殿總管各司其職，不得應付了事，否則嚴辦。另外，瑤池殿、飛羽殿、綠綺閣、琳春樓、翠葆宮一直無人打理，所以從各殿副總管中選了五人升為總管，讓內監司即日按制調派宮女太監到五殿之中任總管，調遣打理宮殿。

新選出的總管雖跪地謝恩，內心卻惴惴，他們是去宮中禁地當總管，不知前途是凶是吉，因此都有些不安。辛情吩咐了這些，又吩咐道：「至於各宮如何打理、人員如何調配、需向內庫支取的各類物件都清楚明瞭地呈給賀蘭光猷即可，不必來向本娘娘回奏。」

等他們都退下了，馮保小聲說道：「娘娘可是給賀蘭光猷出了難題。」

「呵呵，馮保，別小瞧了娘娘們，哪一盞都不省油，這難題怕是最後還要推給本娘娘的。」辛情說道：「瑤池殿她是不敢動的。」

「娘娘，這瑤池殿……娘娘要動嗎？」馮保有些擔心。

「聖命難違，怎麼能不動呢？」

「可是，娘娘，這恐怕會觸怒太后娘娘……」

「馮保，我不是說了，這是皇上的意思嗎？」辛情笑著說道：「一個小小的瑤池殿——馮保，你別小看了太后的心胸！」

「是，娘娘！」馮保想了想，又說道：「娘娘，如今皇后娘娘已對您心懷不滿，若此時又觸怒了太后，恐怕……老奴以為，娘娘還是小心為妙。」

「得了！」辛情起身拍拍馮保的肩膀，「本娘娘心裡有數，不過，這些事還需要你幫我的忙。」

「老奴一定盡心盡力。」

「好！辛苦你了，本娘娘不會虧待你的！」辛情笑著說道。

用過晚膳，辛情鄭重其事地沐浴之後，早早地上床睡了。拓跋元衡來的時候見她已睡了，可還是把她弄醒了。

「皇上何苦擾人清夢。」辛情勉強睜開眼睛，嫵媚一笑。

「這才什麼時辰愛妃就歇了？」拓跋元衡抱她入懷，在她耳邊吹風，「怎麼不等朕來？」

「臣妾以為等不來，所以先睡了。」辛情笑著說道。等你來？真當誰都在意你，自戀也要有個限度！

「聽愛妃的口氣，朕會以為愛妃拈酸吃醋了。」拓跋元衡笑著說道。

「嗯，臣妾是拈酸吃醋呢！」辛情笑著半瞇眼睛，「您不喜歡，臣妾馬上改。」

「哈哈……」拓跋元衡捏她的胳膊，「喜歡，愛妃怎麼樣朕都喜歡。」

「臣妾是不會被您的甜言蜜語騙的，皇上！」

「朕可是很少對女人甜言蜜語，愛妃。」拓跋元衡抱著她躺下，見她又快睡著的樣子，拍拍她的臉，「跟朕說話也能睡著，就這麼累？」

「這些日子準備上香祈福的事，又忙著後面的慶典，臣妾可真要累成一攤泥了。」

「上香？愛妃別忘了跟菩薩求一個皇子。」

「嗯，好！一個也是求，兩個也是拜，臣妾就求菩薩賜後宮每人一個皇子好了！」

「朕只想愛妃為朕誕育皇子。」

「嗯……」辛情喃喃說道，困得有點意識不清，慢慢地在拓跋元衡懷裡蜷成一團，雙手抵著他的胸膛，少有的沉沉睡去。

「對朕也如此防備，這世上妳還信誰？」拓跋元衡輕輕撫摸她的臉，挑著眉毛笑了半晌。

「蘇豫……」忽然他懷裡的辛情喃喃囈語。

拓跋元衡的臉陰了，眼神中透露出殺氣，看著辛情沉靜的睡顏，「蘇豫是嗎……很好！」

第二天一早，辛情早早被宮女叫醒，拓跋元衡還睡著。辛情看看他的臉，轉轉眼珠，瞇著眼睛笑了笑，然後趴到他胸膛上，「皇上，該起了！」拓跋元衡沒動，辛情抓了他一綹頭髮玩兒，輕輕在他耳邊吹氣，「皇上，臣妾都起來了，您陪臣妾起來嘛！」不讓她睡好，她自然也不想他睡。

「妳這個妖精，大早上煽風點火！」拓跋元衡笑著緊緊把她困在懷裡，「別去上香了，陪朕……」

語氣曖昧。

「臣妾偷偷告訴您，今兒世婦以上都去上香，後宮裡剩下的都是鮮嫩嫩、水靈靈的花骨朵……」辛情笑著說道。

「愛妃的意思是？」拓跋元衡瞇眼，手也沒閒著。

「皇上這把火……呵呵……」辛情笑瞇瞇地，掙扎著從拓跋元衡懷裡起身下床，任宮女們服侍她洗漱、更衣。宮女們是為她準備了她最近常穿的紅色衣服，辛情看了一眼，讓她們拿了件簡單樣式的淡紫色衣服穿了，挽了簡單的髮髻，插了只竹簪子。穿戴好了來到床邊，拓跋元衡隨意披著衣服坐在床邊，一瞬不瞬地盯著她看。

「臣妾好看嗎，皇上？」辛情擺出個姿勢。

「俏！」拓跋元衡笑著抱住她的楊柳細腰。

「您再睡會兒，臣妾去祈福了！」辛情笑著欲起身，卻掙不開拓跋元衡的懷抱。

「早些回來！」

「賀蘭光猷說太后要在護國寺用了齋飯才回來呢，臣妾可不敢先行回來。」辛情笑著說道：「您若閒著……」轉轉眼珠，「這時候正是海棠初醒，猶帶春呢……」

「妳這個……」拓跋元衡狠狠親了她一下，「不安好心的妖精！」

「妖精要去祈福了，還請您高抬貴手。」辛情迅速在拓跋元衡臉上親了一下，然後笑著起身向拓跋元衡福了福，帶著人走了。

她一走，拓跋元衡收了笑意，宮女們服侍他更衣，太監總管在一邊躬身捧著旒冕。

「派人暗中保護右昭儀，有陌生男子近身，殺無赦！」拓跋元衡的牙縫裡蹦出幾個字，浸著陰冷。

「奴才遵旨！」副總管忙說道。

辛情先去慈壽殿請安，陸陸續續，太妃和妃子們也來了。到了吉時，浩浩蕩蕩的儀仗隊出發了，估計至少綿延出去四里地——這還是簡化後的儀仗。

到了護國寺，只有少數的老和尚在門口等著，其餘的都迴避了。儀仗直接開進護國寺才停下，妃子們下了轎，按次排好，隨著太后、太妃們進殿上香祈福。整個過程安靜得沒有一絲聲響。

跪在佛前，辛情什麼都沒求，因為她知道沒有用，一切只能靠自己。

上過香，太后和太妃們被方丈請去聽禪，拓跋元衡的女人們在廟中看風景，意料之中，女人們一致決定去看石窟。

花枝招展的女人們來到後山的石窟前卻不停步，急急地往前走，似乎那邊有女裝在打折促銷一樣。來到最後一座石窟前才停了腳步，斜著眼睛看菩薩像後面的畫像，辛情不用看都知道那一雙雙美麗的眼睛裡都是星星之火想要燎原，燎原之後就是風刀霜劍，將一切都冰凍到死。

不過女人們這次倒是沒有說什麼冷嘲熱諷的話，而是誇獎的多。辛情明白那是因為她，很多人都升官發財了，就算是惹她也得過段日子底氣足了，有升官的真實感了。

這個時候護國寺不對外開放，和尚們又都迴避了，辛情便跟在妃子們後面慢慢欣賞石窟裡那一尊尊菩薩和供養畫像。許多畫像其實是失真的，人要是真長成那樣，還是挺恐怖的。

有一處洞窟很不同，只有一尊依石壁鑿出來的觀音像，而沒有色彩豔麗的供養畫像，但是那石壁與佛像相比似乎仍是有些不同，辛情走近了些仔細看。原來如此！然後輕輕笑了，抬頭去看那慈眉善目的佛像，那是一尊很美的觀音像，觀音本是沒有性別的，可是這尊觀音明顯偏於女性化，那眉眼、那神情，活脫脫是個美人。辛情看了那佛像好半天，才又去看其他的佛像。

看完了石窟的佛像，有小沙彌來到辛情面前，說是因為太后聽南國水月寺來的大師談禪而誤了午膳的時間，現在讓來請各位娘娘用齋飯。一行人便往禪院來了。

辛情聽了水月寺幾個字，直覺這小沙彌不是隨便說的，因此一路走一面觀察那小沙彌，卻沒看出什麼。

到了禪院，一票小沙彌侍立，一張張桌幾已然佈好，內用的杯碗業也擺好了。妃子們按等級入了座，小沙彌們提著食盒魚貫而入，恭敬地將齋飯擺好。

「讓大師費心了！」太后笑著對方丈說道。

「這是敝寺天大的榮幸，太后娘娘！」老方丈說道。

「既如此，我們就不客氣了。」太后說完，看看眾位年輕的、年老的女人們，「各位難得吃些清淡的，今兒這素齋好好品嘗吧！」

「是，太后！」女人們齊聲答道。

因為是難得吃，也因為太后的意思，所以女人們吃得還是很開心的，雖然沒什麼聲響，不過從她們臉上的笑意可以看得出來。辛情喝完了碗裡的粥，招手叫那個剛才給她們帶路的小沙彌，小沙彌忙來到她桌前躬身問道：「娘娘有何吩咐？」

「這齋飯可還有？」辛情直視他的眼睛。

「回娘娘，齋飯備了許多，還有。」小沙彌說道。

「那就好！再去給我準備一份，用食盒裝好了親自拿給我。」

「是，娘娘！」小沙彌答應了正要走，太后說話了。

「右昭儀這是什麼意思？」太后說道，女人們的眼光也都看過來了。

辛情笑了笑，「昨晚上和皇上說要來禮佛，皇上說本來要奉太后鳳駕前來的，可是因為國事繁忙不得空，所以無法前來。今早上特意吩咐了臣妾讓臣妾帶一份齋飯回去做晚膳，也算是盡了陪太后娘娘前來的心意了。」

「原來是這樣，難得皇上的孝心！」太后露出笑容。太妃也忙著跟風誇獎拓跋元衡。辛情暗笑，拓跋元衡，委屈您晚上吃素了！太后看她，「既然如此，就有勞右昭儀妳了。」然後囑咐小沙彌將那燜筍多準備一些。

「是，太后！」辛情笑著答道。

吃過齋飯又在護國寺坐了會兒，女人們浩浩蕩蕩的隊伍起駕回宮。

坐在轎內，辛情不死心，打開食盒，仔細找了好幾遍，雖然沒有什麼發現，但她總覺得那小沙彌有些說道，因此暗暗記下了。

回到皇宮已是黃昏時分，鳳凰殿黃色琉璃瓦被橘紅的陽光染了一層明亮的色彩，辛情遠遠地看著，只覺得那色彩豔麗而妖豔。下了軟轎，將食盒遞給馮保，「讓廚房照著做新的來！」馮保忙吩咐了兩個小太監去了。

換了衣服，辛情抱起波斯貓，「小東西今天真乖，沒出去亂跑！」波斯貓安靜地任她撫摸皮毛，「馮保，你去請皇上，就說本娘娘要送皇上一份小禮。」

馮保答應著去了。

過了兩刻鐘左右，馮保回來了，「回娘娘，皇上……皇上恐怕不能前來。」

辛情一揚眉毛，「為什麼？」

「因為左昭儀這兩天有些不適，今日似乎重了些，所以皇上在翔鸞殿，副總管說得空會為娘娘回話。」

辛情點點頭，抱著貓兒坐下，過了一會兒說道：「哦，知道了。傳膳吧！」

用過晚膳，辛情照例沐浴，泡在熱水中，腦海中清楚地浮現出那尊觀音像。很美的觀音，如果那供養畫像沒有被清理掉，不知道那畫像中的女子是否如這觀音一樣美。

洗完了澡，光溜溜地爬進被窩，辛情仍舊在想著那觀音。

拓跋元衡來了，見她正睜著眼睛看床幔發呆。

「愛妃？」拓跋元衡在床邊坐下。

辛情回過神看他，臉上馬上堆出笑容，「皇上怎麼來了？」

「來看看愛妃送朕的禮物。」拓跋元衡笑著說道。

辛情裹著被子坐起身，手護在胸前以防被子脫落，玉臂和香肩露在空氣中，拓跋元衡的眼睛立刻變了顏色，冷不防地將辛情困在懷裡，在她耳邊曖昧地說道：「這是愛妃送朕的禮物？朕喜歡的很……」邊在她頸項上輕吻。

「臣妾送皇上的可比這個重要多了！」

「在朕心裡，愛妃比什麼都重！」拓跋元衡的聲音帶著情慾。

「皇上這麼說，多少人又要恨臣妾了。」辛情笑著推開拓跋元衡，拖著被子就下了床，「馮保，把東西呈上來吧！」

拉著拓跋元衡到桌邊坐下之後，自己入內換了衣服出來。

拓跋元衡看著桌上的素食，看看辛情，「這就是送朕的禮物？」

「是啊，臣妾送您的大禮！」辛情笑著讓宮女們盛了些粥給拓跋元衡，「雖然用過了晚膳，但為了您的孝心，您就勉強吃一些吧！」

「孝心？」拓跋元衡看看那粥，又看辛情，「什麼意思？」

「今日去上香，臣妾隨太后吃了齋飯，這粥是臣妾特意帶回來給您的。」辛情把碗端起來，親自拿了勺子，自己嘗了嘗，然後送到拓跋元衡嘴邊，一臉的嫵媚。

「特意？愛妃覺得朕該吃素？」拓跋元衡喝了那口粥。

「臣妾可是跟太后說，是皇上您吩咐了臣妾帶的齋飯呢！」辛情又舀了粥送到他嘴邊，「太后聽了很開心，太妃們也稱讚皇上有孝心，雖然不能親自陪同太后上香禮佛，可晚上用了齋飯也算是盡了心意。您說，這是不是大禮？臣妾可是為皇上掙了好名聲。」

「哦？朕倒要謝謝愛妃了？」拓跋元衡瞇著眼睛看辛情。

「謝嘛，倒不必了，臣妾想要的已經得到了。」辛情笑著說道。

「妳——膽敢算計太后？」拓跋元衡抓起她的手，「愛妃，皇后的事朕睜隻眼閉隻眼，太后是朕的母后，妳最好別輕舉妄動！」

「哎喲！」辛情有些不高興地掙脫拓跋元衡的手，起身走到一邊去坐了，眼睛卻仍看著拓跋元衡，

「臣妾今天倒是自討沒趣了！」冷笑。

「說清楚。朕不信妳這個妖精。」

「不說了，既然您這麼想臣妾，臣妾以後也不必費心去改善和太后的關係，免得您認為臣妾心懷不軌！」辛情繃著臉說道。

拓跋元衡想了想，然後笑了，起身到她身邊抱住她，「朕還是不信妳這個妖精有這份心思，真心實意？」

「真心實意？當然是真心實意。」辛情說道：「因為以前的事，太后和臣妾心存芥蒂，說實話，臣妾一點也不喜歡太后，同樣的，她也不喜歡我。但是……」辛情頓了頓，「但她是太后，如果臣妾要在這個後宮立足，得罪了她，到最後倒楣的還是我自己。」

「所以……妳討好太后？」

「當然，天底下除了您，哪一個能不去討好太后呢？臣妾已然得罪了皇后，如果再連太后也得罪

了，就算您再寵愛臣妾，恐怕最後臣妾也會落得粉身碎骨的下場。」辛情說道：「既然已經不能和皇后和解，自然就要跟太后和解。」

「心機太重！」拓跋元衡冷笑著。

「臣妾若說是真心實意您不信，臣妾說了實話您就說臣妾心機重。」辛情掙開他的懷抱，冷笑著看他，「皇上，在您心裡，這後宮之中可有心思單純的？」

拓跋元衡沒言語。

「哦，是了，您的寶貝左昭儀，入宮以來恪守本分，與世無爭，真是我們後妃的好榜樣呢！可惜了，臣妾就是這樣心機重的人，和您的左昭儀不是一個層次的！」辛情說道，然後給拓跋元衡福了福，「既然如此，皇上還是去找那心思單純的人，以後這鳳凰殿也不必來，免得臣妾連您也算計了。」

「妳這個妖精，心機重不算，說話也不中聽！」拓跋元衡走到她面前，一把抱了她起來，「現在都敢給朕臉色看了，妳說該怎麼賠罪？」

「悉聽尊便，反正這一切是您給的。」辛情扭過頭不看拓跋元衡，臉上冷冰冰的。

拓跋元衡把她放到床上，辛情一個轉身面朝裡去了。拓跋元衡笑了，一把將她翻過來壓在身下，辛情便轉頭不看他。

「妖精，再跟朕這樣使性子，朕會以為妳愛上朕了……」拓跋元衡笑著把她腦袋擺正，兩人面對面。

「臣妾不敢。」

「大膽！」拓跋元衡捏她的臉，「朕的女人敢不喜歡朕！入得宮門，身心便都是朕的！」兩個人便比耐力一樣對視。

「皇上不講理！」辛情忽然笑了。

「朕不講理？哈哈！」拓跋元衡低頭親她的脖頸，「為什麼朕不講理？」

拓跋元衡親得她很癢，辛情便抬手捧住拓跋元衡的臉，讓他消停些。

「皇上收集了這麼多女人的身心，可您的身心卻是自己的，這不公平，您還敢說您講理？」辛情笑著問道。

拓跋元衡又笑，然後高深莫測地看辛情，「公平？公平不是別人施捨的，爭得來就是公平，爭不來只能怪自己沒本事。愛妃懂得這個道理吧？」

「本來不懂，聽您說就懂了！臣妾跟皇上學，可真是受益匪淺呢！」這個冷血的男人！

「就因為妳學得最好，朕才最喜歡妳！」拓跋元衡笑著說道。

「那臣妾可要再接再厲囉！」

「妖精，妳的火候夠了，不要太聰明，否則朕會防著妳！」拓跋元衡抓住她的手放到嘴邊，親她小巧的手指，「一旦朕防著妳……知道後果吧？」

「不知道。是什麼？」拓跋元弘告誡過她，一旦觸怒拓跋元衡，將生不如死。

「這份好奇心愛妃還是收起來的好，朕永遠不希望有那一天！」拓跋元衡咬了咬她的手指。因為疼，辛情一皺眉，然後嬌嗔：「皇上又不君子，一點都不憐香惜玉……」

「對著妳這個妖精還能君子起來的，能有幾個男人？」拓跋元衡的聲音又開始曖昧。

第二天一早黑乎乎的，辛情睜開眼睛，搖醒一直抱著她的拓跋元衡，「皇上，今兒要上朝，您該起了！」

「朕不想上朝！」拓跋元衡笑著說道。

「好啊！」辛情也笑，然後動作利索地起身，穿好衣服跳下床，「不過，您就當心疼臣妾，等您臨幸別人的時候再罷朝！」

「過來服侍朕！」拓跋元衡笑了，赤裸著上身坐了起來。

辛情對他微微一笑，來到他身邊，在他耳邊小聲說道：「臣妾是伺候您脫衣服的，穿衣服的事可不歸臣妾管！」

「煽風點火的妖精！」

太監們伺候拓跋元衡穿好龍袍，戴好旒冕，門外已有大批人在等候了。

拓跋元衡走了，辛情回到殿內本想再睡一會兒，躺下了卻睡不著，只在那兒翻來覆去。一刻鐘左右，辛情坐起身，「馮保！」

「娘娘有什麼吩咐？」馮保快步來到床邊。

辛情光著腳走到地毯上，「馮保，幫我辦件事。記住，這件事不能讓任何人知道。」

「是，請娘娘吩咐。」馮保聲音放小。

辛情囑咐了一番，馮保聽了瞪大了眼睛，一臉的猶豫。

「娘娘，這樣做……是公然與太后做對，老奴以為現在還不是時候。」

辛情笑了，「馮保，你只管去辦就好了。這件事辦完了，本娘娘還有事要你做。」

「是，娘娘，老奴遵旨！」馮保躬身答道。

早膳過後，辛情去慈壽殿請安，太后的心情明顯很好。

「昨兒皇上用得可好？」

「是，皇上用了些齋飯，把那些燜筍也都用了，還說太后娘娘什麼時候都記得他愛吃燜筍。」拓跋元衡實際上只喝了兩口粥，其餘的動都沒動，不知道便宜外頭誰家的豬了。

「皇上打小就愛吃這一口，這麼多年也沒變！」太后笑著說道。

「是，皇上也這麼說的，還賞臣妾嘗了嘗，果然好吃，難怪皇上喜歡。」什麼口味？堂堂皇帝愛吃悶筍？

太后面上更有喜色，其他妃子們馬上跟著說什麼母子連心之類的廢話。

正說得熱鬧，太華殿的副總管帶著幾個小太監來了，進得殿來恭恭敬敬地向太后請了安。

「什麼事？」

「啟稟太后，皇上命奴才送這尊白玉觀音來給太后娘娘。」副總管回身一揮手，一個小太監立刻捧了尊觀音來到太后座前跪下，太后伸手拿過那尊觀音仔細看了看。

「皇上怎麼想起來這個送？」太后拿著觀音，明顯高興得很，「來人，重賞。」

副總管和幾個小太監接了賞賜，朝著辛情會心一笑，然後帶著人退出去了。

「皇上真是有孝心，娘娘禮佛，皇上立刻就派人送了玉觀音來。這玉觀音雖易得，可是皇上的心意更是難得呢！」一位老太妃說道。

「那還不是娘娘教的好？皇上打小娘娘就諄諄教導所以才有今日啊！」又一位太妃說道。

太妃們都附和著，把一個老太后樂得眉開眼笑。辛情也維持著微笑，心裡卻想著，拓跋元衡才是真會做戲的人——續集演得多自然，一點兒也不突兀。

年輕的妃子們便圍著看那玉觀音，眼中的光芒好像那是真觀音現身了一樣，這樣的光芒自然是為了讓老太太高興而裝出來的。

參觀大會沒完，太監吼了句：「皇上駕到！」妃子們忙規規矩矩地站好，低著頭，眼神卻飄向門口——帶著一絲絲的嫵媚。辛情也站著，看到這一絲絲的眼神實在想笑，這絲都能編成張蜘蛛網了，拓跋元衡就是那即將撲上來的肥碩小獵物。

拓跋元衡穿著龍袍大步進來，辛情發現這傢伙這樣看起來確實挺人模狗樣的，還真有皇帝那個範兒。他向太后問了安，看看太后還拿在手裡的觀音，拓跋元衡笑著問道：「兒子送的禮，母后可還喜歡？」

「難得皇上你記得！」太后說道。

「母后這是怪兒子？兒子知錯！」拓跋元衡這突如其來的「孝子」行徑讓辛情些微吃驚。為什麼她覺得拓跋元衡有一點點撒嬌的意味呢？真是讓人起雞皮疙瘩，就像是一條大蟒纏在你身上還朝你吐信一樣。

果然，女人們都掩嘴微笑。

「不過，皇上你怎麼忽然送了這個？」太后笑著問道，拉了拓跋元衡的手在她身邊坐下，一副母子天倫的樣子。

「兒臣大意，說起來還虧了右昭儀的提醒。」拓跋元衡看向辛情，「昨兒她問朕，母后記得皇上愛吃什麼，皇上可曾記得母后喜愛什麼？她雖是句平常話，兒子倒慚愧得很，雖然記得母后愛禮佛，卻忘了送母后尊觀音像！」

辛情低了頭。拓跋元衡這是要當和事老嗎？

「嗯，右昭儀果然是個心細的！」太后說道。

「太后過獎了。臣妾昨兒問皇上，不過是羨慕皇上有太后惦記著，有感而發罷了，說到底還是皇上有孝心！」辛情起身說道，順便拍拓跋元衡的馬屁，也算禮尚往來。

「母后，您別被她騙了！」拓跋元衡這話一出口，辛情感覺到所有人明顯的一震，然後才聽拓跋元衡接著說道：「她嘴上這麼說，實際是挑母后的理，怪母后只惦記兒子不惦記媳婦。」

「臣妾不敢！皇上說笑了！」辛情馬上說道。這個拓跋元衡真是睚眥必報，故意把前後句分開說嚇人。

「妳們啊，別挑哀家這個理，哀家兒子有兩個，媳婦卻有這麼多，我一個老太婆想記住也是沒那個精力囉！」太后笑著說道。

「臣妾不敢！」妃子們這回倒是心有靈犀。

辛情覺得太后看了她一眼。

請完了安，辛情和妃子們一齊退了出去。回到鳳凰殿，賀蘭光猷拿著幾卷帳目來，說是各殿呈上來的，她不敢擅自作主，還請辛情拿主意。

「光猷，既然這事我說了讓妳做主，就不必再拿來給我看了，倒顯得我小家子氣了。需要什麼、多少人手，直接讓內庫和內監司去辦好了！」辛情笑著說道，不接那幾卷帳目。

「娘娘，臣妾不才，蒙娘娘厚愛才有這個機會，實在不敢擅自作主，還請娘娘定奪！」賀蘭光猷忙說道。

「唉！」辛情嘆口氣，示意她把帳目放下，「放下吧，我看過了之後再給妳答覆。」端了茶，慢慢喝了幾口才接著說道：「妹妹忒謙虛，皇上讓光猷協理自然是知道妹妹本事的。不過現在看來，妹妹不過是應付皇上的意思罷了。」

賀蘭光猷忙站起身，「娘娘誤會臣妾了。」

「哦？」辛情笑著看她，「妹妹倒說說，我怎麼誤會了？」

「娘娘代皇后主理後宮以來，處事公允，掃除積弊，後宮的人沒有不說娘娘好的，因此後宮對娘娘的行事也十分信服。臣妾雖然受命從旁協助娘娘，可是臣妾實在知道自己的本事，另外，娘娘雖說放手讓臣妾去管，可是以臣妾的地位來說，如果擅自作主宮人怕是不服，所以臣妾還請娘娘做裁決。」

辛情半晌不語，然後才點頭，「光猷原來是這份擔心，我明白了，既然如此，這件事我自己來辦！」

「謝娘娘體諒！」

辛情點點頭，臉上似有不悅之色，賀蘭光猷忙低了頭，稱自己這幾日偶受風寒有些不適而匆匆告退。等她一走，辛情拿起那幾卷帳目翻看，還沒看完，正德夫人求見。請了她進來，原來是為了萬壽慶典和封王大典的安排，辛情仔細聽了，與禮志上所記符合，因此也沒說什麼，只說她辛苦了。正德夫人走了，辛情便接著看帳目。直到手裡的卷軸被抽走，辛情笑著抬頭，敢做這種事的當然只能是拓跋元衡。

「皇上今天倒是調皮得很呢！」辛情起身笑著說道。早上跟他自己媽裝了一回可愛，現在又跑過來跟她裝活潑調皮。

「妖精，怎麼謝朕？」拓跋元衡把那卷軸隨意放在案上。

「皇上，等臣妾看完了，臣妾再謝您。」辛情伸手欲拿那卷軸，結果被拓跋元衡捉住。

「先謝朕！」

「也行啊，不過皇上要幫臣妾看完這個，再幫臣妾拿主意，這樣臣妾才有時間……」

「沒時間？朕不是命正德夫人和光猷協理了嗎？怎麼還是忙？敢敷衍朕？」

辛情便長長地嘆口氣，「您是好心，臣妾也沒有歹意，可惜了，這兩位……不過是給皇上您面子敷衍罷了，到最後事事還得臣妾親自看過作主，我呀，算是拿熱臉貼人家的冷屁股了。」

「粗俗！」拓跋元衡哈哈大笑。

「臣妾本就是小門小戶的出身，會說這些已不錯了。」辛情說道：「您是幫臣妾看，還是不幫？」

「事事要朕幫，看來朕還是換個人來管後宮，妳呀，好好伺候朕就行了。」最後一句話色情味十足。

「好啊，人選臣妾都給您想好了！」辛情笑著說道。

「誰？」拓跋元衡抱著她問道。

「還能有誰？您手心裡的寶貝啊！如今她已誕育了皇子，坐褥之期也快過了，正好接手這個後宮，臣妾也正好落得清閒——就怕您捨不得。」

「假！」

「您什麼時候信臣妾一回？」辛情將臉輕輕地貼在拓跋元衡胸前，雙手環上他的腰際，輕輕嘆息。

「妳對朕說實話的時候！」拓跋元衡抱緊她。

「好，臣妾說實話。」辛情頓了頓，「臣妾是不會主動放棄這個權力的，只要還有一口氣在，只要您還寵著臣妾，臣妾就要這個後宮在自己手裡。如果有人來與我爭，我絕不會手軟。無論您多寵愛的女人，都不要指望我手下留情。」

拓跋元衡沒搭話。

「至於是什麼原因，皇上一定明白，臣妾就不說了。」辛情在他懷裡半眯著眼睛。

「狠毒！」拓跋元衡的聲音裡沒有笑意。

「不狠毒怎稱得上是蛇蠍？」辛情忽然笑了，從他懷裡抬起頭，「好了，說正題，皇上，您到底幫不幫臣妾看？」

「不幫！」拓跋元衡回絕，「既然這麼喜歡權力，不學點本事怎麼行。」

辛情使性子一樣捶了捶拓跋元衡的胸口，「這滿後宮的女人，您最不心疼臣妾。虧了臣妾還當牛做馬任勞任怨，白天伺候您的女人們，晚上還要伺候您！」

拳頭被拓跋元衡抓住，「妳最不招朕心疼！」

辛情一臉笑意地看著他，忍著一身的雞皮疙瘩開始發嗲，「皇上，您就心疼臣妾這一回，幫臣妾看看吧，求求您了！」

「非讓朕看，又是得罪人的事吧？」拓跋元衡顯然很受用她的嗲。

「皇上……只要是您的意思就誰也得罪不了！」辛情笑著拉拓跋元衡到案邊拿起那些卷軸，「賀蘭光猷推給臣妾，臣妾也不敢作主了，所以還請您拿主意。」

「禁地？」拓跋元衡只掃了一眼那打開的一卷。

辛情點點頭，「前些日子臣妾只想著萬壽慶典了，這些天仔細想想實在是大大的不妥，萬一得罪了誰，臣妾這些日子辛辛苦苦受累就都白受了，還得招人怨恨。」

「所以讓朕當這個壞人？」拓跋元衡抱她坐下，「朕說過，禁地之中不該再有禁地，明白了？」

辛情笑了，「是，臣妾明白了，謝皇上聖裁！」

睡到半夜，辛情似乎有些不安穩，嘴唇不停地動來動去，卻完全聽不出個數。拓跋元衡緊緊抱了她，她才好點，但抓著他的衣服不放，直到拓跋元衡起身上朝。第二天早起便有些黑眼圈。用過早膳，辛情讓馮保拿著那幾卷東西送到賀蘭光猷宮中，說是皇上看過了也同意了，讓她去辦就好了，然後讓馮保傳太醫。

太醫來看過說不妨事，開了些安神的藥便走了。太醫走了，辛情叫了馮保過來。

「馮保，我讓你辦的事如何了，人找到了？」

「回娘娘，已辦好了。」

「好！」辛情笑著說道。

那天晚上，辛情又沒睡好，一大早起來就讓馮保去丹青院傳畫師。

拓跋元衡下朝去翔鸞殿看過左昭儀母子，想到太監樂喜說辛情昨兒傳太醫的事，便出了翔鸞殿往鳳凰殿來了，到了鳳凰殿卻見滿地的畫卷，幾位畫師還在不停地畫，每畫好一幅便恭敬地展示給辛情看，辛情便說這裡不對那裡不對。拓跋元衡低頭看了看，似乎都是菩薩像。

「妳這是折騰什麼呢？」

「臣妾這些日子總夢見一位菩薩，臣妾也不明白怎麼回事。昨晚夢裡臣妾才見真切，菩薩說她是送子娘娘，臣妾若想誕育皇子，須得為她塑金身誠心供奉，所以臣妾一大早就讓畫師來畫菩薩真容。」

「畫了這許多，都不是？」拓跋元衡拿起一幅看了看，「這不就是送子觀音，怎麼還畫？」

「畫了這許多了，都和臣妾夢中所見的觀音不一樣，所以臣妾才讓他們改。」辛情見一位畫師畫完了，便走過去看，「鼻子不像，再柔和些，天庭也不夠飽滿，你畫的這幅太生硬了。」畫師便重新展開畫卷開始畫。

又畫了好幾幅，辛情都說不像，「算了算了，下午換幾個人來畫吧，你們畫來畫去都不像。」畫師們告退了，辛情讓人仔細收拾了那些菩薩畫像放好，說是不能輕慢了菩薩，

「什麼時候這麼誠心了？」

「從七皇子出生後！」辛情半真半假，「唉，出生便是王爺，以後臣妾好好教導他，您再偏著臣妾一些，臣妾的皇子說不定就能當太子了呢！」

「野心！」拓跋元衡笑著說道。

「有個兒子當靠山，將來……將來臣妾人老珠黃了，心裡還能有個念想，有份希望，否則這以後的日子怎麼打發呢！」

「想得倒長遠！」拓跋元衡抓了她一隻手在手掌裡，「還說那孩童的衣服是給七皇子的，原來是留給自己的，還敢跟朕討人情！」

「臣妾一向樂於送順水人情！」

「朕說妳心機重還不高興，怎麼樣？」

辛情收了臉上的笑，低垂了眼簾，「臣妾不是心機重，只是怕您的冷嘲熱諷。」

「開玩笑，朕會對妳一個女人冷嘲熱諷？」

「皇上，臣妾以前一心想著離開皇宮，所以狠心……」辛情的頭更低，聲音也更低了，「臣妾就算再歹毒也難過了好久，畢竟是自己的骨肉，跟剜自己的肉一樣。皇上以前告誡過臣妾，您唯一不能容忍

的事是對皇嗣下手，臣妾現在知道，您當時那麼說是提醒臣妾，是對臣妾網開一面，可是臣妾當時心存僥倖，沒想到您還真得是明察秋毫。說實話，即使被您貶去溫泉宮，臣妾也沒什麼悔意的。可是……自從臣妾看到左昭儀因為腹中孩兒笑得那麼幸福的樣子，臣妾很羨慕也很嫉妒，還有翔鸞殿裡那些可愛的小衣服，臣妾好幾次都想偷偷拿幾件。您說的那衣服，其實本來也是給七皇子的，可是……臣妾一直沒捨得送……要不是被您看見了，臣妾才不會那麼說，可是，如果當時臣妾說是給自己孩兒準備的，您就算嘴上不說什麼，心裡也一定會笑臣妾，所以……」

「朕什麼時候笑過妳？」拓跋元衡抬起她低得不能再低的頭，「妳的話都被朕聽去了，知道朕當時想什麼？」

辛情搖頭。

「朕當時想好好打妳一巴掌，若皇子還在，已會叫父皇母妃了，都是妳這個妖精狠心！」拓跋元衡捏她的臉，看到她痛得皺眉才鬆了手，「若是別人如此妄為，朕早讓她死十次八次了，偏偏是妳這個——」不解恨地又捏了一把，辛情的臉都紅了。

「皇上，您恨臣妾是不是？」

「當然！」拓跋元衡答得痛快，看看她有些沉的臉才又接著說道：「不過，妳學乖了，朕就饒妳一次了！」

「謝皇上大人大量，不與臣妾這個小女子計較！」辛情又露出笑臉。

「又做戲給朕看！」

「哪有，臣妾這次可是誠心誠意的！」辛情笑著說道。

兩人用過午膳，馮保又傳了許多位畫師來畫菩薩像，直到晚膳時分才有一位畫師的畫差強人意。辛情高興得很，讓馮保重重賞了那年輕的畫師。

拓跋元衡看過之後，臉色有些不悅。辛情看看那畫像，又看看拓跋元衡，「皇上，這畫像有什麼不對嗎？」

拓跋元衡沒看她，只問那年輕的畫師：「你怎麼會畫這幅送子觀音像？」

年輕的畫師趕忙跪地，「回皇上，微臣也畫了好多，可是娘娘都不滿意，後來微臣仔細想娘娘說的送子觀音似乎很像微臣故鄉的送子觀音像，所以微臣斗膽畫了出來。」

拓跋元衡點點頭，「你故鄉何處？」

「微臣祖籍偃朝清嶺，八歲隨父親來到帝京，前年蒙聖恩得以進丹青院供職。」年輕的畫師答道。

「你的記性倒是不錯，時隔這麼多年還記得故鄉的觀音像。」拓跋元衡說道，辛情的心一緊，也看向那文質彬彬的畫師。

「回皇上，微臣之所以記得，是因為家慈一直供奉送子觀音還願。家慈成婚五年不育，後遇高人指點，供奉那送子觀音不到一年便產下微臣，家慈曾在菩薩面前許願，若果得子嗣一定終身供奉菩薩。」年輕的畫師不緊不慢地說道。

「哦？那觀音可還在？右昭儀正想求菩薩賜育皇子，既然那菩薩如此靈驗，不如送給右昭儀可好？」

「回皇上，家慈三年前過世，那尊白玉觀音已隨葬了！」

「真是可惜，若還在，送給本娘娘，本娘娘就不用折騰你們來畫了！」看看拓跋元衡，「皇上，既是他故鄉的送子觀音，不如派人去請一尊菩薩回來讓臣妾供奉。」

「胡鬧！」拓跋元衡說道：「堂堂北戎，難道還要去他偃朝請一尊觀音？既然畫了出來，就命人用上好的玉碾一尊供著吧！」

「是，臣妾明白了！」

遣出畫師，拓跋元衡探究似地看了會兒辛情才收回目光，神情如常地與辛情說笑。

第二天開始，辛情除了料理後宮，還不時催問那觀音像什麼時候能完成，同時派人在瑤池殿設香案及香爐玉瓶等物，命人建一座座西朝東的四尺高神案，只等那菩薩碾完到護國寺開過光之後便供奉起來。

自從幾座殿宇收拾重新開始，太后每見辛情便神色冷冷的，辛情當沒看見，依舊恭敬地去請安。

某一天無人時，馮保小聲說道：「娘娘，副總管說，前兒皇上去慈壽殿請安，皇后也去了。」

「怎麼？商量著讓皇后重掌後宮了？」

「娘娘英明。太后說，既然皇后身子好了，三月的慶典又都不是普通的慶典，還是由皇后來主持才合禮數。」馮保的口氣裡有些擔心。

「皇上說什麼？」

「皇上只說過一陣子再說，皇后的身子還是要好好將養鞏固才是！」

「呵呵，恐怕皇上的話又會讓皇后的身子不好了呢！」

「老奴明白了，老奴馬上派人去辦！」

「唉，但願皇后可別又得了太重的病，否則，又有人要懷疑娘娘我了。」辛情笑著。

「老奴遵旨！」

貳之章　桃李鬥妍

到了三月三這天，辛情一襲紅裙紫袍陪伴拓跋元衡駕臨花溪池，群臣后妃早已圍著花溪池畔等候著了。這花溪池其實也不是一個完整的池子，而是圍繞花徑開鑿出來的半米左右不規則環形。有的掩映在花下，有的從亭旁流過，這花溪池一年也不過用一次，也就是三月三的花溪流觴，據說這是前朝皇帝模仿偃朝風俗而建的。

跪完了，拓跋元衡下令開始，便有小內監從上游陸續放了盛酒的木杯子在水上，杯子隨水漂流，到了誰面前打轉或停住，那人便要賦詩或飲酒。

辛情坐在拓跋元衡下首，杯子流了好幾盞也沒輪到辛情和拓跋元衡，輪到的男人和女人們臉上都是興奮的神色。這種展露才華的機會可不多，要是誰的詩讓拓跋元衡印象深刻，那以後肯定就是升官發財了。

輪到的妃子們也是高興得很，都想把自己包裝成美女加才女了，不過她們做的「詩」，連辛情這樣自知完全沒有古典文學素養的人都覺得實在是太過於「差強人意」——差點強姦別人的意志。

杯子停在了辛情面前，辛情笑看那杯子，向前稍稍伸手便將杯子拿在手裡，然後笑著對拓跋元衡說道：「臣妾認罰！」然後掩杯一飲而進。拓跋元衡看著她笑了笑。

內監又放了杯子，這回杯子停在了左昭儀面前，所有人都向看她。她沒拿杯子，淺笑著對拓跋元衡說道：「臣妾不才，可是臣妾現在還不能飲酒，所以只好勉為其難賦詩一首，貽笑大方了。」

拓跋元衡微笑著點了點頭，然後又微微轉過頭來看了辛情一眼。

左昭儀低頭略略思索，輕聲吟道：「日惟上巳，時亨有巢。中尊引桂，芳筵籍茅。書僮橐筆，膳夫行炰。煙霏萬雉，花明四郊。沼萍白帶，山花紫苞。同人聚飲，千載神交。」（註：此詩乃唐代席元明之詩。）

辛情雖然不甚解其意，但是人家這種出口成章的本事已經可以讓她自卑到死了。全場很安靜，辛情想笑，看看人家，剛才那些吟詩作賦的這會兒想跳進那曲水裡溺斃了吧？還好她沒那麼厚的臉皮，否則她現在就算沒跳進去淹死，回到鳳凰殿她也一定會找盆水把自己淹死。

「左昭儀娘娘文思敏捷，甚有才思，實在令臣下汗顏！」辛情看過去，微微一扯嘴角，馬屁拍得真快。

有人第一個放了禮花，接下來那禮花差點把辛情耳朵這伺服器弄殘了——流量太大。看拓跋元衡一眼，他正一臉含情脈脈地看左昭儀。

「左昭儀的詩做得好，有賞！」拓跋元衡轉頭吩咐了小太監幾句，小太監忙答應去了。

「皇上，臣妾不敢要賞賜，只不過是作來博大家一笑，又不是考狀元還要賞賜。」左昭儀仍是淺笑著。

「愛妃不必過謙，愛妃的詩不僅在女子中奪魁，比起大臣們的詩也不相上下。」拓跋元衡笑著說道。妃子們臉上都有些訕訕的。辛情微微一笑，自嘲著說道：「各位不必懊惱，比起我連詩都不會做的，各位不知好了多少倍呢！」

然後辛情看到女人們投射來的目光，有鄙夷也有感謝。

「是姊姊謙虛了！」左昭儀又是淺笑。

拓跋元衡笑了，像是聽到了一個好笑的笑話，端起面前金樽指著辛情，「她這個人最不會的就是謙虛，所以朕要罰她一杯。」看著辛情的眼睛，「右昭儀，妳不反對吧？」

辛情笑得陽光燦爛，「皇上賜酒，臣妾榮幸還來不及，怎麼會反對呢？請皇上賜酒吧！」

「這杯！」拓跋元衡笑著說道。

辛情起身來到拓跋元衡身邊，雙手接過沉甸甸的杯子，看了看杯內，然後看拓跋元衡，「皇上好小氣，只賜半杯酒！不過，臣妾還是謝皇上賜酒！」

那酒剛剛沾得舌尖，辛情便知這酒辛辣異常，心裡罵拓跋元衡故意整她。藉袖子擋著，辛情換了口氣，把酒一口氣喝掉，饒是這樣，還是被嗆到，忙用袖子遮掩著，輕輕咳了幾聲，她都能感覺自己的臉發燒了。

拓跋元衡惡作劇得逞一樣哈哈大笑，辛情在袖子裡攥了攥拳頭，「謝皇上賜酒。」起身歸座，藉著水裡的倒影，看到自己紅彤彤的臉。

遊戲繼續，水杯這回停到拓跋元緒面前，他看看酒杯，然後拿在手中，卻對著拓跋元衡說道：「臣弟做詩！不過這詩只得兩句，所以臣弟做詩之後還要罰酒！」

「說來聽聽！」拓跋元衡說道。

「國色朝酣酒，天香夜染衣。（註：唐李正封之詩）」拓跋元緒這詩出口，所有人的目光都看向辛情，剛剛只有她被拓跋元衡罰了酒。

「慶王，你這是寫什麼？」拓跋元衡笑著問道，卻微微瞇了眼睛。

「皇兄，臣弟寫的是牡丹！前幾年臣弟曾奉旨前往偃朝，正趕上偃都牡丹節，一直難忘勝景，適值臣弟府中兩盆牡丹正開得好，所以臣弟才有此兩句，下面兩句一直未能作完。」

「哦？慶王府中的牡丹開得好，朕改日去看看。」

「臣弟就恭候聖駕。」拓跋元緒說完，喝了杯中酒。

辛情低著頭，看著水裡自己的倒影正微笑著。

這流觴的遊戲又玩了一會兒結束了，拓跋元衡說御花園中雖沒有牡丹，可是桃李也豔得很，於是眾人隨駕到了御花園。御花園中桃花紅若雲霞彩錦，芬芳瀰漫，熏人欲醉；李花白似雪掛枝頭，團團簇簇，香氣撲鼻。辛情每日在宮中早已看過，所以沒什麼興趣，只是一臉職業笑容跟在拓跋元衡身邊，他另一邊是左昭儀。

拓跋元衡笑著看了看身邊的兩個女人，停下腳步，對群臣說道：「各位愛卿以桃李為題，賦詩一首，勝者有賞！」

群臣們知道皇帝是要他們做詩借花誇他的兩位美人，便紛紛冥思苦想，只求做一首讓皇帝和兩位昭儀都滿意的詩。最後拓跋元衡欽點了一首為首，辛情雖聽得半吊子，不過後面那幾句「千年萬年不凋落，還將桃李更相宜。桃李從來露井傍，成蹊結影矜豔陽。莫道春花不可樹，會持仙實薦君王」倒是聽懂了，聽到那句「會持仙實薦君王」便想著，這馬屁拍得就一個字——「絕」。左昭儀剛生了兒子，他就來這麼一句，既誇了左昭儀又誇了左昭儀的兒子是神仙託生，暗地裡又誇了拓跋元衡，真是高！

辛情看一眼那中年官員，果然一臉油條馬屁相。正好走到一棵桃樹下，她伸手接了幾片桃花在手，忽然就想起唐伯虎那首《桃花庵歌》了，之所以特意花了功夫去背是因為前面幾句句句有桃花，第一次讀的時候覺得好玩而已。

「妳笑什麼？」拓跋元衡見辛情看著手心那幾瓣桃花在笑。

辛情側頭看拓跋元衡，「沒笑什麼，想起一首桃花詩。」

「哦？是什麼？」

「桃花塢裡桃花庵，桃花庵下桃花仙；桃花仙人種桃樹，又摘桃花賣酒錢。」辛情只念到這裡，這樣的通俗，後面那些有哲理的就不念了，免得顯得她很有學問。

「這是誰的詩，朕怎麼不知道？」拓跋元衡看她，眼神有些深不可測。

辛情笑了，手一揮，揮落了手裡的桃花，「臣妾以前在鄉間聽見一個花農天天念叨，聽多了記住了。」她哪裡知道這裡的人有沒有聽過唐伯虎這號人物，所以還是決定不說為妙。

拓跋元衡帶著人看完了花已到午膳時分，於是在正對著御花園的挹芳閣賜宴欣賞歌舞，直鬧到下午才散。

回到鳳凰殿，辛情要洗桃花澡，宮女太監們忙又去採了新鮮的桃花來，辛情泡在大桶裡閉目養神。

原來古詩也有很多是命題作文，比如今日這桃李詩，要是拓跋元衡有心情天天指一種東西讓他們做詩，估計記錄的紙張能把全國的樹都砍光了。不過真是羨慕這些人，一些看似平常的字組合起來就那麼美，很有文化的感覺，要是讓她寫，肯定是「桃花真紅啊，像彩霞一樣……」之類的說法，看著就沒有美感。

念書那會兒她學的桃花詩貌似也不少，《大林寺桃花》什麼的，最讓她同情的是陸遊的《釵頭鳳》，倆可憐孩子。自從那首詞之後，她一看到桃花落就自動加上「閒池閣」的背景，特淒涼的感覺。

「紅酥手，黃滕酒，滿城春色宮牆柳。東風惡，歡情薄，一懷愁緒，幾年離索。錯！錯！錯！　春如舊，人空瘦，淚痕紅浥鮫綃透。桃花落，閒池閣。山盟雖在，錦書難托。莫！莫！莫！」辛情捧著一捧水背誦道，心裡無數次痛罵陸遊他老娘棒打鴛鴦。

辛情泡得差不多，起身的時候身上還沾著幾瓣桃花，一轉身，愣了一下，然後「撲通」坐回水裡，只露個腦袋在外面。她動作太大，水溢出來不少。

「皇上什麼時候有了看人家洗澡的好習慣？」她倒是不介意赤裸著給他看，可是也得給點心理準備啊。她一轉身，他一動不動地站著，像僵屍一樣。

「本來沒有！」拓跋元衡的聲音讓人聽不出情緒。

「敢情還怪臣妾！」辛情笑著抹了一把濺到臉上的水。

「愛妃剛才念的是什麼詩？」拓跋元衡不動。

「剛才？一對少年夫妻被棒打鴛鴦的詞。」

「怎麼想起念這個？」拓跋元衡微微瞇了眼睛。

「忽然想到的而已。怎麼了，皇上，宮裡不准念這樣的詞嗎？」辛情笑著問道。

「可以念，但是——妳不可以！」

辛情一愣，「臣妾惹您生氣了？」

「對，妳惹朕生氣了！」拓跋元衡的聲音沉了些。

辛情這回是徹底迷惑了，從早上開始想起，她好像沒幹什麼逾矩的事。

「臣妾敢問皇上，臣妾如何惹您生氣了，臣妾好給您賠不是啊！」真他媽的，來趟古代，倒是見識多了，連文字獄都能趕上。關鍵是，她是文盲也能趕上，只能問候老天爺的媽了。

「哼！」拓跋元衡哼了一聲，轉身走了。辛情一頭霧水，可真是連怎麼死的都不知道了。

辛情不起身，坐在那兒想拓跋元衡的話，忽然明白了，原來拓跋元衡在氣她諷刺他強搶民女，可是話說回來，連祖宗規矩都不守的人還會介意人家罵他強搶民女嗎？

直到水涼了，辛情才出浴，仍舊一頭霧水。

馮保告訴她，皇帝滿臉不悅地走了。語氣裡是大大的擔心。

辛情一晚都沒怎麼睡，捉摸自己怎麼得罪拓跋元衡了。直到天快亮才睡了，因此早上便起得晚，睜開眼睛便見馮保在床邊走來走去。

「馮保，散步就出去散，在這兒晃來晃去晃得我眼花。」辛情坐起身，隨意披了衣服下床。

「娘娘，今兒一早皇上下了道旨意！」

「皇上哪天不下旨啊？」辛情打了個哈欠，有點頭重腳輕。

「娘娘，皇上這道旨意，跟娘娘有關……」

「跟我有關？不會是廢了我吧？」看拓跋元衡昨天晚上那個德行，只能做這種猜想了。

「不是。娘娘，皇上下旨變動後宮制度，昭儀之上設貴妃位。」馮保說道，就是這道旨意讓後宮的許多人都猜測左昭儀誕育了皇嗣，又十分得寵，所以這貴妃位肯定是為她而設。

「哦？昭儀之上，那昭儀降了等級了？」

「回娘娘，昭儀沒有降等級，不過，昭儀裁剩一位！」

「還有嗎？」

「皇上朝上下旨之後，已讓禮部開始擬制。」

「哦！」辛情點點頭，「馮保，送子觀音碾好了嗎？」

「這幾日應該就碾好了！」這右昭儀看起來不怎麼擔心啊，昨日皇上可是黑著臉從這兒走的，這要是左昭儀升了貴妃……

「讓他們動作快點，本娘娘等得著急！」

「是，娘娘！」

那天晚上，拓跋元衡去了翔鸞殿。辛情聽到馮保這樣告訴她，不免有些忐忑。

第二天，辛情去太華殿請安也被擋了回來，辛情心裡冷笑便往回走，乾脆誰的安也不請了。

第三天一早用過早膳，辛情正考慮要去請安還是裝病，還沒想清楚，一個小太監上氣不接下氣地衝進來，跪倒辛情面前道喜。

「喜從何來呀？」放她出宮了？

話音剛落，樂喜手拿聖旨，後面跟著許多人進了殿。

「聖旨到，右昭儀獨孤氏接旨。」樂喜衝著辛情笑了笑。

辛情放下杯子，慢慢跪下，「臣妾接旨。」

「奉天承運，皇帝召曰，朕惟教始宮闈，端重肅雝之範，禮崇位號，實資翊贊之功，錫賜以綸言光茲懿典。咨爾右昭儀獨孤氏，持躬淑慎，秉性安和，納順罔愆，合珩璜之矩度，服勤有素，膺褕翟之光榮。以冊印封爾為貴妃。爾其懋溫恭尚衹，承夫嘉命，彌懷謙抑，庶永集夫繁禧。欽此。」樂喜又念了一堆亂碼。辛情只聽懂了「獨孤氏——貴妃」。

「臣妾遵旨，謝皇上恩典！」辛情恭敬地磕了頭，樂喜走到她面前將聖旨交到她手上，笑著說道：

「老奴給貴妃娘娘道喜！」

「樂總管有禮。」辛情起身。

「娘娘，皇上說，貴妃冊封大典將於初八舉行，這兩日還請娘娘好好準備！」

「是！」辛情說道。馮保早命人取了許多金銀來打賞。辛情自頭上取下一根簪子，那上面是一顆火龍珠，「小小謝意，請樂總管笑納！」

「娘娘，老奴受不起！」樂喜說道，這珠子是御賜的，總共也沒幾顆。

「樂總管不必客氣，以後還有麻煩總管的地方。」辛情笑著說道。

「願為娘娘效力！」樂喜小心地收了東西，然後帶著人走了。

鳳凰殿的太監宮女跪了一地向辛情道喜，辛情揮手讓他們起來，自己看那些衣服彝器等物，禮服是正紅色的，繡了九隻金鳳，看起來雖不及黑色禮服莊重，卻是華麗異常。鳳冠上是六龍三鳳冠，龍是金絲掐制，鳳凰是翠鳥羽毛製成，龍嘴裡垂下許多珍珠寶石，龍鳳之間還有一些翠藍花葉。鳳冠的下部有兩排以紅、藍寶石為中心，用珍珠圍成的小圓圈。鳳冠後面垂著六條葉狀的裝飾物，上面滿是珍珠和寶石。鳳冠上的翠藍部分均使用翠鳥的羽毛製成，看起來能把人的眼睛晃花了。辛情捧起那鳳冠，起碼有四五斤，動了動脖子，還好這玩意不是天天戴，否則脖子都得提前報廢。

「娘娘要去向皇上謝恩！」馮保笑著提醒道。終於把心放回肚子裡了，不過要說這貴妃確實有手段，那樣天仙似的並誕育了皇嗣的左昭儀竟然也敗給她。

「不，不去！」她要給拓跋元衡一個驚喜。

「可是娘娘……」馮保著急。剛封了貴妃就這樣沒有分寸，難免落人口實。

「沒聽樂喜說皇上讓好好準備嗎？」辛情笑著說道。

到了初八那天，天空一點亮色也沒有的時候，辛情便睜開了眼睛，看著床幔輕聲笑了，然後起床收拾打扮。宮女太監們圍了一圈忙忙碌碌，晃得她直眼花，那禮服一層一層的，她伸展著胳膊任由宮女穿戴，最後那頂鳳冠被安放在她頭頂時，辛情立刻感覺脖子被壓縮了兩釐米。

這一通收拾之後天已亮了，辛情到鏡前看了看，這才叫珠光寶氣呢，光腦袋上這個估計就得值個幾千萬。

一個小太監進來回話，說儀仗已準備好，只待吉時便可前往太華殿。辛情問馮保是什麼時候，馮保說還有一個時辰左右，辛情聽了，動了動嘴角，讓馮保把那鳳冠先拿下去。一個時辰等於兩個小時，讓她扛著這東西兩個小時——酷刑！

辛情其實有點興奮，她現在想知道那冊封大典到底是多大的排場，比右昭儀的排場大多少，真希望那些臭男人們也給她跪下。

感覺中過了一個多小時，那鳳冠又回到辛情腦袋上。馮保躬身扶著她出了殿門，殿前的空地上密密麻麻地站滿了人，而且居然沒有一點聲音，不過她早已習慣了。辛情目視前方，端著肩膀慢動作一樣走下臺階，所有人齊刷刷地跪下。

一個看起來有臉面的太監放開嗓子喊道：「娘娘起駕。」

所謂的起駕沒什麼交通工具，還是用自己的腳。

平時不長的路今天走了有半個小時，她知道這是因為自己負重前進的原因。來到太華殿正面，她才看清楚，這個小廣場上正龍旗飄飄，侍衛林立，還有身穿各色品級官服的官員們。微微抬頭看向太華殿高臺之上，拓跋元衡一身龍袍負手立於中央的位置。身後是無數的侍衛打著華蓋的宮女太監。

穩穩心神，辛情重新端好了肩膀，步履穩重地前進，離臺階還有十幾步遠的時候，她微微斜視，看到了拓跋元弘，他正目視前方站著。

到了臺階前，她緩緩跪下，「臣妾獨孤氏叩見皇上！」

又有太監念了一遍亂碼，辛情低著頭，嘴角是淺淺的笑意。

等他念完了，辛情頭更低了，「臣妾遵旨，叩謝皇恩！」

「獨孤氏，既為貴妃，當為後宮諸妃表率，所行當合珩璜矩度，妳記住了？」拓跋元衡問道。

「是，臣妾銘記了！」什麼矩度？懂規矩的意思吧？

「平身吧！」

太監扶著辛情起身，慢慢走上臺階，走向拓跋元衡。拓跋元衡一臉深不可測地迎接她。

辛情略福了福，「皇上！」

太監又扶著她走到拓跋元衡左邊站好，然後一個太監又喊道：「行禮！」

辛情笑了，這群男人終於向她跪下了，還祝她千歲千千歲。

「今日端莊了！」拓跋元衡小聲說道，口氣裡終於現出點笑意。

「臣妾聽說，到什麼山頭唱什麼歌！」辛情也小聲說道。如果這個場合她還敢搞得妖妖道道，估計明天大臣們就會集體上摺子把她這個妖精斬了。

「朕還是喜歡妳像個妖精！」拓跋元衡目視前方。

「臣妾本來就是妖精！」辛情笑著，也目視前方。

拓跋元衡側頭看她一眼，仍舊轉過頭去了。

讓大臣們起身退下之後，拓跋元衡轉身往殿裡走，辛情想了想也跟在後面。

進了殿，拓跋元衡拐到偏殿，辛情便在後面跟著，結果一腳剛剛邁進門，便被拓跋元衡一個轉身抱住了，順便一揮手，將她那個貴金屬和珠寶的鳳冠給摔到地上。聽到鳳冠落地的沉重聲音，辛情小小地驚呼了下。

「我的鳳冠……」辛情歪頭去看，拓跋元衡扭過了頭看著他。

「滿意了？」拓跋元衡臉上又沒了笑意。

「皇上，您摔了臣妾的鳳冠！」辛情笑著說道，故意裝作不知道拓跋元衡的意思。

「壞了朕會賞妳一個新的！」

「那臣妾去踹兩腳！」誰會嫌錢多，就讓她幫他弄壞吧，然後讓他賠個新的。

「貪心！」拓跋元衡說道：「自私貪婪狠毒，妳都占全了！」

「皇上少說了一樣，臣妾還美貌！」辛情笑著環住拓跋元衡的腰，順便摸摸他的白玉腰帶。憑手感就知道這東西是精雕細刻的。

「哈哈！」拓跋元衡忽然笑了，在他胸前的辛情冷笑了下，這人永遠都陰晴不定，果然伴君如伴虎，跟這種人待時間長了會心理變態也不一定。拓跋元衡又抬起她的頭，「知不知道朕冊封妳為貴妃費了多大的心思？朕殺了兩名拾遺，撤了一名御史。」

辛情心裡一驚，拓跋元衡果然變態，可憐了那幾個忠心耿耿的官員！可在面上，辛情笑了，「臣妾就知道皇上最疼臣妾！不過，臣妾可不覺得幾位大人可惜，雖說皇上的家事就是國事，可是他們要是連皇上喜歡誰都要管，恐怕就管得太寬了吧？如果是這樣，那這天下到底是聽皇上的還是聽大臣的？」

「辛情，妳的心果然冷硬！」

「皇上若不同意臣妾的話，怎麼會殺了他們？」辛情也不笑了，因她又多了幾條冤魂，「皇上，他們觸怒您固然不對，但臣妾認為，給他們些死後榮光更能彰顯您的氣度和盛德！」

「死後榮光，妳還有這份心思？」拓跋元衡笑了，讓人有點冷的笑。

「皇上，臣妾可是替您著想！暫不論官員們是否該殺該撤，天下百姓若聽說他們是因為一個女人而被皇上殺了撤了，恐怕他們便會都倒向官員們那一邊，認為皇上好色誤國。如此一來，皇上百口莫辯。厚葬加蔭襲，一來這幾位官員家眷感恩戴德，二來，其他官員見皇上如此，也不會保持緘默來堵塞皇上視聽，三來可以平息百姓的悠悠眾口。」

「冠冕堂皇！朕看妳不過是想給自己開脫罷了！」拓跋元衡抱起她走向龍床。

「您冤枉臣妾，臣妾可是真心實意為您著想的，不過……」辛情抱著他的脖子，聲音調至曖昧頻率，「您好臣妾自然就好！」

等被放到床上，拓跋元衡的大手撫摸她的臉，辛情又笑著說道：「皇上，臣妾還要去慈壽殿和顯陽殿請安，您就先放了臣妾吧！」

「噓！」拓跋元衡手指在她唇上輕輕一點，「太后和皇后現在恨不得吃了妳，妳還要去？」

「龍潭虎穴臣妾也要去，否則豈不是給人挑了理去？」唉，她終於也招人恨到恨不得吃她的肉喝她的血的地步了！

「越來越有規矩了！」拓跋元衡笑著說道：「不過，朕已派人去說妳被朕留下處理事務，改日再去請安！」

「嗯？」辛情眨眨眼睛，然後嫵媚一笑，「如果女人們知道皇上留下臣妾服侍，臣妾看不只太后和皇后，恐怕這宮裡的母耗子都要咬死臣妾呢！」

「說什麼？」拓跋元衡拍她的臉，「敢編排朕！」

「呵呵，皇上風流瀟灑、英明神武、天縱英才，不只女人們愛，這後宮裡怕是母的都愛您呢！」辛情笑著說道。

「放肆！不過……」拓跋元衡邪邪地看著她，頭也慢慢壓低，兩個人鼻尖碰到了鼻尖，辛情看著他的眼睛差點對眼，「不過，妳若是那隻母耗子，朕也不介意！」

「皇上好過分，臣妾誇您，您倒來罵臣妾！」

「妳不服？」拓跋元衡呵她的癢，辛情沒料到拓跋元衡還有這麼陰損的招數，一時癢得動來動去。

「臣妾服了！好皇上，饒了臣妾吧！」辛情邊笑著邊躲開，癢死了。

「不饒！」拓跋元衡雖這樣說卻還是停了手，捧住她的臉，「母耗子若都這樣勾人還真不是好事！還好，普天之下只妳這一隻！」

「皇上，臣妾就算是妖精也要做狐狸精，老鼠精聽著太猥瑣了！」辛情一本正經地說道。

「好，妳這隻小狐狸！」拓跋元衡親她的臉，手在解她的衣服。半晌拓跋元衡皺了眉頭說道：「這禮服怎麼這麼繁瑣……」

「皇上，這可是禮部的一番好意！」原來這衣服不僅穿起來麻煩，脫起來也不簡單。

「好意？讓朕著急是好意？」

「當然是好意，皇上嫌衣服不好脫沒了興致，也不用浪費……龍體重要嘛！」

「可惜，朕對著妳永遠不會沒興致！」拓跋元衡接著努力脫她的衣服。

……

激情過後，辛情有些困，這些日子都沒睡好，操心費力不算，拓跋元衡還故意演了齣讓她提心吊膽的戲，想到這兒，辛情輕輕捶捶拓跋元衡結實的胸膛，「皇上，臣妾有件事這幾天都沒想明白，您告訴臣妾好不好？」

拓跋元衡閉著眼睛，攬著辛情，讓她的頭枕在自己胳膊上。

「還有妳想不明白的？哼！」拓跋元衡冷笑，順便捏了捏她的肩膀，「說！」

「皇上，您為什麼和臣妾生氣？」辛情抬頭看拓跋元衡，用撒嬌的口氣說道：「嚇得臣妾好幾天都睡不好覺，提心吊膽！臣妾仔仔細細想了好幾個來回，也沒明白皇上的意思。」

「假裝！」

「臣妾對天發誓，如果臣妾是裝的就天打雷劈五雷轟頂……」辛情笑著說道，她堅信老天爺一向對壞人是寬容的，就是報應也往往是她享盡了此生的榮華富貴作盡了喪天良的事之後。

之所以住了口，是因為拓跋元衡忽然睜開眼睛冷眼看她。

「怎麼了，皇上？」辛情媚笑。

「辛情，為什麼對自己也這麼狠心？」拓跋元衡捏起她的下巴。

「呵呵，那還不是您逼著臣妾說的！」辛情笑著說道，拓跋元衡捏著她的下巴有點疼。

「朕逼妳？」拓跋元衡冷冷笑了，「好，朕現在逼妳起誓。」

「皇上……」辛情微微皺眉，這男人的神色太可怕了，雖然神色平靜，目光也平靜，可是他看著妳，妳就覺得自己冷得很。

「說，妳若離開朕便會萬劫不復！」拓跋元衡一字一句地說道。

辛情眨了眨眼睛，笑著說道：「臣妾若離開皇上便萬劫不復，墜入十八層地獄，永世不得超生！」然後她看到拓跋元衡笑了，他用手輕輕柔柔地撫摸辛情的臉，輕聲說道：「如果老天爺沒有聽到，朕便替他懲罰妳，明白了嗎？」

辛情身子一顫。

「怕了？」拓跋元衡還是笑著，「放心，只要好好地在朕身邊，什麼事都不會有！」

「臣妾知道了，皇上！」辛情笑著說道，然後準備起身，「皇上，明日是萬壽節，臣妾今日還有許多事要忙呢！」

「朕的萬壽送什麼禮給朕？」

「皇上，臣妾這些日子為了您忙得團團轉，吃不好睡不好，您看看臣妾都瘦了，您不給臣妾賞賜就罷了，怎麼反倒要臣妾的禮物？」

「朕給妳的賞賜還不夠？」

「誰會嫌皇上的賞賜多呀，您說是不是？」辛情笑著坐起身，拿了白色的中衣穿上然後慢慢地爬下床，腳一碰到地毯忽然一陣頭暈，一個趔趄撞到了龍床上，手肘處的疼痛疼得她緊緊皺了眉毛。

「怎麼不小心？」拓跋元衡坐起身，長臂一伸抱住她。

「還不是為了您的事累的！」辛情揉著胳膊，「沒事了，皇上您先歇著吧，臣妾去擦些藥酒。」

「樂喜，拿跌打酒來！」拓跋元衡吩咐道。

馬上，樂喜端著托盤進來了，上面是一瓶明黃繪青龍的瓷瓶。他後面跟著端著熱水的宮女。

宮女動作輕柔地為她敷了敷，然後塗上藥酒輕輕揉了一刻鐘左右，才退了出去。

「謝皇上心疼！」辛情笑著起身，叫了宮女來服侍她穿好衣服，又來到拓跋元衡面前福了福才退出去了。

她一走，拓跋元衡想了想，又叫了樂喜進來：「去趟鳳凰殿問問總管太監，貴妃睡不好有多少時日了。」

「是，皇上，奴才遵旨！」樂喜忙答道，然後服侍了拓跋元衡起身。

出了太華殿，辛情慢悠悠地往回走，邊走邊想為什麼拓跋元衡會這樣恐嚇她，如果非說她最近什麼地方得罪了他，她只能想到她動了瑤池等殿讓他不高興。

冷不防，有個聲音出現在她面前，「臣弟見過貴妃娘娘。」

辛情抬頭，是拓跋元緒，他旁邊站著拓跋元弘。

「慶王多禮了！」辛情的臉上帶著笑意。

「臣弟等恭賀娘娘，賀禮已命人送到鳳凰殿，還希望娘娘喜歡！」拓跋元緒說道。

「兩位破費了，就衝著兩位的心意，我也是喜歡得很呢！」辛情不著痕跡地看了看拓跋元弘，他一臉的冷淡。

「貴妃娘娘，臣等還要去城外迎接偃朝使者靳王等人一行，請容臣等先行告退！」拓跋元弘說道。

辛情看著他笑了，笑得燦爛，「如此，我就不打擾兩位王爺了，請吧！」

別過之後，辛情還在笑。

唐漠風來了，真是有趣，真想看看他見到蘇朵時的震驚。拓跋元弘既然善意告訴她，她當然要好好準備一下了。

回到鳳凰殿，辛情親自去了繡裁霞院，選了一塊繡著牡丹的大紅雲錦，吩咐一定要在明晚之前按她說的樣式做出衣服來。回到鳳凰殿，辛情細細回想當年離開靳王府時釵環簪飾，在自己那一堆首飾裡挑了挑，總算找出兩件相似的。

這一天，辛情早早睡了。在她睡下之後樂喜來了，偷偷叫了馮保到一邊說話。

第二天，辛情仍舊是早早起了，宮女幫她化妝的當兒，馮保小聲說道：「娘娘，昨兒晚上副總管來了。」

「什麼事？」辛情隨意問道。

「副總管說，皇上讓問問娘娘睡不安穩有多少日子了！」

「哦？」辛情抬頭看他，「你怎麼說的？」

「老奴不敢隱瞞，據實呈報。」

「這種事怎麼讓皇上擔心！」辛情的嘴邊隱隱露出了笑意。

打扮停當，看看天色也差不多了，辛情帶著人出了鳳凰殿，先到慈壽殿給太后請了安，然後去顯陽殿請安。她這一身大紅色映得皇后的眼珠有些紅。皇后也早已換好了金絲九鳳的黑色禮服，雍容典雅，頭頂那個鳳冠是九龍四鳳的，看起來更是奢華。

兩人一起重回到慈壽殿，妃子們早已按品級大妝了，準備向拓跋元衡行禮。見她二人來了，忙向她們先行了禮。

拓跋元衡來了，先笑著朝太后行了禮，然後接受皇后和妃子們行禮，之後看了看妃子們繁瑣的衣服和沉重的頭飾說道：「行了禮都換了衣服吧，一個個看著累得慌！」

妃子們忙答應了，拓跋元衡一走，妃子們也散了，各自回去換衣服了。

辛情換了件紫色禮服，本來是戴了許多釵環簪飾，但是轉身看到拓跋元緒送來的賀禮——兩盆紫色牡丹，便笑了，又讓宮女拿掉她滿頭的首飾，只在鬢角處簪了朵紫色牡丹，配上耳朵上那對流蘇式的耳環，看起來既嫵媚又貴氣。

換好了衣服，帶著人往琳春樓來了。晚上拓跋元衡會在這裡大宴群臣，她要確保萬無一失。

「馮保，都準備好了？」辛情各處看了，問道。

「是，娘娘，一切都準備好了！」

「好！」辛情笑著說道。

接下來的時間，不停有人來請示各種事宜，直到午膳時分才好不容易得空歇了一會兒。剛躺下沒多久，就有小太監氣喘吁吁地跑來，說皇上帶著人去了御花園，辛情便忙起身，匆匆收拾了帶人到御花園來。

問了太監們說皇上帶著臣子們去飛羽閣欣賞珍禽了，辛情點點頭，既然如此，她也先不用過去了。為了避免再跑來跑去的折騰，辛情來到御花園一處小小軒室準備再睡一會兒，近些日子實在有點體力透支。剛剛有了些睡意，感覺有人進來了，辛情睜開眼睛，一個端莊的少婦打扮的美女站在門口，身後跟著兩個丫鬟。那美少婦見到辛情也是一愣，估計她也以為裡面沒人才進來的。

「妳是？」辛情先開口。應該是命婦之類的，看這樣子不像拓跋元衡的女人，拓跋元衡的女人屬妖怪的比較多——因為仙女路線前面的目標太大，不好超越。

「娘娘，這位是寧王妃！」馮保躬身說道。

「原來是寧王妃，快請！」辛情起身。

「臣婦見過娘娘！」寧王妃福身行禮。

「王妃不必多禮！」辛情說道：「王妃請坐吧！」

「娘娘面前，哪有臣婦的位置！」寧王妃的聲音溫溫柔柔的。

「妳還該叫我聲嫂子，妯娌倆就不必虛禮了，反正皇上也不在，男人們朝堂上那些禮節就不必搬到家裡了。」辛情笑著說道，寧王妃才坐了。

「打擾了娘娘休息，臣婦失禮了！」

「是我沒有偷懶的命，呵呵！」辛情笑著說道：「王妃怎麼在御花園不在慈壽殿？」

「慈壽殿人太多了，臣婦一向不喜熱鬧，所以躲到這裡，沒想到有幸遇到娘娘！」

辛情仔細看去，這寧王妃雖不是傾國傾城，但是自有端莊溫柔的氣質，有種讓人想要親近的吸引力。

兩人剛喝了兩口茶，有小太監忙忙地進來了。

「什麼事，火燒眉毛似的？」辛情問道。

「回娘娘，赫連小姐求見。」小太監跪地回話。

「赫連小姐？」辛情笑了，赫連若水這破孩子終於想起來看她來了，「人呢？」

「在鳳凰殿恭候娘娘！」

「還是這麼懶！去，跟她說，她八舅母也在，讓她來晉見！」辛情笑著說道。

話音剛落，就聽門外一陣清脆的笑聲，赫連若水一腳已跨進門來，「我就說娘娘尊貴不會回鳳凰殿的，還好臣女聰明，早早跟來了！」

「跟來了還要什麼？」辛情笑著瞪她一眼。

「八舅母！」赫連若水自動走到寧王妃面前福了福，態度親熱。

「若水，怎麼不給娘娘請安！」寧王妃輕斥。

「是，臣女赫連若水見過貴妃娘娘！」赫連若水笑著說道，動作誇張地福了福。

「給本娘娘請安還要人提醒，可見妳眼裡是沒有我這個娘娘！」

「娘娘，若水一貫調皮，請娘娘大人大量！」寧王妃說道。

「八舅母，您放心好了，咱們貴妃娘娘一向最疼我，不會計較的，是不是，娘娘？」赫連若水笑著看辛情。

「疼妳？我打疼妳還差不多！」辛情說道：「怎麼不早點進宮來？」

「臣女忽然隨父親駐守邊關，年初才回來的，況且三舅母娘娘您又沒傳臣女，臣女怎麼敢擅入宮門！」

「今兒我也沒傳妳，妳怎麼巴巴地來給我請安啊？」辛情笑著問道。

「今兒雖然您沒傳，可是皇帝舅舅的萬壽，臣女怎麼敢不給皇帝舅舅請安來呢？」

「敢情我是借了皇上的光了！」辛情喝了口茶。

「是啊，三舅母娘娘！」

正在這時，外面傳來一陣響動，辛情微微皺眉，「怎麼回事？」

馬上就有小太監跑出去了，沒一會兒氣喘吁吁地回來了。

「回娘娘，琳春樓廊廡走水。」

「再說一遍！」辛情沉了聲音。

「娘娘……琳春樓廊廡走水，但是已無事了，已被撲滅了！」

辛情端著茶杯想了想，回頭對馮保說道：「去琳春樓，告訴魏海，這件事我不計較，再有一點差池，提頭來見！有蹤跡可疑的先關起來等我發落。還有，將廊廡的柱子全部用紅布圍起來，傳畫師畫上些吉祥圖案。」

馮保忙去了。辛情起身，看看寧王妃和赫連若水，「兩位可有興趣去各處看看？」

「遵旨！」兩人說道。

走在御花園中，辛情臉上是讓人猜不透的不動聲色。

「三舅母，咱們這是去哪啊？」赫連若水笑著問道。以前就知道辛情是個心狠的女人，不過她還沒做過什麼實質的行動來證明，今日算是見識到了。

「隨便走走，這御花園最近桃花李花開得正好呢！」辛情笑著說道。

三人慢悠悠地在御花園中走著，宮女太監和兩個人的丫鬟都在不遠處跟著。

遠處也走來一大群人，中間那個穿著明黃的袍子，寧王妃和赫連若水忙放慢腳步跟在辛情後面。等那群人走近了，辛情笑著迎了上去。寧王妃和赫連若水也忙向拓跋元衡行禮。

「平身吧！」拓跋元衡看辛情，「這是要去哪？」

「本來要隨便逛逛的，可是聽說有人迫不及待要給皇上祝壽，臣妾帶著寧王妃和若水過去看看是誰這麼心急！」辛情笑著說道。

「還真是迫不及待！」拓跋元衡說道。顯然他知道。

「是啊，祝願皇上的江山紅紅火火心意是好的，只不過吉時未到未免心急了些！」辛情笑著，「臣妾就不打擾皇上的雅興了，臣妾去給他些賞賜。」

「退下吧！」拓跋元衡說道。辛情等退到一邊，等拓跋元衡過去了才繼續走。

來到琳春樓，辛情看了看，那火也沒多大，只不過把兩根柱子熏黑了些，已圍上了紅布。琳春樓總管跪下請罪，辛情只是笑了笑，讓他起來接著忙去。

正德夫人和賀蘭光猷也來了，向辛情請罪，說她們忙著在慈壽殿伺候太后，一時沒照顧到琳春樓，還請辛情恕罪。

辛情聽了沒什麼表情，只平平地說了句：「兩位孝心可嘉，既然如此，以後也不敢有勞兩位，兩位還是好好伺候太后吧！」

「娘娘的意思是？」正德夫人聲音有些冷。

「就是妳聽到的意思！」辛情微微一笑，「一會兒我會傳令下去，以後兩位可以安心盡孝了！」

賀蘭光猷似乎要說什麼，正德夫人卻搶先一步說道：「謝娘娘成全，想必太后娘娘聽到這個消息也會很高興！」

「當然高興，除了赫連夫人，太后娘娘一向心疼兩位，兩位為本娘娘操勞了這麼多日子，太后恐怕心疼呢！」辛情笑著說道。

「謝娘娘心疼，臣妾等告退。」正德夫人說道。

「下去吧！」辛情說道，口氣裡有一絲傲慢。

等兩人走了，寧王妃和赫連若水都看辛情。

「傳令下去，從現在開始，所有事情不經過鳳凰殿便做不得數！」辛情吩咐道。馮保吩咐了小太監去了。辛情帶著寧王妃和赫連若水到一處偏殿坐下了。

「若水，看什麼？」辛情問道，赫連若水從剛剛一直盯著她看。

「娘娘，您這樣做也太拂她們的面子了，她們會記恨的！」赫連若水說道。

「拂了我的面子怎麼算呢？皇上今天心情好不計較，若不好，我的腦袋掉了找誰要去？」

寧王妃沒有說話，只是靜靜地品茗。

「別說這些不高興的事，若水，好幾年不見，妳兒子會打醬油了吧？怎麼不帶進來給我看看？」

「說實話，娘娘，我可不敢讓孩子到這裡來！」赫連若水一點也不客氣。

辛情頓了頓，笑著看赫連若水，「本來想給他些賞賜的，既然妳都不敢讓他來，恐怕這宮裡的東西妳也不敢替他要了，那我就省下了！」

「東西倒是不怕，只要娘娘賞賜的，我都收著！」赫連若水笑著說道。

「皇上說我貪心，我看妳跟我比也不相上下！」

「謝娘娘誇獎！」

「我不是誇妳！」

又坐了一會兒，有小太監進來提醒說時辰差不多了。辛情等人便起身，出了偏殿。寧王妃和赫連若水要回慈壽殿，辛情點頭讓她們去了。等她們走了，辛情重新檢查了一遍，廊廡的柱子已畫好了圖案，看起來生動許多也比較喜慶。

「娘娘，您看看，這樣可好？」馮保問道。

「很好，各位辛苦了，重重有賞！」

「已打賞了，娘娘！」馮保說道。

正看著畫的辛情忽然停住腳步，那柱子上畫著仙女，腳踩祥雲，反彈琵琶，看起來漂亮得很，「這是誰畫的？有新意！」

一位年輕畫師躬身出列，「是微臣所畫，謝娘娘誇獎！」

辛情看過去，想了想，「畫的是什麼？」

「是飛天！」

「哪裡的飛天？」

「回娘娘，這是帝都的飛天！」

「呵呵……」辛情笑了，「帝都只有娘娘，沒有飛天！」

「是，微臣明白了！」畫師說道。

「改日好好畫一幅大的送給本娘娘！」辛情說道，然後又去看別的畫了。

那畫師答了「是」，退回到佇列之中。

到了晚膳時分，拓跋元衡來了，身後是浩浩蕩蕩的臣子、妃子和外國使節。辛情向拓跋元衡行了禮之後，推說有事，便消失不見了。

晚宴自然少不了歌舞，精彩的表演讓男人們直了眼睛，讓女人們紅了眼睛。拓跋元衡坐北朝南，皇后在他右前方，左前一桌是辛情的，她自向他行了禮就不見了人影，晚宴進行到一半還沒露面。臣子妃子們便時不時也看那桌子，心裡各有各的想法。

拓跋元衡招招手，樂喜便到了他身邊。

「貴妃呢？」拓跋元衡小聲問道。

「皇上，貴妃娘娘說有驚喜要送給皇上，還請皇上不要心急！」

「驚喜？」拓跋元衡若有所思地喝了口酒。

場上的舞伎退了下去，一群覆著面紗的高眉深目的美人兒魚貫進來了，她們穿著低腰的色彩濃烈的荷葉邊紗裙，上身卻只束著胸，頭髮在腦後高高地挽了髻，髻上垂著大大的紗巾，還簪了許多亮晶晶的水晶。玉臂上戴著金臂環，環上垂下許多流蘇狀的水晶和琉璃墜子。為首的那一個嬌小些，臉被遮住了大半，又是濃妝豔抹看不出本來面目，但是難掩妖豔之氣，她的裙子是大紅色的。

男人們和女人們的眼睛立刻冒出了綠光，這高眉深目的美人是幾年前西域進獻的，當初也曾見過，不過卻沒有這樣香豔。

拓跋元衡拿著酒杯微微笑了，果然是驚喜！

她們的表演更是讓許多男人差點流鼻血，沒辦法，一大群香豔美人在你面前扭著水蛇腰實在是對男人自制力的考驗。

等音樂終了，那一群美人退下去之後，拓跋元衡又叫了樂喜過來，「把貴妃給朕傳來！」

樂喜忙去了。

過了好半天，趁著一場歌舞的空當，一個大紅色的身影輕輕巧巧地出現在殿門口，她穿著在貴婦中流行的南朝女子的裝扮，長裙曳地，兩臂纏繞著華麗的飄帶，雲髻高聳，只幾枝鳳形金簪。本來就以妖豔著稱的貴妃，此刻看起來更是帶著精緻的風情，穩穩地走到拓跋元衡面前，「臣妾給皇上祝壽，吾皇萬歲萬歲萬萬歲！」

「平身！」拓跋元衡看辛情一眼，皺一下眉頭，示意她坐下。

辛情優雅地坐下了，眼睛一一掃過在場的男人們，然後對著一個超級美男微微一笑。極品帥哥保鮮期就是長，隔了這好幾年還是超級帥哥，只不過帥哥看她的眼神似乎更想把她凍死。

辛情不以為意，悠閒地看表演，慢慢地飲酒，坦然地接受各種目光的探尋。淡淡一眼看過去，拓跋元弘面無表情，他身邊的寧王妃朝著她端莊一笑。再接著看過去，拓跋元緒正開心地看歌舞表演，美麗的還稍顯稚氣的慶王妃有些不悅。

辛情被晃得有些眼花，喝了酒頭又有些暈暈的，但是她得撐著。好不容易撐到拓跋元衡說出去看焰火，辛情這才精神了。

看著眼前滿天閃爍的美麗焰火，辛情忽然想到，自己哪天也許會像它們一樣忽然就沒了，一點痕跡都不剩下。三月了，離明年的一月還有很長時間，那個時候她還活著嗎？不知道，這個地方是算命先生都看不透的地方。

蘇豫會來帶她走嗎？她和魚兒又要去哪裡呢？

「又想什麼？」拓跋元衡的聲音。

「呵呵！」辛情馬上笑了，「臣妾想什麼時候能回去睡覺，臣妾眼睛都快睜不開了。」

「撐著！」拓跋元衡藉著焰火的光，看辛情微瞇著的眼。

「您看什麼？」辛情問道。

「哪兒找了身形一樣的人？朕的萬壽都不肯親自跳給朕看！」

辛情笑了，「您怎麼知道不是臣妾？」她連腰間的紅痣都點上了，就怕不像。

拓跋元衡湊近她耳邊，笑著說道：「腰上雖也有痣，可是頸上朕昨晚留下的印記怎麼不見了……」

「臣妾雖然想到了，可是沒想到的是皇上眼力如此好，也會找地方看。不過，您說過只能跳給您看，臣妾怎敢不遵旨。」辛情笑著說道。

「朕不喜歡妳穿這樣的衣服！」

「那臣妾馬上就去換了！」

「准！」

辛情便福了福，帶著宮女往後面的偏殿來了，那裡是她之前穿的那套紫色禮服。換好了衣服往回走，還沒到地方，碰見一個人，是拓跋元緒。

「這紫色牡丹只有娘娘戴才顯出華貴來！」拓跋元緒看著辛情頭頂那朵牡丹。

「還沒謝慶王爺的禮呢！」辛情笑著說道。

「娘娘不必客氣，臣弟的牡丹是特意準備了送給娘娘的。普天之下，只有這牡丹配戴在您頭上。」

「王爺過獎了。」辛情說道：「王爺怎麼在這兒？」

「喝多了酒，隨便走走。」拓跋元緒笑著，放肆地看辛情。

「原來如此，已備下了醒酒湯，我這就讓人給王爺送來。」辛情笑著說道：「王爺還是快些回去吧，否則……小心王妃又不高興了！」

「多謝娘娘。」拓跋元緒又看了辛情兩眼才快步走了。

辛情在後面冷笑，慢悠悠地回到拓跋元衡身邊，感覺到投注在自己身上的冷冷的目光，辛情實在很想笑。

三月初十，慶典還沒結束，一大早上朝，拓跋元衡便下旨封自己六個兒子為王，這些事和辛情無關，她又沒有兒子。典禮是禮部所執行，與後宮也沒有關係。有關係的是，拓跋元衡要為六位皇子辦家宴慶賀。

既是家宴請得便沒什麼外人，不過是近支遠支宗族，大家也都隨意了些，連拓跋元衡都只穿著寶藍色的常服。

這場家宴，六位皇子和他們的生母是主角，辛情和皇后雖然位分最高，可是這場家宴上她們兩個是最閒的人，只在一邊做陪襯便好了。辛情心態比較平和，皇后則一臉端莊肅穆，沒什麼笑容。

五位大皇子向拓跋元衡、太后、皇后和辛情敬酒。五皇子敬酒到辛情時，不小心把酒灑在了她身上，全場的人立刻都安靜了。

辛情看了眼這個十四歲少年，輕輕笑了，「這麼急幹什麼，怕我不喝？」

「貴妃娘娘，兒臣知錯！」少年的聲音雖然有些急，但是與辛情面對著的臉上卻沒有絲毫歉意，甚至還有一絲挑釁。

「一句知錯就算了？」辛情微扯嘴角，滿意地看到少年因驚訝而瞪大的眼睛。

「請娘娘責罰！」少年說道。

「罰酒三杯！」辛情笑著看他。

「是，娘娘！」少年說完，將杯中酒一飲而進。早有太監執了壺在一邊準備給他斟酒，被辛情攔下了，「既是罰酒，哪有你給斟酒的道理。」

少年自己接過壺，斟了第二杯、第三杯。

「謝娘娘賜酒！」少年因為喝得急，稚嫩的臉紅了。

「既然封了王就要有王爺的樣子，縱然有些小孩子心性也要快快收斂了，否則什麼時候才能獨當一面呢？」辛情說道。

「謝娘娘教誨！」少年的臉更紅了，辛情猜他是氣的。

「天下人都知道的道理算什麼教誨。要說教誨，你有今日，你母妃才勞苦功高，去敬酒吧！」辛情起身朝拓跋元衡福了福，「臣妾失禮，這就換了衣服來！」

拓跋元衡點頭，辛情優雅轉身離去。

再回來，辛情一襲黑色繡金線百鳥朝鳳的華麗衣服，頭上換了配套的攢珠百鳥朝鳳冠。微笑著重新落座，笑著說道：「這衣服既吸水又看不出來水漬，哪位手又抖了，我就不用再麻煩換衣服了。」

拓跋元衡看了她一眼。

還好，剩下的六王爺還小得拿不了杯子給眾人敬酒，所以辛情的衣服也沒有再濕。

妃子們逗弄小嬰兒，說著各種吉祥話。天仙昭儀只是一臉從容淡定的淺笑，辛情端著酒在一邊看著，這樣的可人兒在宮中真不是好的選擇，還好，拓跋元衡夠寵她。

家宴之後，辛情回到鳳凰殿，一把揮掉攢珠鳳冠，看到有些扭曲的鳳凰翅膀，辛情笑了，坐在地毯上一個一個把那珠子拆了下來，也不抬頭，隨手扔得地毯上到處都是。拆完了，手裡剩下個支棱著的金架子，一甩手扔向門口。

「又這麼大脾氣！」拓跋元衡的聲音。

「皇上？」辛情笑著起身，「皇上這會兒應該在翔鸞殿才對，怎麼，想臣妾了？」

「朕知道某些人心裡不痛快，來看看！」拓跋元衡笑著說道，心情好得不得了的樣子。

辛情假笑，「您說臣妾嗎？沒辦法，臣妾小門小戶的出身，小鼻子小眼睛慣了。」

「朕看妳是受不得一點委屈！」拓跋元衡抱住她，「既然小門小戶出身的，多見見世面就好了！」

「算了，像臣妾這樣上不了檯面的，還是躲在這鳳凰殿裡的好！」見世面？還有世面要見？這天底下一輩子見著倆流氓皇帝的女人總共才幾個？不幸的是，她就是那其中的一個。

「多見見就上得了檯面了！」拓跋元衡笑著說道。

「那臣妾就謝謝您偏疼了！」辛情說道：「只不過，皇上說的世面是什麼啊？」

「召見使節！」拓跋元衡看著辛情的臉色。

「使節？好，長長見識！」辛情笑著說道。

「換上禮服戴上鳳冠，召見使節可是正式的場合。」

「臣妾遵旨！」

三月十二，早朝過後，辛情被請去正德殿，拓跋元衡在那裡召見偃朝使節。她到了，被太監引至後面的暖閣，拓跋元衡正在那兒看摺子。

「皇上好勤政！」辛情笑著說道。

「坐！」拓跋元衡沒抬頭，接著看摺子，「偃朝要聯姻，愛妃覺得如何？」

「臣妾不懂。」辛情馬上笑著說道。聯姻，那種政治婚姻害人不淺，對於這種喪天良的事，她還是不要發表看法了，免得害了某些人的一生，人家奚祁養大個兒子也不容易。

拓跋元衡抬頭，挑著眉毛笑了，「不懂？這個笑話不好笑。」

「皇上，這種國家大事臣妾可不敢插嘴，要是又害了某些御史、拾遺，臣妾的罪孽可就深重了！」要是以後她不招拓跋元衡待見了，這都是他懲治她的理由。

「朕不說，誰會知道！」拓跋元衡起身，將她頭上的鳳冠又拿掉，「說來聽聽！」

「皇上，這聯姻自古以來各朝各代都有，您要臣妾說什麼？」

「答應不答應？」

「反正是門當戶對，答應了也沒什麼壞處！」

「偃朝三皇子今年十六歲，愛妃認為哪位公主可聯姻？」

辛情冷冷一笑，「皇上真是會出難題，臣妾若說邯鄲公主可以，您必然說臣妾公報私仇，臣妾若說從宗族裡選一位代嫁，您必然說臣妾假意大度，臣妾說得對不對？」

「妳這個妖精想得就是多！」拓跋元衡指著她說道。

「是皇上題出得好！」辛情說道：「這事，臣妾看您還是問正德夫人好了，臣妾可不敢說，不管說什麼，兩邊都不落好。」

「朕就是問妳！」拓跋元衡說道：「妳這個貴妃可是相當於左皇后，理應為朕分憂！」

「只是相當於左皇后，怎麼著都是個副職，您理應該去問正皇后才是，不過，既然您抬舉臣妾，臣妾就說實話了！」辛情理了措辭說道，「臣妾認為邯鄲公主可嫁，且不說偃朝皇子與邯鄲年齡相當，臣妾聽說，這三皇子可是文武雙全，母妃是奚祁的淑妃，說起來比正德夫人位分要高，算起來可是人家吃虧了！再說，皇上，邯鄲的脾氣若是嫁了本朝臣子，怕是沒人制得了她，若再來一齣公婆拜兒媳，臣妾可不知道皇家的臉面放在哪裡？」

「說得倒是冠冕堂皇！」拓跋元衡笑著說道。

「皇上，您讓臣妾說，到時候您真把邯鄲遠嫁了，就雙手一攤，說是貴妃的主意，正德夫人這帳就要算在臣妾頭上了！皇上落個好名聲，這一盆子髒水就倒臣妾身上了！」

「妳這個人就是歪！」

「是臣妾歪還是皇上的算盤，心裡清楚就好了！民間有句話叫得了便宜還賣乖，皇上什麼時候也學會了？」

太監進來說偃朝使節在正德殿等候召見，拓跋元衡將那沉重的鳳冠給辛情戴上，看了看又拿了下去，「不必戴就很好看了！」

於是辛情除了耳環，沒有半個首飾就陪著拓跋元衡到了正德殿。

辛情坐在拓跋元衡旁邊，看了看，偃朝使節除了唐漠風還有兩人，此時正低頭站在下面。

「臣等拜見大戎皇帝陛下！」

「使節不必多禮！」

「謝皇帝陛下！」

「來人，賜座！」拓跋元衡說道，馬上就有小太監搬了三把椅子來，三人謝了坐下了，拓跋元衡才又接著說道：「今日召幾位來是為了聯姻之事，雖是國事，但私下裡畢竟還是朕要嫁女兒，朝堂之上，朕也不好問這三皇子脾氣秉性。」

「陛下說的是！」說話的是唐漠風。

「這還是貴妃的意思，她一向最疼朕這個調皮女兒，所以一定要來親自問問三皇子的事。」拓跋元衡看了看辛情，「貴妃有什麼想問的，朕相信使節們一定知無不言。」

辛情差點忍不住笑，拓跋元衡胡說八道的本事就是高。她最疼邯鄲？天大的笑話，就好比七仙女會喜歡牛魔王一樣。她喜歡乖巧可愛的孩子，不喜歡跟她一樣心狠手辣的。

「是，皇上！」辛情微笑著，既然拓跋元衡要把她包裝成賢良后妃的標兵，她要是不配合，好像有點說不過去，「其實臣妾私下裡已打聽過，三皇子聽說可是文武雙全，各位大人，不知道這點屬實否？」

「是，我朝三皇子殿下自幼十分聰慧，長至如今更是精通六藝，深得我主器重！」唐漠風的聲音平穩。

「那麼，三皇子脾氣可好？」辛情問道：「我們這個公主有點小脾氣，不過，倒是很識大體，對長輩也尊敬得很。」

「回娘娘，三皇子溫良和藹，秉性純良！」

「那就好了，以後公主就算有些小脾氣，三皇子應該也包容得了！」辛情笑著轉頭看拓跋元衡，「臣妾恭喜皇上得此佳婿！」

「既然貴妃都說好，朕就放心了。」拓跋元衡說道。辛情微微冷笑，這人就是壞，她不被這些女人們恨死，他就渾身不舒服一樣。

「臣妾說好，只是不知道夫人和公主的意思，畢竟此去離家千里，公主年紀尚小，不知道能不能受得了這離家別親之苦？」

「私心裡說，雖離家千里，畢竟佳婿難得。」拓跋元衡說道：「而且聯姻之後兩國交好，對天下百姓是天大的好事，邯鄲這個分寸還是懂的。」

「謝皇帝陛下！」幾位使節站起身來。

「哈哈，可惜朕適齡的公主只這一個，若再有一個，朕倒是想把她嫁給靳王！」

「臣惶恐！」唐漠風馬上說道。

「朕早就聽說偃朝靳王貌比潘安，驍勇善戰，難得的人才，今日一見，果然如此，可惜……」

「皇上貪心了，難道天底下的好男子都只能做您的女婿？」辛情笑著說道。要是真做了他女婿就熱鬧了，她就從下堂婦變成丈母娘了。

「朕倒是忘了，貴妃的妹妹待字閨中呢，依貴妃看，靳王可做得獨孤家的女婿？」

辛情卻差點一口氣喘不上來，「臣妾的妹妹無才無貌，性子又不好，怎麼高攀得起靳王殿下！」心裡盤算著魚兒現在是否安全。

「謝皇上、娘娘抬愛，臣無德無能，不敢高攀王姨！」唐漠風心裡為話題無緣無故扯到自己身上有些鬱悶。

「靳王過謙了！」拓跋元衡笑著說道：「算了，不說這個了，朕早就想和靳王一試高下，今日天氣不錯，靳王陪朕去西郊鹿苑狩獵可好？」

「臣怎麼是皇帝陛下的對手，不過既然皇帝陛下有旨，臣自當盡全力！」

「好！來人，擺駕鹿苑！」

「男人們的遊戲，臣妾就先告退了！」辛情起身福了福要走。

「貴妃不是一直想去鹿苑嗎？今日正好有機會！」

「是，臣妾遵旨！」拓跋元衡是不是看出什麼來了？

在一個充滿了男人和野獸的地方，如果有一個美貌的女人會是什麼下場？被野獸吃了？很可能。

辛情坐在看臺上想著。

場中男人們在馬背上策馬奔馳，手裡握弓拔箭，追逐著驚慌的梅花鹿。每看到一隻中箭倒下的梅花鹿，辛情都會心臟一緊。動物世界她看多了，看到被獅子老虎咬斷脖子的動物們，她連眉頭都不會皺一下，可是現在，當這樣的場景發生在眼前時，她還是有點難以接受，總是聯想起溫泉宮的那次血腥刺殺。

馮保站在她身後看場中的比賽。

「娘娘，咱們皇上已射中四隻鹿了！」馮保說道。

「哦！」辛情沒什麼興趣，殺生那麼多也值得誇耀。

忽然，一群鹿跑向這邊，不遠處是疾馳追來的駿馬。辛情實在不是很想看到血腥的屠殺，一掃向鹿群，辛情就瞪大了眼睛，她看到鹿群中有一隻蹣跚的幼鹿，按理說這樣的小鹿在長大之前是不會被放到苑中來的，可是……這是怎麼回事？

站起身走到看臺邊瞇了眼睛仔細看，那小鹿身邊是一隻健壯的鹿，隨著牠的步伐護在牠身側。辛情忽然明白了，也許是小鹿偷偷溜進來找牠媽媽，只是沒想到牠的媽媽正在一場死亡遊戲中。

「馮保，那有一隻小鹿，快去，派人保護牠！」

馮保過來看了一眼，說道：「娘娘，場上混亂，鹿群驚慌，人怕是接近不了。」

眼看著後面的男人們又紛紛拔箭上弦，辛情踮起腳尖看那小鹿，也許是錯覺，她總覺得那鹿媽媽在求她救命。

辛情手握著看臺邊上的精美護欄，很想轉過頭不看，可是她發現控制不了自己，她的眼睛死死地盯著那可憐的小鹿。在他們身邊有鹿慘叫著倒下，身體一抽一抽的，中了箭的地方正汩汩冒著血。

然後，在辛情還沒想明白之前，她發現自己已經提起裙子翻過了護欄，而且正在下落，她也聽見了馮保和太監宮女們的驚呼聲……

接下來的事情，她後來時候想起來，只能說她當時那麼做是老天指使的。她剛剛落地，小鹿正好撞到她懷裡，將她狠狠撞得坐在地上，一隻血淋淋的箭穿過她的裙角，將她的裙子扎在地上，箭羽一滴血滴在她的裙子上。辛情第一個反應是捂住小鹿的眼睛，看向那母鹿，箭居然是橫穿過牠的身體的。牠此時正睜著眼睛看辛情，辛情對天發誓，她看到牠眼角流下了眼淚。辛情沒察覺到自己一直屏著呼吸。

突如其來的變故，看臺上的太監們都愣住了，直到馮保尖著嗓子喊道「護駕」，他們才匆忙地跳下來，七手八腳地將扎在辛情裙角的箭拔掉。

此時，拓跋元衡等人也已策馬來到跟前了，馬上的他一臉怒容。

「胡鬧！」拓跋元衡的聲音火藥味十足。

辛情仍舊坐在草地上緊緊抱著小鹿，她還有點沒緩過神來。聽到拓跋元衡的話，才抬頭笑著說道：「臣妾羨慕皇上，也想抓一隻鹿！」事實上，她現在害怕，腿有些軟，如果那箭再往前一點，她就得被扎個血窟窿了。

「來人，送貴妃回宮！」拓跋元衡說道。

太監扶了辛情起來，那小鹿偎著辛情的腿不肯離開。

「臣妾先告退了！」辛情福了福，拍拍小鹿的頭，「走吧！」

剛走了兩步，就聽拓跋元衡說道：「既然是妳好不容易抓到的，就送給朕拿來宴請使節吧！」

辛情停住腳步轉過身，臉上做出笑容，「臣妾的榮幸！」然後轉身，小鹿被太監們拖住不讓牠靠近辛情。辛情低頭看牠一眼，邁步走了。拓跋元衡身後的一道充滿探究和些許驚訝的目光目送她離開。

坐在鳳輦中，辛情有些後悔，如果她沒有跳下去，男人們也許不會射殺這麼小的鹿，牠也許會活著，可是她跳下去，牠就必死無疑了。他們只會認為她是胡鬧，是勾引拓跋元衡的小手段罷了。也許，拓跋元衡也是這樣想的。

看看裙角那個被扎出來的洞，辛情苦笑，她今天做了件蠢事。

回到鳳凰殿換了衣服，辛情拄著下巴嘆氣。馮保傳了太醫來，說是怕她受到驚嚇。看過了也沒什麼，不過是開了些安神的藥。

晚膳時分，太華殿的幾名太監提著一個食盒來了，說是拓跋元衡賞賜的鹿肉。看著擺在桌上的那盤做工精細的菜，辛情沒一點胃口，下午她還抱著的有生命的東西，現在成了一盤飄著香氣的菜。

提起筷子，辛情夾了一小塊吃了，又笑著對那幾名太監說：「代我謝皇上賞賜！」

太監們回去覆命了，辛情讓馮保把那盤肉換到自己面前，低著頭一塊兒一塊兒地細細咀嚼，也不抬頭。

「娘娘，晚上吃太多的油膩，對腸胃不好！」馮保在旁邊小聲提醒道。辛情也不抬頭，沒聽見一樣接著吃，差點把頭扎盤子裡。

那一盤子肉眼看著下去一大半，辛情卻沒有甘休的樣子，馮保不禁有些擔心，卻不敢勸，辛情這個樣子代表著她不高興，他們還是安靜些好。

忽然門口有人進來，馮保看去，來人示意他不要做聲，馮保便忙低了頭。

眼前的盤子忽然被拿走，辛情條件反射地抬頭，「馮保，你大膽——」對上來人的眼睛，辛情愣了下，是拓跋元衡。

「哪有這個吃法，不要命了？」拓跋元衡拿走她的象牙筷子，隨手扔在地上。

辛情不說話，低下頭。拓跋元衡在她旁邊坐下，笑了。

「皇上用過晚膳了？」片刻之後，辛情抬起頭來，笑著問拓跋元衡。

「用過了，妳不顧性命抓來的鹿，朕怎麼能不嘗嘗！」

辛情離座跪地，「臣妾錯了，請皇上罰吧！」

「錯大了，那箭再有一點後力，妳身上就多一個血窟窿了。」

「請皇上降罪！」

「這次就饒了妳，以後再敢這樣胡鬧，朕絕不輕饒！」拓跋元衡的聲音裡帶著笑意。

「臣妾怕不長記性，還請皇上責罰！」媽的，她玩兒也是玩自己的命，關他屁事！
「這麼誠心悔過？好，跪著吧！」拓跋元衡看著她的頭頂，知道辛情又犯毛病了。
「是，皇上！」
拓跋元衡離了座到一邊去，辛情便直直地跪著。
這一跪跪了整整一個時辰，滿殿的太監宮女鴉雀無聲，都低著頭看地面。辛情也低著頭看地面，直到一雙皂靴又來到她面前。
「這麼拗的脾氣也不知道改改！」拓跋元衡輕笑地彎腰抱了她起來，放到榻上。
「臣妾犯錯了！」
「犯的錯還少？」拓跋元衡捏她的鼻子。
「謝皇上擔待！」真他母親的想把他踢成太監！
「別跟朕假笑，朕不喜歡！」拓跋元衡的春風和煦立刻化成了肅殺秋氣。
「皇上，臣妾哪裡假笑了？臣妾可是真心實意的！」真心實意假笑。
「哼！朕會連真笑假笑都分不出來嗎？」拓跋元衡冷哼，頓了頓，「不過，朕等著，反正有的是時間！」
「是，皇上！」對著他有能真笑得出來的女人嗎——他媽除外。
少有的，拓跋元衡今晚抱著她卻沒糾纏她，而是早早睡了。辛情這些天本來很困，可是今天卻睡不著，心裡隱隱有股火竄來竄去，很想砸東西。
「生氣？」拓跋元衡忽然說道，辛情立刻側頭看他，他還閉著眼睛。
「是啊，臣妾氣自己不懂事給皇上添麻煩！」
「以後懂事些就好！」

「是，臣妾記住了！」辛情又把頭擺正看床幔。

直盯著看到快天亮，辛情才迷迷糊糊睡著了。

拓跋元衡起身準備上朝的時候，辛情居然沒醒。俯身看看，還是沒醒，只不過眼角處有一點點淚水的痕跡。拓跋元衡若有所思地盯著她看了一會兒，然後起身更衣出門上了御輦，眼前浮現的是辛情昨晚抬頭那一刻——雖然她迅速低了頭又換了笑臉，可是他還是看見了她眼裡的水氣。拓跋元衡嘴角噙起一絲笑，據報當年升蘭殿的刺殺，那麼多人死在她面前她眼睛都沒眨一下，今日卻為死了一隻小鹿哭，這個女人越來越捉摸不定！

他很想知道她為什麼那麼衝動提著裙子跳下來了，那麼義無反顧，這根本不像她能做得出來的蠢事！

參之章　巫蠱之禍

拓跋元衡的允婚讓許多人高興，讓少數人不高興。第二天辛情去慈壽殿請安的時候正趕上許久不見的邯鄲公主趴在皇太后的膝頭哭泣，直嚷嚷著讓老太太為她做主，她不要嫁那麼遠。

辛情進來了，太后滿臉的不悅，正德夫人更是冷若冰霜。果然拓跋元衡這個混蛋給她找了大麻煩，明明就是他要把邯鄲嫁了，好了，現在朝野上下都知道是她這個獨孤貴妃鼓動皇帝把邯鄲給遠嫁了，估計是罵她的多誇她的少。

「怎麼，邯鄲不滿意嗎？」辛情笑著問道。

「貴妃娘娘若有女兒，也捨得讓她遠嫁嗎？」正德夫人的聲音雖輕柔，但是口氣卻不甚尊重，辛情心頭的星星之火便開始燎原。

「我若有女兒定是迫不及待答應了，即使她不嫁，我捆著她也會把她嫁過去！」辛情微微一笑，「為人母親的為孩子做長遠的打算才真是為了孩子好，放眼朝野，誰有偃朝皇帝家的門第高貴？又有哪一位青年才俊有如三皇子這樣的出身？公主嫁給同是天皇貴冑的皇子不才是門當戶對嗎？再者，嫁過去之後，偃朝所有皇子的王妃之中公主又是出身最好的，若將來三皇子能繼承皇位，那他們二人恐怕就是天底下最般配的帝后了！即使不能，算起來也總比嫁到普通富貴人家要好得多吧？」

邯鄲不哭了，直起身子冷冷地看著她。

「太后，我不想嫁那麼遠，在那兒一個親人都沒有！我要是想您想父皇和母妃了怎麼辦？」邯鄲委屈的腔調。

辛情微微一笑，等著太后的反應。

「邯鄲，這可不是兒戲，妳父皇已應允了，金口玉言是不能反悔的！」太后說道。

「那邯鄲一定要嫁了？」小姑娘問道。

「恐怕是了，除非妳能說服妳父皇！」老太太說道。

「父皇已經不喜歡邯鄲了，恐怕父皇巴不得把邯鄲嫁了呢！」小姑娘說道，眼睛卻看著辛情。

「邯鄲，妳父皇就是因為疼愛妳，才要把妳嫁給三皇子殿下，因為妳父皇覺得滿朝臣子沒有一個配得上妳的！」辛情說道。

「是父皇覺得，還是貴妃娘娘覺得？」邯鄲問道。

辛情笑了，「不管是誰覺得，既受了百姓供養這麼多年，以一己之身為百姓謀得幸福安居是應盡的責任，身為公主尤其如此，邯鄲，妳認為呢？」辛情微微瞇了瞇眼睛，這可是她流氓老子的意思。

「邯鄲，還不謝過娘娘教誨！」正德夫人嚴厲地說道。

「教誨談不上，我只不過轉達皇上的意思罷了！」辛情笑著慢慢起身，向太后福了福，「既然太后這兒有夫人和邯鄲陪伴，臣妾就先告退了！」

「好！」太后說道。

辛情便優雅轉身走人。

還沒到鳳凰殿就見小太監迎了上來，「啟稟娘娘，送子觀音碾好已開過光了，現在已送往瑤池殿，等娘娘過去！」

「哦？終於碾好了！去瑤池殿！」辛情高興起來，步履匆忙地往瑤池殿走。

到了瑤池殿，果然一尊真人高度的白玉送子觀音像已送到了，菩薩像旁邊還恭恭敬敬地站著幾位僧侶。

「有勞幾位大師！」辛情說道。

然後在他們的指點下，觀音像安穩地安放於神案之上，太監宮女們將早已準備好的鮮花供品等一一擺好，將蒲團鄭重地安放於神案前面。

「貧僧等告退！」僧侶們說道。

「多謝大師！」辛情說道：「過些日子，我會派人送香火錢。」

「是，娘娘！」為首的僧人接了，念了句「阿彌陀佛」，一行人被太監引著出宮去了。

辛情恭恭敬敬地上了香磕了頭，滿臉的高興神色，擋都擋不住。

「願娘娘早得龍嗣！」馮保笑著說道。

辛情笑了，沒言語。龍嗣？哼！誰規定只能跟送子觀音求子嗣？

「馮保，以後這瑤池殿好好打理著，免得以後娘娘們來拜觀音的時候看本娘娘的笑話！」辛情吩咐道。馮保忙答應了。

在瑤池殿走了一圈，辛情想了想又叫來馮保，讓他去內庫玉石司要幾尊玉山來放到殿中，權當給菩薩修法的仙山。

回到鳳凰殿，辛情還是很高興。

「馮保，太后什麼時候會去護國寺？」

「回娘娘，每年四月初八浴佛節，太后都要去護國寺吃齋。」

「浴佛節？」辛情若有所思，「馮保，明天你親自去趟護國寺，替我捐些香火錢，還有，上次伺候我齋飯的那個小沙彌也給他賞賜，至於賞什麼，晚些時候我給你，這件小事就不要弄得人盡皆知了。」

「老奴明白！」

用過晚膳，辛情讓馮保拿了幾串檀香木珠，說是賞給那日來的僧人和伺候她齋飯的小沙彌。

第二日一早馮保早早出宮去了，辛情晚上沒睡好，早上起來有些打不起精神，堅持著去慈壽殿請了安，回來的路上遇見拓跋元弘和拓跋元緒兄弟，雖只是淡淡點頭過去了，但是辛情覺得他們二人看她的眼神有些不一樣，充滿了探究和一點驚訝。

晚上，拓跋元衡賜宴說是給偃朝使節送行，太監來傳旨說讓貴妃前去。辛情答應了。打扮停當，輕輕一笑。

晚宴比較隨意，拓跋元衡連正德夫人都傳來了。辛情看著正德夫人一臉隱忍的怒氣，低了頭微笑。

晚宴之後，拓跋元衡不知道出於什麼心理，非帶著一群人夜遊御花園。辛情對這御花園已經看夠了，沒什麼興趣，只是維持著微笑跟在拓跋元衡身邊。

到了一處池子，池中央一艘小小畫舫上正有琵琶聲傳來，一群男人看過去。

「誰在彈曲？」拓跋元衡問辛情。

「自然是有心人！」辛情笑著回答：「來人，傳她來見駕。」

馬上有太監去了。沒一會兒一個抱著琵琶的清俊美人兒來了，施施然行了禮。

「彈的是什麼？」

「回皇上，奴婢彈的是蝶戀花！驚擾聖駕，請皇上恕罪！」女子的聲音也很好聽。

辛情微微一笑，「再彈一首《賀新郎》來聽聽！」

「回娘娘，奴婢不曾學得！」

「可巧了，咱們皇上偏偏就這個學得好，待會兒好好學著！」辛情笑著一招手，低聲吩咐了馮保幾句，馮保匆忙去了。

接著往前走，遠遠地只聽見有宮女叫「朵兒」的聲音，沒一會兒，一隻黑色的波斯貓出現在他們面前，很優雅地跑到辛情身邊，辛情俯身抱了牠起來，笑著說道：「你這個小東西又不會蝶戀花，來湊什麼熱鬧？」

拓跋元衡看她一眼，群臣都低了頭，只有一道目光不著痕跡地看向她，又看那波斯貓朵兒，眼神複雜。

辛情抱著貓兒輕輕靠近拓跋元衡，很小聲地說道：「皇上，這御花園沒看過一百遍也有九十九遍了，春宵一刻值千金，皇上還是去做正經事吧。」

兩人親密的樣子讓朝臣的頭更低，女人們眼中都冒出了熊熊火焰。

辛情便替拓跋元衡找了龍體不適的理由，遣退臣子和女人們，看著遠去的唐漠風的背影，辛情冷笑，摸著朵兒，自言自語道：「美麗的花兒永遠都有蜜蜂來纏，開在哪裡又有什麼重要？是不是，朵兒？」蘇朵因嫉妒而被休，就讓唐漠風看看蘇朵的賢慧好了。

第二天一早，便有拓跋元衡身邊的太監來說讓她給那美人世婦安排宮殿，辛情笑著點頭。

去給慈壽殿請了安，辛情又去瑤池殿拜觀音。拜完了觀音回到鳳凰殿，新晉的世婦來給她請安，她坐了一會兒見辛情臉色有些蒼白，便說不打擾她休息，告退走了。

「娘娘，要不要老奴傳太醫？」馮保問道。

「傳了也沒用，老毛病了，躺一會兒就好了。」

宮女們服侍她躺下了，滿殿都靜悄悄的。

因為腹痛，辛情午膳也沒有用。

到了下午，不知為什麼肚子更疼，辛情疼得在床上滾來滾去，頭髮滾得亂七八糟。拓跋元衡來的時候，就見她蜷著身子，捂著肚子，咬著嘴唇。

「皇上，臣妾就不給您請安了！」辛情看起來很虛弱，臉白白的。

「傳太醫！」拓跋元衡皺眉

「不用了，疼過今天就好了！」辛情仍舊緊緊蜷著身子。

「怎麼落下這麼個毛病？」拓跋元衡在她身邊躺下抱住她。

「臣妾也不知道，越長大還越發重了，也許哪天死在這個毛病上也說不定！」辛情的嘴唇咬得紅紅的。

「胡說什麼？朕就不信就沒有人能醫得了這個毛病！」
「謝皇上心疼！」
拓跋元衡捧起她的臉，「怎麼有黑眼圈了？又沒睡好？」
「因為掛念皇上的洞房！」辛情笑著說道。
拓跋元衡捏捏她的鼻子，起身讓人傳太醫。
太醫來了，拓跋元衡不避嫌，抱著辛情讓她靠在自己懷裡就讓太醫看脈。看過了說是腎氣虧虛、氣血不足，加上各方面的壓力，令肝氣鬱結，以致氣血運行不順。
辛情便笑了，「你故意來嚇我的？聽你這麼一說，好像我時日無多了！」
「娘娘不必擔心，此症乃是娘娘肝氣不舒暢，氣滯血淤，以致氣血凝滯不暢所致，只要祛淤止痛，平時調補，補氣養血，滋補肝腎，即可慢慢好轉！」
「算了算了，下去吧！也沒個新說法，淨拿些苦草根給我吃騙賞賜，疼起來還是要死要活，還是不看了，下去領賞吧！」
「若還不好，朕唯你是問！」
太醫一哆嗦，「微臣自當盡全力！」
「下去！」拓跋元衡揮手。
等藥熬好了呈上來，辛情看都沒看就說「不喝」。
「喝了就不疼了！」拓跋元衡居然哄著她。
「還不如疼死算了，少遭些罪！」辛情閉著眼睛，還是蜷著。
「愛妃……」拓跋元衡抱她起來。
「那，您若屈尊餵臣妾，臣妾就喝！」辛情勉強笑了笑，渾身無力軟軟地靠著拓跋元衡的胸膛。

「怎麼餵？」拓跋元衡曖昧地問道。

「您說呢？」辛情笑著看他，頓了頓說道：「當然是用勺子，臣妾可不想不小心吃到女人的口水！」

「妖精！」拓跋元衡笑著從宮女手裡接過藥碗和銀勺子。

辛情一口一口地喝著藥，苦笑了下，記憶中從來沒有人餵過她吃藥，即使是這樣有目的的人也沒有，再苦的藥也是自己倒了水吞下去。

拓跋元衡餵她喝完了藥，辛情笑著對他說道：「嘴裡苦，您再賞塊糖？」

拓跋元衡眯著眼睛看她，然後笑了，「求朕！」

「皇上，好皇上，親親皇上，您行行好，賞臣妾塊糖吃吧！」辛情還是笑著說道，玩笑的成分比較大。

「親就給！」拓跋元衡也笑，一臉不正經。

辛情便抱住他的臉狠狠親了一下，然後手一攤，「給糖！」

旁邊早有宮女端著蜜餞候著了。辛情靠在拓跋元衡懷裡欲伸手去拿，拓跋元衡卻先她一步拿到了蜜餞，曖昧地笑著說道：「朕餵妳！」

「這個就不用了，臣妾吃糖從來不用人餵！」辛情笑著伸手拿了一顆蜜餞放進嘴裡，見拓跋元衡也拿了一顆放進嘴裡。

「皇上又沒有吃藥，怎麼來搶臣妾的……」聲音被拓跋元衡吞了，他嘴裡那顆蜜餞過度到她嘴裡。

「蜜餞好甜！」拓跋元衡一臉奸笑。

辛情愣了幾秒鐘，才笑著說道：「光天化日的，皇上調戲臣妾，占臣妾的便宜！」

「要不妳也來占朕的便宜？」

「算了，臣妾可不敢占皇上的便宜！」辛情拿了那一碟蜜餞慢慢吃，偶爾餵拓跋元衡一顆。

吃完了蜜餞，辛情笑著對拓跋元衡說道：「皇上且別處坐坐，臣妾要睡覺了！」

「朕今天喜歡坐這兒！」拓跋元衡抱著她躺下，抓住她一隻手放在自己胸前，另一隻胳膊攬著辛情的肩膀，「睡吧，朕不鬧妳！」

辛情抬頭看了看他，見他沒看自己便又窩回去找了舒服的位置，閉上眼睛，慢慢睡著了。

等辛情再睜開眼睛，殿裡面漆黑一片。動了動腦袋，窮得都沒錢點燈了？

「醒了？」拓跋元衡的聲音。

辛情愣了一下才說道：「皇上怎麼在這兒？」

「因為妳抱著朕不肯鬆手！」拓跋元衡笑著說道。

「哦？皇上，臣妾錯了！」辛情坐起身叫宮女掌燈。燈亮了，辛情迷濛著眼睛坐著，渾身都是慵懶的氣息。拓跋元衡又一把拉了她入懷，在她耳邊說道：「小妖精，這時候還勾引朕！」

「冤枉，臣妾什麼時候勾引過皇上？」辛情故意攥了拳頭，輕捶拓跋元衡的胸口。

「剛剛！」

「哪有？臣妾可什麼都沒做，什麼都沒說！」

「妳這樣的妖精，什麼也不用做就會勾男人的魂！」

「謝皇上誇獎！」色狼就是色狼，看到什麼都覺得人家在勾引他，當全天下女人都把他當寶一樣，自戀到這種程度真是不鄙視他都難！

「不過，只准勾引朕！」拓跋元衡口氣霸道。

「臣妾才不要，臣妾可不想被女人們恨死，臣妾以後要端莊持重。」

「好，只要在床上不端莊就好！」拓跋元衡說得露骨。

「皇上不要說這麼羞人的話好不好？臣妾臉皮可是薄得很！」

「是嗎？讓朕檢查一下到底多薄！」拓跋元衡說著大手已撫上她的臉、脖子、領口，還沒到達目的，辛情一骨碌爬起來，「皇上不正經，臣妾可是好人家的閨女。」

拓跋元衡仍舊躺著看著她哈哈大笑。辛情爬下床才發覺有些餓了，忙讓傳膳。看一眼拓跋元衡，問道：「皇上是別處用還是賞臣妾薄面？」

「當然是賞愛妃薄面！」拓跋元衡故意加重「薄面」兩個字。辛情沒理他，讓宮女給她拿了溫濕的巾子擦了擦臉，又讓宮女隨意把她的頭髮挽了。

晚膳辛情只吃了一點，吃過後，拓跋元衡鬧著餵她喝藥。喝完了藥，辛情讓宮女給她拿了個瓷手爐放在肚子上暖著。

「晚膳也用過了，漫漫長夜，皇上也該找些樂子去。」辛情笑著說道。

「什麼樂子？」拓跋元衡抓著她的手，一根根玩她的手指。

「蝴蝶戀花香，蜜蜂採蜜忙，這麼大後宮什麼樂子沒有？臣妾就不強留您了！」辛情抽回手，攆人。

「除了鳳凰殿，哪裡有國色天香的花？」拓跋元衡笑著問道。

「皇上，國色天香的花看多了，也得換換口味，否則會膩的。」辛情說道：「對了，皇上，昨晚上看昭儀的氣色有些不好，皇上也許該去看看。」

「愛妃就是知道朕的心思！」拓跋元衡起身。

「皇上的心思哪是臣妾這樣粗淺的人能猜得到的，臣妾不過是想起什麼說什麼。」辛情推著拓跋元衡到了殿門口，看著他帶著人走了。

回到殿中，辛情扯出個微笑，「國色天香？」走到那兩盆仍舊盛開的牡丹花前，辛情想著三月三那天拓跋元緒的詩，隨口念道：「國色朝酣酒，天香夜染衣……怎麼也不做完？」

「馮保，去給我燙些酒來。」
「娘娘，您這是？」
「喝些酒暖和些。」
馮保讓小太監去燙酒了。等酒拿來，辛情便拿了小小的琥珀杯子慢慢地自斟自飲，肚子裡沒熱，臉上倒是慢慢地熱起來了，她便提了酒壺拿了杯子到殿外欄杆邊，風一吹果然涼快些。
「娘娘還是進殿去的好，身子正虛弱，又喝了酒，吹了風怕是不好！」
「沒事，哪有那麼嬌貴！」辛情又喝了口酒，「馮保，你在宮裡多少年了？」
「回娘娘，老奴在宮中已四十二年了！」
「四十二年？」辛情側頭看他一眼，「這四十二年中有多少天高興？多少天不高興？」
「娘娘，老奴一心服侍主子，不記得這些！」
「不記得？敷衍我！人再怎麼樣也會記得自己的高興事傷心事！」辛情喝了口酒，「在你的記憶中，最高興的事是什麼？」
「回娘娘，老奴最高興的事是伺候娘娘！」
辛情便笑，半天才說道：「官腔！不說就算了。你知道我最高興的事是什麼嗎？」
「老奴不敢妄測娘娘心意！」
辛情半晌沒作聲，連喝了兩杯酒，發現壺空了。
「妄測？算了！」辛情將壺和杯子順手遞給馮保，進殿去了。馮保拿著酒壺和琥珀杯愣了片刻，馬上跟著進去了。
辛情整個晚上都抱著肚子睡，早起只覺得渾身僵硬還使不上力氣。用過早膳，勉強去慈壽殿請安，太后見她臉色不好，居然問都沒問半個字。辛情也不介意，這老太太本來就看她不順眼，巴不得她臉色再難看些呢！

從慈壽殿出來，辛情走得有些心不在焉，迎面來的人向她請安，她看去，是天仙昭儀和她的幾位好姊妹。

「各位不必多禮！」辛情說道：「是要去請安的吧？我就不耽誤各位了。」

她們幾人又福了福，側身立在一旁等辛情過去。沒走幾步，鳳凰殿的一個小太監飛奔而來，「啟稟娘娘，皇上召見，請娘娘速速回宮！」

「知道了！」

以為有什麼急事，進了鳳凰殿卻見拓跋元衡一臉悠閒地坐著。

「怎麼才回來？」見她進殿，還沒等她說話，拓跋元衡問道。

「皇上，您沒瞧見臣妾這一腦門的汗？臣妾可是遵旨『速速』回宮的。不知道皇上有什麼急事？」辛情笑著問道。

「沒什麼急事，朕來餵愛妃進藥！」拓跋元衡笑著示意她過去，一把拉她坐在膝上，「身子不舒服就不必去請安，瞧瞧這一身的汗！」

「好，臣妾明兒不去了。巴巴地去了，太后連個笑臉都不給。」辛情笑著說道：「皇上的寵妃都不招太后待見嗎，皇上？」

「招朕待見就行了，其他的人不必理會！」

「臣妾不敢！」辛情笑著說道。

馮保端了藥來，辛情便從拓跋元衡膝上挪到他對面的圓凳上，笑著看藥碗等著他餵藥，沒留意拓跋元衡看她。

一碗藥見了底，拓跋元衡隨手將藥碗遞給一個小太監，笑著看辛情。

「愛妃有高興的事？」
「沒有，怎麼了，皇上？」
「沒有？那怎麼喝著苦藥還笑得出來？」
辛情笑著看拓跋元衡，「那是因為您親自餵臣妾喝藥啊，臣妾多少輩子才修來的呢。」
就算這個男人是為了這張臉才親自餵她喝藥也讓她開心，假裝幸福一下吧！
有太監進來說是畫師史沭進畫來了，拓跋元衡微微皺眉看向辛情，「什麼畫？」
「前些日子皇上萬壽，臣妾見了一幅飛天圖，心裡喜歡，隨口說了句讓他畫幅大的給臣妾，沒想到這畫師倒當真了，還真送來了！」辛情對那太監吩咐道：「將畫收了，給他些賞賜就好了！」
「宣他進來！」拓跋元衡說道。小太監忙去了。
一位年輕畫師雙手捧著寬約一米的畫卷進來了，跪地請安之後，拓跋元衡讓太監將畫展開。兩個小太監將那畫卷緩緩展開之後竟有丈餘長，上面畫著一位反彈琵琶腳踩祥雲的仙女，仙女穿著紅色的裙子，隨著動作飛舞的飄帶是紫色的，襯著七彩祥雲。畫面的顏色很漂亮，有種絢爛的視覺效果。
拓跋元衡仔細看了看畫，笑著對辛情說道：「愛妃要將這畫掛在哪兒？」
「掛在瑤池殿陪伴觀音娘娘！」辛情笑著說道。
「你叫史沭？」拓跋元衡看向年輕畫師，「朕沒記錯的話，你是為貴妃繪送子觀音的那個是不是？」
「正是小臣！」史沭躬身答道。
「嗯，畫得不錯。不過，這畫卷有些小，待會兒朕讓人送一座琉璃冰玉絲屏風到畫館，你將這飛天繪在上面，只這仙女要換成貴妃的容貌，明白了？」
「小臣謹遵聖旨！只不過，小臣怕繪不出娘娘的鳳顏。」史沭忙跪下說道。

辛情笑了笑，鳳顏？敢情她也成了飛禽了？

「朕允許你抬頭，仔細記住貴妃的容貌，回去憑記憶畫！」

「是！」史沭答道。然後小心翼翼地抬頭，對著辛情說道：「請娘娘恕小臣冒犯！」

辛情點點頭，微笑著和他對視。見他一臉的緊張，辛情便笑著對拓跋元衡說道：「皇上，您還是別讓他看了，您瞧瞧他一臉的冷汗，怕是臣妾容貌醜陋，把他嚇著了。」

「好了，你退下吧！」拓跋元衡說道。年輕畫師躬身退下了。

「皇上真要把臣妾畫成仙女？」辛情笑著問道：「臣妾真怕畫出來被人家笑。要臣妾說，不如繪了昭儀的容貌。」

「在朕心中，這飛天從來都是妖精！」拓跋元衡笑著說道。

「怪不得要畫臣妾呢！皇上偏心，昭儀是仙女，臣妾就是妖精了？」

「當然，妖妃和仙妃，這些奴才倒看得準！」

「讓我知道非拔了他們的舌頭不可！」辛情假意發狠。

「朕也這樣覺得！怎麼，連朕的舌頭也拔了？」

「臣妾謹遵聖旨！」辛情笑了。

「朕倒要看看妳怎麼拔？」拓跋元衡斜挑著眉毛看她。

辛情便在臉上堆出一朵妖媚的笑，然後坐在拓跋元衡膝上，雙臂環上他的脖子，輕輕柔柔地對著他的唇吻了下去。

片刻之後，辛情笑著離開他的唇。

「妳這個妖精，敢咬朕！」拓跋元衡狠狠地抱住她。

「聖命難違，臣妾可是遵旨行事！」辛情仍舊笑著。真想把他舌頭咬下來，麻辣了炒著吃。

「等過了這幾天，看朕怎麼吃了妳！」
「過幾天皇上就忘了！」
拓跋元衡哈哈大笑。
過了二十，這天辛情正在吩咐著準備浴佛節的事，太華殿的一位太監來了，說是皇帝召見，讓她前往瑤池殿見駕。
辛情遣散眾人往瑤池殿來了，進了殿門就見一尊巨大的屏風立在眼前，將殿內遮得倒是嚴實。辛情往後退了幾步，抬頭看這屏風上的畫，還是那個飛天，只不過比真人還大就是了。
「還滿意？」拓跋元衡從屏風後繞出來。
「這是皇上讓畫的，怎麼問臣妾滿不滿意？」辛情看那仙女的臉，果然有些像自己。
「這畫師果然好記性！」拓跋元衡的聲音裡透著點冷。
「作畫眼睛當然要好用，否則怎麼畫得好？」辛情笑著，仍舊看著畫。
「這眼睛用來看朕的貴妃便不好了！」
辛情心跳慢了一拍，笑著看拓跋元衡，「皇上果然不講理！」
「說！」拓跋元衡看她，眼神陰陰的。
「皇上讓人家看，又說人家看的不是，難不成這天下的話都是皇上您說的？」辛情笑著說道：「臣妾仗著您的寵愛才尊貴了，在江南的時候，不僅天天要給人看，還要給人家端茶倒水，難道皇上要去把水越城男人的眼睛都剜了？再說，皇上在護國寺早早地把臣妾繪在石頭上，多少男人看過了，難道皇上把帝都男人的眼睛都弄瞎嗎？」
「哼，妳倒高興！」
「臣妾自然高興，天底下哪有女人不希望自己的漂亮被人記住的？」

「妳雖美，比昭儀還是稍遜一籌！」

「就算臣妾鼻歪眼斜，只要您喜歡，臣妾便是天下第一！」

拓跋元衡朗聲笑了，「有的時候，朕就是喜歡妳這囂張的氣勢。」

那是你變態！辛情心想。嘴上卻說著：「還不是您寵出來的？」

辛情這些日子總睡不好，夜裡常翻來覆去。馮保不敢隱瞞，忙向樂喜說了，樂喜稟告了拓跋元衡，他便常來鳳凰殿。他來的時候辛情便睡得安穩些，不過偶也會半夜忽然驚醒起身。

這天拓跋元衡本來要獨宿太華殿，想了想還是來了鳳凰殿，卻見辛情側身躺著，雙手捂著耳朵，還在喃喃自語些什麼。拓跋元衡皺眉，放輕步子走過去，俯身聽了半天才聽明白她在說「不要敲了！吵死了！不要敲……」。

拓跋元衡直起身子，仔細聽了聽，沒有一絲聲音。

「愛妃？」拓跋元衡搖醒辛情。

辛情睜開眼睛，明顯有些迷糊，過了一會兒才說道：「皇上，您怎麼來了？」邊說著邊坐了起來。

「做夢了？」

「沒有！」辛情說道：「臣妾這些日子累，沒時間做夢！」

拓跋元衡沒言語，抱著辛情躺下，過了一會兒，聽見辛情平穩的呼吸聲，他側頭看辛情，她的手又自動自覺捂住耳朵了。

第二天傳了好幾位太醫來看，卻沒說出什麼毛病來，拓跋元衡便罵人，又傳了一批來看，說是心裡焦慮，又開了安神的藥。

太醫走了，辛情便笑。

說道。

「怎麼？想到喝藥就高興？」

「太醫說臣妾心裡焦慮，呵呵，臣妾在這後宮一手遮天若還焦慮，其他的人說不定都要睡不著覺了。依臣妾看，以後就讓御廚每日將這安神藥也做成湯給各宮送去，就不用麻煩太醫了。」辛情笑著說道。

拓跋元衡聽了沒說話，只是面色沉了沉。

於是辛情每日除了補氣補血的藥湯，還要喝這安神的藥，直和拓跋元衡抱怨自己成了太醫試藥的人。拓跋元衡不理她，倒是有時間就來餵她喝藥。

藥越喝越多，辛情的眼圈卻越來越黑，精神越來越不濟，拓跋元衡的臉也越來越沉。月底的時候，拓跋元衡說先讓昭儀代理後宮，等她病好了再重掌後宮，辛情想也沒想便回絕了。

「臣妾說過，這後宮的權力，只要臣妾活著，只要您還寵著臣妾，臣妾便不放手！」辛情幽幽地看拓跋元衡，「不過，若您不喜歡臣妾了，就拿走吧！」

「朕就沒見過妳這麼拗的女人！」拓跋元衡說道：「朕又沒說奪妳的權力，等妳好了，自然妳還來管！」

「不，臣妾不放！很多東西一旦放了手，就永遠拿不回來了！」

「隨妳！」拓跋元衡有些生氣。

「謝皇上，臣妾很快就會好的！」辛情這才笑了，拓跋元衡卻沒一絲笑。

四月初二是三皇子的生辰，辛情張羅著熱鬧地辦了，之後又加緊辦浴佛節的事，多少人隨駕、安排什麼儀仗等等，簡直是事無巨細定要親自過問。因為是盛大的佛事，所以辛情早早就去顯陽殿請示皇后是否鳳駕前往。當時皇后雖然氣色有些不好，但還是說要去，說趁著佛誕日求個平安，驅驅邪祟。辛情說也好，宮裡這一年來也不怎麼太平。

到了四月初七，因為初八一早就要出宮，所以辛情忙到很晚才睡。

子時的更聲剛剛敲過，鳳凰殿的太監宮女便見辛情慢悠悠地坐了起來，慢悠悠地光著腳下床，光著腳走出鳳凰殿。宮女們要攔，馮保忙阻止了，「我問過太醫，夜遊症的人不能叫醒，妳們上次差點害死貴妃，還敢再犯？」

「那怎麼辦，馮總管？」一個小太監害怕地問道。

「怎麼辦，跟著保護娘娘，只求娘娘不要走到水裡就好！」馮保說道，一群人便小心翼翼地跟在後面。

還好辛情只是到鳳凰殿的小花園裡的池子邊，一動也不動地站了一刻鐘，然後便慢悠悠地直著眼睛走回鳳凰殿，慢悠悠地坐到床邊撲通躺了下去。馮保等人這才有時間擦了擦頭上的冷汗。

四月初八一早，辛情起身便打了兩個噴嚏。宮女們一聽莫不抖了抖肩膀。辛情光著腳下了床，讓宮女們服侍著穿好了樸素衣服，低頭看裙襬時，看到了白色長毛地毯上略黑的腳印。辛情目光嚴厲地看向宮女們。

「誰踩的？」

宮女們撲通跪下了，不敢說話。

辛情嘆氣，「我不是說過不准弄髒我的地毯嗎？」

「娘娘恕罪！」宮女們帶著哭腔說道。

「好了好了，收拾乾淨！」

宮女們忙去了。

辛情到鏡子前看完衣服，一轉身，眉頭皺了皺，試探似的抬腳踩了下去，挪開腳，看了看，嘆了口氣。

「我昨天又犯夜遊症了？」辛情問道。宮女們跪著不敢說話。
「唉，什麼時候添了這個毛病？」辛情小聲說道：「以後把殿門都關了吧！」
「是，娘娘！」
因為是浴佛節，宮中能動的妃子們為了求吉利全都來了，所以陣容龐大，皇帝、太后太妃、皇后、貴妃、昭儀等大人物全部出席。在辛情事前的精心安排下，一切都井井有條，人數雖多，卻絲毫不見混亂。
觀看完了僧人們浴佛，方丈請皇帝、太后等到禪房坐了，讓沙彌們用銅盆端來了浴佛水讓各位貴人洗手，說是能消災祛難。又說了會兒佛法就到了齋飯的時候，吃過齋飯，本來就要起駕回宮的，拓跋元衡卻忽然下令皇后和眾后妃先奉太后回宮，獨獨留下辛情陪他留在護國寺。
指揮了大隊伍開拔之後，辛情帶著人往禪房走，還有一段距離就見方丈陪著拓跋元衡正往這邊走，似乎邊走還邊說著什麼。辛情自言自語：「這是說什麼呢？」馮保聽見，忙低聲說道：「老奴明白。」
辛情迎了上去，兩人的話正告一段落。
「皇上和大師說佛法嗎？臣妾可否聽一聽？」
「不可以！」拓跋元衡看老方丈一眼，「這件事就麻煩大師了！」
「貧僧分內之事！」方丈單手一揖說道：「皇上要去看石窟，貧僧就不奉陪了！」
「大師不必多禮！」
等方丈走了，拓跋元衡便往後山石窟方向走，辛情在一邊跟著。
「皇上怎麼忽然要看這個？」
「繪完之後朕還沒看過，自然要來看！」
「那還不如剛才看了，您這樣又獨獨留下臣妾，不是給臣妾招人怨嗎？」

「剛才看，她們更怨！」拓跋元衡笑著說道。

「皇上，要不，改日您讓畫師給每位妃子都畫一幅，各鑿一處石窟，這樣大家就心理平衡了。」

「平日的囂張呢？」拓跋元衡看她一眼，「這個時候怎麼怕了？」

「臣妾不是怕，只不過臣妾想，如果每位都有一處石窟，都有和皇上共繪的供養畫像在這佛門淨地，也許她們就少了戾氣，後宮也消停些，臣妾也省些力氣！」

「就算她們都削髮出家，戾氣也不會少，妳死心吧！」

「皇上看得真是清楚！」辛情笑著說道。

說著話已到了後山石窟，拓跋元衡卻沒有急著直奔那新鑿的石窟，而是慢慢地一處處觀光似的看，辛情在一邊也仔細看。有時候拓跋元衡會告訴她那是誰開鑿的石窟，在經過上次辛情見的那沒有供養畫像的石窟前，辛情問道：「皇上，為何這一窟沒有畫像？」

「上次來沒見？」

「還說呢，上次來這兒，每一位可都是衝著皇上的聖像去的，臣妾哪敢不奉陪呀，明著誇暗著罵的，臣妾在旁邊挨眼神的刀子還得給人家笑臉，匆匆經過這一處就覺得有些奇怪，問了卻沒有人告訴臣妾！」辛情抬頭仔細看了看那菩薩像，微微露出詫異的神色，「臣妾怎麼覺得這菩薩像與臣妾供的送子觀音相像呢……」

「嗯！」拓跋元衡簡簡單單應了一聲。

「皇上也不知道嗎？」辛情仔細看那菩薩像。

「畫像被先皇下旨毀去了！」

「為什麼？這畫像的人犯了罪？」

「她背叛先皇！」

「叛臣？難怪呢！」辛情一副惋惜的口氣。
「她與男子有染，背叛先皇，最後被賜死！」
「您的意思是，這是一位娘娘？」辛情有些驚訝。
「哼！」拓跋元衡忽然轉頭看她，「背叛的後果，明白嗎？」
「在皇上看來，她是死不足惜吧？」辛情說道。拓跋元衡看了她一眼，繼續往前走了。辛情又看了眼那菩薩像，微微搖了搖頭，可惜了！
到了那石窟前，辛情微笑著陪在一邊，不甚感興趣的樣子，不過，掃一眼看到了畫像中「自己」腦門上似有若無的霧狀墨色，辛情微微扯扯嘴角。拓跋元衡仔細看了好半天。
「皇上，您喜歡看臣妾還不如回過頭來看呢，那石頭上冷冰冰的，哭不會哭，笑不會笑的，哪有臣妾本人生動好看！」辛情笑著說道。看吧，一定要仔細看了，否則怎麼能發現你的寵妃黑雲罩頂呢！
拓跋元衡果然回頭，湊近她耳邊小聲說道：「在這佛門淨地，妳敢勾引朕？」
「臣妾實話實說而已，您天天看著臣妾還看不膩？到了這裡又看了大半晌了。」辛情笑著說道。
「妳不喜歡朕看？」
「皇上，在佛門淨地，您怎麼問臣妾這麼露骨的話？」辛情笑著，「臣妾回去再告訴您！」
兩人離了後山石窟，沿著柳堤花徑往回走，太監們靜悄悄地跟在不遠處，辛情走得有些心不在焉。
「想什麼？」
「臣妾在想，如果人可以像畫中一樣，一旦被畫在一起便能永久相伴就好了！」這樣她和老爹、魚兒就不會分開了。
「怕失寵？」拓跋元衡笑著問道。
「當然怕，臣妾若失了寵，怕是第二天便會屍骨無存了！」辛情笑著答道。

「朕說過，只要妳好好在朕身邊便不會有事！」

「世事無常，說不定臣妾哪天忽然就病死了、摔死了、噎死了。皇上，如果臣妾死了，您會不會想念臣妾？」

「不會！」拓跋元衡乾脆地說道。

辛情妖媚地笑了，「臣妾聽說天下男子皆薄倖，看來果然是真的！」

「愛妃，記住，天底下可以取妳性命的，只有朕！」

「是，臣妾記住了。」

慢慢走著回到大雄寶殿前，儀駕早已準備好了。辛情笑著看看拓跋元衡，說道：「臣妾有一件事想求皇上！」

「說！」

「臣妾聽說城東有一座送子觀音廟靈驗得很，臣妾想去朝拜，還請皇上恩准！」這是她向馮保打聽來的。

拓跋元衡看了看她，「倒是誠心了！准奏！」

「謝皇上！臣妾就恭送皇上先行回宮了！」

「誰說朕要回宮？」

辛情愣了一下，然後又笑了，「難不成皇上也要去拜送子觀音？臣妾聽說去拜送子觀音的可都是女子。」

「誰規定男子不能去？朕偏偏要去！」

「好啊，皇上去替臣妾求，想必菩薩一定會答應的！」辛情笑著說道：「臣妾這就命人安排！」

「怕人不知道朕去拜送子觀音？微服！」

「是，臣妾遵旨！」辛情挑了幾名侍衛和宮女隨行，一路往城東的送子觀音廟來了。

到了門口，果然來拜菩薩的女人非常多，從廟門遠遠看去，她們好像都擠在觀音像前不知道在幹什麼。辛情便問宮女，宮女說那是搶泥娃娃的風俗，只要搶到一個泥娃娃，用紅線拴了，觀音就會送子來了。辛情聽著有趣，也要去搶一個，被拓跋元衡一把拉住。

「讓奴才去！」拓跋元衡說道。

「自己去搶才心誠！」辛情笑著掙脫拓跋元衡的手便要去搶。

「保護夫人！」拓跋元衡說道，幾名宮女忙護在她身邊跟著去了。

有了這麼強大的護衛，辛情當然順利地搶到了一個，高高興興地邊走邊看，結果她後面一個婦人不知道怎麼忽然沒站穩，撞了過來。宮女們一時沒反應過來，那婦人就穩穩地撞在了辛情身上，辛情不小心鬆開了手裡的泥娃娃，泥娃娃落在地上摔掉了腦袋。

「對不起，這位夫人，我不是故意的。」那婦人過來賠禮，她看了看那摔壞了的泥娃娃，忙把自己手裡搶到的那個放到辛情手上，「夫人，我這個賠給您。」

辛情看她一眼，甩了手，「不必了！」然後蹲下身撿起那個摔壞的泥娃娃放進袖中，一臉不悅往外走。

到了門口，拓跋元衡見她這樣的臉色便問怎麼了，辛情說泥娃娃被人搶沒了，她沒有搶到。拓跋元衡便笑，說還是回去誠心拜她的觀音好了，辛情點頭稱是，扯了個假假的笑。

當下，辛情也沒了心情逛，拉著拓跋元衡回宮。

回到鳳凰殿已是晚膳時分了，辛情草草吃了幾口便放下碗筷，洗了澡後拿出摔壞的泥娃娃看了會兒，讓宮女給她找了紅線來，然後起身說要去瑤池殿，只准馮保跟著。一路走過去，深沉的夜空顯得有些淒涼。

「事情辦得不錯，回頭你自己找賞賜去吧。」辛情輕聲說道：「對了，今兒皇上和大師說什麼佛法？」

「娘娘，老奴沒打聽出說什麼來，但是老奴探知，寺中已奉旨為娘娘您念了半個月的平安經了。」馮保的聲音裡有喜悅。

辛情停了腳步看馮保，「為我？」馮保點頭，辛情便不言語了，繼續邁步前行，若有所思。

到了瑤池殿，辛情遣出所有的宮女太監，先上了炷香，然後坐在蒲團上，從袖中拿出泥娃娃，仔仔細細用紅線將娃娃的頭和身子纏牢了，又看了看，自言自語說道：「這樣看起來也不算壞了！」想了想，恭恭敬敬地跪在蒲團上磕了頭，閉上眼睛雙手合十說道：「觀音娘娘，我以前有錯，但是現在已誠心悔悟改過了，請您大慈大悲看在我一片誠心的分上，賜給我一個孩子。若得菩薩可憐，我以後一定終身供奉菩薩。」

接著起身，偷偷將泥娃娃放在觀音像神案下。

辛情在瑤池殿坐了好半天，才慢悠悠地往回走。

回到鳳凰殿，見桌上一大盤青豆，有些納悶，便問馮保是誰送來的，馮保說是皇上賞賜的，這是宮中的風俗。辛情這才想起來，剛進宮那年好像也吃了青豆，說是這一天吃青豆可結下世的緣分。辛情拿起一顆，想了想又放了回去，將那青豆都賞給下人們吃了。

半夜，辛情又睡得不安穩。

接連幾天，拓跋元衡沒來，辛情每每半夜驚醒，及至發展到睡不著。

一天半夜，辛情翻來覆去睡不著，拿著枕頭捂著腦袋也睡不著，忽地坐起來，「來人！」

「娘娘有什麼吩咐？」馮保疾步來到床邊，這些日子辛情睡不好，他便每夜親自守著，白天辛情午睡的時候抓緊時間打個盹而已。

「馮保，給我傳令下去，不准在鳳凰殿附近弄出動靜來，否則嚴懲不貸！」

「是，老奴明天一早便傳命下去！」

「嗯！」辛情躺下了，想了想說道：「馮保，你不用夜夜在這兒守著，娘娘我沒事！」

「謝娘娘體諒，老奴沒事！」馮保說道：「還請娘娘早些安寢！」退至一邊，面上是擔心的神色。

這鳳凰殿附近一直以來除了更聲便沒有任何響動。

第二天一早，馮保讓小太監去負責打更巡檢火燭的惜薪司找了總管太監，讓以後到了鳳凰殿附近不得弄出響動，以免影響貴妃安睡。

更聲沒有了，辛情還是睡不著。

這天半夜忽然坐起來，起身下床。馮保以為她又犯了夜遊症，卻聽辛情說道：「我倒要看看是誰跟我作對，非要半夜敲鐘不讓我睡覺。」

「娘娘？」馮保聽她這麼說，愣了一下。

「怎麼？」辛情一臉不高興。

「回娘娘，近些日子更聲已沒有了，殿外並無任何聲響，老奴以為……」馮保停住了。

「沒有聲響？」辛情狐疑地看看他，「你確定？」

「是，娘娘，老奴確定，老奴以為娘娘怕是做了惡夢，夢中聽見聲音。」

「你是說本娘娘犯癔症了？」辛情惡聲問道。

「娘娘，老奴不是這個意思，只不過，殿外真的沒有聲音！」

辛情沒理他，穿了衣服走出鳳凰殿，站了一會兒又滿臉不解地回來了，「難道，真是我做夢聽到的？唉……最近怎麼總做這種夢！」

「娘娘為後宮操勞，怕是用心太過。依老奴看，娘娘也要顧惜鳳體。」

辛情長長嘆了口氣，躺回床上睜著眼睛看床幔，直到天色微亮才睡了過去。

馮保不敢隱瞞，忙向拓跋元衡呈報了。拓跋元衡當晚過了半夜時分來到鳳凰殿，果見辛情用枕頭捂著腦袋翻來覆去睡不著，立刻便黑了臉。

當晚，拓跋元衡即刻宣召太醫入宮，下旨宮中及京城所有寺廟更聲暫停半個月。從那天起，拓跋元衡每晚駕臨鳳凰殿。

不知道是聖旨起了作用，還是拓跋元衡的帝王之氣的作用，這半個月辛情每晚都能安睡了，也漸漸有了精氣神，鳳凰殿上上下下總算慢慢放了心。

半月之後，辛情又好好睡了三個晚上，第四天晚上子時更聲剛剛敲過，辛情忽然睜開眼睛，直挺挺地起身，動作僵硬地下了床，也不穿鞋，目光呆滯地走到殿門口，慢動作似地拿下門閂開了殿門，直直地走了出去。滿殿的奴才心都提到了喉嚨，又不敢叫醒她，只得小心地跟在後面。馮保讓人跟緊了貴妃，自己跑著去稟告拓跋元衡。

辛情這次卻不是去鳳凰殿的小花園，而是出了鳳凰殿的範圍，直挺著身子走進御花園。她一身白色的寬鬆中衣，頭髮散在身後，風一吹，衣袖和頭髮便都飄了起來，加上她遊魂一樣的走路方式，遠遠看去就像是女鬼現身。

她光著腳踩在冰涼的石板上，似乎完全沒有感覺，接著拐上了一條彩色石子鋪就的小路往前走。宮女太監們更害怕了，因為沿著這彩色石子路走，就會到一處禁地。

拓跋元衡一臉陰雲趕到的時候，辛情已直直地站到一處水亭的欄杆上，沒人敢叫她，因為太醫說夜遊症的人被叫醒，受到刺激，嚴重的可能會喪命，所以包括拓跋元衡在內的人，都只能眼睜睜看著她。

拓跋元衡放輕腳步走近亭子，只來得及聽到她說「我來陪你了」，然後直直地跳下了欄杆……跟著的太監們連忙撲通撲通跳進去。

很快辛情被撈上來了，拓跋元衡一把抱起她，匆匆趕回鳳凰殿。

將濕漉漉的辛情放在柔軟的大床上，拓跋元衡的臉上是暴風雨來臨之前的陰沉。

太醫來了，仔細請了脈，卻看不出什麼毛病。一個宮女眼尖，看到辛情左腳腳心處有傷口，太醫們仔細看了，清洗了傷口，又上了藥，小心包紮好。

鳳凰殿的氣壓一下子低得讓人喘不過氣來，殿裡甚至聽不見呼吸的聲音。所有人都被拓跋元衡罰跪，他自己則坐在床邊陰沉著臉。

「樂喜！」拓跋元衡忽然叫樂喜。

「奴才在。」樂喜躬身答道。

「即刻徹查後宮！」拓跋元衡沉聲說道。

「皇上，這……所有宮裡都要查嗎？」樂喜愣了下，都過子時了，所有娘娘們都睡了，這時候去打擾……

「所有！還不快去？」

「是，奴才遵旨！」

一直到天亮，整個後宮都被慌亂的氛圍籠罩。雖然沒有人仰馬翻，但是各宮之中無不是怨言連連。

拓跋元衡沉著臉回了太華殿。

等後宮徹查完畢，樂喜忐忑不安地帶著一樣東西回太華殿覆命，將那東西雙手呈給拓跋元衡。那是一個人偶，赫然是貴妃服飾的打扮，只不過那人偶的頭上不是鳳冠，而是插了密密麻麻的銀針，看一眼就覺得頭皮發麻。

「哪裡搜到的？」拓跋元衡聲音低到冰點下了。

「啟稟皇上，這是……是……是翔鸞殿搜到的！」樂喜的頭都不敢抬了。昭儀詛咒貴妃，也說得過去。左昭儀性子溫婉良善，生了兒子沒當上貴妃。右昭儀一天天狐媚魘道，看著不是善類，而且沒有兒子卻升為貴妃……

「哼！好算計！」拓跋元衡陰陰地說道，然後不言語。

樂喜等人也都不敢說話。

「樂喜，把翔鸞殿的奴才都給朕關起來嚴加拷問，直到有人說實話為止！」

「是，奴才遵旨！」樂喜躬身去了。

拓跋元衡又看了看那人偶，人偶臉上被塗成了一片血污，再加上滿頭的銀針，詭異異常。

辛情睜開眼睛，頭沉沉的，撫著頭坐起來，見滿殿的人都在她床前垂首跪著。

「跪死人呢？」

「娘娘，您醒了！」馮保跪行到她床前，「奴才等沒有伺候好娘娘，理應受罰！」

「起來吧！」辛情揮揮手，所有人都沒動，「我說起來！」

「娘娘，沒有皇上的命令，奴才等不敢起來！」馮保說道。

「你們跪著不起來，誰伺候我？」辛情挪到床邊，光腳踩到地毯上，卻冷不防腳底傳來刺痛，一個趔趄差點摔倒。低頭看看，皺了眉，又看馮保：「我昨兒自己扎自己了？」

馮保等人低了頭不說話。

辛情自嘲地笑了，「再這麼下去，哪天抹了脖子就好玩兒了，呵呵……」

「娘娘切不可這樣說！」

「唉……」辛情坐在床邊，低頭盯著自己那隻腳，「你們小心了，聽說夜遊症的人會把人腦袋當西瓜切，以後晚上都離我遠點兒！」沉思了片刻，接著說道：「起來，傳我的命令，就說宮裡丟了重要的東西，要仔細搜查，每處都給我搜！」冷笑著又說道：「聽說過夜遊殺人的，倒沒聽說過夜遊還自殘的！我倒要看看，誰這麼巴不得我死！起來，快去！」

「回娘娘，昨晚上皇上已命令徹查各宮了！」

「哦？」辛情笑了，「這麼快？」

「是，娘娘！怕是已搜完了！」

「馮保，派人去問問副總管，是誰這麼心急讓我死？」

「娘娘，老奴以為，此事皇上定會查得水落石出，娘娘不必心急！」

「不心急？那我什麼時候心急？等我把自己腦袋切下來？」辛情問道：「馮保，你攔著我幹什麼？還是說你是受了誰的指使？」

「老奴一心效忠娘娘，從無二心，請娘娘明察！」馮保馬上磕頭。

「這事有了結果，自然什麼都明白了！」辛情下了床，皺了皺眉頭，宮女們這才小心翼翼起來兩個，服侍她更衣洗漱。

太監們恭敬地擺好膳食，辛情看也沒看，忍著疼往外走。

「娘娘，您要去哪裡？」馮保說道。

「你不去問，娘娘我就自己去問了！」辛情剛到了殿門口，就見拓跋元衡帶著人往這邊來，辛情靠著殿門站住了，「看來，皇上查清楚了！」

拓跋元衡到了殿門口，見她站著，「怎麼出來了？」

「臣妾正要去見皇上，您就來了。」辛情笑著說道。

「見朕？什麼事？」

「臣妾想問問皇上，到底是誰這麼恨臣妾，巴不得臣妾死！」辛情輕描淡寫地說道。

「誰告訴妳的？」拓跋元衡抱起她進了殿，冷冷掃跪著的奴才們一眼。

「這種事皇上認為瞞得住嗎？」辛情冷笑，「聽說皇上下令搜查了後宮，不知道可有了結果？」

「妳覺得是誰？」拓跋元衡問她，臉上沒有一絲笑。

「臣妾覺得？臣妾覺得宮中除了皇上您，恐怕都恨不得臣妾死！」辛情說道：「只不過，臣妾沒想到，千防萬防還是沒躲過這陰損的招數！」

「這件事朕會查清楚，妳不准插手！」

「這麼說，昨晚的搜查沒有結果囉？看來，心思縝密得很嘛！」辛情冷冷說道。

「樂喜，拿來！」拓跋元衡說道，樂喜從袖中拿出那人偶，躬身呈給辛情。辛情倒吸了口冷氣，閉了下眼睛，然後笑著伸手拿到眼前，瞇著眼睛看。

「還好臣妾的生辰八字不準，否則就讓那人如願了！」辛情冷笑。拔掉一根銀針仔細看了看，又試著在自己手上扎了扎，笑著說道：「還好沒有扎到臣妾頭上，否則可要疼死了！」

拓跋元衡從她手中拿走銀針和人偶，「朕會給妳個交代，妳安心養著！」

「那臣妾就謝謝皇上了！」辛情語帶笑意，臉上卻是冷冰冰的，眼睛裡閃著危險的光芒。

「如果找出下咒之人，妳想朕怎麼懲罰她？」拓跋元衡看著她問道。

「罰？以其人之道還治其人之身！」辛情笑著說道，

拓跋元衡皺眉，沒說什麼，只囑咐她好好養著便帶著人走了。

拓跋元衡一走，辛情斜躺在榻上，靠著繡墩笑了。

太醫來換藥，辛情看了看那傷口，有些納悶，便叫了馮保來問她到底是如何傷的，馮保這才將實情告訴她。聽完了，辛情愣了愣。

「投水自盡？」辛情笑了，「這水鬼找替身居然找到我的頭上，呵呵！」

「娘娘，是奴才等沒有伺候好娘娘，還請娘娘責罰！」

「馮保，等這事完了再說吧，咱們等等看，是誰招來的水鬼！」馮保便不作聲了。

辛情仗著腳傷，哪裡也不去請安，每日窩在鳳凰殿，也不派人去打探什麼消息。實在悶了就乘了肩輿去瑤池殿獨自坐著。

這天，瑤池殿後的幾叢不知道什麼花開了，辛情便慢慢走過去坐在石頭上看。

「野花兒呢，怎麼長在了這個地方？這可不是你來的地方啊……」辛情俯身摘了一朵白色的小花。

「本就是野花！」身後有聲音傳來。

「寧王？你怎麼在這兒？來替王妃拜觀音？」辛情沒回頭，「這花是當年弘德夫人讓種的？」

「不知道，一直都在這兒開著！」拓跋元弘說道。

「聽說弘德夫人出身草野，是不是有人故意種了這花，諷刺弘德夫人出身低賤？」辛情說道：「宮裡的人罵人從來不明著罵，害人也偷偷摸摸，真是無趣！想找人打架都不知道找誰！」

「娘娘以後還是收斂些，木秀於林風必摧之！」

「寧王，你打算讓我永遠欠你嗎？」辛情回頭，「還是你覺得我可憐到需要你時刻提醒了？」

「臣只是好心！」

「好心？我從來不信這宮中還有人有好心！我只信我自己！」辛情回過頭去。

「既然娘娘如此想，就當臣沒有說過，臣告退！」

「寧王，以後不要來這個地方，想祭奠弘德夫人偷偷去拜就好了，到這兒來不怕有人挑撥得皇上疑心嗎？」辛情說道：「我供奉了弘德夫人就算報答你了，以後便不欠你的了！」

拓跋元弘盯著她的背影看了看，快步走了。

辛情又坐了一會兒才回鳳凰殿去了，讓太監們到瑤池殿挖了幾株野花過來，栽到鳳凰殿前。

「娘娘，皇上今日處死了翔鸞殿十名宮人！」馮保小聲說道。

「處死？為什麼？」

「皇上親自審問，連副總管都不讓入內，所以外人不知！」

「知道了！」辛情心裡沉沉的，她又害死了十個人。

因為不高興，辛情便有些悶火，一直沉著臉不說話。

此後馮保每天都會向她彙報拓跋元衡又懲治了多少人，不過十來天的功夫，各殿被攆出宮和被殺的已達兩百多人，辛情的臉色越來越不好看。

半個月後，弘德夫人赫連和正德夫人被廢為庶人，即將送往離宮看管。

這個消息讓辛情撇嘴。

第二天，辛情鄭重地去太華殿謝恩，拓跋元衡的臉色相當難看，也沒跟她說幾句話便讓她退下了。辛情又去慈壽殿請安，太后老太太的臉像是北極的冰雕出來的。

辛情見殿內只老太太一人，心裡暗暗提防。

「賤人，妳膽敢算計到哀家身上！」

辛情笑了，「臣妾不明白太后的意思！」

「妳這個南妖，想著法迷惑皇上，攪得後宮烏煙瘴氣！妳且先得意著，哀家倒要看看妳能囂張多久？」太后可能氣得失心瘋了，說話都有了潑婦的味道。

「太后這樣說真是讓臣妾一頭霧水，不過，太后的話一定是對的，臣妾記住了。」辛情一副端莊得不得了的樣子。

「滾出去，以後哀家不想看到妳！」

辛情微笑了下，起身福了福，往外走，走了幾步又停下了，「太后娘娘，以後臣妾不敢來您面前，不過，弘德夫人，哦，現在是赫連氏庶人了。赫連庶人去了離宮，誰來陪伴太后娘娘說話呢？太后，就算您跟臣妾生氣，以後若您悶了就傳臣妾們來解解悶，免得悶出病來！」

一個杯子在她面前碎了，辛情看了看又說道：「看來，哪天臣妾要回奏皇上撤了弘德夫人這個妃位，簡直是太不吉利了！太后，臣妾還要去看看赫連庶人，總算也一場姊妹，您還有什麼話要臣妾帶的？」

「滾出去！」太后的手在哆嗦。

「是，臣妾這就滾出去！」辛情笑著走到殿門口，沒回頭，問了句：「太后，失去親人的滋味不好受，臣妾也有過這樣的體會！還請您節哀，保重鳳體！」

辛情沒去弘德夫人宮中，而是直接去了瑤池殿禮佛，然後回了鳳凰殿。進了門，辛情靠著柱子，坐在地毯上抱著膝蓋，渾身沒有一點力氣。就那個姿勢，一直坐到午膳時分。

辛情本不想吃，但是太監送來了拓跋元衡賞賜的燕窩，她便吃了些。

用過午膳，辛情沒讓人跟著，又去了瑤池殿，遣出太監宮女，在觀音像前跪了一個下午。直到天黑了，跪得腿都沒有知覺了，她才改成坐姿，坐在蒲團上直嘆氣。

「觀音娘娘，因為我死了這麼多人，這麼深重的罪孽應該會下十八層地獄吧？我知道您大慈大悲，可是現在我也不敢再奢望您會賜給我一個孩子了。」頓了頓，「就算您打算給，我也不敢要了。我背負著這麼多條人命，因果迴圈，怕是他們都會來找我索命的，既然如此，所有的報應都讓我一個人來承受，不要報應到我孩子的身上！」摸了摸肚子，「寶寶，對不起，媽媽要食言了，不過媽媽是為了你好，媽媽不想你到這個世上來替媽媽承受那些報應。趁著你還沒來，去找個善良的媽媽吧，下輩子或者下下輩子，如果媽媽還能再世為人，媽媽一定做個好人，到時候你再來媽媽這裡好不好？」

長長地嘆口氣，辛情爬到神案前，從下面拿出那個泥娃娃，「原來真的是冥冥之中自有定數，就算纏好了也是壞的，我還在自欺欺人……」拿著泥娃娃摩挲了一會兒，她仍舊把它放到神案下藏好，「就當是為別人求的好了！」

起身出了瑤池殿，殿門外廊廡下站了兩排宮女太監，見她出來忙向她請安，辛情也沒搭理，慢悠悠地往鳳凰殿走。

回了鳳凰殿，殿裡人雖在，卻一片靜悄悄的。

「娘娘，該用晚膳了！」馮保的聲音也不如往日高。

「不想吃！馮保，給我拿酒來！」

「娘娘！」馮保的聲音有些驚訝。

「馮保，我說拿酒來！」

「是，娘娘！」

沒一會兒端了小小的玉壺和玉杯回來了，辛情自斟自飲，玉杯雖小，但是倒得勤，所以那一小壺很快就見了底。

「酒！」辛情將酒壺放下，又吩咐馮保。

「娘娘，老奴以為娘娘鳳體初癒，還是少飲為宜！」

「我再說一遍，酒！」辛情抬頭瞇了眼睛看馮保，馮保無奈地躬身答應著去了。

辛情這回乾脆拿著酒壺喝，很快就見了底，然後又抬頭看馮保。

「能不能給我拿酒來？這裡面你摻了多少水？」辛情笑了笑，「給我拿一罈來！」

「娘娘，這……」馮保一臉的為難。

「讓我自己去？」辛情笑看他。

馮保便無奈地去拿酒了，果然抱著個封著鵝黃籤子的小罈子回來。輕輕地放在桌上，一臉憂色地看辛情。辛情拆了封口，聞了聞，「這還差不多……」抱著罈子喝了一口，一臉滿意，接著又一口一口地喝。

看辛情像喝水一樣的喝酒，馮保在一邊著急，卻無可奈何。

後來，辛情抱著小罈子坐到地毯上，靠著柱子，放慢了速度喝，直喝到雙眼迷濛，便扔了小酒罈，趴在地毯上，既不說話也不動。

「娘娘喝醉了，還是早些安寢吧！」馮保躬身小聲說道。卻見辛情微微抬頭笑著看他。

「我沒醉！不要管我，你們都下去吧！」

「是，娘娘沒醉！這個時辰也該安寢了，就讓奴才們服侍娘娘歇了吧！」

「把夜明珠拿走，你們退下，沒我的命令不准進來！」

「是，娘娘！」馮保吩咐太監宮女們將夜明珠用布蒙好，然後都退到殿外去了。

看著小皇子安靜地睡了，拓跋元衡微微笑了，「皇兒越來越壯實了！」

「嗯，瑱兒越來越像皇上了！」昭儀淡笑著，看著兒子的眼睛裡是滿滿的愛。

「愛妃這些日子辛苦了，也早些安寢吧！」

太監宮女們服侍兩人更衣梳洗，便躬身退了出去，只留幾個在內殿門口處值夜的。

將昭儀抱在懷裡，聽著她平穩的呼吸聲，拓跋元衡睜開眼睛，懷裡這個天仙一樣的美人兒是奚祁當年送來的五個美人之一。第一眼看到她，他失神了，因為從未見過這樣煙一樣輕靈的女人，自從他十四歲開始接觸女人以來，一直都偏愛風情萬種的女人，像是辛情，但是這個女人太不一樣了，煙霧一樣，輕輕淡淡的，讓人都不忍心去碰一下，就怕一觸碰之下她會散開一樣。

她的性子也淡淡的，不會特別高興也從不悲傷，似乎什麼事都看得雲淡風輕，她在身邊的時候似乎什麼事都看得開一樣，所以他心情不好的時候常來翔鸞殿，看她一眼，天大的煩惱似乎都煙消雲散了，眼前只剩下這神仙一樣的人。

所以他封了她為左昭儀，為她建翔鸞殿。

她的一切都是依辛情的前例，只不過辛情右昭儀和貴妃的位分是她自己開口要的，而昭儀的一切都是他給的，她從來沒有開口要什麼。

就像此次的事，從她這裡搜出那個東西，她卻沒有絲毫的驚慌，只是對他說：「一切但憑皇上處置！」不爭辯不急躁，雲淡風輕的。他知道這件事不可能是她指使的，因為她這樣的性子是不會嫉妒別人的，就算他封了辛情為貴妃，她也是一臉淡然，他曾試探著問過她是否不開心，她說：「有皇上和皇兒就足夠了，那些名位不過都是虛的！」這樣的人又怎麼會下咒詛咒別人？

她這樣的人就算是連皇后都算計的辛情都不來欺負她，她又怎麼會算計那個妖精？

瞇了瞇眼，一想起那個妖精就頭疼，聽說她今一早去向太后請安，她走了後太后氣得臉都白了。這個妖精一點虧都吃不得，睚眥必報，與昭儀比起來，她簡直卑劣不堪。同樣是美人，卻是天差地別。

「皇上睡不著？」昭儀的聲音輕輕柔柔的，「是在擔心貴妃姊姊嗎？」

「她？這後宮之中最不用擔心的就是她！」他倒是擔心——擔心她哪天又使壞算計別人，他還要為她善後。

「貴妃姊姊這次也受了好多苦，病成那個樣子，還要料理後宮的事，真是難為貴妃姊姊了！」

「愛妃不要把誰都想得那麼好，她只是喜歡權力罷了！」

「皇上，不管怎樣，這後宮中現在最受累的就是貴妃姊姊，又病了這麼久，皇上還是去看看的好！」

「愛妃以後不要這麼善良，不是什麼人都值得可憐的！」那個妖精還有心情去招惹太后，有什麼可憐的？

昭儀輕聲笑了，「皇上若是不擔心，都這個時辰了，怎麼還不睡呢？」輕輕推了推拓跋元衡，「皇上還是去看看，貴妃姊姊失眠了這麼多日子，怕是現在也睡不好，您去看一眼，她安了心，也許就睡好了！」

「不去！」

「皇上，前些日子臣妾身子不好，貴妃姊姊還推您過來，您就當替臣妾還這個人情了！」昭儀笑著說道。

「妳們都會拿朕做人情！」拓跋元衡輕聲笑了，「不過，朕今天沒這個心情！」

昭儀便不說話了，安安靜靜地靠在拓跋元衡懷裡。

下了朝，拓跋元衡到了鳳凰殿，卻見滿殿的奴才都在殿外排排站著。

「怎麼回事？」拓跋元衡問道。

「娘娘有旨，沒有她的旨意，奴才們不能進去！」馮保說道。

拓跋元衡微微皺眉，一腳邁進殿門，眉頭皺得更厲害。桌子上是酒杯和兩個玉酒壺，地上是一只歪著的酒罈，看了一圈卻沒看見人。

「人呢？」拓跋元衡問道。馮保等人一驚，貴妃昨晚喝了酒根本沒出去，怎麼不在這裡？於是奴才們忙到處找，結果有人發現辛情在床底下蜷著身子，正睡著。

拓跋元衡笑了，蹲下身，「愛妃該起了！」

辛情沒動。

「情兒！」拓跋元衡忽然叫道，見辛情的肩膀動了動，然後她睜開眼睛，在床底下衝著他笑。

「一大早的皇上就來調戲臣妾！」辛情一身的雞皮疙瘩都在抗議。

「出來，怎麼睡到床底下？」

「臣妾又夜遊了！」辛情笑著，作貞子爬出電視機狀慢慢爬出來，將拓跋元衡撲倒在地毯上，「皇上來幹什麼？」

「鳳凰殿朕不能來？」拓跋元衡躺著抱著她。

「皇上晚上不來白天來，怕臣妾犯了夜遊症？還說疼臣妾，一轉身就躲得多遠。」辛情的聲音嗲得連太監身上都起了雞皮疙瘩。還沒等拓跋元衡說話，辛情動作迅速地從他身上爬起來，「可惜您白天來，臣妾很忙的，沒時間招待您！要不，您別家看看？」

拓跋元衡也不起身，穿著龍袍躺在地毯上，枕著胳膊看辛情。

「怎麼喝這麼多酒？」殿裡還殘留著酒氣，她身上口中都是酒氣。

「當然是高興了！」辛情笑著走到屏風後換衣服。

半晌出來了，重新畫過妝容梳過頭髮了。見拓跋元衡還躺在地毯上，辛情邁著輕巧的步子來到他身邊坐下，「怎麼？皇上今兒覺得這地毯舒服？」

話沒說完，被拓跋元衡一把拉到懷裡。

「朕就是不知道到底哪裡舒服才要躺一躺，果然不舒服！」拓跋元衡點了點她的額頭，「喝醉了就胡鬧，躺這一晚上受涼怎麼辦？自己有毛病又不是不知道！」

「臣妾巴不得受涼，到時候您親自餵臣妾喝藥，臣妾不知道多高興呢！」辛情笑著說道：「皇上昨兒去哪了？」

「翔鸞殿！」

「皇上的心果然是偏的，臣妾病得差點死了，都比不上昭儀些許的委屈！」

「妳果然跟昭儀不同，小肚雞腸！」拓跋元衡捏她的臉。

「出身不同嘛，臣妾貧賤，鄉下長大的，昭儀可是南朝皇帝千挑萬選出來送給您的，哪能比啊！」辛情笑著說道。奚祁可真是捨得，這麼天仙一樣的人他居然捨得送人。真是個敗家男人。

「含沙射影，妳要說什麼？」拓跋元衡瞪她一眼。

「臣妾哪有什麼要說的，嫉妒罷了！」辛情笑著說道。

「嫉妒？昭儀生了皇子朕都沒有封她為貴妃，妳還嫉妒？」

辛情笑了，開心地笑了。

「貴妃……呵呵……皇上真當臣妾是傻子是不是？」辛情冷笑，然後起身坐在他身邊，一臉似笑非笑地看著他，「臣妾這個貴妃，不過是在前面替昭儀擋著腥風血雨的道具罷了，等臣妾掃清了一切障礙，恐怕這貴妃就要換人做了，如此一來，皇上又不食言又達到了目的，一舉兩得。臣妾說的對不對？」

「胡說八道！」

「臣妾有沒有胡說八道，皇上心裡清楚得很！」辛情笑著說道：「不過，也沒關係，輸給天仙也不算臣妾本領差。」

拓跋元衡起身，和她對視，眼睛裡隱隱有火光閃爍，「妳這是什麼性子，朕疼妳寵妳，妳也能歪曲至此？」拓跋元衡的眉毛微微跳動。

辛情但笑不語，起身去用早膳，還回頭問冒著青煙的拓跋元衡要不要用一些。

這件事落幕沒兩天就到了五月，天明顯的熱了，御花園的花也開得更茂盛了。辛情每日也不用去慈壽殿請安，所以時常在御花園裡看花，高興了就命人挖回鳳凰殿栽上。

這天用過早膳，辛情見許多宮女都打扮得比平日鮮豔，有些不解，便問她給改過名字的茉茉是不是有什麼事。

「娘娘，今日是芒種，風俗上要祭踐花神的。」茉茉答道。

「怎麼個祭法？」辛情閒來無事，隨口問道。往年沒留意。

「不如奴婢侍奉娘娘到御花園中去看看，可熱鬧了！」

「熱鬧？熱鬧好啊，最近都沒什麼熱鬧事！走吧，去看看！」辛情起身走了幾步，看看茉茉又看看自己，「茉茉，去給我找件樸素的衣服。」

「是，娘娘！」茉茉忙去了。辛情換了衣服，又把頭上那金子珠子隨手拿掉，從茉茉頭上拿了個小小的珠花戴上了。

「娘娘，奴婢的東西您……」茉茉有些驚訝。

「不要這麼小氣，待會回來還給妳，再賞妳件更好的！」辛情笑著說道。

「娘娘，奴婢不是那個意思，奴婢……」茉茉的話被打斷。

「我穿金戴銀地跟妳去看，大家都知道是貴妃娘娘我，還有什麼樂趣呀！」

兩人到了御花園，果然御花園的樹上、花上都用彩線繫了柳枝編的各種轎馬，也有繫了錦繡紗羅疊成的千旄旌幢的，熱鬧非凡，另有不少宮女指揮著小太監們折柳枝。茉茉編了小兔子小狗小貓小鳥之類的，辛情插不上手，茉茉編一個她就拿一個在手裡看，一時手癢癢還拆了兩個，最後成型的有六七個。辛情看看，又問茉茉：「這些是不是也要繫到樹上？」

「是啊，娘娘！」

「走吧，咱們也去繫上！」辛情說道。

兩人找了棵柳樹，因為這棵樹比較高，所以繫的比較少。

「娘娘，這樹太高了，奴婢去找小陸子幫忙！」茉茉說道，轉身要走。

「站住！」辛情挽了挽袖子，「雖然好久沒爬過，不過應該還爬得上去！」

「娘娘，不可以，這太危險了！」茉茉忙說道。

讓皇上知道她帶著貴妃爬樹，皇上還不殺了她。

「放心吧，不會有事的！」辛情將這些小東西放進袖子裡，走到樹邊，在茉茉一臉擔心下爬了上去，在較低的樹枝上繫了幾隻。想了想，看看手裡剩下的幾隻小鳥，便接著往上爬。茉茉嚇得臉都白了。

正緊張的茉茉被身後一聲「妳是哪宮的」嚇了一激靈，轉過身看到拓跋元衡，臉都白了，「奴婢見過皇上。」

「問妳是哪宮的呢？伺候哪位娘娘的？」那個妃子接著問道。

「啟稟昭訓娘娘，奴婢是鳳凰殿伺候貴妃娘娘的！」茉茉的聲音抖得不得了。

昭訓笑了笑，「原來是貴妃娘娘宮中的，難怪膽子這麼大！」語氣裡稍稍帶些諷刺。

「鳳凰殿都是粗人，沒見過世面，不知道體統，最近又學會了狗仗人勢，膽子自然也大了！」樹上傳來一個聲音，昭訓的臉立刻白了。

「娘娘，臣妾不是這個意思！」昭訓忙說道。

「呵呵，我在教訓鳳凰殿的奴才，昭訓妳別多心啊。」那聲音帶了些笑意。

眾人都抬頭看，樹幹上一個人嘴裡叼著根柳條，穩當地坐在樹幹上正在繫絲線，赫然是鳳凰殿的獨孤貴妃。

「下來！」拓跋元衡說道。他的貴妃在爬樹！

「是，臣妾繫完了這一個馬上就下來！」辛情笑著掃一眼，昭儀不在。

等她繫完了，果然動作伶俐地爬了下來。

「臣妾見過皇上！」辛情隨手將手裡那根多餘的柳條遞給茉茉，「朵兒近來頑皮了許多，拿回去教訓牠！」

「這麼淘氣！」拓跋元衡看著她樸素的宮女一樣的裝扮。

「您就當臣妾童心未泯好了！皇上今日怎麼這麼好的興致？」辛情笑著問道。

「貴妃不也很有興致？」拓跋元衡說道。

「臣妾不過一時興起，皇上就不要含沙射影了，臣妾知錯了！」辛情笑著說道，話音剛落就見妃子們瞪大了眼睛看她裙子，還有小小的吸氣聲。順著她們的目光，辛情低頭看去，原來是她裙子上趴著一條大拇指般粗細的黑色毛毛蟲，她只覺得心臟突地抽了一下，不過馬上就反應過來，慢慢地俯下身彈掉那毛毛蟲，然後一腳踩死，這才抬起頭來笑著看女人們。

「嚇著各位了！」辛情笑著說道。

女人們忙集體搖了搖頭。

「皇上，臣妾回去換衣服，就不打擾您的興致了！」辛情笑著福了福，帶著茉茉走了。

鳳凰殿裡，辛情脫下那裙子一揮手扔了老遠，狠狠洗了好幾遍手，才到桌邊坐下，拿了剪子，將柳條剪成了好幾段，又拿起來一個個慢慢地撚鬆，將裡面的木質抽出，最後拿剪子將頭兒削薄了一些。

「娘娘，您也會做柳哨？」在她身邊站著的茉茉說道。

「妳也會？」辛情抬眼問她。

「嗯，奴婢在家鄉的時候，每年春天，全村的小孩子都會做這個東西玩！」

辛情笑了笑，等弄完了，拿起一個吹了吹，居然給她吹出動靜來了。

「一樣的東西，小時候寶貝似的，現在玩兒沒感覺了！算了，拿去扔了吧！」辛情說道。

「扔了不是可惜？」拓跋元衡的聲音。

辛情起身迎至門邊，「皇上這麼快就看完了？」

「嗯，因為沒了興致！」拓跋元衡走到桌邊拿起一個看了看，放到嘴裡吹了下，「手藝不少！」

「混口飯吃嘛！」辛情笑著說道。

「愛妃真是越來越讓朕迷惑了！」

「臣妾今兒又做了什麼讓您不高興的事了，臣妾給您賠不是。」

「愛妃怎麼會做這個？」拓跋元衡像是沒聽到她的話，自顧自問道。

「原來是這個，皇上，窮人家的孩子沒什麼玩的，都會做這個。」

「窮人家的女孩子都會爬樹？」拓跋元衡看了看她旁邊低頭侍立的宮女茉茉，「妳也會爬樹？」

「啟稟皇上，奴婢膽小，不會爬樹！」茉茉忐忑不安地回答。

「皇上，雖然鳳凰殿都是粗人，可是我這個粗人的頭兒會做的事，可不代表著所有人都會。」辛情笑著說道。

「妳為什麼會？」拓跋元衡側頭看她，也不讓她坐。

辛情的臉一瞬間冷硬，可馬上又笑了，「因為臣妾從小就不招人喜歡，經常被罵被打，我怕啊，所以就常常爬到樹上躲著了！」

拓跋元衡不說話，面無表情地盯著她看，眼珠都不動一下。

「皇上，您幹嘛這麼看著臣妾，臣妾會不好意思的！」

拓跋元衡忽然笑了，拉著她坐下，「妳也知道天底下有不好意思這幾個字？」

「臣妾是粗人沒錯，可不是野人！」

「不管是粗人還是野人，以後只是朕的玉人！」拓跋元衡口氣有些不正經了。

「皇上的意思是臣妾死了可以享受金縷玉衣嗎？」辛情故意歪曲理解。玉人？聽著頭皮癢。她要是他的玉人，他就是她的慾人。

拓跋元衡捏她的臉，「對，金縷玉衣，黃腸題湊，朕都給妳享受！」

「皇上，要不，您在臣妾活著的時候賞臣妾一件玉衣吧。還有，臣妾死後不想被埋在一個固定的地方，躺個千百年的多累啊，您就把臣妾一把火燒了好了！」辛情笑著說道。

「越說越不像話！」拓跋元衡瞪她一眼。

「是，臣妾又錯了！」

「愛妃的生辰到底是哪天？前些日子妳說的不準是什麼不準？」拓跋元衡轉移話題。

「臣妾的生辰？」辛情想了想，「皇上要給臣妾做壽嗎？」

拓跋元衡點點頭，「妳晉為貴妃，壽臣自然就是大事！」

「臣妾也不知道生辰，要不，您給臣妾選一天！」

「胡說，哪有人會不知道生辰的？」

「臣妾曾經大病一場，醒了誰都不認識了，怎麼會記得生辰。」

「既然如此，朕給選個日子，就定在六月初六，與天貺節同時，如何？」拓跋元衡笑問。

「臣妾謝皇上恩典！」辛情笑著福了福身。

「初六也是昭儀的生辰！」

「說是給臣妾做壽，原來是給昭儀做壽，臣妾知道了！」辛情收了些笑意。

「她本就是初六的生辰。」這妖精什麼都能往歪了想。

「是，她本是初六的生辰，臣妾藉著昭儀娘娘的光，也是初六的生辰，希望借了仙氣福澤永享。」

我還壽與天齊。世上走一遭，生辰原來不是神定的，而是人定的。

拓跋元衡沒接她的話，一臉的高深莫測，辛情隱隱有不好的預感。

過了幾天，辛情請了旨要去護國寺上香謝菩薩保佑自己大難不死，拓跋元衡同意了，說下個月就是她和昭儀的壽辰，一起去上香祈福也好。辛情滿心不樂意，又不能反口說不去了，無奈只得一起去了。

辛情不敢貿然召見小沙彌，這雲昭儀的雲淡風輕超出她意料之外了。自從鎮魔事件之後，辛情就時常在想，清者自清之「清者」真的是無論何事都不辯白？等著別人還她公道？是對自己的相信，還是覺得對拓跋元衡有足夠的影響力？

上完了香被方丈請進禪房喝茶，兩個小沙彌捧著兩只蒙著紅布的托盤恭敬地來到她們面前。拿去紅布，原來各是一串佛珠，辛情面前的一串是紅色的，昭儀面前是藍色的。老方丈說這是拓跋元衡下旨為兩位娘娘開光過的血珀佛珠和藍寶石佛珠，兩人謝過，仔細命人收了便告辭回宮。

回到宮裡，辛情已快忘了佛珠的事，還是馮保小心翼翼地捧著到她面前給她看。夜明珠的光芒下，血珀散發著深邃嫵媚的紅色光芒，她一下子就喜歡上了這串佛珠，拿在手裡把玩了一陣，一股若有若無似麝若蘭的幽香便飄瀰開來。

馮保在一邊作解釋：「娘娘，這血珀是琥珀中的少見品種，老奴看，娘娘這串佛珠顏色深紅明透質鬆脆更是珍貴，而且，這血珀對體弱之人更有益處。」

辛情沒言語，將佛珠戴好，越看越喜歡，索性將腕上幾個鐲子都摘下來，只留那一串佛珠。安歇之後，辛情受了蠱惑一樣蒙著被子在黑暗之中看那佛珠。黑暗中，佛珠仍舊色彩濃豔凝重，那光芒讓她感覺如籠罩在幸福和寧靜的氣氛中。頭一次覺得拓跋元衡送對了禮物，只不過，那小沙彌讓她掛心，但是剛去了一次，也找不到什麼好理由再派人去。

很快，辛情開始著手準備她和昭儀的「壽辰」，看拓跋元衡的意思是要大操大辦的，辛情倒是無所謂，反正花他拓跋元衡庫裡的銀子，而且是後宮中兩大「頭牌」人物的壽辰，當然得砸銀子。她讓馮保帶人歸攏了偏殿，準備多騰出些空間當倉庫。不過，拓跋元衡最近看她的眼神讓她大熱天的直打冷顫，她不知道他在算計什麼，但是她知道他在算計她。

到了六月初五這天，拓跋元衡滿臉莫測的笑來了。用過晚膳，喝著茶，辛情笑著半真半假地問道：

「皇上，為什麼臣妾覺得您在算計臣妾呢？」

「只准妳算計人，不准人算計妳？」

「別人算計臣妾，臣妾不怕，可是您要是算計臣妾，臣妾會睡不著覺的！好皇上，您告訴臣妾吧！」

「不說！」拓跋元衡將她放到床上，一臉邪笑，「如果愛妃此時有了身孕就更好了！」

「觀音娘娘不待見臣妾，臣妾也沒有辦法！」

「觀音娘娘不待見，求求朕……」拓跋元衡的笑，在辛情眼裡升級為淫蕩。

激情過後，拓跋元衡和辛情面對面躺著，拓跋元衡的手撫上辛情的額頭——曾經有著傷疤的地方。

「那個疤是撞的？」

「是啊，窮人家的孩子難免磕磕碰碰的。」辛情的心一緊。八百年前的事拖出來講，肯定有問題，

「怎麼了，皇上怎麼突然想起問這個？」

「自己撞的？」拓跋元衡沒答，接著問。

自己撞的？她又不是嗑藥了自己撞頭，肯定是被人推的唄！

「不是，臣妾哪有那麼傻自己撞。被人推的！」其實是被人打飛的，都一巴掌打死人了……剽悍的古代功夫！

「男人？」拓跋元衡直視辛情的眼睛。

「當然是男人，女人哪有那麼大力氣呀！」

「對著妳這個妖精怎麼下的去手？」

「因為他是降妖除魔的，越是妖精下手越狠！」

「朕就捨不得！」

「嗯，因為您喜歡妖精，還收集了一群妖精！」那是因為她還沒把他有了身孕的寵妃給推下去，否則他也會降妖除魔。

「妳是妖精裡的妖精！」拓跋元衡笑著說道。

「皇上，您今天忽然提起舊事，是不是有人跟您說什麼了？」

「就算有人說了，以為朕會告訴妳嗎？」拓跋元衡刮了她鼻子一下，「別瞎猜！睡吧，明天有了黑眼圈……嬪妃們會以為朕一夜沒讓妳睡！」

「皇上說話真是不含蓄！」辛情笑著閉上眼睛。

過了半天，拓跋元衡拍拍她的肩膀，「朕都說別想了，如果愛妃妳實在不想睡，朕陪妳……」

「臣妾睡著了。」辛情閉了眼睛裝死。

初六一大早，外面黑乎乎的，辛情睜開眼睛，夜明珠的光芒看起來讓人不安，她的心臟不正常地迅速跳動著，不安越來越強烈。

「這麼興奮？」拓跋元衡的聲音帶著笑意。

「是啊，皇上給臣妾欽定的生辰，臣妾怎麼能不興奮呢！」辛情坐起身，隨手拿了件衣服穿上，下了床聽見拓跋元衡笑，辛情回頭，「皇上笑什麼？」低頭看看自己衣服，發現原來是拿了拓跋元衡的衣服穿了。

「臣妾冒犯皇上，皇上恕罪！」還好穿的不是他的龍袍，否則可能會被砍頭。

「愛妃穿朕的衣服好看得很！」拓跋元衡也起身，赤裸著上身——下身也是赤裸的，有被子蓋著而已。

辛情換了衣服回來，宮女們已服侍拓跋元衡穿戴完了。此時天還沒亮。

「朕先上朝，下了朝再來！」拓跋元衡勾著她的下巴，曖昧地說道。

「是，恭送皇上！」辛情非常想掰折他的爪子。

拓跋元衡走了，辛情一屁股坐在梳粧檯前，眼睛盯著銅鏡，卻不知道宮女在給她梳什麼髮式。

「馮保，皇上最近見了些什麼人？」

「回娘娘，不曾見什麼人，不過都是平常的臣子！」馮保說道：「不過，聽說皇上近些日子倒是常見慶王爺。」

「慶王？」辛情想了想，「又給皇上弄什麼花花草草？」

「老奴問過，似乎也沒進什麼，不過是陪皇上說說話下下棋。」

「留意些。」說話下棋？這玩的哪齣兄弟情深啊？寧王似乎很久不曾有什麼消息了。

「老奴明白！」

說完了話，辛情一抬頭，正好看到銅鏡裡自己的妝容，滿腦袋的珠子花朵簪子，銅臭味十足，不知道的以為她是珠寶展覽模特兒呢。腦袋上如此內容豐富，腕上那佛珠沒捨得換，顯得就樸素了些。

妃子們陸續來請安，看了她一身的金光閃閃，都誇她漂亮，辛情笑著謝了。漂亮？審美觀都有問題！

中間也有各總管太監等人來回話，辛情讓馮保去處理了。

好不容易妃子們走了，辛情得空坐下來歇了一歇，沒一會兒，拓跋元衡穿著琥珀色的常服來了，見辛情這個打扮便笑了，「這是要跟人鬥富去？」

「這樣才顯出臣妾貴妃的氣勢啊。」

「朕看看！」拓跋元衡拉著她走到梳粧檯前，宮女們恭恭敬敬地打開那些盒子，拓跋元衡一一看了，挑了一只金累絲鳳簪，又看了看她的耳環，也用一對白玉金環的玉兔替換了，項鏈和手鐲沒有換。換完了，往後退了兩步看辛情。

「皇上，臣妾這樣打扮就不是妖精了！」拓跋元衡要讓她走神仙路線了？

「妖精幻化成神仙也帶著妖氣！」拓跋元衡笑著說道。

「那臣妾還是當妖精好了，免得被人家罵畫虎不成反類犬！」辛情笑著，頓了頓又看拓跋元衡，扯出一朵妖媚的笑，「臣妾明白了，皇上您這是要讓臣妾來反襯昭儀，臣妾才不上您的當！」

辛情說完了，伸手欲拿掉頭飾和耳環，被拓跋元衡一把拉住。

「說句玩笑話妳也往歪了想！」拓跋元衡輕輕刮她的鼻子，「今日是妳壽辰，嬪妃們好不容易得著機會，能輕易放過妳？指不定鬧到什麼時候！妳頂著那一堆金銀珠寶不怕累著，朕還心疼呢！」

「這麼說，臣妾還要謝皇上心疼呢！」辛情轉轉眼珠，「皇上給昭儀挑了什麼首飾？您告訴臣妾，臣妾可不能跟她一樣的，否則被比了下去多沒面子！」

「沒去！」

「那您快去，挑了跟臣妾不一樣的首飾。」

「朕是給妳們挑首飾的？」

「皇上，給心愛的妃子挑首飾您還有怨言啊？」

「妳是朕心愛的妃子嗎？」拓跋元衡斜睨著眼睛，看著她問道。

「臣妾說的也不是自己，臣妾說的是您的寶貝天仙！」

「作怪！」拓跋元衡說道：「不過，朕今天哪裡也不去！」

「皇上這樣會讓臣妾以為自己也是皇上心愛的妃子呢。」

「妳是朕頭疼的妖精！」拓跋元衡抱了她在懷裡，「朕今天要給妳個驚喜！」

「皇上這話說了好多次，可是今兒都是正日子了，臣妾也沒見著驚喜！您逗著臣妾玩吧？」

「到時候就知道了！」

「皇上，您不能稍微透露一點，讓臣妾先高興高興嗎？」辛情動作輕柔地撫摸著拓跋元衡的朝珠。

「不能！」拓跋元衡痛快地回絕了。

「皇上這不是存心吊臣妾的胃口嗎？不過，皇上，如果不是驚喜怎麼辦？」辛情瞇著眼睛看拓跋元衡。

「朕準備的，會嗎？」拓跋元衡的臉上出現高深莫測的表情，「到時候看妳怎麼謝朕！」

「到時候再說囉！」辛情笑著說道。

太監們來說時辰到了，請他們移駕琳春樓。兩人出了鳳凰殿往琳春樓來，一路上很多妃子也正趕過去，給拓跋元衡請了安就跟在後面了。辛情看了這些女人的裝扮，小聲跟拓跋元衡說道：「皇上，這回好了，所有人裡面就臣妾最寒酸，臣妾還是回去找些金銀珠寶吧！」

「什麼金銀珠寶比得上朕親自給妳挑首飾的光彩？」拓跋元衡也小聲說道。

「可是，皇上，這事人家都不知道，臣妾總不能自己顯擺吧？」辛情假笑。

「等著！」拓跋元衡輕輕一笑，笑得辛情有點七上八下。

到了琳春樓，已到的妃子們向拓跋元衡和辛情請了安，按序坐下了，又有拓跋家的王爺和王妃們來了，也都見了禮。

沒話找話的女人們便誇起了主角——辛情的打扮，辛情只說各位過獎了。拓跋元衡便看著她笑：

「還說朕挑的東西不好看？」

辛情的臉皮上立刻火辣辣的——被女人們的利劍割的。

「是，臣妾謝皇上！」原來他剛才說「等著」是等這個。

「怎麼謝？貴妃。」拓跋元衡笑著問道。

「皇上要怎麼謝臣妾便怎麼謝！」辛情又是假笑。

正說著，昭儀婷婷嫋嫋地進來了，一如既往的淺色仙女系裝扮，頭上幾根碧玉簪子，耳朵上也是小巧的碧玉耳環，向拓跋元衡請了安便坐下了。

「昭儀娘娘今天好美呢，咱們皇上還真是會挑首飾！」一個很年輕的妃子笑著說道。辛情看她一眼，記住了，明天就讓她住冷宮去，沒大沒小的！

「昭儀比貴妃會打扮，不需要朕給挑！」拓跋元衡說道，順便損了辛情一下。

「是啊，昭儀戴不戴首飾都沒差別，戴了是增光，不戴是本色！」辛情笑著說道。想挑撥離間端看妳們的本事。

「姊姊過譽了！」昭儀朝著辛情微微一笑。

「這可不是我說的，是皇上的金口玉言。」辛情說道。誰再接話就不是她的事了，挑戰拓跋元衡的審美觀？除非嫌腦袋架在脖子上太沉。

拓跋元衡看了她一眼，似笑非笑。

午宴在一種正常宴會的氛圍下進行著，沒有過多的歌舞娛樂，有的只是互相吹捧，辛情最高興的是聽到人們跟她說「祝娘娘千歲」。以前千歲的待遇只有皇帝的媽和大老婆才有，可是拓跋元衡給她這個貴妃的定位是相當於左皇后，所以她終於也有了活成千年老妖的特許——當然，她能活成百年人瑞就不錯了。

午宴過後，辛情讓馮保留下指揮人收拾琳春樓，便回鳳凰殿換衣服。拓跋元衡黏著天仙去了翔鸞殿。

「娘娘累了，奴婢給您捶腿！」茉茉說道。

「不用了！茉茉，妳去把我那件銀紅色的衣服和夜明紗找出來！」

辛情趴在地毯上想睡一會兒，可是心裡七上八下的。拓跋元衡說給她的驚喜到現在還沒影子，看他那一臉的莫測高深，她覺得可能不是驚喜而是驚嚇，但是驚嚇……能有什麼東西嚇到她呢？他總不會找了顆誰的人頭給她做酒碗吧？

忽然想到一件事……魚兒！當年他就是把富老爹和魚兒弄到了宮裡，給了她一個意外的驚喜，如今……難道他找到魚兒了？很有可能，他是皇帝，要找一個人實在是太容易了。況且蘇豫已經到了京城，那魚兒也在嗎？驚喜……

黃昏時分，辛情換了銀紅的冰蠶絲禮服，貼在身上滑滑的、涼涼的，展開那一大片紗轉了一圈，辛情將它披在肩上。又到首飾盒裡挑了兩只金鑲玉蝴蝶步搖，剪了朵拓跋元緒送的紫牡丹，脖子上的項鏈換成了紅色瑪瑙和碧璽的，十個手指上戴了六個寶石戒指，一副財大氣粗的樣子。

「看著像有錢人不？」辛情問馮保和茉茉。

「娘娘看著富貴！」馮保說道。

「哼哼！」辛情似笑非笑地哼了兩聲，又轉了個圈。這才是她這個妖妃該有的形象——五顏六色花枝招展。

「娘娘，時辰差不多了，該起駕了！」馮保說道。

「是啊，走吧，我還盼著皇上的驚喜呢！」辛情帶著人出了鳳凰殿，往太液池邊的惠風殿來了。這個地方好，晚上涼風習習，水光粼粼，太液池上還有燈火通明的龍舟，看起來真是仙境一樣的地方。如果沒有這麼多閒雜人等，她倒是不介意在這兒長住，可惜了，這後宮缺德缺心缺肺，就是不缺人。

辛情一進門就感覺到了來自四面八方的「崇拜」目光，誰讓她是有錢人呢！辛情自嘲地想。向拓跋元衡請了安，然後到右手邊首位坐下了，昭儀坐她對面。

歌舞晚會正式開始，身著各色服飾的舞姬使出渾身解數，就算辛情是在側面也看到了她們快脫離了眼眶的飛眼。看多了便想笑，於是端起酒杯掩飾。剛喝完了這杯，一個小太監端著一只玉杯來到她身邊，「娘娘，皇上賜酒。」

辛情抬頭看拓跋元衡，堆出一臉嫵媚的笑，然後拿過玉杯，聞了聞，果然又是烈酒。又看拓跋元衡一眼，用眼神哀怨地撒了個嬌，拓跋元衡也喝了口酒，掩飾嘴邊的笑。

「貴妃娘娘的壽辰，咱們今天都忘了敬娘娘酒了，還是皇上記性好！」一個很年輕靚麗的美人說道。

辛情看過去，聽說是最近比較得拓跋元衡寵的丫鬟，難怪有些囂張，只不過她不明白的是這些女人看起來倒是在同心同德地挑撥她和昭儀爭風吃醋呢，難道她們以為她和天仙昭儀兩敗俱傷了，她們會漁人得利？她認為不會，到時候拓跋元衡還會尋找絕色美人代替她和天仙昭儀，畢竟養過了牡丹芙蓉，再讓他天天對著一群普通花草……一天兩天一個月兩個月是可能的，一輩子是不可能的。

「既然想起來了，還不敬酒？」辛情說道。

那小美人果然妖嬈地走到辛情面前，「祝貴妃娘娘福如東海壽比南山，千歲千歲千千歲！」雙手捧了酒杯看著辛情。

「借你吉言！」辛情端起酒杯喝了一口。

「謝娘娘。」小美人說道，然後又妖嬈地向昭儀去敬酒，可惜昭儀還沒說話，拓跋元衡說話了，「昭儀不善飲酒，妳不要難為她了，朕替她喝！」

小美人眼睛裡那叫一個流光溢彩，走到拓跋元衡面前柔柔嗲嗲地說了句：「請皇上賞臉喝了吧。」拓跋元衡喝了，小美人高興地歸坐了。

像以前一樣，有人開頭就有人跟風，辛情高興地一杯一杯地喝，拓跋元衡一杯一杯地替昭儀喝。搞來搞去就像是她和拓跋元衡在拚酒一樣。等輪了一圈，辛情笑著看看拓跋元衡，他也正笑著看她。差別是辛情有些醉眼朦朧，拓跋元衡越發雙眼有神。辛情有些眼花，瞇了眼睛使勁看了看，看到了拓跋元衡的眼睛裡綠光閃閃。

「貴妃不敬朕一杯？」拓跋元衡笑著問道。

「是，遵旨！」辛情站起身，腿有點軟了，提了提氣，有些搖晃著走到拓跋元衡面前，奉上手裡的玉杯：「敬皇上！」

「貴妃喝醉了！」拓跋元衡接了那酒喝了，看著辛情迷濛的雙眼說道。

「沒有，我才沒醉，不信，我們就來比比好了！」辛情笑著說道。

滿殿的人都靜了，這樣放肆的妃子……貴妃要和皇上拚酒！

「樂喜，拿酒！」拓跋元衡示意辛情到他旁邊坐了，辛情便聽話地過去坐了。樂喜重新斟了酒，辛情端起杯子，手有點顫，「請！」

拓跋元衡喝了，辛情也一飲而進。

如此喝了五杯，辛情身子軟了，靠在拓跋元衡懷裡，手裡拿著杯子還要喝。

「貴妃醉了！」拓跋元衡拿走她手裡的杯子。

「呵，我沒醉……皇上，我們來划拳啊……」辛情笑著抬手欲拿杯子。

「既然沒醉，還認人嗎？」

辛情搖搖晃晃站起來走到台下，一個一個指著認，「昭儀、崇德夫人、光猷、昭訓……」認完了妃子走到另一邊，「安王、寧王、魏王……這個、這個是慶王……寧王妃……」然後回過頭看拓跋元衡，「沒錯吧？」

眾妃子和王爺、王妃們都忍著笑，雖未全認錯，可也沒有全對。

「沒錯！」拓跋元衡回頭和樂喜吩咐了什麼，樂喜忙出去了。辛情也被拓跋元衡招呼了回到他身邊坐了。辛情靠著他的肩假寐。

「啟奏皇上，國舅來給娘娘祝壽！」樂喜在殿門口說道。

「宣！」拓跋元衡拍拍辛情的臉，「貴妃，看看是誰來了？」

辛情奮力抬起頭的時候，樂喜正好帶著一個人進來。辛情看到他立刻笑了。

「哥！」辛情笑著叫道，聲音裡有極大的驚喜。

肆之章　兄妹羈絆

來人單膝跪地，「微臣叩見皇上、娘娘！」

「國舅平身！賜座！」拓跋元衡說道。來人起身垂首侍立，看也不看辛情一眼。

辛情搖搖晃晃站起來，走到他面前，歪著頭仔細看了看，有些納悶地問道：「哥，你怎麼不理我？我是小妹啊，你幹嘛不理我？哥……」跺了下腳，口氣裡有撒嬌的意味。

「娘娘面前，微臣不敢直視娘娘鳳顏。」來人說道，仍舊低垂著眼簾，不看辛情。

辛情想了想，抬手捧起來人的臉，看到他一臉的驚訝。

「你又不是別人，你是我哥啊！」辛情笑著，醉眼矇矓。

「請娘娘放手！」來人一臉平靜地說道。

「哥，你怎麼吼我？我差點病死了你還不理我？我已經沒有爹和娘了，你也不想管我了嗎……哥，我想家，我想爹和娘，我想回家。」辛情說著說著淚如雨下，撲進來人的懷裡。

惠風殿所有的人都目瞪口呆。依禮，男女授受不親，就算是親兄妹也不可以這樣，普通人家尚且如此，何況那女子還是皇帝的妃子，可是這妃子不僅抱著其他男人，還痛哭流涕。

「貴妃喝醉了，來人，送貴妃回宮！」說話的是拓跋元衡。眾人偷偷看過去，一時都懷疑自己眼花了，拓跋元衡的臉上居然有微微的笑意。

幾名太監宮女來到辛情身邊，伸手欲扶她，她卻更抱緊了來人，「我要回家，我不喜歡待在這兒……哥，你帶我回家吧……」

「小妹聽話！」來人輕輕拍拍她的背。

「哥……」辛情抬頭看他，滿面淚痕。

「小妹，乖，聽話！」來人一臉的溫柔。

「那你答應帶我回家。」鬆開了手，宮女忙扶住她往外走，辛情三步一回頭地看，直到出了惠風殿。

她的身影一消失，所有人的視線都集中到殿中的人身上，這個獨孤豫前些日子封了四品輕車將軍，當時許多人就猜他是不是貴妃的親戚——當然，沒人敢問。今天一見，果然如此，難怪一個聞所未聞的人會忽然封了四品將軍，原來是貴妃的親哥哥。

「微臣失儀，請皇上責罰！」獨孤豫說道。

「你們兄妹經年未見，她高興也是正常的，況且貴妃一向任性，朕見怪不怪了！」拓跋元衡說道：「坐吧！」

「是，謝皇上賜座！」獨孤豫恭謹地坐了。

「以前朕聽說你的才幹就要封你為官，貴妃卻百般攔著，說怕人背後說三道四。不過，你是貴妃的哥哥朕都不用，還有什麼人可用？」

「皇上，娘娘之所以百般攔著，實在是因為微臣不才，娘娘怕誤了國事。」

「你倒是會替她說，她是怕人說靠著裙帶關係，她這個人面皮薄，禁不得人說。」拓跋元衡說道：「不過，既封了官就作出一番成績，也好堵了悠悠眾口，讓貴妃面上有光！」

「是，微臣遵旨！」

「還有件事，國舅還未成親，朕給你做媒，你意下如何？」

「微臣何德何能受如此隆恩。不過微臣尚未建功立業，微臣還不想考慮親事！」

拓跋元衡拿著酒杯看看他笑了，將杯中酒一飲而進。

「此事朕與貴妃說，看她的意思。」

「微臣謝皇上！」

「好了，你也先退下吧，等哪天遞了牌子再進宮見貴妃！」

獨孤豫起身行禮，恭敬地退下了。

殿內人各有心思，皇帝對貴妃哥哥的事倒是管得全面。

因為昭儀惦記著回去看皇子，貴妃早已離席，所以拓跋元衡便宣佈散了。人都退下了，拓跋元衡起身到了惠風殿外，到太液池邊站了站，對著水面忽然就笑了，然後帶著人往鳳凰殿來了。不知道那個妖精是不是真醉了？

剛踏上鳳凰殿的臺階，殿內就傳來了辛情有點不成調的唱曲聲音。

拓跋元衡邁步進了殿門，見辛情正歪歪斜斜舉著那夜明紗踉蹌地轉圈，地毯上有被她撞倒的小椅子和花架等物。拓跋元衡面無表情，眼帶探究地看。辛情轉著轉著轉到了拓跋元衡身邊，被拓跋元衡一把抱在懷裡。

「在幹什麼？」拓跋元衡看辛情迷濛的眼睛和喝多了酒而變得酡紅的臉，看起來更像個妖精。

「我在飛……」辛情笑著又轉出他的懷抱，揮舞著夜明紗，轉圈唱曲。

「飛到哪去？」

「飛啊……飛啊……飛到天上去……」辛情口齒不清。

「朕的懷抱就是妳的天！」拓跋元衡走到她身邊，把她緊緊抱住，「只能在朕懷裡飛！」

「呵呵……」辛情有些困了，像要睡著了，「這個天好冷……我不要……我要跟哥哥、回家去……」

「由不得妳！」拓跋元衡抱著她放到床上，在她旁邊躺下。辛情轉身給了他一個背影，被拓跋元衡又給改成正面相對，只不過辛情已睡著了，拓跋元衡的手撫上她的臉，「朕不會讓妳飛走的，死心吧——蘇朵！」

第二天日上三竿，辛情睜開眼睛，只覺得頭疼得厲害。睜著眼睛看床幔，想了想，笑著坐起身，手撫著額頭。

宮女們過來服侍辛情梳洗換衣服，辛情對著銅鏡微微笑著，宮女們身後多了個人都不知道。
「有什麼高興的事？坐這兒笑什麼呢？」多出的人說話了。
「沒什麼，作了個好夢！」辛情笑著說道。
「夢見妳哥哥了？」拓跋元衡看著她問道。
辛情愣了一下，點了點頭，「嗯，夢見我哥哥了！對了，皇上，您說的驚喜呢？臣妾到現在還沒見呢！」
拓跋元衡笑了，抱她入懷，「朕也夢見國舅了，朕還夢見封了他四品將軍。」
「皇上的意思是，臣妾不是做夢，蘇豫是真的來了？」辛情抓著他的衣襟，一副驚喜狀。
「哼！喝了酒什麼也記不得了？」拓跋元衡捏捏她的臉，「昨兒不是還又哭又笑地抱著妳哥哥，鬧著要回家？任性！」
「我哥哥脾氣很好的，而且最疼我，我從小就欺負哥哥！」辛情笑著說道。
「妳這個哥哥倒是好，可惜有妳這麼個頭疼的妹妹！」
「皇上……」辛情故意拉長音，弄出嗲嗲的聲音。
「妳的壽辰可不是朕隨便指的，是妳哥哥告訴朕的。還挑理？」拓跋元衡哂笑。辛情搖搖頭，笑得春風和煦。
「說起妳哥哥，朕有件事要問妳。」
「問臣妾什麼事啊？」辛情笑著應道。心裡揣測。
「初一護國寺，真是妳哥哥？」拓跋元衡微微皺眉。
「是啊，臣妾怎麼說您都不信，現在知道冤枉臣妾了吧？」
「妳哥哥要帶妳走？那當年溫泉宮有沒有他的份？」

「皇上，寧王爺沒跟您彙報嗎？臣妾當年是被女人劫走的，怎麼會有我哥哥的份呢？」

「那麼，當年離開靳王府，應該有他的份吧？」

辛情的身子震了一下，抬起頭，瞪大了眼睛與拓跋元衡對視。

「皇上，您……您知道了？」辛情的聲音有點小。才知道？還是現在才說？她不信他沒有查過她，只是不知道他還知道什麼。

「妳說呢？蘇朵！」拓跋元衡捏著她的下巴，臉上似笑非笑。

「皇上，臣妾已經老實交代了，您就不要再罰臣妾了行嗎？皇上……」辛情忍著小雞皮疙瘩，開始撒嬌。

「朕要說的不是這件事，這件事國舅已告訴朕了！」

「那皇上要說的什麼事？還跟我哥哥有關。」辛情轉眼珠。

「朕看他真是白疼妳了！」拓跋元衡拍拍她的後背，「妳哥哥已近而立之年還沒成親，妳怎麼不替他打算打算？」

「成親？」辛情愣了一下，「他要成親？和誰？」

「朕這不是問妳呢！妳知不知道他中意誰家的小姐？」

辛情搖頭，看拓跋元衡，「皇上怎麼這麼熱心？」

「朕的大舅子，怎麼能不熱心！」拓跋元衡笑著說道。

「呵呵！」辛情趴在他胸前笑了，「皇上的大舅子排起隊來怕是要排到城門口，還要再繞京城幾圈。」

拓跋元衡拍她，「稱得上國舅的以前只太后、皇后的兄弟，現在也不過妳這個貴妃的兄弟可以再稱國舅！」

「臣妾謝皇上抬舉！」

「既然妳也不知道國舅有沒有中意的人，朕便挑了門當戶對的給他賜婚，妳看如何？」

「門當戶對？」辛情看看拓跋元衡，「怎麼才是門當戶對呢？皇上難道要把臣妾的底細大白於天下嗎？那臣妾還是不要活了！」

「妳的底細？」拓跋元衡笑了，「蘇朵已自盡了，這世上再沒這個人了，妳現在只是朕的獨孤貴妃。」

「皇上英明！」辛情笑著說道：「既然您這麼英明，臣妾求求您不要亂點鴛鴦譜了，等臣妾問過哥哥之後再給您答覆，好不好？」

「好吧，免得以後國舅不滿意妳又跟朕鬧！」

「皇上，臣妾是那麼不識禮的人嗎？」

「哈哈！」拓跋元衡朗聲笑了，「識禮？知不知道自己昨天晚上做什麼了？當著朕的面和男人授受不清，這叫識禮？若不是他是妳哥哥，朕滅他九族！」

「皇上不要嚇臣妾，臣妾膽子小，禁不得嚇！」辛情抱住他的脖子，堆出滿臉的媚笑，仰著臉看拓跋元衡，「那皇上要怎麼懲罰臣妾？」

「罰是要罰的，不過……」拓跋元衡湊近她耳朵，「朕又捨不得打妳罵妳，妳說怎麼罰？」

「臣妾當然希望不罰了！」辛情笑著，「皇上，這事兒就過去吧，以後臣妾不抱哥哥了！」

「不罰不長記性！」

「哼！」辛情故意小小地哼了下，「皇上總是找理由罰臣妾，就知道您看臣妾不順眼。」

「妖精！」拓跋元衡想了想，「過兩日宣妳哥哥進宮，妳問問他，朕心裡也好有數，另外……」拓跋元衡停住，看她。

「另外？」辛情眨眨眼睛。

「另外，讓他帶富魚兒回來，朕也要給她安排一門好親事，如此妳獨孤一門才風光！」拓跋元衡說道。他每說一句，辛情心裡的小火就旺一分。

「皇上，您這是心疼臣妾，還是恨臣妾不死啊？臣妾現在在宮裡都惹了這麼多人了，您要是再給臣妾的兄弟姊妹封官賜婚的……臣妾還不得被人生吞活剝了？」辛情說道。拓跋元衡想用蘇豫和魚兒將她死死地困住。

「所以朕這不是給妳找靠山？」

「算了，皇上，臣妾的哥哥是大門戶出身的，可是魚兒……您就放過她吧，她那麼單純個孩子，若是嫁了這些人，還不被算計死？您若不想臣妾天天為了她提心吊膽，您就答應臣妾別管她，就讓我哥哥在民間給她找個踏實的人嫁了算了。再說，滿朝的臣子誰會願意娶她呢？」

「寧王如何？」拓跋元衡在她說了一堆之後問道。

「寧王？寧王人倒是不錯，可是皇上，您讓臣妾的妹妹做小嗎？」辛情故意作出不高興的樣子，「皇上這樣做跟打了臣妾一個耳光有什麼差別？臣妾是貴妃，臣妾的妹妹做小還不被笑死？」

「誰敢？寧王是朕最得力的皇弟，做他的側妃也不算冤枉了富魚兒！如果不是妳認她做妹妹，她連做沒名分的通房丫鬟都沒資格！」

「皇上這麼說，聽著是抬舉臣妾，仔細想想好像不是那麼回事！」辛情微微冷笑，「好像有股一人得道雞犬升天的味道呢，皇上還真會罵人！」

「妳這個妖精！大家子出身的小姐這麼小心眼，這個性子再不改，看朕怎麼罰妳！」拓跋元衡想了想，「以前妳也這樣對靳王？」

「不記得了！」辛情低了頭，一副往事不可追的樣子。

「不記得就永遠不要記起來！」拓跋元衡說道：「以前所有的人都不必想起來。」

「是，皇上，臣妾記住了！」辛情笑著說道。就是讓她想她也想不起來，蘇家的人除了蘇豫，她就見過蘇朵的爹和姊姊。

「說起這賜婚的事，朕有件事倒是忘了，愛妃，朕打算把邯鄲過繼給妳，以妳獨孤貴妃女兒的身分出嫁！」

「呵呵……」辛情笑了，「皇上，邯鄲怎麼會認臣妾做母妃呢，她恐怕恨死臣妾了，以前她說臣妾害正德夫人失寵，這次……」

「就這麼定了！」

「是，臣妾遵旨！」

第二天拓跋元衡下朝就讓人傳邯鄲到鳳凰殿，邯鄲進了殿，臉繃得緊緊的，沒有一絲微笑，恭恭敬敬地請了安便低頭站著。

「邯鄲，知不知道父皇今日讓妳來為了什麼事？」

「邯鄲不知道，請父皇明示！」

「從今以後，妳便是貴妃的女兒，晉為國公主，燕國公主。」

邯鄲抬了頭，滿臉的訝異和隱忍著的怒意。

「父皇，這是為何？」

「難道妳想以一個庶人女兒的身分出嫁？」

「父皇，即使邯鄲的母親已被廢為庶人，可是邯鄲還是父皇的女兒啊！」邯鄲的聲音裡有隱約的哭腔。

「怎麼？妳不願意？」拓跋元衡放下茶杯，看著邯鄲，「邯鄲，在父皇心裡妳一直很懂事，為什麼這次不明事理了？」

邯鄲跪下了，一言不發。

「皇上，算了，畢竟還是小孩子，等臣妾跟她說說就好了，您別這麼大聲嚇著她。」辛情笑著說道。

「好，妳和她說吧！朕還有事要處理，晚些時候再來！」

辛情起身送拓跋元衡出了殿門，重新進了殿，見邯鄲還跪著。

「起來吧，妳父皇走了，我想妳是不甘心跪我的！」辛情坐下了，「坐吧，以後就是母女了，還是親近些好！」

「妳為什麼要這麼做？妳已經害得我母妃被廢為庶人了，現在又要害我了嗎？」邯鄲坐下，瞪著她。

「我害得她？呵呵，好像跟我沒關係吧，是她詛咒我，廢了她的也是妳父皇！」

「如果不是妳挑撥離間，父皇是不會這樣對母妃的！」

「母妃？妳這樣稱呼一個庶人被人聽見可不好辦了，以後妳只能稱呼我為母妃！」辛情看著邯鄲一臉的不服氣，「我知道妳不想叫，如果不是妳父皇的旨意，妳這種狠毒的女兒我可不想要。」

「狠毒？妳在說我嗎？跟妳比起來，這後宮裡還有人稱得上狠毒嗎？」邯鄲臉上現出嘲笑的神色。

「掌嘴！」辛情說道。馮保猶豫著來到辛情面前。

「娘娘，這……」馮保說道。

「掌嘴！」辛情一派悠閒地說道。馮保只得躬身來到邯鄲面前。

「死奴才，你敢打本公主？我讓父皇殺了你！」邯鄲的聲音很大，但明顯還是有些膽怯。

「馮保，還不動手？讓我親自動手嗎？」辛情喝了口茶。

「啪啪！」兩聲響起。打完了，馮保看看辛情，不知道還要不要接著打下去。

「好了，教訓教訓就行了！」辛情看邯鄲，眼神裡帶著嘲諷，「不能反抗的滋味如何？不好受吧？」

「我會告訴父皇，讓他懲罰妳！」邯鄲的臉都紅了，不知是打的還是氣的。

「好啊，妳去啊！妳說了，正好我就不用認妳這個壞孩子做女兒了，正合心意！」辛情冷笑，「不過，妳想過沒有，我貴妃不認的女兒，這後宮有誰敢認？」

「我不需要！」

「虧了以前我還覺得妳有些小聰明，如今看來不過爾爾。」辛情站起身來到她面前，慢慢伸出手摸了摸她的臉，「這張臉也算美麗，如果以後常被人打，估計很快就要難看死了。」

「我是公主！」

「公主又怎麼樣？剛剛晉為公主還不是被打了？」辛情媚笑，「明白了嗎？這個後宮很可怕，沒有靠山是不行的。在這個宮裡有妳父皇、有太后護著妳，可是如果妳嫁到偃朝怎麼辦？誰都會欺負妳是個庶人所出的公主，被其他王妃看不起，將來三皇子若再納妾，恐怕也會拿這個敲打妳！這樣的日子，想想……是不是很可怕？」

邯鄲不說話。

「我知道妳不喜歡我，可是妳要體諒妳父皇的用心，他可是為了妳好。如今後宮之中，除了皇后，我是地位最高的妃子，妳若是我的女兒，別人自然高看妳一眼，就算是南朝皇帝看在我是妳父皇寵妃的分上，也要給妳幾分薄面，這個好處……想過嗎？」

「你這麼聰明，不用我多說了吧？想想以前妳母親得寵的時候妳過的什麼日子，現在過的什麼日子，自己做個聰明的選擇吧！」辛情笑著起身出了鳳凰殿，「但凡我有一男半女是不會認妳的，妳可是占了便宜。我去瑤池殿上香，馮保，好好伺候著公主，等她想明白了帶她來瑤池殿！」

「是，娘娘！」

辛情便帶著人往瑤池殿來了。

到了瑤池殿剛上完香起身，就聽馮保說道：「回娘娘，公主來了。」

「進來吧！」辛情說道。馮保身後跟著邯鄲進來了，「這麼快就想明白了？」

「是，母妃！」邯鄲說道，態度恭敬。

辛情笑了，一臉燦爛。

「真是識時務！」辛情牽起她的手，走出瑤池殿，在水池邊坐了，「沒良心的孩子，妳母親知道一定傷心死了！不過……這樣子倒真像是我的女兒了，一樣識時務，一樣沒良心，一樣狠心。」

「謝母妃誇獎！」

「我沒有誇妳，我在罵妳！」辛情笑著鬆開她的手，淺笑著看她，「我提醒妳，如果妳打算假意接近我，再來陷害我的話，我勸妳還是放棄這個蠢主意，否則……妳母親的下場就是妳的前車之鑑。」

邯鄲沒說話。

「如果妳還想挑撥妳父皇的話，我勸妳也放棄。看看妳父皇如今對妳的態度就該知道，妳若多事，只會讓他更疏遠妳，也許也會更加討厭妳母親，賜死也說不定！」辛情接著說道：「妳乖乖地笑著做我女兒，大家都高興，妳說好不好？」

「邯鄲明白了！」

「我記得妳的名字是玥兒，以後我叫妳玥兒，邯鄲聽著隔著一層，不親近。好不好？」

「是，母妃！」

「好孩子！」

兩人在水邊坐了一會兒，辛情讓邯鄲隨她回鳳凰殿陪她一起用午膳。邯鄲沒有辦法，強顏歡笑著去了。

午膳時分，拓跋元衡果然來了，見她們兩個都笑著，他也笑了。

用過午膳，拓跋元衡正式下了旨意，晉封邯鄲為燕國公主，後宮諸人已知道邯鄲過繼給了辛情，下午的時候紛紛都來鳳凰殿道喜。辛情和邯鄲便笑著接待，一直到了黃昏時分才消停了。

入夜了，辛情在小花園的水池邊找了石頭坐下，腳丫子放在水裡，身邊放著一個小小的酒壺和夜光杯。身後一個奴才都沒有，都讓辛情攆走了。

抬頭看看天，星星發著清冷的點點寒光，美麗的上弦月優雅地在空中斜臥著。

辛情一小口一小口地喝酒。很煩！蘇豫被捲進來，魚兒很快也會被捲進來的！

「好心情！」身後傳來拓跋元衡的聲音。

「皇上？」辛情回過頭，擺出一臉笑，也理解了邯鄲的強顏歡笑是多不容易。

「又喝酒？還沒喝夠？」拓跋元衡來到她身邊。

「皇上，您這麼常來鳳凰殿，其她女人會不高興的。」辛情轉移話題。

「不高興又怎麼樣？她們都怕妳！」拓跋元衡說道：「邯鄲妳都調教得服貼，何況這些妃子！」

「皇上是抱怨臣妾欺負您的心肝寶貝們了？」

「不管誰欺負誰，只要後宮沒那麼多讓朕煩心的事就可以了！」

「這話聽著真是讓人寒心，原來我們在皇上心裡不過是玩物！」辛情故意用了哀怨的口吻。

「哈哈哈！」拓跋元衡在她身邊坐下，「不是玩物，是寵物！」

「有什麼區別？皇上，這話兒在臣妾這兒說說就行了，臣妾心大，聽過就算，別人那兒皇上這麼說，人家可是會傷心的！」

「妳不傷心？」

「皇上是王爺那會兒不就說了要把臣妾當鳳凰養嗎？臣妾就明白自己的身分了，不過就是皇上的寵物罷了！」辛情笑著說道：「只不過，臣妾這隻寵物跟其他的比起來更招您喜歡一些。」

拓跋元衡拉了她入懷，辛情乾脆側枕著他的腿，看著月亮和星星在小水池裡的倒影。

「邯鄲怎麼就聽話了？」拓跋元衡抓起她一綹頭髮玩。

「打了她兩巴掌！」辛情說道：「讓她知道沒有靠山的日子是什麼樣的，沒有了皇上做靠山只能被欺負！」

「她還是個孩子！」

「就因為是個孩子才得快點讓她明白，嫁到偃朝，日子只會比現在難而不會比現在簡單，不學些聰明，在那個沒有依靠的地方要吃虧的！」

「不討厭她了？」

「說不上討厭，但也不喜歡！不過，如果能讓皇上高興，臣妾可以裝做不討厭！」

「辛情，做什麼事都有目的，妳不累？」

「臣妾就是這樣的人，沒辦法！」當她願意活這麼累嗎？還不是因為他把她弄到這個鬼地方！

「妳跳下去救那小鹿又為了什麼？」拓跋元衡笑著問道。

辛情沒說話，只是輕聲笑了。

「當然是為了要引起皇上您的注意了，也讓臣子們看看，我這個貴妃為什麼得皇上的寵愛！」辛情假笑。

「那為什麼還哭了？」

「臣妾哪裡哭了？皇上不要冤枉人！」辛情扯扯嘴角。

拓跋元衡笑了，輕輕拍拍她的臉，「朕喜歡看妳哭！」

變態！

「為什麼？」辛情翻個身平躺，看著拓跋元衡的臉，「是不是皇上覺得臣妾哭起來梨花帶雨，別有一番風情啊？」

拓跋元衡又笑了，然後手指頭畫著她的眉眼，收了笑。

「妳哭起來才有女人的樣子，才讓朕心疼！女人，還是柔弱些好，妳就是太硬了，像塊石頭！」

「嗯，臣妾還是糞坑裡的石頭，又臭又硬！」辛情笑著說道。這男人被女人慣壞了，美人們打落了牙齒也要笑給他看，他居然改了審美標準，喜歡女人哭？真是難以想像，如果後宮的女人天天都一副泫然欲泣的鬼德行……除非是他駕崩了。不過，那一天他自己沒有辦法親眼看到。

「粗俗！」拓跋元衡捏了捏她的臉蛋，「怎麼看都是美人，為何與昭儀的性子天差地別？」

「您剛剛不是說了，臣妾粗俗！昭儀那樣天仙一樣的人，臣妾只有仰望的份了！」辛情又翻過去接著看水。

「這倒是！」拓跋元衡笑著說道。

辛情沒搭理他，她可沒心情天天抹黑自己。坐起身，倒了杯酒，媚笑著端到拓跋元衡嘴邊，「臣妾敬皇上！」

「為何？」拓跋元衡握住她拿著杯子的手。

「因為您疼臣妾啊！臣妾雖然又臭又硬，可是您還這麼寵著臣妾，臣妾謝謝您！」

「辛情，讓朕說多少次？別對朕假笑！」拓跋元衡就著她的手將那酒喝了，「這個宮裡就這麼讓妳不開心？」

「嗯，這裡都是壞人，一個個等著吃人肉喝人血，誰能開心啊？」

「哈哈哈……有妳在，就是壞人自有壞人磨了！」拓跋元衡開心地笑了。

「您不給臣妾撐腰，臣妾怎麼敢啊！」辛情也笑。

「拐著彎編排朕？含沙射影的本事越來越大了！」拓跋元衡又把她抱到懷裡，「滿後宮的女人就妳敢這麼放肆！」

「皇上要是不高興，臣妾以後不敢了！」

「朕不信妳！」

「不信那臣妾也沒有辦法了！」辛情掙扎著從他懷抱裡出來，爬起來，「皇上，夜深了該休息了，明兒還要上朝呢！」

「這麼著急催著朕……」拓跋元衡笑著起身。

「皇上說話就是不懂含蓄！知道了也不要說出來呀，臣妾臉皮薄！」辛情笑著被拓跋元衡攬著肩膀進殿去了。

很快，拓跋元衡讓蘇豫進宮來見辛情。辛情遣退了所有人，殿內只剩她和蘇豫兩人。沉默了半天，辛情先開了口：「對不起！」

「有什麼對不起？」蘇豫暖暖地笑了。

「又連累到你了，對不起！」

「皇帝沒有罰妳吧？」蘇豫不答她的問題。

辛情搖搖頭，「因為他認為你是我哥哥！」看著蘇豫平和帶著暖意的眼睛。

「我本來就是妳哥哥！」蘇豫微笑著，口氣裡有一絲絲的猶豫。

「你是蘇朵的哥哥，我占了便宜而已。」

「如果妳不是我小妹，皇帝會殺了妳和我！」蘇豫正色說道。

「你怕死嗎？」辛情直視他。

蘇豫搖搖頭。

「我怕死，我很怕死，所以，就當你是我哥哥吧！」

「小情，在妳心裡還是把我當作哥哥的，否則那天妳也不會失態。」

辛情笑了，笑得極開心，她起身走到他面前，很小聲地說道：「蘇豫，我告訴你一個祕密，你不要告訴別人，可以嗎？」

蘇豫點點頭。

「我喝酒就算喝到走不穩路，喝到吐，腦筋也是很清楚的！」辛情笑著說道。

「胡鬧！」蘇豫的聲音有些生氣，「既然沒有喝醉，為什麼故意失態？如果有臣子參奏，妳要如何在後宮立足？」

辛情愣了一下。

「蘇豫，你生氣了？」

「我一直認為妳比朵兒冷靜理智，可是妳為什麼這麼做？妳在玩火！」蘇豫的眉毛擰著。

辛情想了想，又笑了。

「都說是故意的了，當然是想清楚了才做。」辛情仍舊笑著，「就像你大年初一當著全城百姓的面打劫皇妃一樣，看著唐突，卻是仔細想過的。」

「妳……知道？」

「我不知道你到底是怎樣想的，但是我知道你不是個莽撞的人，事事算計，和我一樣，呵呵！」

「你不必知道。還有，以後不要這樣做了，以免為人詬病。」

「以後不用再證明給拓跋元衡看，自然不用這樣做了！」辛情笑著說道：「拓跋元衡是不會輕易相信別人的，即使他查到了我是蘇朵，也不會輕易相信，所以我只好演給他看了！」

「證明也不必非用這種方法，眾目睽睽之下……怎麼也不妥！」

「呵呵，蘇豫，你知道在拓跋元衡心中我是什麼樣的人嗎？」辛情從他身邊走開，邊笑著邊說道：「貪婪、自私、狠毒，還任性，所以我只能那麼演，如果我走到你身邊行了禮，那才不正常！在你進來之前，我已經被拓跋元衡灌了很多酒了，我還故意認錯了許多人，然後他才讓你進來的。呵呵，你沒看到拓跋元衡臉上的笑嗎？他放心了才笑！」

「你都知道？」

「哼，從五月開始他就說要給我一個驚喜，我一直在猜是什麼，後來想到當年我剛到這裡的時候，他派人接了富老爹和魚兒來給了我一個驚喜，所以我猜他可能是找到魚兒了，我想了想，他應該不會放過護國寺出現的人，而你又恰巧在京城，因此，也有找到你的可能。在這之前我已做好了心理準備，誰來了該怎麼反應我都想到了。」辛情說道：「為了讓他更相信，我回去還故意跳舞說胡話給他看。」說完了回頭看蘇豫，見他正盯著自己的背影看。

「怎麼了？」辛情問道：「是不是覺得我心機很重？」

「不怪妳！」

「你果然還是為蘇朵開脫的，呵呵！對了，拓跋元衡知道你是蘇青了吧？」

蘇豫點頭，遲疑了一下，問道：「妳沒有什麼要問的？比如說……溫泉宮的事？」

辛情搖搖頭，「過去的事就過去了，最重要的是，現在你是我名正言順的哥哥了，有什麼事情你應該會站在我這一邊幫我的，對不對？」

「是，如果妳還信任我。」蘇豫說道，辛情總覺得他聲音裡有無奈。

「我說過，我沒什麼可失去的了，所以我還是會選擇信任你。選擇信任你，我才有希望走出這裡。」辛情笑著說道。

重新回到溫泉宮的時候她就在想一種可能，蘇豫不是單純擔心妹妹才來的，也許他是奉了奚祁的命令，這種可能性每每想到都讓她覺得有些心涼。但是後來又想想，她最後沒有到奚祁身邊是他的努力，否則他只要不露面不帶她逃走，她就會被像死人一樣送到南朝，也不會讓她起疑。可是，他露面了還偷帶她走，雖然最後沒有成功，可是他的這份恩情她還是要領的。

蘇豫沒言語，只是看著她。

「過去的事有時間再提，說說眼下的吧。你知道拓跋元衡讓你來見我的目的吧？蘇豫，你有喜歡的人嗎？」辛情直視蘇豫的眼睛。

半天，蘇豫才搖了搖頭，「沒有！」

「真的沒有？」辛情走到他面前，「如果有，你要對我說實話，否則拓跋元衡會隨便找個人塞給你。」

「好！」

「你要娶一個你不認識的人嗎，蘇豫？」辛情看著他的眼睛，「我不相信你沒有喜歡的人，告訴我！」

「沒有！」蘇豫的眼睛稍稍調開了些角度。

「沒有?好，那我幫你選，好不好？」

「好！」

「蘇豫，你……你真是個好哥哥，連婚事都聽妹妹的！」辛情笑了，「我心裡有數了，哥，你先回去吧。」

「微臣告退！」

「等一下，是不是我讓你娶誰你都會答應？」

「但憑娘娘做主！」

「好，我一定幫你好好挑！」

蘇豫告退出去了，辛情看著殿門口，想了想，出了殿門，看著蘇豫遠去的白色身影，心裡納悶——她這是怎麼了，怎麼對蘇豫發火？又安慰自己，一定是最近的煩心事太多了，多得讓她應接不暇，所以有些火氣。也許正如他說的，她是把他當哥哥的，所以可以毫無顧忌地發洩情緒。

幫蘇豫找什麼樣的新娘呢？她根本不認識誰，難道讓拓跋元衡隨便指？當然也不行，蘇豫如果不喜歡，豈不是害了他一輩子？再者，他們離開的時候，自然是人越少越好，蘇豫那種人，是不會想害人家女孩一輩子的，若又多了層顧慮不是平添了許多麻煩？最好還是拖得越久越好。

麻煩！蘇豫為什麼不告訴她他喜歡的人是誰呢？

想了一個下午，這兩年拓跋元衡好像也沒還什麼新人入宮，只不過是在後宮裡挖掘那些被埋沒的小花，想了想，打定了主意，決定讓京城裡有頭有臉人家的閨女都來給她看看，幫拓跋元衡選妃為主，再挑一個備用的給蘇豫。用不上，能拖就最好。

因此晚膳之前，辛情特意讓人去太華殿請拓跋元衡，命人準備了精緻的菜色和酒等著。

晚膳時分，拓跋元衡果然來了，辛情笑得燦爛到了殿門口迎接。

「今天這麼高興？」

「是啊，臣妾說完了，皇上會比臣妾還高興呢！」辛情拉著拓跋元衡入座。

「怎麼，妳有身孕了？」拓跋元衡看她的肚子。

辛情故意嘆了口氣，「臣妾現在還沒那麼大福分。」

「那還有什麼事讓朕高興的？」

「皇上，臣妾想為皇上充實後宮！」辛情笑著看拓跋元衡，拓跋元衡的臉上沒什麼特別的喜色，

「皇上，您不高興？」

「又玩什麼把戲？」拓跋元衡探究似的看辛情。

「臣妾有什麼把戲啊，不過是看這兩年皇上都沒有選美人入宮，後宮裡看來看去都是那幾張臉，皇上不膩臣妾都膩了，而且這兩年除了昭儀為您誕下了皇子之外，其餘的妃子們只生了兩位公主，這樣下去怎麼行？所以……」辛情笑著看拓跋元衡。

「如果不是妳，朕還有個皇子，還敢提！」

「皇上，這事您罰也罰過了罵也罵過了，臣妾也認錯了，皇上怎麼還一副誓不甘休的樣子！」辛情起身坐到拓跋元衡的腿上開始發嗲，「皇上，臣妾就是知道自己錯了，才要為您廣選後宮，多添子嗣，彌補自己的過失，您真是一點都不體諒臣妾的好心！」美人來了，您就扎美人窩裡玩去吧！

「這後宮的女人誰都可能有好心，就妳沒有！」拓跋元衡喝了口酒。

「皇上既然不領情那就算了，反正這後宮的花花草草也夠您看了！您不嫌膩，臣妾正好落得清閒，免得還要調教新人，防著哪天被人奪了寵愛！」辛情笑著說道。

「說來聽聽，打著給朕選妃的旗號要幹什麼？」拓跋元衡灌了她一杯酒。

「皇上真是英明，明察秋毫，這都逃不過您的法眼。」辛情又斟了一杯酒慢慢送到他嘴邊，「臣妾是有一點小小的私心，臣妾想，大美人都挑來給您做妃子，剩下那些相貌普通的、資質一般的，臣妾挑來做嫂子！」

「就知道妳有小算盤！」拓跋元衡拍她的背。

「皇上……」辛情媚笑著抱住他的脖子，「皇上，您就看在臣妾一片熱心的分上，就允了臣妾吧！嗯？好皇上！」

拓跋元衡斜睨她一眼，「新人入宮，妳就這麼自信朕還會一直寵妳？」

辛情搖搖頭，「臣妾聽過一句話，長江後浪推前浪，前浪死在沙灘上。就算臣妾沒有為您選美人，可是遲早還是會選，早晚有一天臣妾這個前浪會死在沙灘上，被您棄置一邊，所以，與其被動地被取代，還不如主動一些，到時候皇上念著臣妾的賢慧，也許還對臣妾有一分舊情，讓臣妾紅顏老去的時候不會太淒涼！」

「有道理！妳也不年輕了，比昭儀還大了五歲！」

「就是因為知道自己得寵的日子不多了，所以才要打算打算哪！」辛情笑。

「看來，妳把朕的話當耳邊風了！朕說過，妳在後宮之中永遠只屈居皇后之下！」拓跋元衡一臉正經。

辛情便笑，笑得前仰後合。

「皇后之下？皇上，皇后現在還不夠慘嗎？被臣妾奪了權又沒有子嗣，頂著皇后的虛名住在顯陽殿，恨死臣妾卻無力反擊！」辛情又倒了杯酒，「臣妾還真怕有一天也會過這樣的日子！真到了那個時候，臣妾寧可死……」

「真捨得？」

「既沒有人捨不得我，我又有什麼捨不得？」辛情笑著說道：「好了，皇上，您到底答應不答應？」

「好！看在你一片苦心的分上！」

「臣妾謝皇上！」辛情又斟了酒，「那麼明天就請皇上下旨，讓好人家的閨女都進宮來，臣妾給您挑幾個天下無雙的，不過，到時候皇上要怎麼謝臣妾呢？」

「妳要怎麼謝？」

「臣妾開玩笑的，為皇上做這些是臣妾分內的事，哪裡還好要皇上謝呢！」

「哼哼！別人不敢，妳會不敢？笑話！說！」

「那臣妾不客氣了。」辛情高高興興地勸拓跋元衡喝了杯酒，「皇上，今年秋圍臣妾可否隨行？」可以的話她就去溫泉宮住些日子，逃跑也方便些。

「不能！」

「哦，臣妾知道了，看來皇上也不是誠心要謝臣妾，」辛情故意用了失望的口吻。

「怎麼想起來跟著去秋圍？」

「跟著秋圍是假，臣妾想去溫泉宮泡溫泉！不過，皇上您不允許就算了！」

「溫泉宮是去不成了，不過，朕可以帶妳去別的地方泡溫泉！」

「真的？皇上不騙人？要去哪裡？」出了宮，路上總有機會。

「鄢陵！」

「鄢陵？臣妾沒聽過！」她對這裡的歷史、地理一無所知。

「沒聽過？偃朝有名的溫泉名勝，沒聽過？」拓跋元衡似笑非笑。

「偃朝的事，臣妾都不記得了！」辛情笑著說道。

拓跋元衡看了她半晌，忽然拉她入懷，「聰明的女人！」

「還不是皇上教得好！」她這次絕對不是故意聰明的，實在是不知道。拓跋元衡可能以為憑她的身分，應該沒事溜達過幾次那地方。

「朕不只教了妳這些吧？」拓跋元衡貼近她的耳朵，帶著情慾的聲音說道。

「是啊，皇上教臣妾的東西，自上而下、由外而內，全面得很！」辛情媚笑。

「那朕就好好檢查檢查，看妳記住沒有！」拓跋元衡擁著她往床邊走。

……

靠在拓跋元衡懷裡，辛情有一下沒一下地在他胸膛上畫圈。

「皇上，您去鄢陵是要見奚祁？」

「嗯！」拓跋元衡簡單應了。

「皇上當年去水越城也是為了見奚祁？」

拓跋元衡側頭看她，手拍了拍她，「這麼好奇？」

「沒辦法啊，皇上和奚祁同時出現在水越城，又一起到臣妾的小店吃麵，臣妾想不作此聯想都不行！」

「權術之事不要問。」

「是，臣妾錯了，您罰臣妾吧！」辛情趕緊發嗲。差點摸著老虎屁股了。

「朕問妳，當年奚祁宣妳進行宮做什麼？」

「呵呵！」辛情笑了，笑得有些放肆。

「說！」

「說起來，皇上還要感謝臣妾呢！」

「為何？」

「因為也許這美人裡就有臣妾當年為您挑的呢！」辛情笑著說道：「水越城的美女真是多，臣妾挑得眼花繚亂才挑出來九個最美的。看來奚祁很大方，送了五個給皇上您呢！」

「換著法地貶低昭儀？壞心眼！」拓跋元衡輕輕捏她的胳膊。

「臣妾說的是實話，當年臣妾還為此嘲笑過奚祁，為了充實後宮特意跑到水越城選美人。不過，臣妾又很奇怪，說是選美人，他自己又不上心，只讓臣妾替他選，自己只顧喝酒，讓臣妾站了一個多時辰，累得腰酸腿疼，連一口水都沒賞，跟皇上比起來，奚祁好小氣！」

「什麼都沒賞？」拓跋元衡笑了，「真的沒賞？」
「是啊，奚祁為了抱美人還過河拆橋，早早打發了臣妾，害得臣妾回去的時候，餓得前胸貼後背！」
拓跋元衡笑了，不過不是大笑，而是讓人有些發冷的笑。
「知道您不信，臣妾也不說了，免得越描越黑！」
「奚祁這麼容易放過妳？」拓跋元衡捏她的下巴。
「他是問了，問臣妾要留下還是要走！」辛情覺得下巴又疼了一分。
「然後？」
「您猜猜！」
「辛情，不要惹朕！」
「皇上，到底臣妾要怎麼說您才信？難道非得臣妾說侍寢了您才信？」辛情冷冷一笑，「也是，在皇上心裡，臣妾是一個很隨便的人。」辛情掙脫他的手坐起身，披了衣服下床，到桌邊坐下，讓宮女倒了茶喝了一口，重又看向拓跋元衡，「俗話說，得不到的永遠都是最好的。就算我很隨便，我還知道如何提高自己的身價，就算是依了奚祁，也要等過了三年之期正式入了他的後宮再說。」
「三年之期？」拓跋元衡也起身，冷眼看她。
「皇上不知道嗎？您都查到臣妾的身分了，怎麼竟不知道這件事？您要聽嗎？那好，臣妾再給您編一段兒。」辛情喝了那杯茶，說道：「我離開偃朝皇宮的時候，奚祁說，如果我三年之內沒有嫁人，便要做他的妃子。」說完了，看拓跋元衡，「臣妾的故事編得好聽嗎？」
「不好聽！過來！」拓跋元衡說道。辛情沒動。
「皇上還有什麼懷疑一併問了吧，臣妾可不想皇上對著臣妾的時候總在猜疑！」她微微笑著，拿著茶杯玩。拓跋元衡會不知道溫泉宮的事？既然他假裝，她也跟著裝好了，反正誰也不吃虧。

「又給朕臉色看！」拓跋元衡笑了，下了床到她身邊，「朕沒有猜疑妳。」

「猜疑就猜疑吧，反正臣妾不是什麼貞潔烈婦，前科累累，讓人懷疑也難免的。」辛情仍舊拿著杯子玩兒，嘴角微微扯了個小小的弧度。

「難過了？」拓跋元衡抬起她的臉。

辛情與拓跋元衡對視，微微一笑，「沒必要！」

「為什麼？」拓跋元衡微微瞇了眼睛，臉上帶著些許笑意。

「因為知道皇上還喜愛這張臉，所以就算您猜疑，看在這張臉的分上，您暫時不會對臣妾如何，臣妾的榮華富貴保不住長遠，一時半會兒還保得住！」辛情的口氣裡帶著笑意。

「朕討厭妳這樣自以為是的聰明！」拓跋元衡變了口氣。

「那臣妾以後就裝作笨一點！」

「好，妳就裝了給朕看看！」拓跋元衡一甩手，讓宮女服侍他穿了衣服轉身走人了。辛情笑著送到殿門外，對著拓跋元衡的背影冷笑。

拓跋元衡走了，馮保的腦門上又開始冒汗。

「娘娘，皇上這是……要不，娘娘您……」馮保吞吞吐吐。

「皇上因為娘娘我太聰明，所以生氣走了，但是我不用去賠罪！」辛情笑著進了殿到桌邊，讓馮保拿了酒來，邊搖著酒杯邊笑，「這酒是越陳越香，人可不一樣……馮保，你在宮裡四十幾年，見過哪個皇帝與妃子地老天荒來著？你跟我說過的，先朝的弘德夫人多受寵，一個莫須有的罪名說沒就沒了。這寵愛啊，總有到頭的那天，不過是時間長短罷了！」

「可是，娘娘，老奴說句不敬的話，老奴亦從未見過敢如此和皇上說話的娘娘！」

「呵呵……馮保，這就是娘娘我的本事！」辛情端了酒杯到殿門處站著看月亮。

馮保依舊忐忑不安。

不過，第二天下午，馮保的擔心就沒了，因為拓跋元衡下了旨意要充實後宮，著所有京官人家的十五歲至十八歲女孩無論嫡出庶出都要入宮以備采選，畫像一律送至鳳凰殿先由貴妃閱過再做定奪。

接到這道旨意，辛情便笑了。

拓跋元衡下了旨意之後便消失不見，據說常流連翔鸞殿，和昭儀、七皇子享受天倫之樂。

這天晚膳邯鄲被辛情留下來。

「妳快失寵了，母妃！」邯鄲笑著說道。

「不會的，沒到妳高興的時候！」辛情也笑。她不是快失寵，她是快失蹤了。

「父皇好多天沒來了！」

「不重要！」辛情夾了些青菜給邯鄲，「母妃我最愛吃這種菜心，可是天天吃也受不了，偶爾換換口味再回來吃，覺得更好吃！」

「那玥兒要恭喜母妃了！」邯鄲吃了菜心。

「與其在這裡跟我針鋒相對浪費口水，我勸妳不如考慮考慮三皇子的口味！」

「我又沒見過他！」

「如果讓妳開店，妳要等問清了客人要吃什麼才去買菜嗎？」

「當然不會！」邯鄲馬上否定。

「一個道理。既然不知道三皇子的口味，那就都準備齊了，總有一樣他愛吃的！」

「母妃的意思是……」邯鄲睜大了眼睛看她。

「回去好好想想，妳這麼聰明，母妃相信妳一定想得明白！」辛情笑著說道。

邯鄲不作聲，安靜地吃飯，辛情也不作聲，安靜地吃飯。

又過了兩天，所有的畫卷都送到了鳳凰殿，共有一百一十一卷。辛情讓太監們一幅幅打開看了，其中幾幅特別難看的，讓太監拿出來放到一邊，並記下名字，傳出命令這幾個不必入宮采選了。

剩下的一百零五人安排了兩天之後入宮備選，至於位址，辛情安排了翠葆殿和太液池畔。

接下來的兩天，她又命人將太液池中的湖心亭用珠簾垂覆，只留南面，再讓人準備了幾艘不小的船，裝飾得花團錦簇，船上掛了許多紅燈籠。等太監們來說已收拾妥當了，辛情帶著邯鄲來到太液池登船看了一圈，有幾處要改進的也都吩咐了。

兩人到了湖心亭，宮女們端上了準備好的冰鎮水果，辛情略吃了幾片。

「母妃為父皇選妃可真是不遺餘力，不怕父皇選了更年輕的美人嗎？」邯鄲語帶嘲諷。

「就算不選，這宮裡年輕的美人還少嗎？沒有年輕的美人，妳母親如何失寵的呢？」辛情看她一眼。

「那是因為妳！」

「沒有我，妳母親也人老珠黃了！」辛情冷冷看她一眼。

「就算人老珠黃，起碼不會那麼慘！」

「這怪誰？她不識時務，人老珠黃就該認命，沒有本事卻不認命的下場就是被妳父皇捨棄！」

「妳好狠，母妃，玥兒真的很想看看妳什麼都沒有那一天！」

「在妳出嫁之前是看不到了，妳出嫁之後沒有機會看到了！」辛情說道：「走吧，回吧，明天還有得忙呢！」

上了船，辛情手撫著額頭，有點不舒服。

「母妃不舒服嗎？」

「廢話就不要問了。」辛情說道：「當一個不喜歡妳的人看起來很煩的時候，最好不要聒噪，惡意的關懷只會讓人更討厭！」

邯鄲不說話了。

晚膳之前，辛情去了趟顯陽殿。皇后的氣色還可以，就是眼神不太好看。

「看來皇后娘娘最近好多了，臣妾這回可放心了！」辛情笑著說道。

「多謝貴妃記掛！」皇后說道。

「應該的，臣妾這幾日有些忙沒來給您請安，您可別怪臣妾啊！」

「是啊，聽說了，貴妃不正忙著為皇上采選後宮嗎！」皇后冷笑。

「皇上的旨意，臣妾怎敢不盡心盡力呢？臣妾今天就是為了這事來的，明日還請皇后娘娘移駕，為皇上采選美人！」

「這件事皇上不是交給妳辦了？哀家身子不適，妳看著辦就行了！」

「皇上雖是這麼吩咐下來的，一來，臣妾沒有經驗，二來，皇后是後宮之主，此事理應皇后來辦。臣妾勉強奉旨行事，已是越權不敬了，可不敢再犯。不過，考慮到皇后鳳體不適，臣妾已大致做了些事情，再往下的，還請皇后娘娘勉為其難替臣妾遮掩一下才好！」

「越權？貴妃客氣了，貴妃的等級還在昭儀之上，按儀制來看，差不多就是皇后的級別了，怎麼算越權呢？」皇后微笑著說道。

「差不多不等於就是，否則皇上為何不讓臣妾來住這顯陽殿呢！」辛情笑著說道：「娘娘，臣妾知道您氣著呢，不過就請您看在臣妾這些日子替您操勞的分上就勉為其難吧！」

皇后沒說話，半天說了句：「好啊，哀家就去看看貴妃給皇上選了什麼樣的美人！」

「謝皇后娘娘！既然您答應了，臣妾就先告退了！」辛情起身告退。

第二天一早用過早膳，皇后帶著人來了，辛情恭敬地迎接，說了會兒客套話，兩人並排一左一右坐了，辛情便命馮保按次序傳人進來。

從她們的衣著打扮和表情，辛情發現她們大多數還是很想爭取這些名額的。她暗笑，都當自己是食人魚夠兇猛呢。這個名額未定，拓跋元衡晚上看高興了都留下也不一定。

「皇后娘娘看如何？」人進到第三批，辛情問道。

「不錯，端莊大方，不愧都是帝都官家小姐出身！」

「希望皇上也和皇后的看法一樣！」辛情笑著說道。嘲笑她的出身？哼！

整個看下來，辛情估計拓跋元衡能喜歡的至少有七八個。

用完了午膳，正好裁霞院送了新衣服來，辛情看了看，其中有一件水藍紗裙看起來很飄逸，也很涼快，她讓茉茉將這件衣服拿出來晚上穿。

「馮保，你把挑出來的那幾卷給我拿來！」

「是，娘娘！」馮保捧著六卷畫軸過來，辛情一一打開看了。

「馮保，這幾位都是什麼家世？」

馮保拿了名錄看過去，說道：「周氏嘉藝為大學士三女，嫡出。盧氏玉琪為太醫院院判長孫女，庶出。穆氏淑影為雲麾將軍長女，嫡出。樓氏雲璨為路國公孫女，庶出。駱氏月音為禮部尚書次女，嫡出。如氏煙晴為廷尉長女，嫡出。」

辛情點點頭，「收好了，我還有用。」

馮保恭敬地將畫收好拿走。

黃昏時分，辛情換了衣服，宮女本已為她梳好了高高的髮髻，待辛情換了衣服照了鏡子，想了想，又讓宮女把髮髻散開了，自己動手綁成一束，就像在水越城時一樣。梳完了頭髮，一轉身看到滿殿的宮女太監都愣著看自己，辛情便看看馮保，「馮保，不好看嗎？」

「不，娘娘天姿國色，無論怎樣打扮都好看！」馮保忙說道。
「算了，不問你了，問了也不跟我說實話。茉茉，我好看嗎？」
「嗯，娘娘這樣子比今天許多待選的小姐都好看呢！」
辛情轉轉眼珠，「茉茉，妳說的是真的？」
「奴婢不敢欺騙娘娘！」茉茉忙跪下說道。
「起來吧！」辛情笑著轉了個圈，對馮保說道：「馮保，你去拿一幅空白的畫卷來！」
馮保一會兒回來了，辛情拿到書案邊，讓宮女磨了墨，在畫卷上寫了幾個字，交給馮保又吩咐了一番。
夜幕降臨，拓跋元衡帶著昭儀雲氏駕臨太液池，太液池邊侍衛林立，太監宮女更是不計其數，皇后早已到了，拓跋元衡對於她的出現有些驚訝，不過馬上就明白了，帝、后、妃登舟赴湖心亭。遠遠地看見湖心亭，拓跋元衡笑了。
到了湖心亭，伺候的人也是圍了個密密麻麻，卻沒見辛情的身影。
「貴妃呢？」
「啟奏皇上，貴妃娘娘說有些不適，晚些過來。娘娘說一切俱已安排妥當，請皇上放心。」說話的是馮保，被辛情派來回話的。
「不適？怎麼個不適？」
「娘娘午睡吹了些風，有些頭疼，不過娘娘說沒什麼大礙。」
「好，開始吧！」
遠遠的水面上飄過來一艘大大的燈火通明富麗堂皇的船，船身周圍輕紗隨風飛舞，紅燈籠襯出一種曖昧的意味。船上有隱隱的樂音傳來，等再近些，便可看清那船上巧妙安排了十位美人，或坐或立或歌或舞，加上那紗和燈光以及在水中的倒影，竟像是仙人一般。湖心亭的侍衛雖不敢放肆看去，但是也都斜著眼睛偷瞄幾眼。

「貴妃好心思！」拓跋元衡喝了口酒，「皇后、愛妃，留意著吧！」

「是，臣妾遵旨。」兩人齊聲答道。

拓跋元衡靠著大繡墩斜著，一杯接一杯地喝酒，眼睛看向船上，臉上似笑非笑。皇后和昭儀各選了一人出來，拓跋元衡揮揮手，沒發表意見。

當第四艘船漂過來的時候，雖然各組中都有皇后和昭儀選中的人，有的一人，有的兩人，不過拓跋元衡都沒說什麼，不肯定也不否定，只是又叫了馮保來，問他貴妃什麼時候會來，馮保忙說馬上就回鳳凰殿請娘娘，拓跋元衡揮手讓他去了。

第五艘船漂過來時，拓跋元衡回頭問樂喜：「那個戴面紗的是誰？」

樂喜忙翻出名錄，恭恭敬敬地呈給他，「回皇上，是嫣水月。」

「嫣水月？」拓跋元衡念道，又看了看，「好名字，想必人如其名！樂喜，讓貴妃安排她侍寢！」

皇后和雲昭儀都側頭看拓跋元衡，臉上有些驚訝。

「皇上，還未冊封便……這似乎有些不妥？」皇后說道。

拓跋元衡笑了，又喝了杯酒，「冊封不過就是一句話，有什麼？」

皇后便不言語了，臉色有些難看。

第七艘船又過來的時候，辛情才帶著人離船上岸。到了湖心亭，還是一襲紅衣。笑著向拓跋元衡和皇后福了福，「中午吹了風，有些頭暈，不過臣妾知道皇后和昭儀也在，所以便晚來了一會兒，還請皇上恕罪！」

「再晚來一會兒就選完了！」拓跋元衡說道：「看著吧，皇后和昭儀都為朕挑了美人，剩下的妳來挑！」

「是！」辛情笑著轉頭看船上。

剩下的人裡面，辛情只挑了兩個。

「這些女孩子都年輕漂亮，賢淑端莊，貴妃怎麼就選了兩位？」皇后問道。那話外的意思在場的人都聽得明白，獨孤貴妃大張旗鼓著為皇帝選美人，皇后和昭儀選了十幾個，她貴妃只選兩個，明顯不是真心實意地選。

「皇后娘娘，您說這個？依著臣妾的意思，這一百零五個也不用看不用選，都留下就好，誰知道皇上哪天就看了哪個順眼呢？不過，皇上吩咐過臣妾，要選那些真國色，不能敷衍了事，所以臣妾也為難！」辛情笑著說道。

拓跋元衡看了她一眼，「就這些吧，妳先安排了她們！」

「是，臣妾這就去辦！」辛情起身離席，登舟離去。

辛情吩咐送了所有小姐回家，十日後會派人接她們回宮，正式充入後宮，然後帶著人回了鳳凰殿。

「馮保，去安排嫣水月侍寢。」

「娘娘，這嫣水月……」馮保猶疑地看著她。

「怎麼？有問題？」辛情瞇瞇眼睛。

「是，老奴明白了！」馮保躬身退出去了。

辛情拆了頭髮，重新綁成一束，脫去外面的紅衣，露出裡面水藍的紗衣。到鏡子邊看了看，又笑了。正笑著，太華殿有太監來了，說是口諭傳貴妃。辛情想了想，重新穿了衣服，頭髮隨意挽上去，插了兩根簪子，帶著人隨那太監往太華殿來了。

到了太華殿偏殿，小太監躬身請她進去，然後關了殿門。

偏殿裡沒有燭光，漆黑一片，辛情一時有些不適應。

「皇上，臣妾奉旨見駕！」辛情說道，一點聲音也沒有。

辛情便不開口了，藉著月光摸索著走向桌邊，經過一根雕龍柱子，後面忽然出來一道黑影將她撲倒在地。

「有刺……」辛情大聲喊道，不過嘴馬上被捂住了。

「嫣水月……是朕！」拓跋元衡的聲音。

辛情發出了兩聲「唔唔」的聲音，點頭表示她知道了，拓跋元衡才鬆了手。

「厲害的小丫鬟，反應倒是快！」拓跋元衡的聲音帶著笑意，手開始不安分，撫上她的臉，輕輕摩挲著。辛情不說話，只是靜靜的，很想笑。

「怕了？別怕，朕會溫柔地對妳！」拓跋元衡在她耳邊曖昧地說道，吹得辛情的耳朵後面起了一層雞皮疙瘩。

拓跋元衡果然很溫柔地對她。

身邊傳來拓跋元衡平穩的呼吸聲，辛情輕輕起身，隨便抓起地上一件衣服準備走人，結果帶子還沒繫好，就聽見拓跋元衡的聲音從身後傳來，「好玩嗎？朕的獨孤貴妃？」

「不好玩，所以臣妾不玩了！」

「妳敢走出去就看看是什麼後果！」拓跋元衡拍了拍手，立刻燭光亮了起來，忽然而來的光亮有些刺眼，辛情忙遮住眼睛，下一秒已被拓跋元衡拉到懷裡，「穿著朕的龍袍走出去是謀反。」

辛情低頭看看，她竟然把拖把元衡的龍袍穿上了。

「那皇上就把嫣水月拖出去砍了吧！」

「當然！樂喜，嫣水月私穿龍袍意圖謀反，殺！」

樂喜答應著卻不動。
「皇上怎麼看出來的？臣妾戴了面紗的！」辛情笑著問道。
「嫣水月，偃朝水越城，是不是？」拓跋元衡捏她的臉，「真是調皮。」
「臣妾下午換了新衣服，宮女說臣妾比這些小姑娘還漂亮，臣妾一時虛榮心膨脹沒收住，就想試試是不是真的，所以就扮成了嫣水月，誰知道皇上這麼明察秋毫！」
「是很漂亮，朕差點上當了！妖精！」拓跋元衡笑著抱著她起身，「扮上給朕看看。」
辛情便重新換上那水藍的紗衣，綁了頭髮，輕輕盈盈地在拓跋元衡面前轉了個圈。
「皇上，臣妾好看嗎？」
「妖精！打扮成這樣也是妖精！」
「皇上就不會誇誇臣妾嗎？」辛情故意使小性。
「誇妳？朕不打妳就算妳撿著了！」拓跋元衡又捏她的臉。
「是，臣妾謝皇上。」辛情笑著福身，「臣妾這就告退了。」
「去吧！」拓跋元衡點頭，辛情小心地出了門，太監便護送她回鳳凰殿去了。
拓跋元衡冷冷地笑了，「嫣水月，妳果然還是念念不忘妳的水越！」
第二天一早，後宮之中便都知道嫣水月昨晚私穿龍袍被殺之事。辛情命人將那選出的十六名女子畫像送到太華殿去，又命人仔細收拾了幾處宮殿。處理完了，命馮保準備去護國寺上香事宜，為此特意又跑了趟太華殿請旨上香，拓跋元衡准奏了。
兩天之後，護國寺。
幾頂緋呢、綠呢小轎陸續停在寺門口，丫鬟們從裡面扶出幾位小姐。幾位小姐下了轎進了寺門，早有小沙彌們等著為她們引路到大雄寶殿去。

大雄寶殿之上便聚集了六位小姐，開始她們還不說話，只是靜靜地站著，看著菩薩。後來一位看起來很英氣的小姐開了口：「我是穆淑影，各位也是奉了貴妃娘娘的旨意來上香的嗎？」

她開了口，剩下的五位便都點了點頭，各自介紹了自己。

「貴妃娘娘為什麼忽然下旨讓我們來上香呢？」盧玉琪問道。

「因為備選的事吧！」周嘉藝說道，昨天晚上接到這道旨意她便和父親說了，父親便說定是因為此事，只是不知道貴妃是不是看出什麼來了，會不會治她們欺瞞之罪。

周嘉藝的話一說完，其餘的幾位女孩都小小地瑟縮了一下肩膀，聽說當今皇上的貴妃心狠手辣，若是因為這件事治她們的罪，麻煩就大了。

「就算是備選的事，可是貴妃娘娘沒有說一定要畫了真容上去，我們也不算欺君。」如煙晴平靜地說道。

「說的好！」殿門口傳來拍巴掌的聲音，六人回頭看去，只見門口站了一位衣著豔麗的小姐，她雖未施脂粉，不過絲毫不減美麗。

「妳是？」穆淑影代表問道。

「奉娘娘的旨意來上香啊！各位也是吧？」來人問道。

六人點了點頭，問道：「請問小姐是？」

「我是獨孤魚兒，貴妃娘娘是我姊姊！」來人說道。

六人都露出驚訝的表情，只聽說貴妃有個哥哥，她妹妹和養父不是好多年前就死了嗎？看到她們的表情，來人笑了笑說道：「當年我受了傷，姊姊派人送我回鄉休養，最近才回帝都！」

「原來是獨孤小姐，不知道娘娘讓我們來上香是為了什麼？」樓雲璨問道，她是路國公的孫女。

「不為什麼，姊姊給我看我看了各位的畫像，姊姊說，幾位小姐定是不慕富貴的瀟灑之人，因此才故意畫破了花容月貌，還說，幾位小姐這樣的人才值得結交，所以我就央了姊姊，找了由子與各位結交！如果讓妳們誤會，真是對不起，不過，我是真心要與幾位結交的！」獨孤小姐說道。

「得貴妃娘娘溢美，我們真是慚愧！」禮部尚書的次女駱月音說道。

「不是溢美，姊姊說得很對，各位都美貌如花，若是參選必定能選上的，恐怕也會得皇上寵愛。」獨孤小姐笑著說道。

「獨孤小姐過獎了！」六個人說道。

「既然來了，我們就上香吧，否則也太不給我姊姊面子了！」

七個人跪下上香磕頭之後，如煙晴問道：「獨孤小姐，娘娘真的沒有生氣？」

「沒有，其實妳們不參選，姊姊還很高興呢，她說原來這世間還是有好女子的！」獨孤小姐說道：「姊姊說，後山的花開得正好，讓我去給她採幾枝插瓶，一起去好嗎？」

於是七位小姐在小沙彌的帶領下，悠閒地去後山閒逛。本來都是閨閣女兒，平時能說話的人少，現在一下子有七個年齡相當的女孩子自然就親切了，而且大家還都是因為備選的事湊到一起的，更見親密。到了後山，已是相當熟稔。後山滿山的花兒，幾位女孩子便各自採了一些，或戴在頭上或拿在手上或捧在懷裡。

「小晴的花最好看！」周嘉藝沒發現獨孤小姐低頭看了看自己的花。

「嘉藝，妳要嗎？給妳好了！」如煙晴說道。

「小晴，我也要幾朵！」盧玉琪說道。

幾個女孩子便高高興興地分花。

幾位小姐又說要去看石窟，高高興興地去了，卻見有人把守不讓看，便有些掃興，只得重又轉出來。香上完了，幾位小姐雖有些不願回去，可是已近晌午，還是決定各自回家去。一齊到了護國寺門口，除了各家的隨從和轎子，六位小姐驚見宮內太監和侍衛，不由得暗暗吃驚。

「嚇到妳們了？不好意思，是姊姊派他們送我來的。」獨孤小姐笑著說道。

一個白衣的俊朗男子走過來了，還未等他開口，獨孤小姐馬上笑著說道：「哥，是貴妃姊姊讓妳來接我的嗎？」

那人愣了一下，微微一笑說道：「嗯，貴妃娘娘讓我送妳回宮！」

其餘幾位小姐看到陌生男子都低了頭，不過還是偷偷看兩眼。這男子雖不是貌若潘安，但是自有一種溫文爾雅的氣質，周身散發著溫暖平和的氣息。

「哥，這幾位就是姊姊說的那幾位不慕富貴的小姐，果然都是美貌佳人！」獨孤小姐又笑著對幾位小姐說道：「這是我哥哥獨孤豫。」

幾位小姐微微福身見了禮，然後各自上轎回家。

等她們都走了，獨孤小姐回頭看了看男子，「怎麼樣？不錯吧？相中哪一個了？」

「胡鬧！」

「我不是說幫你好好挑的嗎？不過這種事還要你自己拿主意才好。」辛情說道。

「隨便吧！」

「隨便？又不是跟我過一輩子。哥……不要這樣消極，否則我大張旗鼓地折騰了一回不是白折騰了？不想挑也行，你告訴我你喜歡的是誰就好。當然，如果你有其他意中人也好，只要你告訴我。」

「我還不想成親！」

「成親也不錯啊，有個人相互依靠，總比一個人好！」辛情說道：「好好考慮一下吧，那幾個女孩子家世不錯人也不錯，年輕漂亮，你看上哪一個，我去求皇上，相信她們不會不給皇上面子。」

「那麼，就請貴妃娘娘做主吧！」蘇豫的聲音淡淡的。

「真讓我做主？」辛情看他，他點點頭，眼神飄向很遠的地方。

「算了，反正你也看過了，回去考慮一下，過幾天想明白了再告訴我！」辛情把手裡的花給他，「給你吧，我先回去了！」

辛情上了轎子，太監們放下轎簾準備起駕。

「你不會想挑戰聖旨的是不是？那就將就挑一個。如果你實在不想挑，我就把這六個都給你，你看著辦吧！」辛情在轎子裡說道：「馮保，回宮！」

看著遠去的隊伍，蘇豫看看手裡的花，微微搖了搖頭。

回了宮，辛情重新換了衣服，托著下巴在桌邊坐著。這六位小姐都不錯，她最中意如煙晴，聰明鎮定的女孩子。駱月音有些太端莊，穆淑影直率沒什麼心機，樓雲璨有些嬌氣，盧玉琪是不能選的人，這是欠盧院判的人情，而周嘉藝看起來有些傲氣，所以如煙晴最好，名字都比別人的好聽。

「馮保，派人去把這幾位小姐的芳名和畫軸送給我哥哥！」

「是，娘娘！」

辛情坐了一會兒，又帶了人去裁霞院。

等她回來的時候，見拓跋元衡正在殿中坐著。

「臣妾見過皇上。」辛情笑著請安。

「不歇午折騰什麼去了？」

「臣妾去裁霞院了，皇上不找人歇午來這兒幹什麼？」

「這不找妳來了？」拓跋元衡招招手，示意她過去，辛情便故意一步三搖地到他面前。

「皇上說一聲，臣妾自己就去了，大日頭下的，怎麼好勞煩皇上御駕親臨呢！」辛情被拓跋元衡拉到膝上坐了。

「挑中嫂子了？」

「臣妾是挑中了，臣妾的哥哥還要回去考慮一下。」辛情笑著說道。

「哦，妳挑中了哪一個？」

「廷尉的女兒如煙晴。皇上，臣妾今兒見的幾位小姐都容貌出眾，不過，臣妾求皇上不要把她們補進後宮了好不好？」

「為何？」拓跋元衡斜著眼睛看她。

「皇上，臣妾今天可是打著魚兒的旗號去的，還藉著魚兒的口把自己誇了一通，說貴妃娘娘很欣賞她們，所以不會逼她們入宮。皇上，如果您下了旨意讓她們入宮，那……貴妃就很沒面子了！」辛情雙臂環上他的脖子，「所以，為了貴妃的薄面，您就少選幾朵傾城名花，以後臣妾一定再給您挑美人，好不好，皇上？」

「薄面？」拓跋元衡掐掐她的臉，「這樣厚的臉皮還好說薄面？朕都要笑妳了。」

「您笑吧，只要給臣妾面子，裡子臣妾就不要了！」辛情笑得嗲。

「虛榮！」

「您怎麼高興怎麼說，臣妾就當您誇了！」

「去裁霞院做什麼？」

「做嫁衣啊！」辛情來了興致，「一來，邯鄲明年也要嫁了，準備邯鄲的嫁衣，二來，臣妾的哥哥也要娶親了，正好一起準備了。」

「這麼高興？」

「自己沒穿過，別人穿著自己過過眼癮也好！」

「後宮裡的女人除了皇后都沒穿過！」

「臣妾知道！」辛情說道：「所以才要為她們做最美麗的嫁衣圓夢！」

「放肆！」拓跋元衡掐她的臉，「不過，這次妳準備的東西怕是用不上了，朕早已著人準備了，等妳哥哥這兩天選准了人，就在去鄢陵之前把妳哥哥的婚事辦了。」

辛情一愣，看來拓跋元衡還真是想把他們死死地困在這裡，就等著蘇豫挑一個倒楣孩子，做那個牽絆蘇豫手腳的紅線了。

「皇上，這成親一輩子就一回，這樣匆忙對女孩家不是太不尊重了？依臣妾看，不如等從鄢陵回來之後再慎重辦了吧。」她費力折騰挑的人，拓跋元衡就這麼迫不及待地給派上用場？他不會認為他們想逃跑吧？

「從鄢陵回來，朕要派妳哥哥去軍營，恐怕沒時間折騰這些兒女私情的事，不如趁著有時間儘快辦完。」拓跋元衡斜著眼看辛情，「怎麼，妳不願意？」口氣如初秋的早上，涼颼颼的。

「臣妾怎麼會不願意，臣妾巴不得多一個親人壯獨孤家的門面呢。只是覺得太過倉促，這段日子要準備去鄢陵，多少瑣碎事要忙，又要為了臣妾哥哥區區一個四品官職的婚事忙，皇上，您就先把這事緩一緩再說吧，行嗎？」辛情笑著說道。

「朕已下了旨，三日後成親，金口玉言如何收回？」

辛情登時只覺得氣血逆流，看著拓跋元衡的脖子，她有一種咬斷他脖子的衝動。心思快速轉了轉，辛情才說道：「既然皇上都金口玉言了，臣妾就只能謝皇上您的恩典了，也好，省去了臣妾操勞的麻煩。」

「好，朕已宣了妳哥哥下午進宮覲見，妳問清楚了，朕好派人去辦。」拓跋元衡又接著說道：「再過幾日就要啟程去鄢陵，妳準備一下。」

「是，臣妾知道了，皇上，還有誰隨行？」辛情的心火在身體裡亂竄，不過面上只能裝著。

「昭儀！」

辛情點了點頭，拉了個長音，發了個「哦」音。

「不樂意？」拓跋元衡似笑非笑地看她。

「不樂意能怎麼樣啊？誰讓人家不是皇上最心愛的妃子呢！」辛情笑著，轉眼又問道：「皇上，既然昭儀去了，臣妾就不去了吧？」牢頭不在家，剩下的女人們巴不得她跑了，主動給她開宮門的沒有，估計幫她扶梯子爬牆的大有人在。

「辛情……」拓跋元衡的口氣有降溫的前兆。

「臣妾不是那個意思，皇上，臣妾去了，這後宮誰來管啊？再說，臣妾去了，要是奚祁帶著靳王前往，臣妾……」辛情停住不說。

「怕？」拓跋元衡瞇了眼睛。

「怕倒是不怕，不過，臣妾難免尷尬啊！」

「朕看妳更怕見到奚祁！」拓跋元衡又捏她的下巴。

辛情臉色微變，甩開拓跋元衡的手，「好啊，臣妾就去，照著皇上您的意思去見見老、相——識！」

脖子忽然被扼住，辛情冷笑看著拓跋元衡，他的眼睛裡冒著火光，她便作出妖媚的笑，笑著看拓跋元衡額頭上的青筋。心裡幻想著他血管破裂，血噴三尺的壯觀景象，可惜沒想到血盡人亡脖子就被鬆開了。幻像消失，她咳了幾聲，順了順氣，看向一臉怒意的拓跋元衡，「早晚有一天，臣妾會被皇上掐死，不過，如果真有那一天，還請皇上給臣妾一個痛快！呵呵……咳咳咳……」

「妳為什麼這麼喜歡惹朕生氣？」拓跋元衡狀似無奈地將她抱在懷裡。

「臣妾腦袋笨，不會看皇上的眼色，不會猜皇上的心思，所以說話不小心觸怒了您不就是常有的事了？」辛情不冷不熱說道，手輕輕揉著脖子。這日子真是他媽的沒法過了，沒見過誰家兩口子吵架要出人命的。

拓跋元衡沒說什麼，只是冷冷看了她一眼，為她輕揉脖子，辛情便假笑也不說話。

拓跋元衡留下來用了晚膳之後，辛情手拄著額頭說頭暈，沒辦法伺候聖駕，拓跋元衡陰著臉走了，鳳凰殿的氣氛頓時就壓抑了。

沒一會兒，太華殿的太監來送藥酒，辛情故意失手將藥酒打翻在地毯上，藥酒浸濕的那一塊褐色像是乾涸了許久的血跡。

「回去替我謝謝皇上！」砍完人頭送來針線縫起來？

小太監忙躬身答應著去了，出了殿門口，抬袖擦了擦額頭。

蘇豫進宮觀見，被太監引著到了鳳凰殿，那時辛情去了瑤池殿，蘇豫便長身而立，在鳳凰殿等候。等了小半個時辰，辛情回來了。

依禮見過，辛情攆了太監宮女出去。

「想好了？決定了？」辛情笑著問道。

蘇豫沒回答，眼睛掃過她的脖子。

「是皇帝？」蘇豫看她的眼睛。

「呵呵，鬧著玩的，看看他一刻鐘之內能不能掐死我！」辛情隨口說道：「習慣就好了，反正也不是第一次！」

「妳的性子，改改！」

辛情看他半晌，「我改很多了，否則今天也不會活著站在這兒。呵呵，別擔心我，我一時半會還死不了！你決定了？選了哪一個？」

「如煙晴！」蘇豫淡淡地道出這幾個字。

「如煙晴？跟我想的一樣，看來我的眼光還不錯！」辛情苦笑，「你已知道大婚的日子了吧？」

蘇豫點點頭，不甚熱心的樣子。

「我的小聰明又砸了自己的腳，這回把你也拖進去了。」辛情看著蘇豫，「不過，既然他打定了主意，也只好先這麼著了。雖然時間緊迫，不過該準備的聘禮我也會準備的，雖然嫁衣來不及了……」

「這些事下人去做就好！」

「不行！」辛情斷然否定，「我從來沒未別人盡心準備過什麼，這次就讓我準備吧！再說，我準備的，廷尉一家面上也有光！」

「有勞妳了！」

「誰讓你是獨孤情的哥哥呢，做妹妹的自然要操勞！」

「小情……」蘇豫皺眉。

「除了每天算計人和防著被人算計，我很閒的，一點兒也不操勞，你就不用跟我客氣了！」辛情笑著說道。

「以後不要觸怒皇帝，他……」蘇豫看辛情，辛情便笑著看他：「他什麼？」

「心狠手辣！」蘇豫輕輕說道。

「他很喜歡我的，他以為我和奚祁有什麼才生氣，如果他不在乎，自然就不會打我！」辛情說得無所謂。

「以後自己小心些，克制些！」

辛情笑了笑，「沒錯，我會小心，小心地活到你帶我走那一天！」

蘇豫擔心地看了她一眼。

「過些日子我會去鄢陵，你也會去吧？」拓跋元衡的意思應該是如此。

蘇豫點點頭，「我也隨駕！」

「是嗎？真好，如果奚祁帶著貴妃隨行……」辛情忽然又壓低了聲音，「那我們就一家團圓了！」

「有些事有些人你要忘了，當他們從來沒存在過。」蘇豫很嚴肅。

「可是存在過就是存在過，想忘是忘不了的！」

「為什麼這樣任性？」

辛情笑了笑，沒回答。

又說了會兒閒話，蘇豫告退了。

他走了，辛情摸了摸脖子，然後笑了。

伍之章　明日黃花

皇帝吩咐的事情總是以最高效率被搞定，下午剛定下來的如煙晴，晚上聖旨就到了人家門口了，第二天就是浩浩蕩蕩的聘禮招搖過市強行送去給人家，據說那兩天廷尉府、輕車將軍府與皇宮之間的路上就沒斷過黃門小太監。鳳凰殿裡辛情被閒置，請旨說要去將軍府裡看看，拓跋元衡不許，說人多怕傷了她，弄得辛情心裡極窩火，一夜之間臉上就鑽出個紅紅的小疙瘩，不過因為長在了嘴角，看起來倒像是美人痣。拓跋元衡說她看起來更媚。

大婚前一天，辛情請旨觀禮，拓跋元衡這回沒有駁回，晚膳後，辛情正看著宮女們為她準備衣服，拓跋元衡來了。見宮女們排排站舉著各式衣服，箱櫃也都開著，衣架上掛著也掛著許多衣服。

「這是折騰什麼？」拓跋元衡笑問。

「臣妾要去觀禮，可是沒有合適的衣服，這不正找著呢。」不知道為什麼，這些衣服看了就煩，到底穿什麼去觀禮才好。眼睛落在紗簾上，暗忖要不要學郝思嘉拿窗簾做一個。

「穿什麼？自然是禮服。」拓跋元衡說道。宮女們立刻捧了全套的禮服來到她面前，辛情皺皺眉搖搖頭，這禮服又囉嗦又麻煩，穿一天不累死也得一身痱子。

「皇上，臣妾要顯擺貴妃架子的時候多了，人家女孩這輩子第一次成親若是被臣妾搶了風頭多鬱悶，臣妾還是低調些好。」

「妳也知道低調？」拓跋元衡開心笑了兩聲，「要不再打著富魚的旗號出門？」

「皇上好主意，臣妾遵旨。」辛情笑著說道，穿得不顯眼，萬一有跑路行動也不至惹眼。正想著，只聽拓跋元衡又說道：「前些日子那水藍的衣服不錯，穿那套好了。」

辛情雖點頭微笑，卻暗忖拓跋元衡的用意。那水藍的衣服是嫣水月穿的，偃朝水越城……拓跋元衡這時候讓她穿，有什麼寓意？

為了不顯得自己太過於急切，辛情裝睡到拓跋元衡起身上朝去了才抻著懶腰起床，用過早膳，走小家碧玉路線打扮完了，便催馮保準備車駕，馮保說皇上的旨意，貴妃午膳後方可出宮。辛情在袖中握了握拳頭，衝著馮保微微一笑，「好。馮保，我餓了，傳午膳。」

馮保愣了下，囁嚅著說道：「娘娘，這早膳剛剛用過……」

「哦？宮裡有規定午膳的時間嗎？」辛情挑了挑眉毛。馮保做出個無奈的神情，吩咐去準備午膳了。由於是太過突然的襲擊，午膳隔了半個時辰才送了上來，辛情悠閒地坐在桌邊，看了眼飯菜便命撤了下去，馮保欲說話，辛情笑著說道：「難道又有規定午膳必須得吃？」馮保的老臉差點維持不住平日的低眉順目。

「朕就知道妳坐不住。」門口處傳來拓跋元衡的聲音，緊接著就是明晃晃的龍袍燦爛登場。

「皇上今兒沒見大臣們？」辛情笑著起身。難道是特意來盯著她的？

「嗯，大臣們都急著回去準備賀禮給國舅以便討好貴妃，朕也來問問，送什麼禮物能讓貴妃高興。」拓跋元衡笑著說道，滿是戲謔。

「您現在就放臣妾去我哥哥府裡湊湊熱鬧貴妃就高興了，揮一揮手的事也不用您破費。」辛情也笑說。

「准奏。」拓跋元衡拍拍手，魚貫進來四名宮裝打扮的女子。

「這是派來保護臣妾的？」辛情微扯嘴角，怕她跑了特意派了獄卒。

「算是，怕貴妃找不到回宮的路。」拓跋元衡說道。辛情謝過，同拓跋元衡一起出了鳳凰殿。

出了宮門，辛情只覺得雀躍，好像身上每一個細胞都高興地蹦跳。偷偷掀開簾子，果見四名女子小心跟在轎子兩側。本來雀躍的心情在落轎看到將軍府門匾上的那朵大紅綢花及紅緞時悄悄隱去。因為辛情特意吩咐不許提前通知，所以在門口被攔了下來，隨身宮女茉茉自袖中拿出一塊鳳凰殿腰牌，說獨孤小姐奉娘娘的命令前來，守衛們忙躬身讓路。

這府雖是處舊宅，此時卻處處透露著新氣象，到處是大紅喜字。管家前頭帶路到了客廳說是去請將軍，辛情叫住他說若將軍忙就算了，她自己到處走走，管家答應著退出去了。這府中她沒來過也不知道路，便順著遊廊走，身邊四名女子自然緊隨其後，最後辛情停在了一處門窗俱開的屋前，裡面的書案前一個人正低頭看書，還是一襲白衣。不知是看累了還是感覺到了注視的目光，那人抬起頭向這個方向看來，愣了一下之後淡淡笑了，起身舉步到了她面前。

「臣——」剛說了一個字，被辛情打斷，「將軍，你怎麼不換衣服？大喜的日子別穿白的了。」

「時候還早。」蘇豫淡淡地說道。

「不早了，一眨眼就到了！將軍，你就讓我站在這兒和你說話？你不怕我回去跟貴妃娘娘告狀？」辛情笑著說道。

蘇豫搖搖頭，帶路進了書房。辛情看過去，書房簡簡單單，色彩清清淡淡，連盆花也沒有。

「我想去看看洞房，正好檢查檢查有沒有遺漏的地方。」辛情笑著說道。蘇豫面露無奈的神色帶著她去了。

新房裡幾個丫鬟正忙著，見蘇豫帶著一個年輕貌美的女子進來都愣了一下，不約而同偷看辛情，猜測她的來歷。辛情自然看見了，轉轉眼珠。辛情開始仔仔細細地看新房的擺設，最後目光停在床上那兩床鴛鴦戲水的大紅被子上。慢慢踱步過去在床邊坐下，伸手輕撫大紅被子，用哀怨的口氣輕聲說道：「鴛鴦戲水，百年好合，將軍今日就要成親了，祝你幸福，祝你們白頭偕老。」怎麼聽都有一股怨婦的味道。偷偷看去，丫鬟們已轉移了目標偷看蘇豫去了。

「小妹，別鬧了。」蘇豫被丫鬟們看得有些不自在，口氣無奈。

「我就知道你只把我當妹妹，也不過是看在姊姊的分上才照顧我的。」辛情低了頭，免得被人看見嘴角的笑意。蘇豫揮了揮手，丫鬟都出去了，隨著辛情的四個人在門口一動也不動。

「人多眼雜，不要亂講話。」

「將軍，你替我殺了那四個人，她們是監視我的，好煩。」辛情手一指，外面四人還是紋風不動。

蘇豫搖頭嘆氣，拉著她的手出了新房去書房，似乎一刻也不想多待，又一邊命人去準備午飯。辛情忍著笑，看著蘇豫無奈的臉。吃過午飯，府裡的人像開動了的機器，來來往往忙碌得很。老管家來是說快到吉時了，請將軍換吉服。蘇豫默不作聲點頭，起身欲走。

辛情忙起身笑著說了句：「等一下」。

新房裡，丫鬟們雖低著頭，可是前面兩人的舉動盡收眼底。氣質儒雅的將軍一臉無奈地任水藍衣服的小姐為他整理衣服。

「這衣服的顏色一點也不配你，你還是穿白色衣服好看。」辛情說道。

「小妹，可以了，我先去迎親。」蘇豫不明白辛情這是幹什麼。

「嗯，去吧。我在這兒等著，等著看新嫂嫂。」

蘇豫點點頭，走出門口經過窗邊，不經意地回頭看了一眼，辛情正低著頭坐在床邊，手撫著那七彩的鴛鴦刺繡，不禁愣了一下，片刻回過神來轉身走了。

天黑下來了，聽著前院鑼鼓喧天鼓樂齊鳴，辛情靜靜坐在桌邊。她在參加一場貨真價實的古代婚禮，忽然之間有了不真實感，環顧四周再低頭看看，這擺設和身上的衣服都不像真的。

遊廊上傳來笑鬧的聲音，她知道是要鬧洞房了。想了想，起身步出門外，「跟將軍說，我先回去了。」

穿過遊廊，遠遠看見一群人簇擁著兩個紅人，她腳步未停，讓人帶著從後面小角門出去，上轎回宮。府中的歡慶鑼鼓直追了好久才聽不到了，辛情向後靠著瞇眼養神。過了今晚，蘇豫的牽絆就又多了一份，她離開的路又難走了一分。倒是忘了看看蘇豫的新娘子了。

回了宮還沒換衣服，馮保又催著她去謝恩，辛情便帶了人來太華殿謝恩。拓跋元衡正看摺子，辛情等著的空檔觀察拓跋元衡，不明白採蜜時間這大爺還在這兒勤勉工作是為了什麼？跟他一貫的好女色風格不符，難道是要走勵精圖治的明君路線了？

正想著，拓跋元衡放下奏摺掃她一眼，「這麼早就回來了？」

「怕您擔心，以為臣妾找不到回宮的路啊！這麼晚了皇上還在批奏摺？」辛情笑著問道。

拓跋元衡從龍椅上起身向偏殿走，辛情只好跟上。拓跋元衡在榻上隨意臥了，招呼辛情過去坐下，順便抱住她，下巴放在她肩窩處，一說話就有暖暖的氣息撲到她脖子上，癢癢的。

「皇上累了？不如早些歇了吧。」

「朕一直在想，如果貴妃妳真丟了怎麼辦？妳告訴朕，怎麼辦？」

辛情微微一笑，「京城才多大，再說還有那麼多侍衛跟著，臣妾想丟也丟不了。您啊，每日大事都夠忙的了，這些小事實在不值得費心。」

「新娘子好看嗎？」拓跋元衡忽然轉移話題。

「新娘子嘛，自然是好看的，不過臣妾沒看，怕人認出來，就提前回來了。」辛情努力想把拓跋元衡扣住她腰的手指掰開。

「今天很乖。」拓跋元衡鬆了手，撫上她的臉，「最近都很乖，乖得讓朕有點放心不下了。」

「皇上又來了，臣妾活潑點兒您嫌臣妾不知好歹瞎折騰，臣妾消停了，您又覺著臣妾有陰謀。總之，臣妾在您這兒是不落好了。您要是不放心，把臣妾關起來好了，也省得臣妾天天費心去猜您的心思。」辛情笑著嗔道。鼻子還挺靈，擱到現代社會可以去測試毒品了。

「朕想把妳拴在腰帶上，隨時帶著。」拓跋元衡笑著說道，口氣又開始不正經。

「皇上這麼說，臣妾的虛榮心又要膨脹了。」辛情抓住他的大手，「時候不早了，皇上該安寢了。」

「好，陪朕安寢。」拓跋元衡一把抱她在懷裡。

辛情伸出右手在他面前晃了晃，以便讓拓跋元衡看到她手上那明晃晃金燦燦的「經戒止」。

「嗯，好看的手指頭。」拓跋元衡還是抱著她，湊到她耳邊小聲說道：「愛妃身子不方便，正好朕這幾日也提不起什麼興致。」

辛情的手順勢就撫上了拓跋元衡的臉，同樣小聲地說道：「怎麼，臣妾這些老皮老臉的衰花衰草提不起您的興致了？您別急，明兒一早臣妾就吩咐人移植了新鮮品種來，雖不多只有十六株，但是各有味道，您慢慢品嘗就好。」

「愛妃最愛吃什麼菜？」拓跋元衡問道。辛情皺了皺眉，哪兒跟哪兒啊，最近拓跋元衡轉移話題的功夫越來越莫名其妙。

「臣妾最愛吃的啊……」做思考狀，說道：「您寵著臣妾，這天底下的極品，臣妾都有幸吃過，一時還真想不起來最愛吃什麼，您容臣妾回去好好想想。」

「不是最愛吃菜心？」拓跋元衡點點她鼻子，「妳平日裡所見，朕最愛什麼花？」

辛情像聽到了大笑話一樣，看著拓跋元衡一臉期待，辛情笑著說道：「這還用問？皇上最愛蘭花啊，後宮裡哪個不知哪個不曉，您問這個幹什麼？」

拓跋元衡用鼻子發了個音，手又爬上她的脖子，辛情瞇了眼睛。

「朕根本不喜歡花，妳怎麼不留心看著。」拓跋元衡的手輕輕撫摸辛情的脖子，辛情感覺像是吸血鬼在找下口的位置。

「是，臣妾記住了。皇上，您放臣妾回去吧，臣妾這一天累死了，想早點歇了。」她可不想還沒走出去就被吸血鬼咬死了。

「怕朕了？」拓跋元衡指腹輕劃她的臉，「妳這個膽大妄為的妖精怕朕了？」

「怕，怎麼不怕。皇上動動嘴揮揮手，臣妾就什麼都沒有了，人上人頃刻之間就會淪為螻蟻不如，人家輕輕一腳就踩死了，臣妾要是不怕您就是沒腦了。」辛情笑著說道。

「怕了好，怕了就不會惹朕生氣了。」拓跋元衡拍拍她的臉，「回去歇吧，自打賢慧就學會拿禮節堵朕的話了，明明不是真賢慧，裝得好。」

「謝謝您誇獎。」辛情起身福了福，轉身走人。

拓跋元衡看著門口她消失的方向，露出玩味的笑。出了太華殿的辛情也一直在想拓跋元衡今晚上亂七八糟沒有主題的話。

第二天，獨孤豫和如煙晴早朝過後來請安，辛情讓他們抬頭時，如煙晴的臉上現出了驚異之色。

「嫂子不認得我這個小姑了？」辛情笑問，讓太監賜了座。

「臣婦記得，只是當時不知是娘娘，若有冒犯之處，還望娘娘恕罪。」如煙晴說道，恢復了從容大方。

臣婦？辛情聽到這兩個字，掃了蘇豫一眼，挑挑眉毛。少女變少婦了？

「希望嫂子也不要介意我的做法。」辛情說道。

門口傳來「皇上駕到」的尖銳嗓音，請了安，拓跋元衡看看蘇豫又看看如煙晴，朗聲笑著說道：「果然是郎才女貌！」

「皇上也覺得是一對璧人？為了顯示您的誠意，給臣妾嫂子一些賞賜吧。」

「又打著妳嫂子的旗號要賞賜。」拓跋元衡雖是責怪的話，口氣裡卻帶著笑意。「要什麼？」

「等臣妾想到了再向您要，您到時候別要賴就成。」拓跋元衡自己都承認自己不是君子了，金口玉言只在殺人時遵守，所以還是先說清楚比較好。

拓跋元衡瞪她一眼，「得寸進尺！好了，你們兄妹姑嫂說話吧，朕還有事。」起身送走了他，辛情回來又和兩人說了會兒話，賞了東西，讓他們出宮去了。

啟程離開帝都之前，拓跋元衡一直沒來鳳凰殿，只是讓人傳了幾次旨意，一道是關於備選女子的，一道是關於邯鄲婚事的，還有一道是正式讓她隨駕前往的。因為離京在備選女子入宮之前，所以辛情立刻傳了命令下去，在啟程前接了十幾名女子入宮安置，當天晚上便安排了一人侍寢。

離京的前一晚，辛情莫名其妙睡不著，便問馮保鄢陵有多遠，馮保說離帝都只十八九天的行程。

離開帝都那天，天空下著小雨，出了城門到了郊外，空氣中便飄散著泥土的氣味。撩開簾子，莊稼被罩在濛濛煙雨裡靜靜地矗立，偶爾從中飛出一隻小鳥直衝天際去了。向前看了看，細雨中龍旗看起來有些不精神，拓跋元衡的御輦倒是氣派得很。放下簾子，辛情閉目養神。

辛情是被馮保叫醒的。

「什麼事？」辛情在鳳輦中毫無形象地打了個哈欠。

「娘娘，皇上傳膳。」

辛情撩開簾子，雨還沒停。

「替我謝皇上，沒胃口，不想吃，晚上再說！」

「是，娘娘！」馮保忙躬身去了，辛情打算接著睡覺。

等馮保回來的時候，身後跟著幾個小太監，手裡提著精緻的食盒。

「娘娘，皇上親自挑了素淡的菜給娘娘，說路上辛苦，娘娘不吃東西會受不了，還是勉強用一些，晚上到了驛站再說！」馮保說道。

「知道了！」宮女們動作麻利將飯菜拿出來擺好端進鳳輦，辛情不想吃，胡亂夾了兩口菜吃了兩口飯便作罷，太監們才回去覆命了。

晚上到了驛站的時候，那驛站早已密不透風地被圍起來了，辛情下了鳳輦，雨還沒停，夜晚的空氣有些涼，她倒是喜歡這個溫度。

去向拓跋元衡請了安，沒一會兒昭儀也來請安了。拓跋元衡讓她們坐了，命傳晚膳。辛情中午沒怎麼吃，現在有些餓了，便認真地吃飯不說話，拓跋元衡也不和她說話，桌上的氣氛便有些悶。

「姊姊不舒服嗎？」昭儀問道。

「還好，昨天晚上太高興，睡不著！」

昭儀淡淡笑了。

用過晚膳，辛情說困了，向拓跋元衡福了福，退了出來，讓太監帶路到她住的房間。是二樓的一個小房間，裡面收拾得乾乾淨淨，鋪著紅毯，宮女太監們早已將小小的博山爐擺好，此刻已冒著嫋嫋香氣。

她走到窗邊打開窗戶，雨還下著，天空也是黑黑的，沒有一絲光亮，偶爾遠遠地傳來一聲悶雷。看了一會兒，讓人關了窗戶，上床躺著。

半夜時分，一聲巨雷之後，辛情呼地坐起來，宮女們見她起來忙來到床邊。

辛情光著腳下地，外面又是一聲驚雷。她命人吹熄了所有的燈，打開窗戶往外看，果然閃電伴著雷聲就在天空亮著響著，天空似乎都被撕裂了。

「娘娘，風大雨大，還是關了窗戶吧！」宮女說道。

「沒事！」驛站內外都是侍衛，辛情看過去，目光忽然定格在一個披著蓑衣的身影上，憑直覺，她覺得那是蘇豫，便盯著看，良久，那人抬頭看了看天，藉著忽然而來的閃電看，果然是蘇豫。

雨有越下越大的趨勢，雷電也沒完沒了，可是外面的侍衛們一動也不動。辛情開著窗戶站著，風把她的頭髮都吹亂了，衣服也被雨絲淋得潮了，屋內的紗簾都輕柔地飄著，偶爾有輕微的「呼呼」聲。

「娘娘，風這麼冷，您還是別吹了，萬一著了涼怎麼辦？」茱茱說道。

「拿件衣服來給我！」茱茱拿了件厚厚的衣服給她披上，辛情繼續站著。

「在幹什麼？」門被推開，一道人影出現，隨之而來的就是這句稍帶怒意的問話。

辛情轉過身，笑了，「深更半夜，皇上怎麼御駕親臨？莫不是心疼臣妾怕雷電？」頭髮還飄著，一個閃電照亮了外面，辛情的臉上一閃而過光亮，然後恢復平靜，只剩下隆隆的雷聲和不小的雨聲。

「關了窗戶！」拓跋元衡說道，宮女們忙將窗戶關了，又燃亮了燈燭。

屋裡亮了起來，拓跋元衡看去，辛情的臉上滿是小水珠，被淋濕的幾綹頭髮貼在面頰上，深色的衣服也濕了。

「深更半夜怎麼不睡？」拓跋元衡走到她面前。

「又是打雷又是閃電的，臣妾害怕不敢睡！」辛情笑著說道。

「害怕還開窗戶！」拓跋元衡從宮女手裡接過巾子幫她擦了擦臉，「等著了涼有妳受的。」

「謝皇上心疼！」辛情從他手裡搶過巾子，自己胡亂擦了擦臉。

「不舒服就早些歇著吧！」

「是，臣妾這就歇了，恭送聖駕！」辛情笑著深深一福，自己都覺得有些誇張。

拓跋元衡看了看她，然後出去了。

辛情脫了衣服爬進被窩，扯出個冷笑，讓宮女們重又吹熄了燈，聽著外面的風聲雨聲雷聲，看著閃電將屋內的東西一一畫成黑色剪影刻在牆上，像一個個黑色魔鬼。她爬起來抱著被，縮在床角，一夜未睡。

雨聲雷聲閃電在天亮的時候停了，辛情爬下床打開窗戶，一股涼涼的空氣撲面而來，入眼的一切經過雨水的沖洗看起來乾淨了許多，樓下的侍衛們也脫下了蓑衣，看向昨天的那個位置，蘇豫不在那了。

辛情深深吸了幾口氣，胸腔內立刻被涼涼的感覺填滿，人精神了許多。

「娘娘，該梳洗了，一會兒就要傳膳了！」馮保過來說道。他們這位娘娘一到有打雷閃電的夜晚是不睡覺的，瞪著眼睛看到天亮。

「哦，好！」辛情轉身回來，讓宮女服侍著梳洗了。

打扮完下了樓，拓跋元衡和昭儀已在等著了。

「臣妾貪睡起晚了，請皇上恕罪！」辛情笑著說道。

拓跋元衡點點頭，看了她一眼，辛情垂下眼簾裝不知道。

用完了早膳，大隊人馬又匆匆趕路，辛情一夜沒睡便窩著睡覺，中午也沒什麼胃口，草草吃了些。下午睡不著便靠著繡墩滿腦子亂想。晚上到了驛站，用過晚膳回房間剛換了衣服，小太監來說皇上傳貴妃侍寢。辛情點點頭，只穿了中衣便隨他到拓跋元衡的房間去。

小太監關了門，辛情看過去，拓跋元衡穿著龍袍在桌邊坐著，正在喝茶。

「皇上，臣妾奉旨侍寢來了！」辛情堆出一臉媚笑，站在門邊也不過去。

「過來！」

「是！」辛情走到他面前站好，笑著問道：「皇上什麼時候安寢？」

拓跋元衡忽然起身，辛情自動退了兩步。

「妳真的怕朕了？」拓跋元衡跟進兩步，手輕輕摸上她的脖子，辛情有種喘不過氣的感覺。

「臣妾對皇上一直都很敬畏。」辛情笑著說道。

「還疼？」拓跋元衡的手還在輕輕地揉著她的脖子。

「早就不疼了，臣妾習慣了！」辛情笑，拿開拓跋元衡的手，靠進他懷裡，臉貼在他胸前，手環上他的腰，「皇上，您什麼時候安寢？臣妾困了！」說完還故意打了個哈欠。
「記仇！」拓跋元衡抱住她，「若不是妳總惹朕，朕哪裡捨得打妳！」
「是，臣妾知錯了，以後一定謹言慎行。」辛情笑著說道，然後感覺自己被抱得更緊。
「總是妳有理！」拓跋元衡抬起她的下巴，「朕不該懷疑妳，這次，是朕錯了。」
「呵呵！」辛情故意笑得花枝亂顫，「皇上不要開這種玩笑，臣妾可擔當不起。皇上做事從來就沒有錯的，錯也是臣妾錯了。」
「朕從來沒跟女人賠過禮。」
「是啊，皇上也沒有對女人動過手啊！」
「朕跟妳保證，以後不動手打妳！」
「不動手？要動鞭子動刀子了？」辛情故意作出委屈的神色，低了頭。
「辛情，妳的本事都用來惹朕生氣是不是？」拓跋元衡瞇了眼睛。
「臣妾的本事……」辛情妖媚地笑了，「臣妾的本事是服侍皇上脫衣服……」
……
輕輕拿開拓跋元衡的手，辛情小心起身，抓過衣服，剛穿了一隻袖子一隻大手就把她拉到懷裡。
「去哪？」拓跋元衡問道。
「睡不著，起來走走！」辛情笑著說道。
「不准！」。
「是，臣妾遵旨。」辛情笑著說道，老實靠在他懷裡，睜著眼睛到天亮。
早起，拓跋元衡看了看她，「在朕身邊不敢睡？」
「哪有，臣妾是想著快點到鄢陵泡溫泉，高興得睡不著！」辛情穿好衣服，下床欲走。

拓跋元衡隨手拿了件自己的常服給她披上，「早上涼一些！」

「謝皇上心疼！」辛情福了福出去了。

拓跋元衡瞇了瞇眼睛。

接下來的五六天，拓跋元衡每晚都傳辛情侍寢，辛情的眼圈越來越黑，她不禁懷疑拓跋元衡是不是故意整她，害得她天天在轎子裡補眠，睡得腰酸背痛。

一路走來，除了那天晚上見蘇豫站崗之外，她竟然沒有機會見到他。

過了十五六天終於到了邊境，邊境駐紮的將領來面聖彙報軍情，拓跋元衡下令駐蹕一天。辛情本來想到邊境小鎮上逛逛，看看風土人情，可是一想到拓跋元衡最近的態度便作罷，懶懶地在行府裡待著。行府的花園裡有一種大紅花開得正好，辛情讓人搬了搖椅到廊下，臥著看花，偶爾打個哈欠，一副懶洋洋的樣子。就這個樣子從中午一直臥到晚膳時分才坐起身，抻了個懶腰。

「馮保，傳膳，我餓了！」

「娘娘，您不等皇上傳膳？」

「男人們啊，談起軍國大事什麼都忘了，皇上要是今天不吃，我就不餓死了。」辛情笑著說道。

「是，娘娘，老奴這就去傳膳！」

「等等，馮保，讓他們做一碗麵給我就好了。」

直等了半個時辰左右，太監們提著精緻的食盒來送晚膳，等那一碗看起來清湯清水的麵端上，辛情眨了眨眼睛，湊近聞聞，很香。也對，御廚再大膽也不敢給皇帝的寵妃端一碗清湯掛麵了事。

吃完了麵，辛情猶覺得唇齒留香。

「馮保，麵做得好，賞！」辛情笑著說道：「對了，你問問他這是怎麼做的？」以後再回去開麵店，教給魚兒，讓魚兒做給她吃。

馮保答應著去了。

回來的時候說是刀魚汁麵，是特意從偃朝運來的魚，一直用活水養著。做這麵要用木頭鍋蓋，將刀魚用釘子釘在鍋蓋上，大火燒沸後開小火燜著，等到鍋蓋上的刀魚肉酥爛得掉下鍋裡，與鍋中的湯水融為一體再下麵條即可。

辛情點點頭，難怪當年拓跋元衡只看了一眼她們的麵便問了句「這就是最貴的麵」，估計他還沒吃過那樣粗製的麵。

吃完了接著臥著，特別困卻睡不著的感覺真是難受。

拓跋元衡遣出所有將領的時候天已黑透了。

「皇上，該傳膳了！」樂喜在旁提醒道，這都過了晚膳一個時辰了。

「哦？這個時候了？傳！」拓跋元衡說道，看看樂喜：「去請貴妃和昭儀。」

樂喜忙派了兩個小太監飛奔著去了。

等晚膳佈好，兩個小太監也飛奔著回來了。

一個說貴妃娘娘已用過，睡下了，就不來了。

一個說昭儀娘娘馬上就到。

樂喜看看桌上的三副碗筷，又小心看了看拓跋元衡的臉色，「皇上，這……」

「收了吧！」拓跋元衡揮揮手，有些不悅之色。

碗筷剛收，昭儀帶著人來了，請了安，拓跋元衡便拉著她入座。

「皇上，不等貴妃姊姊嗎？」昭儀問道。

「不等！」拓跋元衡說道，昭儀便不再問了，「這麼晚，愛妃怎麼不用膳？餓著怎麼辦？」

「臣妾下午用了些糕點，還不覺得餓。」昭儀說道。拓跋元衡便笑了。

用過晚膳，拓跋元衡命人送了昭儀回去，說還有將領們的奏摺要看。

辛情側趴在搖椅上，雖然搖椅搖來搖去很舒服有助於入睡，可她還是睡不著。抓了一把頭髮呼在臉上，「一個睡不著、兩個睡不著、三個睡不著、四個睡不著……還是睡不著……」

正鬱悶著，清越的笛聲響起，辛情住了口，一動也不動地凝神細聽。她不懂樂器，但是這笛子的旋律聽了讓人安心。聽著聽著，辛情終於睡著了，可是宮女太監們不敢叫醒她，這幾天她一直都睡不好，今天好不容易睡著了，要是叫醒了恐怕又睡不著，因此宮女們只好拿了厚毯子為她蓋上，站在旁邊守著。

拓跋元衡進來的時候就見到了這樣的場景，辛情被蓋得只露個腦袋。拓跋元衡扯了扯嘴角，走到搖椅邊抱了她起來。辛情睜開眼睛，一時有點沒反應過來，待看清了，才笑了。

「皇上的軍國大事談完了？」

「怎麼在這就睡了？」

「等皇上啊，等不來就睡著了！」辛情笑著說道。

「哼哼，等朕？」抱她進了房間放在榻上，「等朕就自己先用膳？」

「皇上總不忍心臣妾餓著吧？臣妾知道人家餓著了您最心疼，為了不讓您心疼，臣妾就先吃了。」辛情笑著從被子裡出來。

「朕不心疼！」拓跋元衡笑著說道。

「呵呵，臣妾剛剛是自己抬舉自己。這宮裡上上下下誰不知道獨孤貴妃最不招皇上心疼啊，可皇上不疼，臣妾總得自己疼自己吧？冷了餓了沒人問，自己難道就不吃了不穿了？」辛情以開玩笑的口吻說道。

「辛情……」拓跋元衡握著她的手開始用力，「貪心的妖精！」

「謝皇上誇獎！」

拓跋元衡不讓她睡，拉著她坐著聊天，辛情便滿臉笑意地聽著。直到一聲大雷在外面炸響，她的笑容有瞬間的凝固，不過馬上又恢復了正常。

拓跋元衡起身，辛情笑著恭送到門口。拓跋元衡走了，她站在廊下看天空，大風大雷和閃電。

「這個時候了雨水還這麼多……」

「娘娘！」馮保在她身後謹慎地開了口，「老奴有句話想說給娘娘聽。」

「說！」辛情沒回頭。

「娘娘，老奴在宮中這麼多年，所見的得寵的娘娘們都是柔弱性子，娘娘即使不怕這雷電，在皇上面前也是要怕才好，何況，何況娘娘又是真的怕，為何在皇上面前反倒不怕了呢？」

「馮保，你大膽，敢對我指手畫腳！」

「老奴只是為娘娘考慮，絕無不敬之意，娘娘明察！」

「現在就挺好。」辛情笑了，看看房檐流下的雨水，伸手接了會兒，然後進去打算睡覺，可卻又睡不著，便問誰會吹笛子，都說不會，她便讓馮保去找一個會吹笛子的來，等找來了一吹，更是睡不著，只好又遣出去，披著被坐著聽雨。

第二天一早，辛情梳洗的時候對著盆裡的水一看，發現自己面容憔悴沒有光彩，不過也沒什麼心情打扮，再說她若弄得光鮮亮麗，拓跋元衡那個混蛋指不定又有什麼齷齪想法，還是算了。所以辛情去向拓跋元衡請安用早膳的時候便有些落魄相，看看趕了這麼多天路仍舊天仙一樣鮮嫩的昭儀，辛情暗自嘆息：果然有人疼和沒人管就是不一樣。

用完早膳出門準備起駕的時候，辛情終於見著了蘇豫。她對他笑了笑，他皺了皺眉。

出了邊境，偃朝早有官員迎接，說偃朝皇帝已在鄢陵恭候戎國皇帝。辛情聽了直想笑，她忽然想看看，奚祁見到她今天這個樣子是什麼表情，也想看看，蘇朵的爹和蘇朵的姊姊有沒有來，更想看看他們的表情，估計是眼珠子都得掉下來。

行了兩日，黃昏時分才到了鄢陵的偃國行宮。辛情以前去過水越行宮，那是一派江南細緻風範，這鄢陵行宮有些不同，更多像是拓跋元衡家的宮殿。辛情被安排住在離拓跋元衡不遠的一處水月軒，昭儀住了明月閣。辛情住進去就想，奚祁家的臣子果然還是比拓跋元衡家的有詩意，看看這名字就知道了。

舒舒服服地泡了澡，宮女開始幫她打扮，晚上奚祁會有盛大的晚宴迎接他們。辛情很想笑，不知道拓跋元衡的表情是什麼樣，不知道在這裡會碰到多少老相——識。宮女拿來幾套衣服給她，她笑了笑，穿了貴妃禮服，那套「金碧輝煌」的衣服。打理完畢，帶著人往拓跋元衡住的弘恩殿來了。其時，昭儀已在了，也是禮服，只不過是黑色的，但是穿在她身上少了俗氣多了份仙氣。

偃朝禮部官員親自來做嚮導，引著他們到了今夜宴會的地點宣儀殿，奚祁率百官和隨行妃子在殿門口等候。繁複的禮節過後，賓主入殿。最上首的當然是兩位皇帝，隨行的妃子和大臣們按序坐好。辛情對面是蘇貴妃，她此刻正冷冷地看著自己，辛情輕扯了微笑。

高層宴會自然會說些「兩國友好」、「英明領導」、「治國有方」之類的套話，辛情微笑聽著，心裡直想抽，如果是新聞聯播的字正腔圓的普通話，她連續聽二十四小時都不會有反應，可是這些人偶爾會夾雜她聽不懂的亂碼，所以聽得很痛苦。好不容易廢話說完，開始吃喝玩樂了，不過她知道這些吃的屬於擺設，就像上供的東西一樣，個個都是家譜一樣聞一聞筷子碰一碰就算了。

歌舞表演倒是別開生面，不說別的，服裝就比戎朝的裸露一些，酥胸只露一點更是惹人遐思。舞姬們的眼神更是一個比一個嫵媚，看得她都想過去調戲一下。辛情雖然沒有刻意去看蘇貴妃，但是時時能感覺她膠著在自己身上的目光。做出優雅的樣子慢慢地啜幾口酒，辛情一直把臉上的微笑維持到最後曲終人散。

告別的禮儀絲毫不比見面簡化，辛情感慨封建貴族們真是啥時候都不變的多禮節少真情。隨了拓跋元衡往回走，燈光下看到的景致也別具風情。

回到水月軒，辛情換了衣服到外面透氣。水月軒前面是一方小小的池塘，裡面幾塊假山石，周邊盛開著荷花，在荷葉的間隙中會看到星星和月亮的倒影，連她這樣實際的人都覺得詩情畫意。站在池塘邊，小青蛙呱呱叫著。她小時候也喜歡去孤兒院後面不遠處的小溪邊聽青蛙叫，和青蛙說話。

「妳們姊妹果然都是國色。」拓跋元衡的聲音。

「是啊，人稱姊妹花！」辛情回身，立刻堆出滿臉的笑意。

「不想見見妳姊姊？」

「皇上不是說，不該想起來的就不要想了嗎？再說，見與不見也回不到以前，還是不見的好。」

「妳的心真的是硬！」拓跋元衡看了她一會兒才說道。

辛情笑了笑沒回答，反正也不能告訴他她是借屍還魂的，隨他怎麼想。

「皇上，此次在鄢陵要逗留多久？」

「看情況，快則一旬，慢則半月。怎麼？妳有想去的地方？」

「沒有，臣妾又不熟悉這裡。」辛情說道：「臣妾只是想知道能泡多久的溫泉！」

拓跋元衡沒答她的話，牽著她的手回水月軒了。

聽拓跋元衡的意思，皇帝見面的行程安排得很緊湊，告訴她沒事可以去泡溫泉，其餘地方就不要亂走了。辛情聽了想笑，亂走還不如老實待著，哪裡都是人，這裡的人相對還少點。

到的第三天，據說兩位皇帝帶著人馬去圍場狩獵了，行宮裡剩下的都是老弱婦孺。辛情照例去泡溫泉，泡了兩日，自己都覺得乾涸的皮膚得到滋養了。正瞇著眼睛享受，宮女一聲「參見蘇貴妃娘娘」，她便睜開了眼睛。

蘇棻站在她面前，將她面前的光擋住不少。

「蘇貴妃？」辛情笑了打招呼。

「妳們都下去！」蘇棻說道。宮女們看看辛情，辛情揮揮手，她們都下去了。

蘇棻來到溫泉池邊，仍舊是居高臨下，「當年死活要離開就是因為北國皇帝？」

辛情笑了笑，「是啊，一直羨慕姊姊是貴妃，所以也想當當看看。」

「妳為了做貴妃什麼都不顧了？父母妳也不要了嗎？妳的心怎麼會變得這樣冷硬？」蘇棻的口氣裡有些微的受傷。

「你們為了保住蘇家的臉面不是連蘇朵也不要了嗎？」辛情微微一笑，「只不過，你們沒想到蘇朵會反抗會出走會休夫，所以才覺得受傷。」

「妳怎麼能這麼說？當初本來就是妳不對！」蘇棻的聲音有點大。

「蘇朵就算有不對，付出的代價已經夠了。」辛情笑著說道。

「朵兒，妳真的這麼狠心？」

「姊姊，妳以為現在還能改變什麼嗎？不過，蘇家出了兩位貴妃應該高興才是啊！」

「娘很想妳，從妳走了，一直病著。」

辛情沉默不語，她從來沒有媽媽，很羨慕有媽媽的孩子。她最不忍心的是傷了媽媽的心，可是她傷了蘇朵的娘。

「妳替我問候，就說我很好，不用擔心，而且二哥在我身邊，我會很好的。還有，我會為她祈福。」辛情說道。蘇朵真不懂得珍惜，那麼多的幸福，父母、兄弟姊妹……

蘇棻嘆口氣，「朵兒，姊姊知道妳心裡怨，我相信如今妳身處一樣的地位，應該也明白了姊姊當初的無可奈何吧？放棄妳，對於爹爹和姊姊來說只會比妳更難過，若不是當初我們的私心就不會有後來的事，妳也不會心生怨恨，斷然離開王府，離開蘇家，離開父母。朵兒，過去的事就過去吧，姊姊只希望妳以後在北國會好好地活下去。」

「我會的，妳放心。」辛情說道，又想了想，「請爹和娘也放心。」

蘇棻點點頭。

「此次恐怕是我們姊妹今生最後一次見面了，以後凡事自己小心。」蘇棻轉身欲走又停住，「很多人並不是表面上看起來那樣，所以，朵兒，不要相信任何人。」

「我知道了，姊姊。」

蘇棻走了，辛情心裡不舒服，眼睛有些酸，慢慢地潛進水裡，一直泡到黃昏時分，從溫泉裡出來時，手上的皮膚都是慘白地皺著。

狩獵完了接下來一定是大肆慶祝，辛情推說身體不適沒去，窩在水月軒想問題。蘇棻說「很多人並不是表面上看起來那樣」，她在說誰？蘇豫？蘇豫是蘇朵的哥哥，怎麼也不會騙她吧？那麼除了蘇豫還有誰呢？她目前認識的人很有限，而她認識的蘇棻也認識的只有蘇豫一個……

也許蘇棻只是概括地說，沒有特指。辛情想著，不想再去深究蘇豫的事。

雖然辛情沒有去參加晚宴，但拓跋元衡還是派人送了些肉回來，還有奚祁賞賜的酒一併送來了。辛情吃了幾口肉作罷，可那酒入口甜絲絲的像久違的飲料，她就將那一壺酒都喝了。像雞尾酒一樣，這酒也有後勁兒，她喝完坐了半晌便早早睡了。

把她吵醒的是雷聲和呼呼的風聲，辛情馬上坐起身抱著被子，喃喃說了句：「這老天爺是瘋了？」雷聲陣陣，陰風慘慘，殿內門窗緊閉，燭光搖曳，配上一動也不動的宮女太監，很嚇人。她想了想，躺下，習慣性將被子蒙到腦袋上。

喝了酒很困，但腦筋很清醒，睡不著，她便那樣躺著，直到悠悠的熟悉的笛聲響起，莫名地安了心，好像打娘胎裡就是聽著這笛聲長大的一樣。坐起身，這笛聲與在行府大雨時吹奏的似乎是同一支曲子，這吹笛之人會是誰？

辛情來了興致，起身下床穿好衣服，開了水月軒的門，迎面而來的風呼地順著氣管灌進了胸腔。水月軒外的紅燈籠被陰風吹得左右搖擺，看起來像飄忽的鬼火。遠處的樹和水被一個閃電顯出瘋狂張牙舞爪的形態來，辛情扯扯嘴角。

「娘娘，快下雨了，您還是進殿內吧！」一個宮女說道。

辛情沒理會，邁出殿門循著笛聲而去，值夜的茉茉忙跟上。拐來拐去，到了一處花樹林中，那聲音像立體音響一樣在身邊環繞，卻不知道聲音到底從哪裡傳來。

風小了雷聲也小了，辛情站在花樹林中動也不動地聽著，茉茉為她撐著傘。

「是誰？」辛情問道。

笛聲依然悠悠，卻沒有人出來。

茉茉有些害怕，「娘娘，下雨了，請娘娘回去吧！」

「我沒有惡意，只是想問問你吹的是什麼曲子。」

還是只有笛聲，辛情搖了搖頭，這人還真是拗，「冒犯了。」轉身往回走。

走了沒幾步，一個大雷直直地將一棵花樹劈倒在她們身邊，茉茉嚇得立刻驚聲尖叫，手裡的傘都扔了。辛情忽然蹲下身，抱著雙臂，將頭埋在臂彎中抖個不停。又來了……

然後她感覺到一個溫暖的懷抱。

「救救我……」她不要被雷劈死。

「小情，別怕！」是蘇豫的聲音。

辛情抬起頭看他，「蘇豫！」聲音有些抖。

「下雨了，回去吧！」蘇豫拉著她站了起來，她看看那樹臉上現出害怕的神色，抓著蘇豫衣服的手便用了力。

「雷會劈死我……」辛情低喃。

「不會，沒事了，回去吧！」蘇豫撿起被茉茉扔在地上的傘，重新撐在辛情頭頂，看了眼茉茉，「沒事吧？」茉茉愣愣地點了點頭。

辛情緩了緩神，側頭看著蘇豫溫文爾雅的臉，「是你吹的笛子？」

蘇豫點點頭。

辛情不作聲，半天說了一句：「你不會騙我是不是？」

蘇豫立刻回頭看她，「為什麼這麼說？」

辛情搖搖頭，「如果你騙我，我就殺了朵兒。」

蘇豫的臉色變了變，「微臣不敢欺騙娘娘。」

「好，記住你的話！」辛情微微一笑。

蘇豫鬆了她的手，只拿著傘為她撐著。兩人默默不語地走了回去，快到水月軒，蘇豫將傘交給一直跟在後面的茉茉，「帶娘娘回宮吧！」然後轉身走進雨裡，那沒濕的另一邊肩膀很快就濕了。

辛情看著他的背影，一動也不動，忽然搶過茉茉手裡的傘追著蘇豫離去的方向。等她滿臉雨水地站在他面前，他的臉上也已滿是雨水。他看著她，不動。

將傘塞到他手裡，辛情看著他的眼睛說道：「雖然不希望你騙我，可是，如果你真的騙我了，我也不會怪你，畢竟每個人都有一些迫不得已。」然後不待他回答便轉身離去。

蘇豫愣了愣，轉身看去，辛情的身影已被雨模糊了。

一腳踏進水月軒的門，見拓跋元衡正端坐著，臉上冷冷的。

「皇上？」辛情換了笑臉，朝拓跋元衡福了福。

「好興致，打雷下雨的也出去逛，這會兒不怕了？」拓跋元衡語帶諷刺。

「皇上想知道？」辛情笑著問道，知道拓跋元衡腦袋裡肯定又有啥齷齪想法了，估計以為她去見某些老相好了。

「好，妳告訴朕！」

「皇上，臣妾剛剛差點被雷劈死，您讓臣妾先洗個澡再說好不好？」

「不好！現在就告訴朕！」

「臣妾睡不著出去走走，結果發現有個人吹得好笛子，就聽了一會兒。」

「笛子？是誰？」拓跋元衡的臉色沒有轉晴的趨勢。

「我哥！」辛情笑著說道。

「蘇豫？」

「嗯，是啊，以前都不知道。」辛情說道：「好了，皇上，您要問的臣妾都告訴您了，就先准臣妾去洗澡吧！」

拓跋元衡點點頭，辛情便帶著人去了湯池。

水氣氤氳，溫暖的泉水讓人放鬆，辛情泡在水裡，雙手搭在漢白玉的池沿上歪著腦袋閉目養神。蘇豫今天的反應……正想著，一隻手搭在她肩膀上，身上一緊，她反手就要打去，邊斥道：「流氓！」

「說朕？」手腕被抓住，拓跋元衡一臉好笑地看著她，「撒潑的貓！」

「皇上，您故意嚇臣妾……」辛情故意嗲著聲音說道，被拽到拓跋元衡懷裡。

「一點警覺也沒有！」拓跋元衡抱著她。

「這裡連蒼蠅都飛不進來，臣妾怎麼會想那麼多呢？」沒有蒼蠅，飛進來一隻黃蜂。

「又拐彎說話，該打！」拓跋元衡拍她的背，拍了兩下改為撫摸。辛情掙脫他的懷抱游到一邊。

「這湯池護衛森嚴，可不是連蒼蠅都飛不進來嘛！」辛情笑著，「不過，皇上您進來可沒人敢攔！」

拓跋元衡一臉邪笑地慢慢往她身邊走，辛情便笑著左躲右閃，可還是被拓跋元衡給抓到懷裡，「逃不了了，妖精，認命吧！」

「是，臣妾遵旨！」辛情笑著說道。

拓跋元衡揮了揮手，宮女太監們都退了出去。

辛情看拓跋元衡，手指頭在他胸膛上畫來畫去，「一個人也沒有，真是偷情的好時候……」

「沒錯，所以朕來偷妳！」拓跋元衡笑著，聲音曖昧。

「果然，妻不如妾，妾不如偷，偷不如偷不著！」辛情也笑。

湯池內的情慾氣氛逐漸升溫。

……

靠在拓跋元衡的懷裡，辛情有點有氣無力，便閉著眼睛養神，拓跋元衡的手和她的十指緊扣。

「累了？」拓跋元衡的聲音帶著笑意。

「嗯！」辛情用嗓子發了個音，也不睜眼。

「近日總是倦怠，讓太醫看看是否有了身孕！」

「嗯！」辛情重複發音，暖暖的水、溫熱的胸膛讓人昏昏欲睡。

「生了皇子朕立他為太子！」

「嗯！」辛情應完了，過了一會兒，抬頭看拓跋元衡，「真的？」

「嗯！」拓跋元衡模仿她發音。

辛情又看了拓跋元衡一會兒，仍舊趴到他胸膛上，「皇上的笑話真讓臣妾開心！」

「朕金口玉言。」拓跋元衡捧起她的頭，「別懷疑朕。」

辛情這回睜大了眼睛，徹底清醒了。

「皇上此話當真？」辛情笑問。

「當然！」拓跋元衡表情正經。

「那臣妾要怎麼謝您啊？」辛情笑著問道。拓跋元衡的金口玉言還沒見什麼時候特別遵守的呢，因此還是當笑話聽好了。

「謝朕的方法很多……」拓跋元衡在她耳邊說道。

兩人在湯池裡纏綿許久才回到水月軒，辛情很快就睡著了，拓跋元衡抱著她，睡不著。

過了小半個時辰，拓跋元衡發現辛情似乎在做夢。她掙脫他的手，抱住自己的頭，緊緊地縮成一團，嘴裡低喃著什麼。拓跋元衡湊過去仔細聽，只聽她說著：「小情不是壞孩子……不要趕我出去……雷……不要……救救我……我怕……救救……」

拓跋元衡的眉毛皺了起來，長臂一伸，將她抱在懷裡。辛情安靜了些，腦袋在他懷裡蹭了蹭，找了合適的位置又接著睡了，可仍抱著自己的雙臂，蜷著身子。

「矛盾的妖精，到底哪一個才是妳……」拓跋元衡小聲地自言自語。

辛情被看醒了，對上拓跋元衡滿是探究的眼睛，辛情嫵媚一笑，「皇上怎麼這麼早就醒了？這樣看臣妾，是不是臣妾老了？」用手摸了摸臉。

「沒老！」

「那您這麼看臣妾，難道臣妾更好看了？」

「沒有！」

辛情便一個翻身爬到他身上，笑著問道：「那皇上可不可以告訴臣妾，您一早盯著臣妾看什麼呢？」

「朕喜歡看便看！」拓跋元衡也笑了。

「哼！既然沒有好處，免費觀看時間結束！」爬下去，隨手披了衣服跳下床梳洗。梳洗完了出了水月軒，天剛亮不久，由於昨晚的雨水，此刻整個行宮都被水汽籠罩著，花、樹、山石都像暈染過的國畫，空氣也涼涼的，呼吸一口滿胸的冰涼。

「看什麼？」拓跋元衡在她耳邊傳來。

「皇上，臣妾想到郊外走走好不好？」這個時候的郊外一定乾淨如洗。

「今天不行，有事！」

辛情點點頭，故意長長嘆了口氣。

「很想去？」

「沒有，臣妾隨便說說，國事要緊！」辛情笑著說道。

「改日再說！」拓跋元衡說道，辛情點點頭。

用過早膳，拓跋元衡說去看昭儀，辛情便笑著送他到門口，回來了讓馮保給她找笛子。馮保說出了宮這些東西沒給娘娘準備，他馬上就讓人去買。辛情聽了沒了興致，揮揮手算了。

坐在桌邊，腦海裡是蘇豫昨日忽然變了顏色的臉。

如果你騙我，我就殺了朵兒……

這句話讓他變了臉色。朵兒……朵兒還真是有很多祕密……不知道殺死朵兒這句話還可以讓多少人動容。

閒來無事又去泡溫泉，閉上眼睛，這幾天見的人一一在腦海中閃現，每個人的臉上都戴了面具對她笑著，像假面舞會。不知道撕下面具後，是人臉還是鬼臉？

「唉……」辛情長長嘆了口氣。

一聲輕笑穿過水汽，淡淡地飄進耳朵——不是拓跋元衡。

「什麼偷雞摸狗的東西？給我滾出來！」辛情睜大眼睛四處看了看，這才發現宮女太監們早已不見，偌大的湯池只她一人。

一道身影從紗簾後現身，放肆地直視她。

「你放肆！」語氣依舊輕輕的，是奚祁。

辛情攥了攥拳頭，真他媽的，上一回被拓跋元衡用棺材搶去，這回被人家在澡塘子裡看光光，她跟這倆禽獸的見面方式還真是很有創意。

「這是貴國的禮節？」辛情笑著問道，縮進水裡，還好水面上漂著花瓣，不至於春光外洩太多。

「不是，這不合禮節！」奚祁往前又走了兩步。

「皇帝陛下既知道不合禮節，還請出去吧！」

「雖不合禮節，但很快妳就是朕的女人了，也不算不合禮節。」奚祁的口氣就像是：老闆，這半隻豬頭我定了，送到我家前我先咬一口。

「皇上恐怕記錯了，臣妾是北國皇帝的妃子。」辛情很想一腳踹過去。

「還記得三年之約？」奚祁微微一笑，「如今已過了三年之期了。」

「沒錯，是過了三年之期，臣妾已嫁人了。」

「是嗎？朕記得北國的貴妃複姓獨孤，而妳姓辛名情，也可以說姓蘇名朵！」奚祁看著她。

聽了他的話，辛情先是愣了一下，馬上就明白，她掉進陷阱裡了！

「原來皇上三年前就挖了這麼大個陷阱給我，嫁人的無論是辛情、蘇朵還是獨孤情，皇上都穩贏了！」辛情冷笑。這陷阱就像是接連挖了三個糞坑一樣，躲過一個前面還有兩個，躲過兩個前面還有一個，總會踩進一個。

「本來朕是句玩笑話，不過，自從水越一見之後，朕對妳可是心心念念，後來朕想了想，那個賭約朕還是可以贏的。去年派了人去接妳，出了點小意外，但朕不打算毀約。」奚祁笑。

「再來一次大變活人？恐怕沒那麼簡單了吧？還是皇帝陛下打算為了我，兩國交戰？」辛情換上一臉的妖媚。

「為了女人塗炭生靈的事朕做不出來！」奚祁說道：「不過，金蟬脫殼的伎倆不妨再演一次。」

「呵呵，真是謝謝您的厚愛，可既然已經過了時限便是您輸了，我沒有必要配合您玩這麼無聊的遊戲。」

「朕要的人從來沒有得不到的，只不過可能要麻煩些。」奚祁笑著說道。

「皇上不怕蘇朵死嗎？」

奚祁想了想，說道：「朕不會讓妳死的。」

「可是一個人想死，別人是攔不住的！」

「妳已經死過了，不會再選擇死。再說，到了朕身邊，朕不會虧待妳。」

「是嗎？厚待的條件是什麼？昨天，拓跋元衡許給我太子之位，妳給得起什麼？」辛情冷笑。

奚祁笑了，半晌說道：「朕什麼都不會給妳！」

「那我們就沒什麼好談的了！」她是傻子也知道太子的媽將來會比較有權有勢，可以呼風喚雨。

「如果朕將來給妳自由呢？」奚祁雙目炯炯地看著她，「自由。等朕厭倦了妳，朕放妳自由！」

辛情收了笑，也看奚祁，然後又笑了。

「你給我自由？我不認為我能活著享受到！拓跋元衡——你太低估他了！」辛情笑著說道：「你怎麼認為我會做這種愚蠢的決定？我很滿意現在的狀況，沒打算改變。」

奚祁笑著搖頭，「妳動心了！別這麼快拒絕朕，好好想想，畢竟朕希望妳是心甘情願到朕身邊來。」

「謝謝你的好意，我拒絕！」她再演一次，拓跋元衡一定會把她剁成肉醬，那個心狠手辣的傢伙！

「那麼，朕自己想辦法了！」

「好啊，看看你養的蛇本事長進了沒有！」辛情笑著說道：「說完了，皇帝陛下可以出去了嗎？畢竟臣妾現在還是北朝的妃子。」

「很快，妳就會是朕的。」奚祁瀟灑地收了扇子走人。

看著他離去的背影，辛情冷冷笑了。她是不是該買鞭炮慶祝？被皇帝級別的男人搶來搶去是不是證明她比較有魅力？摸摸臉，忽然湧起了把它毀了的衝動。

從溫泉裡起身，辛情隨意披了衣服，頭髮還滴著水，看看湯池邊的花瓶，她一把拿起來摔了，撿了塊碎片看了半天，終於還是扔掉了。

緩步出了湯池，見外面也是空無一人。辛情冷笑。看來這內奸還不少。

下午時分，忽然來了一道聖旨，說是晚上會有盛大宴會，辛情嘆氣，這吃喝玩樂的腐敗活動還真是此起彼伏，只不過，今天要小心了。

天黑些的時候，她紅色盛裝打扮了，看鏡子真像個妖精，拓跋元衡見到她時瞇著眼睛，滿臉不悅之色。看一眼昭儀，白色衣裙，渾然似仙。

龐大的儀仗到了宴會的地點，這次與上次不同，奚祁、拓跋元衡的妃子們坐在一起，辛情挨著蘇棻，蘇棻一身紫袍，看起來華貴異常，只不過和她淡淡虛應了一下便正襟危坐目視前方。

快速看一眼並排坐著的兩位皇帝，辛情實在很想知道他們現在感想如何。收回目光四處快速掃了一圈，她看到一個男子，之所以注意他是因為他冷冷地看著自己，一副憤青的樣子。辛情不認識他，轉念一想，一定是認識蘇朵的人，可是這麼憤青的樣子，好像抓到蘇朵紅杏出牆一樣的人到底是誰？為何那日沒見？還是奚祁特意安排的？想到這兒笑了，若是奚祁安排的可真是好玩了，若是他再把靳王也帶來就更熱鬧了，那個王爺上次在帝都也是一副要凍死她的德行。這蘇朵看來女人緣不好，男人緣倒是超好，個個的表情都像是要把她永遠冰凍保持青春常在的德行。只有一個人例外，蘇豫。

不想了，辛情放眼望去，露天宴會場地鋪著紅毯，燈火通明，富麗堂皇，不知道一會兒又有什麼精彩的噱頭，她有些期待奚祁會搞什麼鬼。

開場還是一樣，讓人頭暈目眩、口水直流的歌舞表演，她慢慢喝著酒沒啥興趣地看著。再精彩的節目天天看也會覺得噁心。

「真是無聊！」辛情小聲說道。

「貴妃累了？」蘇棻問道。

「累了也得撐著啊。」辛情輕輕托了下巴，嫵媚地看著場上。

蘇棻淡淡地笑了，辛情側臉看她，總覺得她的笑帶著些許苦意。

說完了幾句廢話再抬頭看，場上已變了氣氛，有些劍拔弩張，辛情瞇了瞇眼睛，直覺地看向拓跋元衡，他一臉平靜。回過頭，辛情全身進入防備狀態，好戲要登場了嗎？

結果，卻只是兩國武士的比試，她微微一笑，搞這麼大的排場原來就是個比武，不過，她喜歡，自從有了從房頂往下跳的經驗，她就喜歡上了飛來飛去的感覺。

她感覺到了蘇棻的緊張，她的拳頭正不自覺地慢慢攥緊。辛情有些奇怪，但是心也隨著她拳頭的緊握而提到了喉嚨，蘇棻知道什麼？難道……會有刺殺？辛情聚精會神看著場上的刀光劍影，可是幾輪下來，除了場上越來越熱烈的氣氛外，似乎沒什麼不對的地方。又偷偷看一眼，蘇棻的拳頭死死地攥著，她甚至想如果她和自己一樣戴了指甲套，恐怕會穿透手掌了，她在緊張什麼？

正想著，一個男子上場了，辛情看去，是剛才瞪著他的那個。

「大戎皇帝陛下，臣素聞貴國獨孤國舅武藝高強，心下仰慕，不知今日臣可有幸能得國舅指點一二？」那男子說道。

辛情蹙眉，難怪蘇棻緊張，原來有人要與蘇豫一較高下，可是這個人是誰？

「哦？獨孤豫，你可願意下場一試？」拓跋元衡朗聲說道。

獨孤豫起身出列說道：「臣遵旨。」邁著平穩的步子走上場。

場中兩人相視而立，辛情看著蘇豫，心下有些緊張，雖說她相信蘇豫的功夫，可是這男子故意尋釁，一定是有備而來，要在兩國皇帝面前露臉。如果蘇豫輸了……蘇豫丟人、她獨孤貴妃丟人，拓跋元衡的面子也不好看。

握著酒杯，她心裡轉了無數個心思，但也只能靜觀其變。沒發現，握著酒杯的手也正慢慢地用力。

「請了！」蘇豫依舊溫文的聲音，一身白衣在夜風的吹拂下忽然就很有了大俠的風範。

他對面的人只是冷笑了一聲，作了個辛情看不懂的手勢，然後在她沒回過神的時候兩個人已經交手了。蘇豫的那一身白和那男子的一身青在快速移動中顏色很協調。

本來兩人是赤手空拳的，可是在辛情沒看清楚的時候那男子手中已多了把軟劍，皺了皺眉，蘇豫已後退了好多步，看起來處於頹勢。她有些緊張，倒不是怕蘇豫輸，而是那劍……她不懂這些東西，卻也能感受到那劍的招招逼人之勢，暗含殺機。辛情忽然看向蘇棻，她光潔的額頭上有細密的汗珠。

深吸口氣，辛情平靜下來看場上，再怎麼樣這男子應該不會在這裡殺人，否則太拂拓跋元衡的面子，計較起來他是得不到什麼好處，如此想著便安了心，只是不知道蘇豫為何故意忍讓於他。

蘇豫的招數看起來很優雅，白衣飄飄閃躲著，那劍雖然凌厲，但也沒有碰到他的衣角。時間慢慢過去，那男子的下手更加凌厲，蘇豫的頹勢愈加明顯。辛情皺眉，哼了句：「原來不過是仗劍欺人。」聲音雖小，但是蘇棻也聽得到，她側頭看了辛情一眼沒說話，眼神複雜。

可能是退到無處可退，抑或蘇豫厭了，即使辛情不錯眼珠地盯著他，也沒看清楚他手裡何時多了一管竹笛，那笛子在他手裡成了武器，即使對方再凌厲也被他輕鬆化解，總之，蘇豫的一招一式在辛情看來都是優雅的，不咄咄逼人，跟他的人一樣。

很好，辛情想著，看看蘇棻，她的拳頭已經不那麼緊了。

終於，場上的兩人以平手停止了比試。

「看來，獨孤國舅比朕的國舅更勝一籌！」說話的是奚祁。

這句話讓辛情一震，覺得是說給她聽的。兩位國舅？蘇豫是一個，另外一個也是？想想蘇棻從頭到尾的緊張，她忽然想到這男子的身分了——蘇向，蘇家的將軍，難怪武藝高強。

「哥哥還真是下手無情！」辛情輕聲說道，看了蘇棻一眼。

蘇棻沒說話，只是朝她淡淡一笑，「獨孤國舅武藝不凡！」

「只不過，太手軟。」辛情說道。當哥哥的為何一副要置弟弟於死地的打法？有什麼深仇大恨？很值得深究的問題，而這個答案她想去問蘇豫。

蘇棻還是淡笑。

蘇豫和蘇向已各自重新落座，辛情看向蘇豫，他仍是一臉的平靜和溫和，似乎剛才並沒有經歷那樣一場動人心魄的打鬥。再看向蘇向，他的憤青表情更明顯了。收回目光，她輕啜一口酒，毋庸置疑，這是奚祁安排的好戲，可目的是什麼？激起她的罪惡感？讓她看看因為她的離開而讓蘇家的公子們兄弟鬩牆？也不太可能，畢竟奚祁應該已經知道了「蘇朵」是多麼冷漠的人。那到底是為了什麼？

正想著，奚祁的聲音又傳來，「獨孤國舅更勝一籌，不知兩位貴妃如何？蘇妃只是善舞，恐怕獨孤貴妃要更加多才多藝吧？」

辛情很想過去拿桌子敲他腦袋，還真是怕蘇家出的醜不夠多呀！兄弟倆鬥完了又輪到姊妹倆，缺大德了，只是不知道拓跋元衡會怎麼說？如果這個混蛋敢讓她出去當舞姬，她發誓讓他再沒有一個兒子出生，而且把他其餘六個兒子全部閹了。辛情悠閒地喝了口酒，等著拓跋元衡的回答。

「獨孤妃一向懶散，琴棋書畫樣樣不通，與蘇貴妃怎可相提並論？不必比了，免得獨孤妃丟了面子回去又跟朕鬧！」這是拓跋元衡的答話，頓了頓他又說道：「不過，朕的昭儀能歌善舞，尤善彈琴，比獨孤妃不知強了多少倍！」

辛情用酒杯擋住嘴角的笑意，看在他如此說的分上，祝他多子多孫。

「哦？不如昭儀彈琴，蘇妃伴舞，也讓朕見識見識！」奚祁說道。

「好！常聽說蘇貴妃舞藝超群，不想今日有幸能得一見，求之不得！」拓跋元衡虛應。

辛情微微側頭，用餘光看蘇棻，她臉上是淡淡的苦笑。她起身，迅速掃了辛情一眼，然後到了御前，和昭儀並列，兩人齊聲道：「臣妾獻醜。」

早有太監們抬出了琴案，擺好了古琴。

「臣妾就為陛下彈奏一曲《綠么》。」昭儀福身，到琴案邊優雅地坐下，和蘇棻對視一眼，琴聲如行雲流水般響起，蘇棻也應曲而動，長袖飛舞立刻便有了無數的嫵媚風情。辛情仔細看蘇棻的臉，很平靜很淡然，但是看了卻心裡不舒服，她在強忍著一些東西，而辛情猜，那是屈辱感。一朝貴妃被皇帝丈夫推出來跳舞娛樂所有人，如果她本來就是低微的出身也就罷了，偏偏是國相的女兒，尊貴的不得了，可是現在她要舞給所有比她父親官階低的人看，這種屈辱想想已是不寒而慄。

這個奚祁當真是殺人不用刀的混蛋，比起拓跋元衡來，他更狠！想到此，偏轉頭看向拓跋元衡，他沒看她而是專心地看著場上的表演。她回過頭喝了口酒，想笑，拓跋元衡一定在看他心愛的天仙昭儀，心疼也沒有辦法，這就是男人。捨了孩子套狼的男人們。

在辛情胡思亂想中曲終舞畢，兩人福了福各自歸座，兩位皇帝不免又誇了對方的妃子。辛情沒心情聽，目光追隨著蘇棻直到她優雅落座，便親自斟酒一杯，「蘇貴妃果然舞藝超群，虧了皇上瞭解我的本事，否則今天可真要大大地丟臉了，我敬妳一杯。」

蘇棻接了酒，掩袖一飲而盡，「獨孤貴妃謬讚了。」

「我說實話！」辛情說道。

這個小小的高潮過後，歌舞繼續，偶爾還有火樹銀花來渲染背景，不過，辛情已經半點興趣也沒有了，只是扯著微笑的臉皮撐著。好不容易快到了深夜，這宴會才散了。

龐大的儀仗隊，辛情走在拓跋元衡右邊，左邊是昭儀，她的頭微微低著。到了弘恩殿又坐了會兒，辛情告退回水月軒了，雖已是半夜時分，她卻睡不著，今天晚上好多事。

仰面躺在地毯上，她睜著眼睛看殿頂，想著許多事，不知不覺睡著了。第二天早上睜開眼睛時，發現身上多了一床輕暖的毯子，側頭看去，殿門外陽光燦爛，綠樹紅花映入眼簾就一個字：美。她受了吸引，拖著被做蛹狀往門口拱，還沒到殿門口就見一雙皂靴停在眼前，抬頭往上看，拓跋元衡似笑非笑地看著她。

「玩什麼？」拓跋元衡蹲下身看她。

「破繭成蝶！」辛情笑著，心情很好。

「成蝶之後呢？」拓跋元衡似乎很閒。

「成蝶之後留連花叢！」辛情從毯子裡鑽出來坐好，「皇上，今兒外面吹什麼風啊？」

「沒風！」拓跋元衡在她身邊坐下。

「咦？」辛情故意露出滿臉的訝異，「沒風？沒風怎麼把您吹來了？」

「又要說什麼，妖精？」拓跋元衡拉著她躺下，拉過被子蓋住兩人。

「昭儀可有高興些了？」辛情枕著他的胳膊。

「當她跟妳一樣！」拓跋元衡的眼睛看著殿頂。

「當然不一樣了，臣妾哪能跟昭儀比呀！昭儀是琴棋書畫樣樣精通，臣妾是樣樣稀鬆，昨兒要不是託皇上的福，臣妾這臉可丟大了！不僅如此，臣妾還耍脾氣鬧性子，怎麼看都是一個天上一個地下！」辛情笑著說道。

「知道就好！」拓跋元衡還是若有所思。

辛情看他這個樣子也不多說，枕著他的胳膊也仰面躺著。

「朕委屈了昭儀！」

「嗯！」

「為了妳！」

「是，臣妾謝謝您的寵愛！」辛情假笑。為了她？說得好聽，可惜她不是小女孩，是不會信的。

「謝？」拓跋元衡笑了，有點涼涼的笑，「妳何時真心謝過朕？」

「臣妾何時不真心謝您了？」辛情繼續假笑。看來是昭儀不高興了，連帶著他也不高興，所以又要找她吵架來了。

「做每一件事說每一句話都有目的，妳討好朕不過是為了自己的目的，是不是？」

「臣妾不懂皇上的意思！」就說他是來找她吵架的，果然沒錯。

「不懂？哈……」拓跋元衡捏起她的下巴和他對視，「妳不懂？妳是蘇朵，有妳不懂的事嗎？算計不是妳打小就學會的嗎？」

「原來皇上是為了昭儀不痛快，要把帳算到臣妾頭上了！」辛情笑，心卻像刺蝟一樣張開了刺，「那好啊，皇上說著，臣妾聽著！」

「不要惹怒朕！」

「臣妾怎麼敢？臣妾再蠢笨也不會記吃不記打！」辛情的臉上是嬌媚的笑。

拓跋元衡盯著她看，「妳何德何能讓朕如此寵愛？」

「無德無能，只一張臉！」

「美貌比不上昭儀，心地也比不上，才藝更是不用提，朕怎麼就為了妳委屈了昭儀？」

辛情沉默了一下，決定不戴這個大帽子。

「皇上心裡明白，為何非要臣妾說出來？臣妾還想裝著蠢笨一些，皇上怎麼不給臣妾機會！」辛情笑著說道。

「說！」

「那臣妾說了，有言在先，皇上即使生氣也不能打臣妾。」辛情笑著，「皇上口口聲聲說為了臣妾委屈了昭儀，臣妾可不信。這第一，皇上不知道臣妾確實的斤兩，怕在奚祁面前失了面子。這第二，南朝的臣子們都認識蘇家兄弟姊妹，奚祁要借臣妾來掃蘇家的面子，而皇上卻沒有好處可得，所以您不想讓奚祁如願。第三，雖說臣妾和蘇棻都是貴妃，但是臣妾這個貴妃實際的級別要比蘇貴妃高，她的貴妃與昭儀才等同，所以臣妾上場就是失了身分。第四……」辛情看著拓跋元衡，「皇上還要臣妾說下去嗎？臣妾接下來的話可不好聽了。」

「說！」

「第四，昭儀是奚祁送您的，雖然您對昭儀寵愛有加，但是借這個機會告訴奚祁，他送的人在您看來不過是玩物，再得寵也可以捨了，若奚祁打算用昭儀施美人計在您這裡是行不通的，臣妾說的對不對？」辛情保持微微的假笑，睇著眼睛看拓跋元衡。

拓跋元衡陰了臉，目光陰鷙地看著她。

「臣妾都說不說了，您偏要聽，臣妾說了您又不高興。」拓跋元衡的目光很陰冷。

「朕的心思妳也敢猜！」

「您的意思是臣妾猜對了？呵呵，看來皇上教導的很好呢！」辛情被捏著的下巴忽然感覺到了疼痛。

「留妳在身邊也許不是好事！」

辛情的身子輕輕一震，這話是什麼意思？打算把她送人了？有可能，畢竟奚祁送了五個美人給他，回送一個人老珠黃的蛇蠍可是占了大便宜，如果這個蛇蠍替他咬人就更完美了。

「終於要殺我了？」辛情問道，他這種人應該會寧可殺了她也不會把她送人，這個男人獨占慾很強，與奚祁也不太一樣。

「也許。」拓跋元衡撫摸著她的臉，「怕死？」

辛情笑著點頭，「不怕死，怕疼。所以，您要殺臣妾一定不要用刀子和白綾，賜給臣妾一杯立時斃命的毒酒好了，死也死得快點。」

「好！」拓跋元衡冷笑。

「臣妾謝皇上。」辛情仍舊是笑著，心裡卻感覺涼颼颼的。這個世界的男人都很冷。

「愛妃多禮了！」拓跋元衡也笑。

「皇上，為了哄您的昭儀高興，臣妾也豁出去臉面為您和奚祁跳舞如何？」辛情笑著問道。

「哼！妳的那個妖精舞只能跳給朕看。」

「臣妾也沒說跳那個舞！」辛情說道：「臣妾夠體諒您的心情吧？」

「朕不信妳的好心，收起來吧！」

「是！」辛情笑著說道。
用過午膳，辛情跟拓跋元衡說她要去見她姊姊。
「不是說不見？」拓跋元衡看她。
「本來是不打算見，可是，昨日的情景，姊姊心裡想必難受，臣妾去安慰她一下！」
「妳去了不是刺激她？」
辛情笑得開心，「就算是刺激，能多見一次也多見一次，否則等臣妾沒了，這一生一世都沒有機會見了，白白做了一場姊妹。」
「心比針眼小。」拓跋元衡的臉上沒啥笑意。
「皇上前些日子才告誡臣妾您的話是金口玉言，話猶在耳，臣妾怎敢忘呢？皇上對臣妾已起了殺心，臣妾自然要記著，該見的人、該處理的事也要抓緊了，否則留下許多糾扯不清的身後事，臣妾會死不瞑目的。」
「住口！」拓跋元衡的臉色有些陰。
「是，臣妾又說錯話了，那皇上准臣妾去嗎？」
「准！」拓跋元衡說道。辛情便笑了。
帶著人前往蘇棻的寢宮，蘇棻午睡剛起來，遣了伺候的人出去，兩人相對靜坐。
「妳來幹什麼？」蘇棻問道。
「來看看妳啊，姊姊。」
「看我？妳都看到了，還來幹什麼？」
「怕以後看不到了。」
蘇棻抬頭看她，「朵兒，妳什麼意思？」

「姊姊，奚祁成功打壓了蘇家，對妳也不如以前了吧？」

蘇棻端著茶杯的手輕輕一頓，「朵兒，妳是來炫耀的嗎？」

「我有什麼可炫耀的？奚祁雖然對妳沒那麼寵愛，可是也沒打算殺妳，比我還是好了許多。」辛情笑著說道。

蘇棻直視她，「胡說什麼！」

「今天早上，拓跋元衡說也許會殺我，我能當玩笑話聽嗎？」辛情笑著，「所以才說來看看妳，否則以後就再也看不到了。」

「朵兒，妳做了什麼讓皇帝起了殺心的事？妳為什麼就不會收斂一些？」蘇棻的聲音裡有擔憂。

辛情笑著看她。

「要一個人死並不一定是那個人該死！」辛情笑了，「算了，這些事也許不過是我瞎猜，畢竟他對我還是寵得很。」

「朵兒，若早知如此，妳當初還會離開嗎？」

「這個問題已經沒有必要了，事情是不能回頭的。」

「朵兒……」蘇棻的柳葉眉微微皺起。

「別說這些了，姊姊，晚上我們去遊湖吧？」

「好！」

兩姊妹坐到快黃昏時分，蘇棻命準備了畫舫和酒席，在眾人簇擁下登舟遊湖。

「我們姊妹多少年沒一起了？」蘇棻感慨。

「不記得了！」辛情笑著說道，這麼傷感的話題還是不要說比較好。

「不記得就算了，反正過去的日子也沒什麼好的！」蘇棻喝了一杯酒。

「呵呵……」辛情笑著為她斟滿了酒，虛應了一下，蘇棻又將那杯酒一飲而盡。「姊姊慢些喝，不要著急。」

「我們姊妹也有好多年沒有一起喝酒了。」蘇棻笑著看她。

辛情只是笑，也不答話，一味地為她斟酒，直把蘇棻喝了個臉色酡紅，目光迷離。

「姊姊喝多了，不要喝了，否則明早會頭疼。」

「朵兒知道關心人了……」蘇棻抓住她的手，「妳以前從來不會這樣說話，做什麼都看自己的心思，現在終於懂事了，真好……娘知道了一定很高興……」

「也該長大了，只是對不起爹和娘。」

「只要妳活得開心，娘她就高興了。有的時候，我真羨慕妳……可以隨心所欲，要就是要，不要就是不要……」蘇棻苦笑，「我就不會，我只會認命……」

「所以姊姊懂事，朵兒不懂事，讓家人裡生氣又操心。」辛情又斟了酒給蘇棻，「看看向哥哥昨天的神情，我就覺得對不起家裡人。」

「大哥……大哥是很生氣，不過，他更生氣的是蘇豫陪著妳胡鬧！」蘇棻趴在桌子上，「從小到大，無論妳怎麼鬧，蘇豫都會陪著妳……」

「是啊，二哥現在也很疼我，也陪我胡鬧。」

「朵兒，二哥他……」蘇棻抬起頭直直地看著她，「二哥他……」

辛情看著她，期待她下面的話，可是蘇棻卻沒有接著說。

「二哥怎麼了？」

「沒怎麼……」蘇棻笑著看她，辛情覺得她眼神裡有一種竊喜的神采，那是一種心底的祕密不為人得知的甜蜜的竊喜。

辛情看著她，拿酒杯掩了嘴角，看向水面。遠遠地行來一艘燈火通明的龍舟，舟上傳來吹拉彈唱之聲，還有曼妙的人影飄飄。辛情看看趴在桌上的蘇棻，「姊姊，別喝酒了，妳跳舞給我看好不好？我好多年沒見過妳跳舞了。」

「昨天……昨天不是看了？」蘇棻的口氣裡有自嘲。

「昨天又不是跳給我看的，我相信姊姊一定沒有好好跳。」

蘇棻晃悠著站起身，「好，我跳給妳看，我跳給你們所有人看，呵呵……」出了船艙來到寬闊的船板上，蘇棻開始跳舞。

蘇棻因為喝醉了酒，所以舞步有些零亂，不過看起來更具風情，辛情終於明白為何「貴妃醉酒」能將唐明皇迷得神魂顛倒流傳後世了，因此便慢慢喝著酒，歪著看蘇棻的舞。掃了一眼，船上伺候的人都是一副呆愣的表情。蘇棻瘋魔了一樣跳個不停，還是辛情親自拉了她重新歸座才消停了。

龍舟在不遠處停著，直到辛情下令靠岸，龍舟還沒有走的意思。岸上等著的宮女太監們伺候蘇棻走了，辛情也被簇擁著回了水月軒，也不梳洗直接爬到床上側身朝裡躺了。波斯貓跳上床，在她枕邊蜷著，辛情拍了拍牠，一人一貓閉著眼睛睡了。

弘恩殿。拓跋元衡還沒安寢。沒一會兒一個小太監邁著輕輕的步子進殿到他面前跪下回話：「啟奏皇上，馮總管說娘娘晚上喝了許多酒，早已安寢了，怕是不能來侍寢。」

「下去！」拓跋元衡揮手。小太監忙退出去了。

拓跋元衡起身步出殿外，不遠處的水月軒一點聲響都沒有。

「皇上，雖然貴妃娘娘不能前來侍寢，但是……」樂喜說道。

拓跋元衡沒理他，轉身往明月閣的方向去了。樂喜忙跟著。走到半路，拓跋元衡又轉身回來，進了弘恩殿讓太監們拿酒，然後自斟自飲，直喝到深夜方才安寢。

早起，一個小太監又到了水月軒，跟馮保說皇上傳膳，馮保便說貴妃宿醉未起，小太監皺了皺眉走了。

馮保來到床邊，辛情正睜開眼睛。

「誰來了？」辛情問他，摸了摸波斯貓。

「回娘娘，皇上傳膳。」

「怎麼回的？」

「按娘娘的吩咐，宿醉未起。」

「哦！」辛情又閉上眼睛，「別吵我。」

馮保答應著退出殿忙去了。

在床上賴到日上三竿，辛情才打算起身，伸了個懶腰，打個哈欠，坐起身，赫然發現拓跋元衡就坐在桌邊，嘴角扯出一抹不易察覺的笑。辛情光著腳下床，邊揉著眼睛邊衣衫不整地走向拓跋元衡。

「臣妾見過皇上。」聲音裡透著宿醉的慵懶。

拓跋元衡沒答話，只是面無表情地看著她。辛情低頭看了看自己的衣服，然後笑了，「臣妾失禮了，這就去換了衣服。」

轉身欲走，卻被拓跋元衡一把拉到懷裡，跌坐在他膝上。

「又宿醉？」

「和姊姊說著說著，不自覺喝多了酒。」

「說了什麼？」

「哎呀，皇上，女人家的悄悄話您也要聽啊，臣妾可不好意思說，再說，喝多了酒說什麼都忘了。」辛情笑著說道。

「真喝醉了？」

「不知道。」辛情答道：「皇上，臣妾先去梳洗了好不好？」

「後日返程。」

「是，臣妾知道了。」辛情欲起身，卻掙不開拓跋元衡的胳膊。

「捨得？」拓跋元衡看著她的眼睛。

辛情愣了一下才笑著說道：「捨得捨不得有什麼差別呢？皇上，我姊姊以為臣妾是為了您才死活要離開靳王的，我要是不捨得，姊姊一定以為我在做戲！」

「妳如何告訴她的？」拓跋元衡似笑非笑。

「臣妾告訴她，因為羨慕她做了貴妃，所以臣妾也想做做看。」辛情一臉假笑，「皇上，臣妾的理由好不好？」

「不好！」

「那臣妾如何說才好？」辛情雙臂環上他的脖子，「難道要臣妾說，在此之前臣妾紅杏出牆，與皇上暗渡陳倉了？呵呵……」

「不錯。」拓跋元衡露出笑臉。

「皇上還真是不在乎臣妾的名聲啊！哼……」辛情微嗔，「在皇上心裡，臣妾就是那般輕賤？」直視拓跋元衡，想給他一個耳光。

「名聲？名聲當得了什麼？」拓跋元衡捏她的鼻子，「這天底下最虛的就是名聲。」

辛情笑了，笑得放肆。

「好笑？」

「不好笑！」辛情立時收了笑，換了表情，掙扎著站起身去梳洗。

梳洗回來，拓跋元衡還是一個姿勢坐著，「過來！」拓跋元衡說道，辛情便搖曳多姿地走過去在他面前站著，堆出一臉媚笑。拓跋元衡站起身一把抱她入懷，「不高興了？壞脾氣的貓，朕不過和妳說句玩笑話，該當真的不理會，不該當真的總記著。」

「臣妾可不敢。」辛情假笑著說道：「其實皇上說的也沒錯，記得您還是王爺那會兒就說臣妾是個隨便的女人！過了這好幾年，皇上沒忘，臣妾又怎麼敢忘呢！」

「哈哈哈哈！」拓跋元衡大笑，「記仇的女人，朕的仇妳也敢記。」

「臣妾不敢，臣妾只這一個腦袋一條命，雖說不好，自己也是捨不得。」辛情的聲音裡帶了點自嘲。

「嗯，朕也捨不得！」拓跋元衡忽然說道。

「皇上總是這樣，先給一巴掌再賞顆甜棗，讓臣妾吃了虧嘴上還得說棗子真甜。」

「那還不是妳惹的？」

「臣妾怎麼惹了？您說清楚！」辛情抬頭仰望他的臉。

「知道昨天奚祁說了什麼？」拓跋元衡眯了眼睛，有些危險的前兆。

「臣妾又沒有順風耳，怎麼會知道，難不成他拆穿了臣妾的身分？」辛情故意轉轉眼珠，「可是也沒道理，這麼說他有什麼好處？」

「哼！」拓跋元衡抱著她的胳膊用了力，「獨孤妃傾國傾城，城池易得，美人難求。」說完了冷冷地看著辛情，就在他這樣的注視下，辛情臉上慢慢漾開了笑意。

「沒想到，臣妾這麼值錢呢，奚祁真是看得起臣妾！」辛情的口氣開心得不得了。

「朕拿妳換城池如何？」

「划算，穩賺不賠！江山是萬古常新，女人要推陳出新，這是樁『以舊換新』的好買賣。」辛情笑著說道，心裡卻想著讓他絕嗣。

「這麼想去奚祁身邊？」拓跋元衡狠狠捏她的下巴，辛情的笑臉便變了形狀。

「臣妾就事論事，您問了臣妾又不敢不說，怎麼反怪臣妾。」

「朕不會拿妳去換，朕說過，妳這一生一世都只能在朕身邊。」拓跋元衡說話的口氣似在發誓一般。

「臣妾就知道您捨不得。」辛情媚笑。

「如果妳有離開朕的心思，朕寧可殺了妳。」

「皇上說好多遍了，臣妾記住了。」辛情笑著，「臣妾還怕天打雷劈，永不超生呢！」

「記住就好！」拓跋元衡鬆了手，辛情的笑容變得正常。

辛情皺著臉揉下巴，故意用了嗲嗲的口氣說道：「皇上再這樣捏下去，臣妾的下巴早晚有一天會碎掉。皇上還說不動手，也不知道金口玉言到底是不是真的……」

「放肆！」拓跋元衡說道，雖然這樣說，還是抬手為她揉了揉下巴，力氣雖然小了點兒，但還是跟報復一樣，辛情一個沒忍住，拍掉了他的手，拓跋元衡一愣，然後笑了。

因為要返程的緣故，伺候的人開始忙忙碌碌收拾東西，因此便對主子辛情看管較少，辛情睡醒了吃飽了，偶爾出去逛逛，這地方也許永遠沒有機會再來了。

這天晚上皓月當空，辛情睡不著在床上打滾，不知道為什麼，心裡總是七上八下，像是大地震前情緒煩躁的動物。走出水月軒，看著池塘裡月亮慘白的倒影，池塘水面是白晃晃的月光，兩相映照著有些淒涼。

幽幽的笛聲又傳來，乍聽到，辛情便直覺認為是蘇豫。仔細聽著，蘇豫在現代肯定是個出色的音樂家，可惜在這裡吹拉彈唱的地位很低下，他也只能當作樂趣了。

循著笛聲，辛情來到那日雨中的花樹林中，正要往前走，恍惚一抹白色身影立在前面，辛情輕聲地躲在了一棵花樹後。

良久，笛聲停了。伴隨著一聲嘆息，女人的嘆息。

沒有任何對話，那抹白色的身影轉過身來，是蘇棻。辛情又縮了縮身子，蘇棻從她前面那棵花樹前經過，緩步走了，沉重無比。

祕密，又是一個祕密。辛情有那麼一瞬竟然以為蘇棻是喜歡蘇豫的，這麼亂倫的事情……辛情在頭腦中否定這個不良想法，這個想法是對蘇豫的侮辱。

她乾脆坐下，抱著膝蓋坐著，像小時候被罵了之後躲起來一樣。

一截白袍在她眼前出現，抬頭看，是蘇豫。

「娘娘怎麼在這裡？」蘇豫的聲音有些生疏。

「國舅不也在？」辛情笑著看看他，「蘇貴妃也來過，為什麼我不能來？」

「臣不是這個意思，只是天色已晚，娘娘在這裡還是小心為好！」

「嗯，有理，是該小心，尤其是在有祕密的地方，若是不小心聽到不該聽的被滅了口就不好玩了！」辛情起身，手伸到蘇豫面前。

「娘娘何意？」

「本娘娘想看看國舅的笛子，怎麼，不行嗎？」

「微臣的東西，不敢汙了娘娘的眼。」蘇豫有禮貌地拒絕。

辛情收回手，「那就算了。」

從他身邊走過去幾步又停了腳步，微微側頭，「不恭送本貴妃嗎？國舅真是無禮！」

身後傳來蘇豫的輕聲嘆息，然後一管普通的竹笛遞到她身邊。

「這樣的東西怎麼也敢拿來給本貴妃看，不怕汙了本娘娘的眼睛？」辛情語氣略帶嘲諷，也不接那笛子。

「不要任性了！」蘇豫的聲音裡有一絲無奈。

「好！」辛情拿過笛子繼續往前走。

「以後也不要任性了！」

不知為何，辛情聽到他這句話，心忽地一震，回過頭，「怎麼，你不陪著朵兒了？」

蘇豫搖了搖頭，不知道是反駁她的話，還是說不陪蘇朵了？沒等辛情問，蘇豫轉身快步離去，辛情拿著笛子的手不自覺攥緊了。

回到水月軒，她拿著笛子仔細看了看，普通一管短笛，似乎年頭不短，竹身有些發亮了。試著吹了吹，勉強弄出個沙啞的音，自己也覺得難聽便作罷，仔細放好了，打算改天還給蘇豫。

留在偃朝的最後一天，奚祁又有盛大的歡送晚宴。辛情正在讓宮女給她裝扮，頭髮剛剛篦順了，一個太監跌跌撞撞地跑進來，口裡喊著「娘娘不好了」，被馮保一聲喝住：「放肆，娘娘好好的，胡說什麼！」

「好好說，什麼不好了？」辛情沒回頭，問道。

那太監跪在地上，「回娘娘，國舅、國舅為保護偃朝皇帝，已、已……」

「已什麼了？」辛情驀地回頭，「說！」聲音冷冽。

「已被刺客所傷……」

辛情按住心口，只覺得一口氣喘不上來，起身往外走，馮保等人急忙跟上。

陸之章　笛聲杳渺

想找到出事的地點並不難，因為到處都亂哄哄的，辛情還未換衣服，只著白色中衣倒也方便了跑步。等她氣喘吁吁趕到的時候，大殿內外已是戒備森嚴，卻沒有人攔著她，似乎料到她會來一樣。大殿門口有一個太監躬身迎她，帶她進了大殿。殿中人多得像在開會，辛情只看到殿中地毯上的白色身影，慢下腳步，走過去在他身邊屈膝跪下。

蘇豫的左胸前插著一把短刀，此刻只露了刀柄在外，傷口周圍沒有多少血，衣服也沒有弄髒，蘇豫側頭微眯著眼睛，見她來了，微微扯出了笑意，只不過這一笑，嘴角便有血流了下來。

辛情用袖子為他擦了擦嘴角，「差點把衣服弄髒了，怎麼這麼不小心？」

蘇豫仍舊微笑著，看著她的目光是溫暖的，「小情，我、先走了……妳、妳以後，好、好好的……」

「你要去哪兒？」

「很遠、很遠的……地方……」蘇豫的聲音漸小，眼睛似乎費力地張著。

「好，什麼時候回來？」辛情握著蘇豫的手。

「很久……」蘇豫看著她，一瞬也不瞬。

「很久是多久？總有個大概。如果你很久都不回來，我去哪裡找你？」

蘇豫的手緩緩抬起，似乎想要觸摸辛情的臉，口中以幾不可聞的聲音說著什麼，辛情湊過去聽。

「奈……何……」蘇豫最後的力氣說了這兩個字，那緩緩舉起的手以極快的速度垂落。

「哪裡？我沒聽清楚，你再說一遍！」辛情搖他的手，過了很久沒有動靜。辛情握住他的手貼在臉上，輕聲說道：「不管是哪裡，不管多久你要記得回來，你答應過要帶我回家的，知道嗎？」殿內一片死寂，驀地，辛情開口：「太醫，太醫呢？傳太醫。」沒人動。

「貴妃，妳哥哥已去了。」拓跋元衡低沉的聲音在她背後響起。

辛情回頭仰頭看他一會兒，然後又回過頭去，眼睛盯住那露在外面的刀柄。

「我忘了，這是致命傷。」辛情看著刀，輕聲說道。接著，她緩緩抬起手，眾目睽睽之下，拔出了那把短刀，帶出的血濺在她臉上和衣服上，形成一個個殷紅的圓點。

傷口流出的血將蘇豫的白衣染紅了一片，她看看那刀，拿出手帕慢慢擦拭乾淨，放進袖中。

「睡吧，睡醒了就到天堂了。」然後起身到了拓跋元衡面前，「皇上，請下旨將臣妾兄長入土為安吧。」

拓跋元衡點頭。

「謝皇上！」辛情一福，直著身子，動作僵硬地走了出去。

回了水月軒，一言不發躺下睡了。等她再睜開眼睛，昏黃的燭光下，床邊是拓跋元衡陰沉的臉。

「皇上怎麼還不睡？夜已經深了。」辛情略微偏頭看著他，笑問。

「朕會追封妳哥哥為國公！」

「不用了，我想他不是為了在北國封侯拜相，而是為了蘇家在偃朝的地位才連命都不要了。也許，他覺得這是他欠蘇家的。」

「朕不會讓他白白死的。」

「好，謝皇上！」辛情閉了眼睛，「臣妾很累，還想睡，不恭送您了。」

「為什麼不哭？」

「也好，都走了，再也不用擔心了，也不會有牽掛了。」辛情往枕頭裡縮了縮。

「辛情！」拓跋元衡抓著她的肩膀。

「有些人生下來就註定是要一個人的，奢求也沒有用。」辛情的聲音裡帶著笑意。

「妳還有朕！」

「我誰也沒有，只有自己。」辛情的眼角邊終於流下了兩行清淚。想起什麼似的，睜開眼睛，淚眼迷離，「皇上，蘇豫的喪事要怎麼辦？」

「這事不要操心了。」拓跋元衡抬手為她擦眼淚，難得的溫柔。

「謝謝！」辛情猶疑著伸出手，環上拓跋元衡的腰，放鬆身體靠在他懷裡，「也許，我只有皇上了。」

「還會有皇子、皇女。」

「呵呵……是啊，還會有皇子皇女……皇子皇女還會有孫兒孫女，子子孫孫無窮匱也……呵呵！」

「不要笑了！」拓跋元衡拍拍她的背。

「好！」辛情不笑了，靠在他懷裡，安安靜靜的。

辛情睡著了，拓跋元衡把她輕輕地放在枕上，她臉上猶有淚痕，看起來與平時的囂張妖媚完全不一樣。

「這個是本來的妳？」拓跋元衡拉過被子給她蓋好，將被淚水黏在臉頰上的頭髮拂開。她的臉是涼的，沒有溫度一樣。看了一會兒，她翻身側躺，身子又蜷起來了。只不過此刻看來少了防備，更像是被拋棄的無所依靠的孩子。

拓跋元衡又看了看她才神色凝重地回弘恩殿，殿外許多臣子已在等候了。拓跋元衡冷冷地掃了他們一眼，大步進殿，群臣趕緊垂首躬身魚貫入殿。

那晚，群臣們直到快天亮時分方才退出弘恩殿。

辛情坐起身，憔悴了不少，臉頰上似乎都沒了肉，神色清冷，見馮保等人都在一邊侍立。

「什麼時候啟程？」波斯貓朵兒跳到她懷裡，輕輕磨蹭著。

「回娘娘，皇上有旨，推遲三日返程。」馮保小心翼翼地說道，貴妃從前天晚上一直睡到昨晚醒了，又接著睡到今早。

辛情點點頭，下床任宮女們服侍著梳洗打扮。宮女們拿了素色的衣服，辛情讓換成白色的，頭上的首飾也讓拿掉了。喝了兩口清粥，去弘恩殿請安。出了殿門，只覺得寒氣逼人，全身如浸冰水中，便讓宮女們拿了厚衣服給她穿了才往弘恩殿來了。

拓跋元衡的神色冷冽，見她這個樣子來了，眉頭皺了皺。

「著涼了？」拓跋元衡見她穿得著實多。

辛情搖搖頭，又看看拓跋元衡仍是單衣便說道：「天氣寒冷，皇上穿這麼少，小心龍體。」

拓跋元衡點點頭。

「皇上，臣妾想去看看蘇豫，請皇上應允。」

「明日再去，今日正在佈置靈堂！」

「是！」辛情答應了，起身告辭。

回到水月軒，辛情想起蘇豫的笛子，找出來拿在手裡仔細看，沉思良久。

晚上，馮保派出去的人說靈堂已佈置好，辛情便帶了人去靈堂。這是一處小小的宮殿臨時改的，依國公品級佈置的。殿內殿外有許多身穿孝服的肅穆侍者。殿內到處是白色的挽幛，巨大的黑幕棺材上方懸著一朵大大的白緞花。殿外吹進來的風帶動了挽幛，和著紛飛的灰色紙灰，立刻就有了陰森的氣氛。

「給貴妃娘娘請安！」太監宮女們齊刷刷跪下。辛情沒理，馮保在她身後揮了揮手，所有人起身退到殿外。

燒了幾張紙，辛情來到棺邊，蘇豫已被換上了朝服，忽然之間她覺得這張臉很陌生，雖還是一樣的眉眼，卻陌生到像是初識。

「你這樣聰明的人怎麼會做這麼傻的事？有人刺殺你就讓他殺好了，又不是殺你，何必搭上了自己的命？值得嗎？」辛情看著棺中的人說道。

挽幛後走出一道黑色的身影。

「給你個身後的好名聲有什麼用？能吃還是能喝？人家好好活著，吃喝玩樂，美人在抱，你卻要在地下被蟲蟻啃咬，變成一堆白骨。」辛情講故事一樣的口氣說著。

「他沒有救朕，他要殺朕。」奚祁的聲音很平靜，只是陳述。

辛情回頭，「他要殺你？為什麼？」

「妳說呢？」奚祁不答反問。

辛情想了想，「不，蘇豫不會殺你，否則死的就是你了。」

「那麼，如果朕殺他呢？」奚祁的眼睛裡有些光芒，邪惡的光芒。

「你殺他他不會反抗，才會一刀致命。」

「朕殺他是為了妳。」

「不必把自己說成好色的昏君。你這種人愛女人，但是不會為女人殺忠心的臣子。你殺他是因為他背叛了。他本該在暗處做鬼，卻在太陽底下現身為人，他早知道結果，卻只能來送死。」辛情袖子裡的拳頭慢慢握緊，「如果我是蘇豫，我會選擇殺你，在暗處殺了你。」

「要殺朕，起碼要先來朕的身邊，如此妳才有機會！」奚祁的聲音裡有微微的笑意。

「你這麼肯定我會為了報仇去你身邊？我不是蘇豫，不會為任何人搭上自己的命。」辛情哂笑。

「不肯定，不過，這只是第一步。如果妳不想辜負蘇豫的一片好心，就該到朕身邊來。記得上次朕說過的話嗎？知道朕為什麼說厭倦了妳會給妳自由？其實——這是蘇豫用他的命給妳換來的。」奚祁往前走了幾步，不離手的扇子抬起她的下巴，「這一身素白更是嬌俏，朕甚至有些迫不及待了！」

辛情推開他的扇子，「我不會去你身邊，但是，如果有機會，我很樂意替蘇豫將刀插進你的心臟，讓你血濺五步。」她的聲音輕柔得像是在說情話。

「朕期待著！」奚祁笑了。

「我從來沒有像現在一樣真心希望一個人死，你是第一個。」辛情的聲音還是輕輕柔柔的。

奚祁轉身向挽幛後走，「朕等著妳，還是老時間吧！」

等奚祁的身影不見了，辛情才驚覺自己情緒的激烈。靜立一會兒，轉頭看棺中的人，「蘇豫，你又騙我了一次。原來，你從一開始就沒真想帶我離開是不是？你是個傻瓜，你為什麼和他做這種約定？拿自己的命來換一個陌生的人命，不值得的！我去奚祁身邊的日子又和現在有什麼不同呢？而且他根本不會放我走，帝王都是不守信的！我累了，蘇豫，我不去為你報仇好嗎？報了仇，你也活不過來了，就像老爹……這一次我不去了，行嗎？」

棺中人不可能告訴她，只是靜默。辛情也靜默。

因為辛情的堅持，蘇豫就地下葬，不遷回戎國。

因為時間的原因，不能按葬儀安葬，在第二天黃昏時分已準備入土為安。辛情一襲白衣，頭上簪了朵白花。

那粗糙挖成的墳墓看起來很潦草。整個過程辛情安靜地站著，直到填土圓墳動都沒動一下。石碑立起來了，上面是拓跋元衡的御筆：「大戎蘇國公之墓」。這是昨晚拓跋元衡下的聖旨，封蘇豫為蘇國公。

「娘娘，該回宮了。」馮保說道。官員們都在後面恭敬侍立。回城時，隊伍肅穆得沒有一點聲響，辛情坐在轎中，恍惚覺得自己像做了一場夢。

黃昏時分，有蘇棻宮裡的太監來請辛情，說蘇貴妃在湖上備下宴席為獨孤貴妃餞行。辛情換了衣服，請了旨，帶著幾個宮女太監到了水邊，水邊停著一艘兩層的畫舫，此刻正燈火通明，蘇棻一身素色衣裙在甲板上等她。見了面，兩人只是稍稍頷首示意，並不做聲。

蘇棻命宮女太監在樓下聽命，只和辛情緩緩拾階而上到了二樓。二樓四周飄著白色的輕紗，宮燈被風吹得輕輕搖著，辛情看蘇棻，她神色平靜得很。落了座，蘇棻先舉杯，「明日就要分別了，一杯薄酒餞別吧！」

辛情點頭，喝了一口，卻見蘇棻一飲而盡，然後一杯一杯地喝，先前幾杯還有個由頭，後來差不多是自斟自飲了，也不管辛情喝了多少，喝了沒有。

「蘇貴妃，再喝就要喝醉了，不要喝了。」

「喝醉了膽子才大，呵呵！妳別攔我，朵兒，我這輩子，只這兩次與妳喝酒才喝得痛快，喝得開心！」蘇棻笑著，雙頰酡紅，更顯豔麗。

辛情不攔她了，蘇豫的死——也許蘇棻是最痛心的那一個。

不知道喝了多少，蘇棻應該是醉了，可是她的眼睛裡流光溢彩，極具嫵媚風情。她扶著桌子起身，來到辛情身邊，玉手搭在辛情肩膀上，笑著說道：「我跳舞給妳看好不好？那舞……皇上都沒見過……」不等辛情答話，蘇棻邁著踉蹌的步子到了寬敞的地方開始跳舞。辛情冷眼看著，蘇棻的舞很柔，神情裡還有些微的羞澀。

「君若天上雲，儂似雲中鳥，相隨相依御日浴風。君若湖中水，儂似水心花，相親相戀與月弄影。人間緣何聚散，人間何有悲歡，但願與君長相守，莫作那曇花一現。」

這是蘇棻的歌聲，清越婉轉，聽著她唱的調子，是蘇豫每次吹奏的曲調。想起在樹林裡蘇棻的現身和無奈的嘆氣，辛情心裡原有的疑惑現在都明瞭了。忽然，蘇棻轉向船欄杆邊，沒有停下的意思。辛情一驚，忙站起身向她走去，蘇棻正歪著身子往外翻，辛情迅速撲過去，卻只來得及抓住蘇棻的一隻手。緊抓欄杆，和吊在下面的蘇棻相對。

「來人！」辛情大聲喊道。看著蘇棻，她迷濛著雙眼，滿臉的笑意。

「朵兒，讓姊姊也隨心所欲一次吧！」蘇棻笑著說道。

她果然是故意的！

辛情看她，然後——鬆手。強迫人活著也是很殘忍的事，並不比無辜要人命來得好。蘇棻笑著落水。看著漸漸消失在水面的蘇棻的笑臉，辛情也笑了，自己會水，應該死得更快。

正哭著的宮女們都嚇得沒了聲音，剛掉下去一個貴妃，這位又跟著跳下去了。若是死了兩位貴妃，怕是她們的家人都要被株連了，一時害怕得都沒了聲音。

蘇棻是昏迷著被拖上船的，宮女太監們團團圍著，想方設法讓她重新喘了氣。辛情濕淋淋地在一邊冷眼看著，風一吹，打了個哆嗦。

船靠了岸，被太監們瘋跑著請來的兩位皇帝在岸邊沉著臉站著，身後是黑壓壓的隨從。已幽幽轉醒的蘇棻看見辛情，微扯嘴角，輕輕說了句：「獨孤貴妃，我好意為妳餞行，妳為何推我下水？」

人群本就安靜，蘇棻聲音雖小，但是辛情知道這話一定是清晰地飄進了每個人的耳朵。

想了想，辛情冷眼看她，聲音也像冷水浸過的一樣，「我不推妳下去，怎麼讓妳相信水中的月亮是只能看而不能撈起來的。蘇貴妃，水中月鏡中花看看就好，別較真兒。」笑著緊了緊了馮保給她披上的披風，走向拓跋元衡。

一路沉默著回到水月軒，辛情請了旨，泡溫泉驅寒。

閉著眼睛，辛情冷笑，親姊姊居然這樣擺了蘇朵一道。還好蘇棻沒死，她若死了，縱使所有人都明白這是故意為之，可是死了個貴妃，無論如何她都要受到懲罰，否則兩國關係恐怕就要劍拔弩張了。蘇菉……

原因呢？辛情滑進水裡，原因還是不要想了，沒意思。

辛情浮上來換氣，看到拓跋元衡在一邊負手站著，滿眼探究地看著她。

「皇上怎麼又偷看臣妾洗澡？」辛情往水裡縮了縮，撥著水面的花瓣玩兒，鮮豔的花瓣隨著波紋起起伏伏。

「過來！」拓跋元衡叫她，辛情便游過來，「皇上又來偷情？」

「躲在水裡幹什麼？」拓跋元衡在漢白玉池邊坐下，看著她。

辛情搖搖頭，「臣妾看看，若自己喝醉了酒掉進水裡，多久會死。」

「朕知道錯不在妳，是蘇菉。」拓跋元衡的口氣陰冷。

「她喝醉了，非要跳舞給我看，轉暈了便掉下去了。」辛情說道，然後笑了，「臣妾想起個笑話兒，皇上要不要聽？」

拓跋元衡點點頭。

「魚對水說：『你看不見我的眼淚，因為我在水中。』水對魚說：『我能感覺到你的眼淚，因為你在我心中。』」說到這兒，看拓跋元衡。

「哪裡可笑？」拓跋元衡看著辛情的眼睛。

「這時候，鍋聽不下去了，不耐煩地說：『別他娘的酸唧唧掉文袋了，都快煮熟了！』」辛情笑著說道：「好笑嗎，皇上？」

「好笑。」

「臣妾也覺得好笑。」

第二日一早，拓跋元衡啟蹕回鑾。辛情換了素色衣服，在輦中終日不語，只不過時時拿出那笛子來看。拓跋元衡傳膳有一半被她推掉了，拓跋元衡知道她難過，也不計較。

隊伍一路快馬加鞭，這天晚上又到了那日大雷雨的驛站，只不過今晚皓月當空，星光閃爍，沒有一點雷雨的預兆。讓宮女打開窗子，辛情倚窗而立。

她去了溫泉宮，老爹死了；她來了趟鄢陵，蘇豫死了。不知道她下次離開皇宮，會不會是自己死了——風光大葬的時候。

拓跋元衡進了門，就見她斜倚著窗戶抱著胳膊站著。

「想什麼？」拓跋元衡也來到窗邊。

「下一次就到我了。」辛情回身向他行禮，「夜深了，皇上怎麼還沒安寢？」

「妳怎麼還不睡？」拓跋元衡拉她到桌邊，讓宮女關了窗戶，「人死不能復生，難過也沒有用。」

「臣妾只是不明白，為什麼自己是這樣不祥的人。」辛情微笑。

「朕不是沒事？」

辛情笑了笑，「皇上是真龍天子，紫氣護身，就算臣妾不祥也沒關係。」

「那妳待在朕身邊還怕什麼？」

「臣妾怕最後的不祥報應在自己身上。」

「胡說！朕說過，天下能取妳性命的只有朕！」

辛情扯了扯嘴角，沒接話。天下能取她性命的只有他，也是他前些日子剛剛說過可能會殺了她，現在她倒希望他給她一個痛快。

安寢之後，辛情忽然問了句：「皇上，臣妾死了可以葬在江南嗎？」

「不可以。」拓跋元衡說道：「妳要和朕一起葬入帝陵。」

「哦！可是北國很冷，地下更冷，不知道冬天怎麼過？」

「怕冷？帝陵裡會有人魚膏可以燃燒千年。」

「那就好，臣妾的魂魄附在火上，那樣就不冷了。」

「好了，不冷就睡吧！」拓跋元衡拍拍她的胳膊。

「嗯，好！」辛情說道。

由始至終，兩人的口氣正經得像是在討論家裡的裝修，一旁值夜的人卻早已聽得脊背發涼，汗毛直豎了。

辛情閉著眼睛睡了，燭光下她的睫毛形成了扇形的陰影。拓跋元衡皺皺眉，然後才想起來，他和他的貴妃剛才在討論陵寢這樣不祥的話題。

隊伍繼續快馬加鞭，終於在八月十五前趕回了帝都。

一切還是老樣子，只不過對於辛情來說又少了一個人。回到宮中第二天，辛情便請拓跋元衡下旨，讓如煙晴另行婚嫁。第三天，辛情請旨去護國寺為蘇豫上香。上香回來的下午，如煙晴求見，候在鳳凰殿偏殿。

請了安，辛情讓太監搬了椅子，賜她坐了。

「什麼事？」辛情問道。

如煙晴離座，雙膝跪地，伏首叩頭，「臣婦想請娘娘勸皇上收回成命。」

「收回成命？」辛情一愣，「如煙晴，妳起來。」

如煙晴沒動，仍舊低著頭，「臣婦冒死請娘娘答應。」

「妳知道收回成命代表什麼？」這古代女人的貞節觀也太可怕了。

「臣婦知道，所以才求來娘娘。」

「妳要為獨孤豫守寡？為什麼？雖然是皇上下旨賜婚，可是獨孤豫死了，皇上下旨妳可以再嫁。」

辛情說道：「為了個死人守一輩子？是妳心甘情願，還是妳父親逼迫妳，怕我找你們的麻煩？」

「臣婦心甘情願。」如煙晴仍舊不抬頭。

「我告訴妳，是我求皇上下旨的，如果你們怕我報復完全不必，妳還是另擇良人嫁了吧！」

「娘娘可否聽臣婦一言？」如煙晴抬起頭，看著辛情。

「說吧！」

「臣婦自願守寡是真心話，雖然臣婦的父母並不同意，可是臣婦心意已決，父親也只好依從。」如煙晴的神色淡定，「說句冒犯娘娘的話，當初賜婚的聖旨送到我如家，臣婦的父母都很不願意，因為……娘娘雖然寵冠後宮，可是娘娘的心狠手辣也是朝野聞名，臣婦的父親雖然職位不高，但是從來沒想過攀龍附鳳，所以讓畫師故意畫破了臣婦的容貌。沒想到娘娘卻微服考察臣女六人於護國寺，並將臣婦賜婚給輕車將軍，這些都是臣婦始料未及的。」

「既然不願意，如今不正是機會嗎？況且我也保證不找你們麻煩，妳為何還要執意守寡？」辛情一笑，「如果妳認為此舉可以讓我助妳父親平步青雲的話，妳就打錯算盤了。」

「娘娘看輕臣婦了。」如煙晴也淡淡一笑，「臣婦雖是一介女流，也懂得『骨氣』二字。臣婦若有心以『裙帶』助父親升官發財，早兩年就會同意成為寧王的側妃。臣婦無此心，臣婦的父親也不屑此意。」

「那麼，妳接下來要告訴我，妳是真心實意地喜歡獨孤豫了？」辛情哂笑。

如煙晴面上微紅：「是，臣婦愛慕相公。」

「如煙晴，妳可知道護國寺門前那一面是我特意安排的嗎？妳別告訴我真的有一見鍾情這回事，我不信的。」

如煙晴搖搖頭，頭略微低了低。

「莫說娘娘不信，臣婦以前也不信。」

「何時開始信的？」

「娘娘可曾記得去年初一護國寺石窟？」

「記得！」

「每年初一，臣婦都要陪家母去護國寺上香，祈求家人平安。去年初一，臣婦也如此。那日在護國寺門口，來上香的人多不免有些混亂。雖然僕從護衛，可是臣婦也差點被擠得摔倒。」如煙晴臉色更紅。

「然後呢？」肯定是才子佳人的定情方式之一，非正常情況下的「投懷送抱」。

「然後，是將軍扶住臣婦，臣婦才沒有當眾出醜。」如煙晴說道，頓了一會兒，像是鼓足勇氣一樣接著說道：「臣婦對將軍一見鍾情，後來，偷偷跟隨將軍去石窟那邊，看到將軍救娘娘於人群之中，臣婦更是傾心。只是，臣婦當時不知道那就是娘娘您，還感慨於將軍心有所屬。」

「再然後呢？」辛情的心裡面忽然喜歡起這個女孩。

「娘娘微服護國寺，臣婦當真以為娘娘是魚兒小姐，在護國寺門口見到將軍實在出乎臣婦意料，不過……臣婦也很高興將軍是魚兒小姐的哥哥。」如煙晴說道：「後來，賜婚的聖旨下達，如家上下高興的只有臣婦一人。」

「那麼，我告訴妳，獨孤豫之所以選妳是被我所逼迫無奈之下隨便選的，他並不喜歡妳，也許根本都不知道妳是誰。」辛情狠狠心說道。

「臣婦不知道將軍是如何選中臣婦的，但是臣婦很高興成為被他選中的人，有幸陪伴將軍幾日。」如煙晴的語氣堅定。

「可是我並不打算成全妳，獨孤豫如果地下有知是不會同意的，我不想違逆他的意思。」

「臣婦已想到娘娘會拒絕，不過，就算娘娘拒絕，臣婦也會終身不嫁，臣婦願削髮明志，為將軍往生祈福！」

辛情愣了，驚訝於如煙晴堅定的語氣和她臉上嬌羞的神態。

「妳當真決定了？」辛情直視她的眼睛。

「是，娘娘！」

「馮保，拿把剪刀來給我。」辛情吩咐。馮保忙去了，沒一會兒拿了剪刀回來了。辛情拿起剪刀走到如煙晴面前，將剪刀遞給她，「為了證明妳的誠意，剪吧！」

只見如煙晴微微一笑，從容地拿起剪刀，從頸後抓過頭髮，齊齊剪斷，欲繼續剪，辛情淡淡開口：「住手吧！」

如煙晴從容放下剪刀，抬頭看辛情，「娘娘還要證明嗎？」

「既然妳都肯為他守活寡，如果我讓妳為他殉情呢？」

「臣婦不願意。」如煙晴搖頭。

「哼哼！」辛情笑了，「既然可以守活寡，跟他做一對鬼夫妻不是更好？如果妳肯死，也許我會幫妳父親升官發財也不一定！」

「娘娘，臣婦不是怕死，只是，臣婦知道，將軍離去，最放心不下的是娘娘，臣婦之力雖不能保護娘娘，可是臣婦有生之年可以替將軍陪伴娘娘，不讓娘娘孤身一人！」

「放肆！這種話也配妳來說？」辛情冷了臉。

「娘娘，臣婦知道不配，可是臣女能替將軍做到的只有這一點。」如煙晴看看忽然之間冷若冰霜的辛情，想了想，下了決心一樣說道：「娘娘，如果這世上多一個人陪您回憶將軍不好嗎？一個人的回憶很苦的。」

「真是高抬自己，妳不配！」辛情說道：「出去吧，我考慮之後會作決定。」

如煙晴緩緩起身福了福，「不管娘娘做什麼決定，臣婦只想娘娘知道臣女心意已決。臣婦告退。」

太監帶著她出去了，辛情頹然坐下，良久不語。

「娘娘可是累了？」

「馮保，你覺得這個如煙晴如何？」

「娘娘看中的人自然不會差，無須老奴再美言添花。」馮保小心說道。

「這麼年輕的女孩子竟然做出這種決定，若將來後悔都沒有機會。」

「娘娘，如廷尉是朝中有名的剛正不阿言而有信，老奴相信如煙晴耳濡目染必定也差不到哪裡去，既然她做了這個決定，怕是如廷尉也無法的。」

「嗯！」辛情點點頭，「我再想想，你傳令下去，讓她後日去護國寺陪我上香，祭奠將軍。」

第二日，辛情雖不想動，可是快到八月十五這樣的大節日，還是勉強打起精神吩咐準備，拓跋元衡下朝過來時剛巧忙完。

「讓昭儀替妳忙一陣子，妳先歇一歇。」

「皇上的意思是？」辛情皺眉。

「朕的意思是昭儀協理後宮。當然，如果妳不願意，朕讓皇后來管。」

辛情便盯著他看，良久問道：「皇上下定決心了？」

「當然，朕的話金口玉言。」拓跋元衡笑了，拉她入懷，「妳好好養著身子，為朕誕育皇子！」

「既然皇上都如此說了，臣妾若不領情似乎說不過去，一切全由皇上定奪！」辛情臉上是淡淡的笑。

「朕是心疼妳，妳這個妖精別往歪了想。」

「嗯，臣妾知道，臣妾可是您心尖上的貴妃！」辛情笑著說道：「那麼皇上讓昭儀協理，臣妾這個

『暫攝』便可功成身退了？」

「太醫前些日子不是說妳心內鬱結？正好讓太醫好好給妳調理調理。」

「那皇上還來餵臣妾喝藥？」辛情故意發嗲。

「美得妳，朕最近會很忙，妳不要給朕添亂，否則朕可不饒妳。」拓跋元衡似有所指。

「呵呵，皇上說的是什麼話？臣妾為您操勞這些日子，敢情都是添亂？您放心，臣妾除了這鳳凰殿和瑤池殿，哪裡也不去了。」

「知道就好！」

「皇上，既然臣妾閒了，臣妾想跟你請旨常去護國寺上香，為我哥哥念往生經。」

「跑來跑去不嫌累？瑤池殿就行了。」

「臣妾知道了。」辛情點點頭，「皇上，還有一件事，如煙晴的事，臣妾想請皇上收回成命。」

拓跋元衡神色有些不悅，「朕的旨意怎麼可以出爾反爾？」

「皇上……」辛情忍著雞皮疙瘩拉個長音，「皇上，今兒如煙晴來見臣妾，您知道她說了什麼？」

「什麼？」拓跋元衡似乎很感興趣。

「她說願意為蘇豫守寡一輩子，如果皇上不收回成命，她便削髮出家，終身不嫁。您說，話到這個分上，臣妾怎麼能拒絕呢？」

「妳想如何？」拓跋元衡看她。

「臣妾想讓她如願。既然她願意守著便讓她守著，只不過請皇上開恩，若過幾年她有了心儀的人，准她改嫁。」

「貪心！這好事都給她占了？」拓跋元衡笑著說道。

「您就當……就當為臣妾的皇子積德了，好不好皇上？」辛情看拓跋元衡沒反應，又接著說道：

「臣妾的哥哥也算為國捐軀，這樣小小的好處竟然都沒有……」

「還沒個影子就天天拿來做資本！」拓跋元衡捏捏她的臉。

「臣妾這樣的人為達目的不擇手段的！話說回來，皇上您答應不？」辛情忍著雞皮疙瘩撒嬌。

「朕真是後悔，怎麼就說了一切依妳。」拓跋元衡笑了。

「金口玉言，可不能改，那臣妾可要奉旨行事了！」

「心機！」

那天晚些時候，馮保告訴了辛情一件事，宮裡面暗地裡流傳著一個謠言，說是偃朝皇帝欲以城池百座換北朝貴妃，辛情聽了先是一愣，然後笑了，她要是能值百座城池死也比較有面子了，可惜，奚祁不會為了女人放棄一寸土地，拓跋元衡不會為了百座城池丟了面子，他寧可征戰得來。

那天晚上，本來說來用晚膳的拓跋元衡據說去了翔鸞殿。

第二天用過早膳去太華殿請旨出宮，發現拓跋元衡臉色不好，面有不悅之色，只是交代了上了香便回宮。辛情摸不透，也不多問，帶著人出宮上香去了，想了一路，終於有了些眉目，興許是那謠言。當初拓跋元衡跟她說的時候就有些惡狠狠的，如今搞得後宮皆知，大家恐怕就要添油加醋地想了，難免想像中給他帶幾頂綠帽子，如此是個男人都面子上掛不住。可是，話說回來，拓跋元衡比她還先知道，幹嘛還擺出一副受害者的姿態，好像他腦袋上那隱約可見、似有若無的綠帽子是她主動訂做給他的一樣。

只是，事已至此，只能沉默是金不理會，等著那謠言自動熄滅。如果不熄滅，就等著拓跋元衡熄滅了她們或者——她。

儀仗在護國寺前停下，辛情下了輦，如煙晴早已等候多時，行了禮，跟在辛情後面去大雄寶殿上香。殿外侍衛森嚴，殿內只辛情、如煙晴及老方丈。上完香，老方丈回說正在為國公念往生經，已遵照旨意備好往生經，稍後交與總管太監，辛情合掌謝過，帶如煙晴出了大雄寶殿，往一處幽靜的禪房來了。

落了座，辛情、如煙晴坐了，看了她一會兒才說道：「妳還可以反悔。」

如煙晴笑了，很幸福的笑，「不，娘娘，臣婦心意已決。」

「妳太年輕，這樣草草決定自己的命運是很蠢的事。」

「就算所有人都認為我蠢，可是，對我來說，以將軍未亡人身分活著是很幸福的事，娘娘。」如煙晴的聲音輕輕的。

「算了，怎麼想是妳自己的事。我只是告訴妳，今後若妳想嫁人了，便大大方方地嫁，不必顧慮獨孤家的名聲，不必擔心我會對付你們。」

「是，娘娘！」

「國公府我會派人打理，也會買些得力的丫鬟僕從，以後妳有什麼事，讓人來回我就行了。」

「謝娘娘！」如煙晴俯首說道。

如煙晴臉上那抹淡淡的染著紅暈的幸福笑容刺疼了她，這一刻，她迷惑了，難道這樣也可以稱之為幸福嗎？可是在如煙晴的臉上，明明白白地就寫著這兩個字。

回了宮，辛情仍在想著如煙晴，對這個女孩子只有敬佩。她不是為了貞節觀念被迫守寡，她是帶著對自己愛情的專一幸福地獨自守候。如果蘇豫沒死，也許他們真的是一對神仙眷侶。

裁霞院昨日呈上來的嫁衣就擺在面前，大紅的綢緞繡著龍鳳呈祥和祥雲的圖案，處處透著喜氣，可惜用不上了。她從袖中拿出笛子，本來打算今天把它交給如煙晴，可是猶疑了許久還是沒送出手。讓茉茉將嫁衣和笛子一起收起來放好了。今天已經十三了，後天就是八月十五了。

辛情躺在床上許久也睡不著，索性坐起來抱著波斯貓到殿外的臺階上坐著看月亮，直看到斜月西沉。

第二天是十四，拓跋元衡還沒下旨讓昭儀協理後宮，辛情便如常處理各宮事務，忙碌之餘，發現不知自己為何對於權力這件事不怎麼上心了，心裡沒有特別的不高興，也沒有特別的抵觸，只是覺得該來的總會來。她從來不知道自己還可以在這種即將失去一切權力和保障的時候保持心情平靜，最後她斷定自己是受了大的刺激腦袋不正常了。

等各宮各殿來請旨的人都走了，也快到午膳時分了，她草草吃了些東西便躺下歇午。睡了一刻鐘多便醒了，忽然想起護國寺方丈送的往生經，就讓馮保將經書拿出來，命宮女們準備了筆墨紙硯，開始認認真真抄寫經書。剛開始抄的時候有些費力，速度很慢，抄了一個時辰才抄了四頁，累得手腕酸疼。放下筆，讓宮女為她揉了揉肩膀，她自己揉揉手腕。鳳凰殿裡安安靜靜的，忽然馮保躬著身子快步進來，滿臉的擔憂。

「娘娘，有旨意。」

「什麼？」辛情看著馮保，忽然想笑。

「娘娘，皇上剛剛在翔鸞殿下了旨意，讓昭儀娘娘代您暫攝後宮。」

「知道了。」辛情微微側頭，「別揉了，我要抄經了。」宮女便住手退後侍立。

「娘娘……這事……」馮保有些小心。

「我早知道了，皇上念我喪親，怕我著急上火，所以讓我先歇歇。沒事別打擾我。」辛情也不抬頭，仍舊認認真真地抄經。

馮保聽她如此平淡的口氣也不敢多說，倒退著到一邊侍立去了。

不過辛情這經還沒抄幾個字，小太監有進來說燕國公主求見，辛情樂了，放下筆讓人傳她進來。拓跋玥臉上是毫不掩飾的淡淡喜悅。

「有什麼高興的事？說來聽聽！」辛情笑著問道。

「玥兒很高興母妃您終於被父皇嫌棄了。」拓跋玥的口氣恭敬。

「有那麼高興嗎？我今兒也挺高興的，終於可以好好歇歇了，這後宮的事真是煩的很。」

「如果母妃您被父皇廢掉，到時候您的下半輩子就可以一直好好歇著了，玥兒也會為您高興。」

「不會的。」辛情嫵媚一笑，走到她面前，「不是跟妳說過了，別這麼浮躁，要等事情塵埃落定了才能放心。」

「玥兒相信那一天不會遠了。」

辛情愣了一下，過了一會兒才說道：「也許妳說的沒錯。」

她的話讓拓跋玥也一愣，有些不習慣，辛情向來和她說話總是帶著嘲諷和壓制意味，今天卻平淡地同意了她的話，怎能不讓她奇怪？見她愣著，辛情又笑了，「如果真有那一天，妳希望我死，還是不希望我死？」

「我不希望妳死，我只希望母妃在這鳳凰殿孤獨終老。」

「總算妳還沒有恨死我。」辛情笑著說道：「孤獨終老？妳這個丫鬟人不大，心倒是狠，不錯，只要再收斂些再沉靜些，我想妳到了偃朝應該也會過得不錯。」

拓跋玥精緻的臉上露出了美麗的笑容，帶點嘲諷，輕柔地開口說道：「玥兒想，偃朝皇帝看在母妃的面上，應該對玥兒這個兒媳很好的，畢竟玥兒是您獨孤貴妃的女兒。」

辛情作出妖媚的神態，勾起她的下巴，「放心，母妃我的面子可是非常大的，到時候妳可不要忘了母妃的恩德。」

拓跋玥臉上稍顯怯意，但很快就笑了，「是，玥兒一刻也不敢忘了母妃的恩德。」

「那就好，最好記到死那一天。」辛情忽然收了笑，轉回案邊接著抄經。拓跋玥來到一邊看了看，問道：「母妃為了國公舅舅抄經？」

「嗯，往生經。」辛情說道，依然寫得不快，「妳老實坐會兒，別吵我，我寫得慢。」拓跋玥便不說話了，安靜地看。

整個下午沒有人來鳳凰殿，辛情認真地抄寫往生經，拓跋玥在一旁默默陪伴，偶爾會偷偷看辛情。晚膳，拓跋玥說很久沒有陪她一起用膳了，晚上想留在鳳凰殿用膳，辛情點點頭同意了。

席間，拓跋玥恭敬地夾了青菜給辛情，辛情吃了她便問道：「母妃，許久不吃這青菜，還好吃嗎？」

「吃到我肚子裡我知道，嘴上跟妳說的也許就是騙妳的。」辛情笑著說道：「別跟個刺蝟似的，我現在拔了妳刺的本事還是有的。」

拓跋玥臉上現出不服氣的神色。

「不服氣？要不要試試？」辛情看看她，「快學些本事吧，否則哪天我死了妳就學不到了。」

「謝母妃提醒！」

用過晚膳，拓跋玥仍不走，趴在一邊看辛情抄經。

很晚的時候，昭儀忽然來了，行了禮坐下。

「昭儀這麼晚來有什麼事？」辛情笑著問道。

「妹妹來給姊姊請罪。」昭儀起身，「聖旨下得突然，下午事情多，又事事關係到明日的慶典，臣妾不敢大意。」

「剛剛接手難免的，時間長了就好了。」辛情笑著說道：「昭儀說請罪？不知道從何說起？」

「臣妾代姊姊暫理後宮之事，臣妾雖已力辭，只是聖命難違，還望姊姊不要怪罪。」

辛情笑了，「有什麼怪罪的？這後宮也不是我的，皇上讓妳管妳便好好管著就是了。」

「謝娘娘體諒。」

「昭儀想多了。」

昭儀又問了些慶典之事，辛情說按著規矩辦就行了。又有人追到鳳凰殿來請示，昭儀便起身告辭了。她走了，辛情仍舊坐回去抄經書。

「母妃的戲演得真好。」

「好？那就學著吧！」辛情沒抬頭，仔細寫著，過了會兒問道：「什麼時候了還不走？煩了我一天了。」

「母妃不要抄經太晚，要是很快抄完了，長日漫漫怎麼打發呢！」拓跋玥起身，「玥兒告退了。」

看著她的背影，辛情搖了搖頭。

事情越來越好玩了，可惜她現在沒什麼興趣，她只想好好抄完了這幾本經書，處理好蘇豫的「遺孀」。

八月十五一早，拓跋玥又來了，說是知道辛情一個人抄經無聊特來陪伴，辛情便讓人又拿了紙來讓拓跋玥陪她一起抄，拓跋玥雖不樂意，又不敢不抄，因此便有些繃著臉。

黃昏時分，太華殿有太監來傳旨請貴妃去玉液池賞月，辛情打扮完了，帶著拓跋玥往玉液池來了。遠遠便見一艘燈火通明的龍舟在玉液池停著，湖心島上也是彩衣鬟影樂音飄飄。

因為是團圓節，所以拓跋家數得上的悉數到場，努力創造出「人月兩圓」的溫馨場景。像辛情，就和拓跋玥一副母女的表演，臉上帶著笑竊竊私語。

「母妃，昭儀其實做得不比您差是不是？」拓跋玥笑著小聲問道。

「妳有空多去討教一下！」辛情說道。拓跋玥便不說話了。

這種場合必不可少的一定是歌舞，為了應景，八月十五當然應該把嫦娥仙女抬出來，再襯著縹緲的煙霧就像那瓊樓玉宇了，不過年年跳也沒新意。

「母妃，您看那嫦娥是誰？」

辛情抬頭看看，然後小聲問拓跋玥：「妳不認識？賀蘭光猷。」

「母妃，看來，您的情敵們今兒都露臉了呢！」拓跋玥的聲音裡帶著嘲諷。

辛情扯出一抹輕蔑的笑，「等妳知道了何為情、何為敵，再來說這句話。」

「母妃妳怕了？」

辛情沒理她，只是端著杯子看賀蘭光猷的舞，雖說已老了幾歲，不過現在看起來才真正要展示出成熟的風情，再加上這特意編排的舞，更是饒有風情。這個雲昭儀……在效仿自己為拓跋元衡挑美人嗎？餘光看了看上座的拓跋元衡、太后、皇后，都是若有所思的樣子，她便收回目光接著看舞蹈。

熱鬧持續了好幾場表演，正當辛情以為快要結束了，悠揚清越的笛聲從水面上傳來，辛情握著杯子的手輕輕一震，那笛聲是蘇豫曾經吹奏過的。一艘燈火通明的畫舫停在了前面，船板上一個蒙著面紗的女子正舞著——那舞是當日蘇棻醉酒在船頭舞過的。

辛情扯了個冷笑，安排這齣好戲的是誰？側頭看拓跋元衡，他只看了她一眼，然後又似乎很專注地看船板上的舞。辛情慢慢又喝了兩口酒，臉上的冷笑意味更濃了。

「玥兒，給母妃斟酒！」辛情說道。拓跋玥雖有些不滿，但還是執起金壺，辛情舉著杯子，在壺中酒灑出的瞬間她將杯子偏了一點，結果那酒就灑在了自己的禮服上。

「母妃，玥兒不小心。」拓跋玥忙說道，看臺上的幾位老大也都看了過來，辛情輕輕用袖子拂了拂，起身向拓跋元衡一施禮，「臣妾失禮，回去換衣服！」

拓跋元衡的臉上又是高深莫測的表情。辛情扶著宮女的手做優雅狀起身，高昂著頭擺出一副只可遠觀的端莊表情，登舟離島，留一個直著脊樑的背影給島上的人。

一路慢慢走回鳳凰殿，辛情脫了禮服、拔了簪飾，換了純白的衣服坐下，抄寫往生經，馮保一臉驚訝。

「馮保，去替我回皇上，喝了酒，吹了風，頭疼就不去了。」辛情低頭抄經。

馮保答了「是」，有些猶疑地去了。鳳凰殿留守的人本來是在殿外吃月餅、賞月，見辛情這麼早回來，又一臉嚴肅，便趕緊各就各位，絲毫不敢弄出聲響。

過了一會兒，馮保回來，到了辛情身邊小聲說道：「回娘娘，皇上說娘娘既不舒服，便早些歇了。」辛情沒抬頭，「嗯」了一聲，接著抄經，抄了一個多時辰，脖子也酸手腕也疼了才放下筆。

「娘娘要不要安寢了？」馮保問道。辛情點點頭，梳洗了躺下，波斯貓早已跳到枕邊蜷著了，她翻個身與波斯貓相對，看著波斯貓半瞇著眼的慵懶神態，笑了：「真舒坦啊，你個小畜生……」輕輕撫摸波斯貓，睡不著。

坐起身，下床翻出竹笛。坐在地上，忽然很想吹笛子，可惜不會，只能拿著笛子賞玩。這笛子是蘇豫留下的東西，握著那笛子，想著蘇豫臨去前的臉，沒有血色的慘白，卻極力笑出溫暖的感覺，耳邊彷彿又響起蘇豫的最後那兩個字——「奈何」。從蘇豫去世之後，這兩個字就一直在她耳邊迴響。蘇豫要說什麼？她真猜不透。

可惜，對於這些人、對於那些過往，她所知甚少，如果她不主動派人去調查，就只能等著時間來為她解釋。時間？她苦笑了下。時間？她的時間還有多少？她也許等不到那一天了。她累了，不知道自己能不能撐到那一天。就算撐到那一天又有什麼用，就算知道了，也不過是替蘇豫再可憐一次。

忽然之間，前所未有的疲憊漫布全身，就像是從出生以來從未停止過勞作一樣。她側身蜷在地毯上，不知道什麼時候日子會像水越城一樣輕鬆？想著那一年的日子，辛情笑了。

第二天，辛情早早起床，打扮完了，去向拓跋元衡請安。

「昨兒真累了？」拓跋元衡問道。

「不累，心裡不痛快而已。」辛情說道。

「怨朕奪了妳的權？」拓跋元衡抱住她。

「這後宮裡的遊戲規則，就像打牌輪流坐莊一樣，總不會一直是一個人。」辛情笑著，一臉嫵媚，帶著些妖氣。

「假！」拓跋元衡的眼睛直直地看著她。

「皇上既然不讓臣妾坐莊了，那您就姑且當真話聽吧！」

「好好調理著，為朕誕育皇子。」

辛情挑挑眉毛，一扯嘴角，「是皇八子還是皇太子？」

拓跋元衡捏她的臉，「妳說呢？」

辛情低了頭，笑著說道：「聖意難測，臣妾不敢妄言。不過，臣妾不知道自己有沒有那個命？」

「辛情，等妳誕育了皇子，朕自然給妳個說法。」拓跋元衡的聲音沉了些。

「是，臣妾記住了。」

這天，辛情親臨國公府送聖旨。府中沒有大變化，只是門上的牌匾換成了國公府，府內的紅綢紅花喜字早已撤掉。如煙晴帶著闔府上下人等大妝迎接。

這國公府是將軍府換了牌匾直接變成國公府的，按制小了些，不過，一來時間來不及，二來，以後不過是如煙晴一個人住，不會另添人口，因此她便主張不必新建國公府，這將軍府已夠大了。

府中人氣不足，顯得冷冷清清。到了花廳和如煙晴坐下，傳了管家和所有下人來，也不過二十餘人，而且多是老弱婦孺之輩，只那麼四五個勉強算得上年輕伶俐。辛情微微皺眉。

「管家，這府中原本就是這些人？」拓跋元衡弄了這些老弱婦孺是什麼意思？

「回娘娘，府中原有百十餘人，但是將軍……不，是國公爺說人多了，一來浪費，二來他一個人也沒有必要這麼些人伺候，因此便給了錢，遣散了許多年輕的。」老管家恭敬地答道。

辛情點點頭，沒想到蘇豫這樣的出身，竟然會有這樣的想法。想了想，她側頭吩咐馮保：「怎麼說，國公府就只這些人也寒酸了些，再採買些年輕伶俐的丫鬟僕役伺候夫人。」

「娘娘的好意，臣婦心領了，可是府中只有臣婦一人住著，實在不需要多少人，省下來的錢還不如去施捨，做些善事。」如煙晴起身說道。

辛情看她一眼，「隨妳吧，這是妳的府第。」又讓馮保將聖旨拿來，將它輕放在桌上，「這是妳要的聖旨，保存好了。」

如煙晴忙離座跪地謝恩，又謝了辛情的成全。

看看時間差不多，辛情下令回宮。

進了宮門，在回鳳凰殿的路上，迎面走來兩位衣著光鮮的年輕美人兒，身後跟著幾個宮女太監，兩人一路說笑著，差一個路口就走到辛情面前，卻忽然一個拐彎走了，似乎沒看見辛情。馮保欲說話，被辛情叫住。

回了鳳凰殿，辛情換了衣服，馮保在一邊小心翼翼地開口說道：「娘娘，這兩位新貴人今日衝撞了娘娘，您……」

「馮保，以後國公府的事你上心點兒，她一個年輕女子難免被惡奴欺負，你盯著點兒，不好的就攆了。」辛情打斷他的話，想了想又說道：「偏殿裡的那些東西，你看看有什麼寓意好的，派人送過去吧。一來，擺在這兒不見天日的怪可惜的，二來，國公府也太寒酸了，她一個女人要撐著門面也不容易，以後若有急需還可以換些錢財。」

馮保看了看她平淡的神色，也不好說什麼，答應著出去辦事。太監宮女們見馮保的小心翼翼，不免都留了心。自從鄢陵回來之後，貴妃被皇帝用「心疼」的藉口免了後宮的統治權，那位一直雲淡風輕、與世無爭的昭儀娘娘掌握了後宮。與貴妃掌權時後宮女人們的謹慎相比，現在的後宮娘娘們笑得燦爛了，每每來鳳凰殿請安也不如往時那樣恭謹，這變化就是在十幾天內發生的。

雖然如此，自家的主子卻好像比以前還忙，忙著每日拜佛抄經，要不就是去裁霞院親自挑了各式的料子做衣服，據跟著的人說，貴妃挑的那些料子做不了一百套也做得了九十套，而且似乎還沒有停止的意思。

門口有小太監躬身進來了，說是裁霞院送了新衣服來，等拿進來。辛情歪在榻上，讓宮女們一件件展開給她看，才看了兩套，又有人進來回報說兩位世婦來向娘娘請安。辛情讓請了進來，自己仍饒有興趣地看衣服。

兩位世婦福了福，未等辛情說什麼已禮畢直了身子。這時辛情才歪了頭看看兩人，「忙著看衣服，沒看到兩位，兩位不必行什麼禮，隨便坐吧！」聽她這麼說，兩人忙跪下了，口中說著剛才不知道是貴妃娘娘，多有冒犯請恕罪之類的。

辛情沒言語，接著讓宮女一件件展開衣服給她看。那衣服總共有三四十套，等都看完了，才坐起身，看著跪著的兩人，詫異地開口：「兩位這是幹什麼？怎麼還跪著？難道是我這鳳凰殿的地毯比別處好？」

「臣妾等不敢擅自起身。」兩人說道。

「兩位快請起吧，怪我了！我這鳳凰殿啊，近來沒什麼精力約束，瞧瞧，不止滿殿的奴才們自由隨意，許多來鳳凰殿的也都隨意了許多呢！不過，我想，相處還是隨意些好，禮數多反倒遠了、生疏了，誰知道還有兩位這樣講究禮數的人，怪我沒看見，兩位不要多心。」辛情笑著說道，然後看宮女們，「愣著幹什麼？剛才不是說讓兩位坐了，怎麼不去抬椅子來？」

兩位世婦這才敢起身，可能是跪得久了，站起來的時候有些趔趄，宮女們忙扶住她們在椅子上坐下。兩人面色不悅，卻只能扯著嘴角做笑。

「娘娘，這些衣服您若滿意，奴婢就收了放好。」茉茉小心問道。

「不必收了，讓人送回裁霞院去，告訴她們，再敢做出這些粗製濫造的東西胡亂應付，就給我滾出裁霞院。若下次送來的還這樣，誰做的，我就剁了誰的爪子。」辛情說道，茉茉忙小心答應著，指揮宮女們把衣服拿走了。

兩位世婦不自然地笑了笑。

「兩位別見怪！最近我實在懶得動，下面的奴才們也跟著偷懶，叫花子穿的衣服也敢拿到我面前來！」

兩人不自然地附和了幾句，辛情看她們渾身不自在的樣子，便找了藉口讓她們回去了。

「阿彌陀佛，罪過罪過，不小心又犯戒了。」辛情笑著說道。

滿殿的宮女太監們齊刷刷地跪下了，齊聲說著：「請娘娘恕罪。」

辛情冷笑了下，起身到案邊坐下，翻開經書接著抄經。

拓跋元衡進殿就見跪了滿地的人，他們的主子正低著頭寫字。

「大膽奴才，朕不是吩咐了不准惹貴妃生氣？」拓跋元衡的聲音低沉，冷冷地掃了眼宮女太監們。宮人們磕頭如搗蒜，直說「饒命」。

辛情放下筆，起身來到拓跋元衡面前，恭恭敬敬福了福，道了聲請安。然後吩咐宮女太監都起來，該做什麼做什麼去。

「什麼事動這麼大氣？」拓跋元衡笑著看她。

「皇上誤會了，可不是臣妾讓他們跪的，他們自己願意，跪臣妾沒必要攔著吧？」

「還是動氣了。」拓跋元衡習慣性抱住她，「朕不是命她們賠禮來了？」

「嗯，還是皇上的面子大。」

拓跋元衡握住她一隻手，「在宮裡橫行霸道慣了，一點委屈也受不了。」
「皇上，螃蟹橫著走是天性，要讓牠豎著走，怎麼也得適應一會兒！」
「妳又不是螃蟹。」拓跋元衡說道：「妳是狐狸精。」
「橫行霸道不是說螃蟹嗎？原來倒是臣妾沒見識，理解錯了。」
「在抄往生經？」拓跋元衡鬆開她，慢慢踱到案邊坐下，翻了翻經書和宣紙，「字寫得不好看。」
拓跋元衡看完了評論道。
「字不好，心誠啊。」
「打算抄幾遍？」
「抄幾遍算幾遍。」辛情低了頭研墨。這古代的毛筆就是討厭，字寫那麼大，浪費紙又浪費時間。
拓跋元衡聽她這話抬頭看她，皺眉，「打算抄到什麼時候？」
「天有不測風雲，人有旦夕禍福，誰知道哪天就沒法動了呢，所以也沒做那麼長遠的打算。」辛情笑著說道。
拓跋元衡看著她的眼光有些降溫，陰沉沉的，「妳不信朕。」
辛情研墨的手頓了頓，然後說道：「臣妾不敢。」
忽然，硯臺被揮到地毯上，墨汁灑得到處都是，她拿著研墨石愣了下，抬頭看拓跋元衡，他狠狠捏著那一疊她寫完的經文，猛一甩，紙飛得到處都是。
「臣妾可是好不容易辛辛苦苦寫的，皇上怎麼又不高興了？臣妾又犯了皇上哪條忌諱？」辛情笑著俯身一張張去撿紙。
剛撿了兩張，手腕被拓跋元衡抓住，辛情只得起身和他面對面，「皇上怎麼忽然又動氣？臣妾錯了，臣妾給您賠不是，您別生氣了。」

「妳打算永遠用這副假惺惺的嘴臉對著朕是不是？」拓跋元衡的聲音讓辛情全身都冷了起來。

「臣妾不懂皇上的意思。」辛情微笑著。不生氣不生氣……

「收起妳的假笑。」拓跋元衡咬牙切齒。辛情看著他的表情，忽然忍不住「噗哧」笑出聲，而且抑制不住，直笑到流出眼淚。

「這樣好了嗎，皇上？」辛情擦了擦臉，看著拓跋元衡說道：「皇上不要難為臣妾了，臣妾沒有一件順心的事，笑不出來。」

「笑不出來就不笑，別對朕假笑。」拓跋元衡把她扯進懷裡，「朕知道妳這些日子難受，所以才讓妳好好歇歇，正好也養養身子，自己沒見臉都不是好顏色了？」

「臣妾知道了。」她的臉沒有好顏色？自從進了這個宮門，她的心都變成黑的了，何況一張臉皮。

「知道就好！」拓跋元衡輕輕拍了拍她的背，「不要胡思亂想，記住朕的話。」

「銘記了。」記住什麼？她記住的都是跟死有關的話。

「記住就好，這些日子乖一些。」

「臣妾遵旨。」辛情答應著。乖一些？失了寵的女人不乖，馬上就會有人來教妳的。她是聰明人，她會乖的，起碼要乖到將剩下的事完成。

九月九快到了，這是宮中的大節日，所以進了九月便忙忙碌碌準備起來了。辛情今年奉旨好好養著，沒什麼事，只需坐在鳳凰殿裡看著宮女太監們忙著，等著上頭來個命令，去登個高、喝個酒，擺幾個微笑的表情就可以了。

白天也沒什麼忙的，隨著大群的人浩浩蕩蕩地爬上了皇宮御花園裡那座小土包，在那土包的亭子裡聽大臣們念幾首命題作文，喝了幾口菊花酒，吃了幾口重陽糕，然後又浩浩蕩蕩地下山，吩咐了晚上賜宴，辛情便回鳳凰殿歇著了。

晚宴在太液池的湖心亭舉行，自然還是一貫的鋪張浪費，外加美女烈酒的風格，而且一直鬧到很晚。結尾曲是宮女們來回報說七皇子不肯睡覺，哭個不停，拓跋元衡當時冷臉皺眉，果斷宣佈解散，先眾人一步，帶著昭儀急忙回了翔鸞殿。

皇帝既然走了，大家自然也要各自散了，一時間水上的小船穿梭忙碌個不停。上岸沒走幾步，就聽後面有人向她請安的聲音，回頭一看，原來是寧王兩口子，寧王妃的身子看起來很臃腫，臉色也不是很好看。

「時常記掛著進宮向娘娘請安，可是這身子實在不方便，請娘娘見諒。」寧王妃說道。

「大安著呢，妳好好注意身子才重要。」辛情笑著說道：「妳大著肚子還有這個心思，若水那丫鬟，我不叫她她是不會來的。」

「娘娘誤會了，若水不是不想來，只是皇上萬壽之後，若水已隨大將軍回了邊塞，臨走還囑咐臣婦代她來向娘娘請安呢。」寧王妃解釋道。

辛情聽了，點點頭。隨心的爹看來很受拓跋元衡的重用。

「不必替她說好話，她要是真有那個心，走之前也會來看我。」辛情看了看一旁默不作聲的拓跋元弘，又接著說道：「時候不早了，兩位也快回去吧！」

第二天，馮保說七皇子似乎最近都不怎麼好，哭哭鬧鬧個不停。辛情聽了，半天沒作聲，然後才說道：「那是太醫院的事，你不要多嘴。」

還有四天就是蘇豫的五七，辛情這天晚上又拿出蘇豫的竹笛，這是蘇豫的東西，理應交給如煙晴，也算對得起如煙晴對蘇豫的一片癡心。想到這兒，她猛然想起蘇棻，癡心……她對蘇豫也是癡心吧？如果說蘇家的兄妹亂倫，她是不信的，即使信不過別人，在她心裡蘇豫也不會是那種人，那為什麼蘇棻會有這樣的表現？一個答案在心裡揮之不去——蘇豫不是蘇家的親生兒子，這樣蘇棻的癡心、蘇向的憤怒、蘇豫對蘇朵不明不白的感情，以及不惜違背奚祁要帶走蘇朵都有了合理的解釋——只是她明白得太晚了，人已經不在了。

嘆了口氣，她撫摸著笛子。即使有目的，蘇豫也是對她最好的人，只是自己沒有那個命，或者是自己太不祥，所以對她最好的人也只能陪伴她很短的時間，然後那樣死去。抄經這些日子，她一直在想，所謂的報仇真的有意義嗎？真要等到她也死去才算完結嗎？

正想著，手裡的笛子被拿走，辛情起身，「這麼晚，皇上怎麼不歇著？」

「這是誰的？」拓跋元衡問道，臉色又有些不好。

「蘇豫的，蘇豫的遺物。」他不知道？她不是告訴過他，蘇豫會吹笛子的嗎？

拓跋元衡將那笛子仔細看了，「不打算交給國公夫人？」

「當然要給，蘇豫的東西都留給她當念想吧！只不過，就算如此，與她的癡心相比也實在是微不足道。」辛情從他手裡抽出笛子，放進袖中。

「妳留著什麼做念想？」

辛情看了看拓跋元衡，「我什麼都不留，忘了最好。不好的事情想起來，不過是自尋煩惱。」

拓跋元衡沒言語，過了一會兒才說道：「這才對，逝者已矣，活人還是要好好為了將來打算才是。再養些日子，身子好了，誕育了皇子才是正事。」

辛情笑了笑，「已過了九個月了，臣妾怕是沒那個福分了。」

「朕說妳有。」拓跋元衡的語氣肯定。

「皇上說有就有吧，臣妾安心等著送子娘娘的垂憐就行了。」看來她是被送子娘娘拋棄的人，她這輩子註定要孤孤單單的了，就像她的生日，十一月十一，多不祥，看數字就是孤寡命。

「嗯！對了，妳不是說城東的一家廟裡的泥娃娃很靈，哪天得空去求一個來。」

「等臣妾忙完了手邊的事再說吧。」那得等到明年的佛誕日，她估計是等不到了。無論是生是死，她應該都不會在這個地方了。

「不要忘了。」拓跋元衡口氣中的叮囑之意讓辛情納悶，他什麼時候開始信這些他鄙視的「怪力亂神」？

「是，臣妾知道了。」辛情點頭答應著。她可不去了，擠得要死，萬一靈驗了就麻煩了。

沒過兩天，鳳凰殿來了一名不速之客，辛情看到她的時候差點想不起來是誰。她雖然表情恭敬，但是眼角是毫不掩飾的嘲諷。

「錢世婦怎麼有空來向本貴妃請安了？」辛情自顧自低了頭喝茶。

「很早就想來了，不過娘娘面前孝敬的人太多，顯不出臣妾來，所以臣妾今日才來。」

「真難得，在所有人都看出本貴妃即將失寵，都忙著去巴結新主子的時候，錢世婦妳還來向我請安。怎麼？妳估計本貴妃會再一次得回寵愛？」辛情笑著問道。

這女人是奚祁的禮物，這個時候來恐怕不是請安那麼簡單，況且所有人都知道天仙昭儀目前掌管後宮，是明確的下一任巴結人選，她竟然脫離原本的好姊妹來向她請安？鬼才信她！

「怎麼可能？娘娘此次失寵之後，怕是要在冷宮裡度過餘生了！這還得是皇上念及對妳的舊情，否則妳恐怕會橫著走出宮門，被隨意葬在一個簡陋的墳墓裡，連一塊墓碑都沒有。」

「原來是替新主子來踩踏我了，還好我沒以為妳是好心。」

「獨孤情──妳的名字聽起來真淒涼，孤孤單單守著。妳說，那個人是不愛妳還是死了？」錢世婦笑著問道。

「這番話，原來妳來踩踏我不是為了妳主子，而是為了一個男人。讓我猜猜是誰？」辛情喝了口茶，做思考狀兩秒鐘之後說道：「是皇上？」

「妳怎麼會這樣想？」錢世婦瞇了眼睛，雖然還維持著笑意，但是明顯帶著陰冷。
「妳聽沒聽過相由心生這句話？我對妳的猜測更簡單，話由心生。獨孤情——你對這幾個字的理解說明，妳覺得在感情的世界裡，男人是主宰，女人是附庸，是男人感情的附庸，男人愛妳，妳就興高采烈，男人不愛妳妳就會暗自神傷。妳這樣詛咒我，看來是我奪了原本妳認為應該屬於妳的男人，所以……是不是很好猜？」辛情笑著問道，宛如自己是個厲害的心理醫生。
「算妳說的有理，難怪妳能這麼得皇上的心。妳很會看別人的心，不過，妳犯了一個錯誤，妳居然也會看皇上的心，而且不懂得假裝不懂，若哪天妳死了，一定是死在這一點上。」
「這一點妳和我的看法倒是很一致，可惜我們不是朋友。」辛情笑著抬頭看她，「妳來，不是就是為了告訴我這件事吧？那麼我謝謝妳，不過妳怕是白跑了，這件事在我重新回來的時候我已經知道了。」
「不，我說了這麼多，其實是想告訴妳，以後去了南朝最好裝作笨一點。」
辛情端茶杯的手頓了頓，「一條冬眠的蛇醒了，妳主子還真有把握，當然，也很厚臉皮。不過，能否替我轉告妳主子，有的時候女人說『不願意』並不是欲擒故縱，而是真的不願意。」
「這件事情由不得妳，也由不得我。」
「妳不怕拓跋元衡殺了妳？」
「獨孤情，其實妳一點也不聰明。從妳這兩年的所作所為看來，妳不聰明，妳的企圖心太明顯了，所以妳把自己逼到了今天的地步。如果他真的要殺我，妳放心，我會拉著妳的。不過，我覺得這一點實在多餘，他不會殺我，就算他要人為妳陪葬，那個人也絕對不會是我。」錢世婦冷笑，辛情發現她有點像眼鏡蛇。
「妳現在說的話，也許已經傳進拓跋元衡的耳朵了。」

「我既然敢如此明目張膽地來跟妳說，妳覺得我會想不到這件事？獨孤情，妳真是越來越笨了！」錢世婦笑著看她，然後走到案邊看了看經書，「難怪妳笨了，原來是心不在此，看來妳會毫無懸念的輸了。不過，我真是羨慕妳，在這裡輸了居然還有那樣好的去處。」

「命好有什麼辦法！老天爺總是願意把餡餅砸我頭上，想拒絕都沒有辦法！」辛情笑著說道。果然什麼樣的人養什麼樣的狗，以前那個美女蛇，還有眼前這個眼鏡蛇，都跟奚祁一個德行，自信過頭。不過，上個美女蛇都沒能如願，這眼鏡蛇的姿色與美女蛇差了不是一個檔次，若是讓她成功了，就顯得太偏心了。

「有什麼了不起，不過是長了一副男人喜歡的妖精臉，床笫之間會取悅男人罷了。」

辛情盯著她看了十幾秒鐘，然後一扯嘴角笑了，「如果妳輸給美女蛇，千萬不要抱怨，妳的實力與她差了真不是一里地兩里地的，奚祁的眼光真是走下坡路了。」

「哼！獨孤情，妳以為這樣挑撥我有用嗎？」錢世婦冷笑。

「有沒有用，以後再說，事實勝於雄辯。」辛情想了想，問道：「妳主子吩咐的時間沒改吧？」

錢世婦冷哼一聲，「上次的失誤不會再有了。」

「妳這個人，沉默了好幾年，怎麼這幾個月反倒急了？平常心，平常心！」辛情笑著說道：「最近有些忙，慢走，不送了。」

錢世婦環顧了一下殿內，「這鳳凰殿真是富麗堂皇得讓人忍不住嫉妒妳。」

「踩著妳好姊妹的肩膀，或者屍體，沒準兒妳住得進來。」

錢世婦又冷哼一聲，端著肩膀走了。辛情看著她的背影搖了搖頭，這鳳凰殿她不住就會毀了，在這個地方她不想留下一點生活過的痕跡。

起身在殿內各處看了看，毀了這樣精美的藝術品真是作孽，嘆口氣，她作的孽夠多了，多這一件少這一件都不耽誤她下十八層地獄。冷笑了一下，到時候也許可以和閻王爺申請一張貴賓卡，將地獄裡的各種刺激的設備都無限次使用。這個錢世婦剛才說毫無懸念的輸了，她現在倒是很期待她們「天衣無縫」的必勝計畫，也好開開眼界。

第二天，又一位不速之客來訪，是隨心。兩人對視了十幾秒鐘之後，隨心笑著開口說道：「臣女來給舅媽娘娘問安。」

「少來這套，沒良心的白眼狼。」辛情上上下下打量了她幾遍之後說道：「得了，安也請完了，該幹嘛幹嘛去吧！」

「看來臣女這次真把娘娘惹火了。舅媽娘娘，臣女怎麼賠罪您才能順心啊？」隨心笑著。

「算了算了，我這個一隻腳邁進了冷宮的妃子敢讓妳賠罪嗎？我還怕到時候妳秋後算小帳呢！」

「娘娘，您饒了我吧，我這次錯了，下次不敢了。」隨心笑著撒嬌。

「下次？哪那麼多下次？我要是死了，哪來的下次？」辛情微扯嘴角。

「您這個擔心實在多餘，我皇帝舅舅最寵愛的女人誰敢要妳死啊！」隨心笑著說道：「娘娘，我可是沒跟人低聲下氣過，在您面前已經裝伏做小到這種地步，您得饒人處且饒人，您寬宏大量。」

「看在妳這麼孝順的分上，我就饒妳一次，看在妳曾喊我一聲娘的分上。」辛情一副孩子不爭氣的口氣。

「姊姊……妳開什麼玩笑？」隨心瞪大了眼珠子。

「什麼什麼意思？本娘娘看妳順眼，叫妳一聲閨女，妳還不趕緊謝恩？」

「是，叩謝娘娘大恩。」隨心撇嘴。

「這孩子，就是禮數多！乖，起來吧！」辛情走到她身邊，拉起她往外走，「這些天也沒人來給我解悶，我都快憋成自閉了。走吧，閨女，陪乾媽出去走走。」吩咐了宮女太監們不許跟隨。

出了鳳凰殿，兩人往楓榭那邊走，這個時候楓林一片火紅，漂亮得很。兩人一路走著，隨心不停地講自己這幾個月隨軍的生活給辛情情，辛情聽著不置一言，等她說完了，辛情看她一眼說道：「邊境那兒一個說話的人都沒有，還是妳轉性了，怎麼成了話癆了？」

隨心笑了笑。

一路走過去，迎面碰見幾個妃子，都恭恭敬敬請了安。

快到楓榭，卻見那邊許多宮女太監忙忙碌碌，見了她們急忙跪地請安。辛情閒閒地甩出「起來」兩個字。剛邁了兩步，一個看起來似是管事的太監跪在了她面前。

「妳這是攔我？」辛情問道。

「奴才不敢攔娘娘鳳駕，只是，皇上明日要在楓榭賜宴，昭儀娘娘說，為防萬一，不准任何人擅入，還請娘娘諒解。」

「哦，這樣啊！好，我不難為你。」辛情笑著說道，轉身看到那邊的椅子，走過去悠閒地坐下，招手叫來一個小太監，「你替我跑趟腿，跟皇上請旨，就說貴妃今天想看楓葉可不可以？」

小太監領命而去，辛情讓隨心也坐下等，宮女太監們在一邊大氣也不敢出。

沒一會兒，滿頭大汗的小太監回來了，撲通跪下回話：「回娘娘，皇上說，娘娘愛去哪裡就去哪裡，敢有攔著的，讓他自己提頭去見皇上。」

辛情嘆口氣：「哦！你再去替我回皇上，謝聖恩！」小太監跑了，那管事太監滿頭冷汗跪下請罪。

辛情嫵媚地打了個哈欠，媚聲說道：「真是奇怪，怎麼忽然就想睡了？算了，若水，陪我回去歇會兒，改日再來看吧，反正也還得開好些日子呢。」

「娘娘，奴才不是有意冒犯，只是奴才並不能作主。」

「知道，管事主子才是主子。你們忙去吧，我不難為你。」辛情說完便走，隨心立刻跟上，走了一段距離才說道：「辛情，妳故意的吧？」
「我有那個閒心睡會兒覺多好，到這兒來自己找不自在？」辛情笑著說道。
隨心斜著眼睛看她，「辛情，妳跟皇帝舅舅生氣了？」
辛情停住腳步，帶著嘲笑的眼神看隨心，「生氣？不敢！」
「不敢？還是……也是，您是什麼人啊，心比刀子還利。」
「本指望著妳來陪我解解悶，這倒好，更悶。死丫鬟，妳回家去吧，沒什麼好玩的能逗我高興的事就別來了，還浪費我睡覺的時間。」
「真是不好意思啊，娘娘，臣女是奉聖旨進宮陪伴您的，所以您就是悶，也得暫且忍忍。」
聽她如此說，辛情笑著看她，「做什麼缺德事了，被逮到這裡軟禁？」本來是一句玩笑話，可是隨心的臉色變了，雖然很快恢復正常，但辛情還是看到了，「妳兒子呢？」
「在府裡。」隨心笑得有一絲勉強。
「怎麼不帶進宮來？我一次都沒見過妳兒子呢，也帶來給我看看。」辛情笑著說道，留意隨心的臉色。
「您求皇帝舅舅下旨，自然不敢不來。」
「算了，這地方啊，大人待著都得小心翼翼，小孩子不懂事，犯了什麼規矩可不好辦，再說，萬一連累到我，我不是自找麻煩嗎？」辛情又看看隨心，「妳說得對，小孩子最好不要到這個地方來。」
隨心點點頭，若有所思地看著辛情的背影。
回了鳳凰殿，辛情命人收拾了偏殿，隨心要告退，被辛情拉住，「不是來陪我的嗎？當然也要陪睡。」
並排躺好，兩人都看著金牡丹形狀的帳頂。

「沒人抱著睡不著？」隨心問道。

「小心眼的女人，歲數長了，心眼倒縮水了。」

「妳現在的處境很……奇怪，我有點看不懂！」

「看不懂就接著看，戲總有鞠躬謝幕的時候，到時候妳若還不懂，那就必須承認自己笨了。」

隨心轉頭看辛情，微微皺眉，「妳也很奇怪，有點癲狂……」

辛情笑了，捏捏她的臉，小聲說道：「等我瘋了就解脫了。」

隨心瞪大了眼睛，見辛情已翻身過去，留給她一個背影，瘦削的肩膀露在空氣中。

「睡會兒吧，睡醒了再說。」辛情的聲音帶著睡意。

隨心卻睡不著，看著床頂的富貴金雕牡丹，聽著旁邊輕微的呼吸聲，有些心驚肉跳。辛情還是嘴不饒人，感覺卻和水越城時不同了，那時候她是給自己找樂子，現在總覺得她是在折磨自己。側頭看看辛情的背影，回想起水越城同床的日子，很怕她忽然轉身笑著再問一句：「妳說，我活得好嗎？」輕輕嘆了口氣，又轉頭看那金雕牡丹，那一根根花蕊看起來像是一支支小小的利劍，對準心窩的位置。

辛情一直睡到晚膳時分才起來，馮保等人已在等著她吩咐傳膳了。問了隨心想吃什麼，隨心說沒什麼特別想吃的，想了想又說想吃麵。辛情看了看她，讓馮保傳令下去做兩碗麵就得了。吃著麵，剛開始兩人都不說話，吃到一半兒，隨心說了句：「沒有魚兒做的好吃。」

「這話讓御廚聽見了多難過。」辛情笑著說道，吃飽了，用筷子繞著麵條玩兒。

「唉，那會兒多好，多簡單。」隨心也撥拉著麵玩兒。

「小小年紀說這麼老氣橫秋的話幹什麼？沒意思！」辛情笑著說道。

「妳沒想過嗎？」隨心看她。

「不想，我只過眼前的日子。」想了有什麼用，已經物是人非了。

「妳說謊。」隨心直視辛情。

「說謊礙妳事了？」辛情掃她一眼，起身，宮女們忙收拾了桌子。

辛情坐下抄經，隨心在一邊翻看了一下，問道：「抄了這麼多了？要抄到什麼時候？」

「到頭兒的時候。」

隨心在她對面坐下，「妳不信任我了。」

辛情笑了笑，沒抬頭，說道：「我本來也沒信過妳啊。」

「這種說法真是傷人。」隨心也笑，半晌小聲問道：「真的嗎？」聲音裡似乎有一絲落寞。

辛情停筆，抬頭看著她說道：「妳覺得是真的就是真的。」

隨心挪開視線，若有所思地看向一邊。辛情低頭繼續寫字，這時候馮保帶著一個小太監進來，拿著食盒，說是拓跋元衡賞的糕點，還說明日皇帝在楓樹賜賞楓宴，命貴妃和赫連小姐前去。辛情點頭說知道了，小太監領了賞賜，躬身退出去了。

辛情又寫了幾行字，忽然放下筆，讓宮女們將她的藍色衣服都拿出來，一一攤開給她看。最後挑了一件幽藍的衣服，在夜明珠的光亮下泛著些微幽冷的光。

「前幾天裁霞院送來的新衣服呢？拿過來讓赫連小姐挑合心的明天穿。」辛情吩咐道。

隨心看著宮女抱出來的那些衣服，驚訝地看了看辛情，「這麼多……」看過去，都是極精美的衣服。她也挑了件深藍的，辛情看看她，「年紀輕輕的跟我學什麼？穿點亮堂喜慶的才好。」

「不是您的乾閨女了嗎？和您保持一樣的格調才好。」隨心笑著說道。

辛情挑來挑去，撿了件矢車菊藍的給她，比了比，「就這件吧，顏色好，寓意也好。」

「寓意？什麼寓意？」那衣服上繡著些素色的花，看起來嬌俏又不失大方。

「幸福。」矢車菊的花語是幸福，她客廳茶几的花瓶裡一直都只有矢車菊，可惜矢車菊從來沒讓她幸福成真。

隨心笑了笑，抱著衣服若有所思。

辛情也沒再說什麼，抄了幾頁經書便睡了。

第二天早膳後，邯鄲來了，先向辛情請了安，然後看了看隨心，淡淡地說道：「表姊也進宮來陪伴母妃嗎？」

「是啊，奉了皇帝舅舅的旨意陪伴貴妃娘娘。」

「那就好了，我還怕母妃近些日子太寂寞了呢。」

「都是孝順閨女，我雖然沒有親生的孩子，也算有福氣。」辛情笑著看邯鄲，「這麼孝順，一大早就來請安？」

「今日父皇賜宴賞楓，玥兒理應陪母妃一同前往。」

「真是識禮。」辛情笑著說道，發現邯鄲在看隨心的衣服，「怎麼了？這衣服有什麼不對的？」

「沒有，覺得表姊這件衣服很漂亮呢。」

「是娘娘賞的。」隨心笑著看了辛情一眼。

「母妃還沒賞過玥兒衣服，倒先賞了表姊。」邯鄲也笑。

「妳想要？自己挑去吧？看著哪件喜歡就拿去，在這兒挑這個無聊的理！玥兒，妳是公主，不要露出這樣的小家子氣。」辛情說著讓宮女們去開了衣櫥，邯鄲倒是不客氣，走到那邊看了一會兒，選了件湖藍的衣服。

辛情微微扯了扯嘴角，三人都穿藍的，我們是可愛的藍精靈！

收拾妥當，兩人陪著辛情往楓樹來了。一路上見的妃子們都沒她們這麼冷清打扮的，多數都是紅紅紫紫，粉粉嫩嫩的，更顯了她們的清冷。

楓樹裡，該到的人都到了，不該出現的也有幾個。被太監引著坐下，辛情忽略樹中人，透過敞開的窗看一片火紅的楓林，現在看起來真像是火一樣。

太監一聲公鴨嗓，大人物拓跋元衡和雲昭儀閃亮登場，辛情收回目光，隨著眾人請了安。抬頭的時候不小心掃過雲昭儀的肚子，似乎稍微膨脹了些。

賞楓宴開始了，辛情覺得這個宴席氣氛有些怪異，好像這裡的空氣凝滯了一樣。不過，這不關她的事，她就是屈服於權力來走過場的，就算這裡的人都變成活屍也跟她沒關係。因此，她依舊神態自若擺出微笑，看楓林、喝酒。隨心和邯鄲在離她不遠處，時不時看過來幾眼，辛情便衝著她們笑笑。

好不容易，這無聊的賞楓宴宣告結束，在場各色人按級別高低退場，辛情很榮幸地走在拓跋元衡後面，他明黃的龍袍被陽光晃得刺眼，辛情便稍稍低了頭，怕自己眼睛被晃瞎了。

前面的明黃色放慢了速度，辛情自然也放慢了速度。前面的停了，辛情也只好停了。前面的轉身了，辛情只好和他面對面。

「明日是國舅五七，準備好了？」拓跋元衡問道。

「是，準備好了。」辛情答道。有什麼準備的，燒幾張完事。

「那就好。」

「謝皇上關心。」

「明日回宮之後跟朕回話。」

辛情看看他，這不是廢話嗎？哪次出趟門回來不得謝恩啊，何況這麼大的「恩典」！

「是，臣妾知道了。」雖說覺得他說了句廢話，辛情還是答了。

「鬧了一天，回去歇著吧！」拓跋元衡說道，聽得辛情頭皮又麻了麻。拓跋元衡又說這麼人性的話，真是不習慣，鬼上身一樣。

隨心到了辛情旁邊，看辛情一臉微笑，疑惑地看了看她。邯鄲笑著問道：「父皇說什麼了？母妃這麼高興。」

「大人的事小孩子少打聽，少兒不宜。」辛情邁步向前走，邊抬頭看楓葉。因為放慢了速度，所以等她們沿著石階走出楓樹林，到了山包腳下的時候，旁邊已經沒什麼人了。

辛情回頭看看，楓樹露出的一角被夕陽染成了黃色，這景色讓她忽然想起了小學時候學的詩，「果然如此啊……」

「母妃指什麼？」邯鄲問道。

「念首詩給妳聽。」辛情笑著說道，這時候顯擺一下也沒人知道，「遠上寒山石徑斜，白雲深處有人家。停車做愛楓林晚，霜葉紅於二月花。」

「沒看出來母妃還腹有錦繡。」邯鄲笑著說道，有些不屑。

「我哪裡有錦繡，盜用人家的東西而已，別崇拜我。」才華這東西一向跟她無緣，她身上的每一個細胞裡都沒有這種基因。

「敢於承認，母妃更是難得。」

「總是這麼酸的口氣，沒有長進。」

「明日國公舅舅的五七，玥兒可以去嗎？」她和隨心一左一右走在辛情身邊。

「這種熱鬧有什麼湊的，妳一個未出閣的丫鬟去了，不怕惹晦氣？」帶那麼多礙事的，礙手礙腳。

「玥兒知道了。表姊去嗎？」

辛情看看隨心，隨心笑了笑，「當然去，況且我也不怕惹晦氣，自然要陪乾娘。」

辛情也笑了。

邯鄲不知道哪根筋有問題，非要跟著回鳳凰殿用晚膳。辛情笑著說好，正好享受一下天倫之樂。晚膳特意命人準備得極其豐富，吃吃喝喝聊聊，快到三更才歇了。鬧騰到這麼晚，辛情和隨心反倒精神了。拓跋元衡沒來，兩人又同床共枕。

「為什麼不讓邯鄲去？」隨心小聲問道。

「礙手礙腳。」辛情笑著說道。

「我不礙事？」隨心轉頭看她。眼睛裡有莫名的期待。

「一樣處境的人應該能互相幫得上忙，對吧？」辛情看著帳頂的牡丹。

「我不懂娘娘的意思，我只是奉旨進宮來陪伴娘娘。」

辛情轉頭笑著看她半晌，然後湊近她耳朵，以兩人能聽到的聲音說道：「以這個藉口被軟禁吧？」

隨心一震，瞪大眼睛看辛情，喃喃道：「我不懂娘娘的意思。」

辛情繼續小聲說道：「隨心，我看了妳兩天了，目光躲躲閃閃，可能妳都沒發現自己的神色多麼不安，似乎隨時天都會塌下來的樣子，正巧，我讓馮保打聽到了一些事，妳父親被以無戰事回京修養的名義調了回來，妳丈夫一直在妳父親身邊做副將，卻忽然調去了西陲。我還聽說，慶王的壽辰，有許多邊將偷偷潛回京城到慶王府中賀壽，賀壽也就罷了，偏偏夜深無人時去。呵呵，妳看，很多事情是禁不得分析的，好好看看，仔細想想就有個大概，再來個出其不意的試探就行了。那麼……」又和隨心耳語，「我們的目標一致嗎？」

「不知道娘娘所指是哪一個？」隨心的語氣平靜了。

辛情一點她額頭，「哪一個？妳親舅舅和仇人的兒子膩歪了這麼多年是為了什麼？難道真的沒所圖？」

隨心瞪大了眼睛，囁嚅道：「妳不要胡說，什麼仇人……」

「我聽一個老人講了一個故事，一個男人愛美色，從外面帶了個身分低微的美人兒回來，寵得不得了，到哪兒都帶著，還一連生了兩個孩子，後來不知道誰開始傳言，說小妾和別人有染，這男人自然不相信，可大老婆連她的姦夫都找到了，於是這小妾就淒淒慘慘，不明不白地死了。」辛情又放低了聲音，「妳明白我說的是誰了嗎？」

隨心看著她，不說話。

「老爹死後，妳舅舅和我說過，很多事情是不能深究的。當時我以為他是好心告訴我不要惹不該惹的人，現在想想，他當時就在引我去對付這個人。妳舅舅沒告訴妳嗎？我一直以來的所作所為，難道妳舅舅沒有看到我的誠意嗎？還是說妳要去問問？」

「不用，我知道了。」

「那麼，說定了？」辛情笑著問道。

隨心半晌才下定決心一樣點了點頭，但是隨即問道：「娘娘還信我？」

「溺水的人看見稻草也會抓住當作希望的，沒有選擇的情況下只能賭了。」辛情想了想又說道：「一個什麼都沒有了的人，最不怕的就是賭。賭輸了無所謂，若賭贏了就翻身了，明白嗎？」

隨心點點頭。

辛情拍拍她的臉，「睡吧，什麼事明兒再說也來得及。」

隨心卻遲遲睡不著，旁邊已傳來辛情平穩的呼吸聲。隨心轉頭看她的側臉，眉頭不自覺地輕皺起來。辛情沒有心事了，所以睡得著了嗎？

第二天，辛情早早醒了，用了早膳，換了衣服，上了鳳輦，出宮直奔蘇豫在郊外的衣冠塚。衣冠塚被環繞在一片高大的白楊樹之中，這個時節，墳塚周圍已落了薄薄的一層黃葉，高高的墓碑上同樣刻著「蘇國公　獨孤豫　之墓」。如煙晴早已帶著家僕到了，一身縞素，臉上是濃濃的悲哀。向辛情行過禮，執事官們開始有條不紊地開始儀式。正要點燃香紙，辛情出聲說道：「你們退下。」然後看向如煙晴：「妳親自燒紙給他吧。」

如煙晴一愣，微微點頭，移步墓前，顫著手點燃了香紙，辛情便在她身後不遠處靜靜站著，看那墓碑和墳塚。淡淡的煙火味和些微嗆鼻的青煙被風吹著在周圍繚繞，周圍只有風吹過樹林的沙沙聲。

燒完了紙，如煙晴緩緩起身來到辛情面前盈盈拜倒謝過。辛情又看墳塚一眼，轉身走向不遠處已收拾停當的小亭，隨心和如煙晴也馬上跟了過去，馮保命人都遠遠地伺候即可。

三人坐下，辛情簡單為兩人介紹。隨心向她行了禮，叫了聲「乾舅媽」，又弄得如煙晴紅了臉。

「別起哄。」辛情看隨心一眼，拿出樣東西放在桌上，「這是獨孤豫的遺物，妳收好。」

如煙晴和隨心立刻看向她。

「娘娘，這是將軍留給您的，您不必……」如煙晴說道。

「不是留給我的，是我覺得好玩兒，從他手裡搶的，沒來得及還他。這笛子我也不會吹，留著也沒什麼用，再說，他的東西從今以後都是妳的了，這個也該給妳。」辛情將笛子放到她手上，「府裡實在沒他什麼東西，委屈妳了。」

如煙晴仔細撫摸著笛子，微紅著臉，小聲說道：「不，這些已經足夠了。」

辛情微微扯了個笑，這小姑娘還真是執拗。

「以後妳就是府裡的主人，想怎麼過就怎麼過吧，悶了就接了姊妹來陪著。我還是那句話，如果妳以後有了合心的人就嫁，沒有的話就從別人那裡過繼一個孩子，將來也好給妳養老，妳一個人也不孤單。」這可是好不容易從拓跋元衡那裡替她爭取來的。

「如煙晴今生不再改嫁。」如煙晴的口氣一如既往的堅定。

隨心皺了皺眉，看了看辛情。

「世上的事兒沒有確定不變的，不用這麼早做決定，走一步看一步。」辛情說道，然後起身，「雖然我覺得委屈了妳，但是這路是妳自己選的，今後妳也只能自己走下去，我能做的就這麼多了。想必妳也看到也知道，我恐怕沒能力再為妳做什麼了，自求多福吧！」

「娘娘的恩德如煙晴銘感五內，不敢再奢求。」

辛情點點頭。

回宮的路上，辛情沉默不語，直到隨心嘆著氣說了句：「她自找這種日子，妳還真狠得下心答應，她這一輩子算完了。」

「我一向狠心，妳不知道嗎？」辛情想了想，小聲說道：「東西什麼時候拿來？」

「很快，我已經知會過了。」隨心也小聲說道。

「要他最隨身的東西最好。」辛情揉了揉額頭，頭有些昏昏沉沉的。

「辛情，妳累了？肩膀借妳靠一下吧！」隨心拍了拍自己的肩膀。

辛情笑看她一眼，「難得這麼細心，果然，有了孩子就會變。」邊說著邊靠在她肩頭，「折騰了這些日子，折騰得我頭疼。」

隨心輕聲笑了，只是笑得有些不自然。

進了宮門，早有等候的太監了，一個個在宮門口低著頭，僵屍一樣站著。請了安，只轉達了拓跋元衡一句話：「不必去太華殿覆旨。」

辛情聽了，心裡微微一震，然後笑了。等鳳輦繼續前行，辛情說了句：「好戲要開場了。」

隨心眉頭一皺，與辛情對視瞬間，立刻移開了。

柒之章　回首夢遠

邁上鳳凰殿的臺階，辛情不自覺打了個寒戰。等出現在殿門口，辛情笑了，她錯了，好戲不是要開場了，而是已經開場了，她這個主角上場有點晚了，估計戲分只剩下跪等判決，然後拖出去砍了。

鳳凰殿正中央坐著拓跋元衡、太后、皇后，側手邊坐著悲悲戚戚的雲昭儀。又是一個三堂會審的架勢！

請了安，辛情一副不解狀問道：「這是三堂會審？」

「有些事要問問貴妃而已。」皇后滿臉抑制不住的光彩。

「問我？這後宮現在又不是我管著，問我什麼事啊？」辛情漫不經心問道。

「自然是有事。」皇后說完輕輕拍了拍手，立刻就有太監端了銀托盤到了她面前，皇后自盤中拿起一樣東西，辛情見了，扯扯嘴角。

「鳳凰殿怎麼會有這種東西？」皇后命太監將東西拿到辛情面前。

「那麼，皇后手裡怎麼有我鳳凰殿的東西，您要找什麼，臣妾親自送去就是了，還麻煩您折騰這一天親自搜嗎？」辛情笑著問道。這就是她辛情「必輸無疑」的招數？白白期待了。不過，看這個樣子，皇后是重新掌權了，搜她鳳凰殿——抬頭看拓跋元衡，他一臉的平靜，沒有鐵青得像灌了鉛，但是也沒給她個暗示什麼的。她一時有些看不透。

「怎麼敢勞動貴妃？再說，若是本宮要貴妃隱祕的東西，妳肯送來嗎？」皇后笑著說道。

「皇后娘娘，您這個笑話好聽。只不過，既是隱祕的東西，您從何而知啊？」辛情冷笑了下，又接著說道：「既是費工夫搜了，恐怕不只這一件隱祕的東西被搜到了吧？還有什麼？一併拿出來問我，也省得我一次次解釋，麻煩得很。」

「妳這個妖精，還強詞奪理。自己做過些什麼，非要清楚明白一件件說給妳聽？」說話的是太后老太婆，一臉的冰霜刀劍。

「怎麼敢勞煩太后一件件說給臣妾聽，您撿重要的，能致臣妾於死地的說一兩件來聽聽就行了。」辛情笑得漫不經心，低頭看手裡那個纏著紅線的泥娃娃，泥娃娃的頭上一片血污，心口處幾根銀針，身前多了八個字。這造型熟悉得很，幾個月前才見過，只不過，這個東西本來應該在瑤池殿的，居然通靈跑到鳳凰殿來了，有趣得很。

「不見棺材不落淚，看妳一會兒怎麼嘴硬。」太后說道。辛情暗自嘆了口氣，這太后瘋了吧，自從她侄女被廢了，這老太太就向潑婦邁進了，最近功力見長，都強強聯合了還這麼咄咄逼人，也不知道含蓄優雅點。

「太后，您的意思是真要抬口棺材來？」辛情看老太太一下子發白的臉，馬上又說道：「臣妾看太后生氣，說個笑話給您緩緩，您別生氣。該說什麼您慢慢說，臣妾也跑不了，該怎麼生受，臣妾等著。」

「來人，傳太醫和卜筮官。」太后威嚴的聲音，一聲令下，等著上場的配角們躬著身子上場，準備編排小泥人了。辛情微微扯了扯嘴角，看了眼拓跋元衡，以前椿椿公案，這流氓都喜歡當法官，來個結案陳詞，而且不准上訴，但是以前他還會用表情來暗示他的判決，今天很平靜。

辛情一一掃過跪地的人，然後笑著看太后和皇后，又掃過雲昭儀，略過拓跋元衡，最後收回目光，看著小泥人，開口說道：「雖說夜長了，可是我這些日子太累，想早點歇著，所以還是長話短說吧！太后也不必讓這些跑龍套的再念一遍臺詞，大略的我也猜到了，就不必浪費時間了，臣妾謹遵聖裁就是。」

辛情滿意地看到了太后和皇后瞬間抽動的臉頰，心裡暗笑，果然是忍得太久，不讓她們過足戲癮還真是有點不人道。

「妳還以為皇上會袒護妳？」太后的聲音裡有一絲嘲笑。

「這要問了皇上才知道啊，臣妾怎麼以為有什麼用？」

辛情還沒笑到最佳狀態，劇情有變。

一個小太監火燒火燎地來報，說是七皇子忽然哭鬧不停。辛情搖搖頭笑了，讓隨心拿著那小泥人，吩咐小太監：「去看看，七皇子是不是不哭了？」

小太監愣了一下，看向拓跋元衡，他揮了揮手，小太監飛奔而去。在辛情的感覺裡，不到十分鐘這小太監就回來了，喘得上氣不接下氣，說七皇子果然不哭了。

在辛情的想法中，太后皇后應該乘勝追擊，用言語狠狠打壓她，最好能致她於死地，可是現在這兩個女人竟然很安靜，也許是辛情的反應太出乎她們的意料之外。於是，鳳凰殿忽然便陷入了莫名的寂靜。辛情也不做聲，這麼多人總有人會說話的。

可是，讓辛情意外的是，說話的居然是雲昭儀，那個一直在後宮中被用「仙」來形容的女人。她嫋嫋娜娜地對著拓跋元衡行了禮，說道：「皇上，貴妃姊姊平日待臣妾甚好，斷乎不會作出危害皇子之事。況且，今日皇上也看見了，貴妃姊姊行事坦蕩，所以，臣妾以為貴妃姊姊怕是並不知情，也許是……」

「貴妃，妳告訴朕這些都是什麼？」雲昭儀的話被拓跋元衡打斷。

「皇上這是什麼意思？」辛情看向他，仍舊笑著。

拓跋元衡揮了下手，端著托盤的太監來到辛情面前，辛情這才有機會看清楚裡面的東西。一把扇子、一塊圓形玉佩、一個同心結，辛情暗笑，這些東西可都散發著曖昧的姦情味道。拿起來看了看，扇子是名貴的象牙扇子，打開來看看，扇頁也是象牙薄片的，硬生生雕出了精美的亭台明月，扇墜是一塊小小的玉，辛情看過的電視裡有說過，扇墜是個不錯的選擇，果然，那小小的扇墜上，一面雕著美女賞月，和扇面倒是對應，另一面，是一個「平」字。拿起那玉佩看看，玉佩的背面有一個小小的「敬」

字。同心結上雖然什麼也沒有，但是顧名思義已讓人知道它齷齪的含義了。辛情扯嘴角，看來這是要把拓跋元衡的「綠帽子」給落實到實處。

「看清楚了？」

「皇上有命，臣妾自然看清楚了。不過是一把象牙扇子、一塊玉佩、一個同心結罷了，皇上讓臣妾看，不知道您有什麼用意？」辛情微扯嘴角。

「哼，貴妃看到這些東西沒想起什麼來嗎？」說話的是皇后。

「不瞞您說，臣妾還真想不起來了，臣妾入宮以來，雖說駑鈍頑劣，可是皇上卻對臣妾憐愛有加，又念及臣妾年幼受苦，因此額外給了許多的賞賜。歷來年節、壽辰，各宮的娘娘們也有許多禮物相送，東西實在太多，臣妾也記不住是誰送的，就連這東西是何時來到鳳凰殿的臣妾都想不起來了。既然今天勞您費神找了出來，您來告訴臣妾如何？」辛情笑著說道。

「貴妃打理後宮這麼久，事事清楚明白，可見記性是好的，怎麼會不記得了？」皇后問得直接。

辛情笑了，「後宮的事哪件都不是小事，這些大事就夠臣妾忙的，哪有時間去記這些小事？」看看拓跋元衡，「臣妾要說的話都說完了，請皇上聖裁。」

「慢著，貴妃既然記不起來，總有能記得起來的人。皇上，不管東西是不是鳳凰殿的，總要弄清楚才好，否則以後上行下效的成什麼體統？」太后老太婆說道。

上行下效？也對，她是相當於左皇后的級別呢，也算人上人。

「帶上來。」拓跋元衡說道，看了辛情一眼，辛情也看了他一眼，這又是哪齣？

鳳凰殿的人從馮保到灑掃的宮女黑壓壓地跪了兩排，加上肅殺的氣氛，辛情忽然有到了陰曹的感覺，渾身就涼快了下來。掃過低著頭的宮女太監，辛情好奇是哪一個會出來「說出貴妃的姦情」。

「馮保，你是鳳凰殿的總管，隨侍貴妃左右，這些東西你不會不知道吧？」拓跋元衡點名提問，乾脆俐落，一下子抓住核心人物——當然，也許白天演戲過後，第二遍重審他不想費力氣罷了。

馮保向前跪行一步說道：「皇上，奴才……」

「說吧，馮保，正好我聽聽你都替我收了什麼好東西，還藏著掖著不告訴我！」辛情平靜地說道。

「說！」拓跋元衡言簡意賅。

「回皇上，這三樣東西，老奴只知道那摺扇和玉佩的來歷，同心結奴才並不知道。」馮保頓了頓，下定決心般說道：「今年萬壽節，偃朝靳王殿下曾託人轉送這玉佩給貴妃娘娘，說是偃朝蘇貴妃所贈，娘娘只說讓收了就好。」

辛情低了頭，忍住笑。這麼拙劣的話也是馮保說出來的？老油條被風乾了油，只剩下乾巴巴的麵粉？

「馮保，你當初怎麼不提醒我再看看？也好回敬蘇貴妃一樣禮物，這樣只收不回會被挑理。」辛情說道。

「蘇貴妃送的禮物如何要靳王轉達？而且，那上面的字又如何解釋？」皇后說道。

「這您恐怕要問蘇貴妃了。等玥兒嫁過去，您讓她問問。」辛情說道：「馮保，接著說。」

馮保的肩膀明顯動了一下，然後才開口道：「皇上，那象牙摺扇是鄢陵行宮時，貴妃娘娘與蘇貴妃湖上飲酒時，蘇貴妃替三皇子之母馮淑妃轉贈，說是天氣炎熱，娘娘初到南國難免不適，一把摺扇雖不能解暑，但是心意卻誠懇，娘娘收了，只是娘娘身形苗條並不懼炎熱，因此不曾用得，也命奴才收了。」

「呵呵，馮保，那扇墜上的字當初就有還是後來才有的？」辛情笑著問道。馮保這是被鬼上身了，還是被人為降低智商了？這樣兩面不討好的說法……

「回娘娘，老奴並未留心看。」馮保忙說道。

「你什麼時候這麼不仔細了？」辛情問道。好了，馮保這看似沒智商的話成了無頭公案，「又是

『平』又是『敬』的，蘇貴妃這是什麼意思？」

「這偃朝的人送東西都喜歡託人轉贈，這轉來轉去，難免不會傳錯了話吧？」皇后笑著說道。

「皇后這麼說，就得問皇上了，皇上曾轉贈奚祁送臣妾的一條百鳥羽毛裙，不過，現在聽您的說法，也許皇上記錯了，那裙子寶貴至極，是送給皇后的也未可知。」辛情冷笑。說到底，就是為了證明她和奚祁及靳王有一腿。

「妳——」皇后鳳眼倒立。

「貴妃，妳不要放肆。」拓跋元衡開口了，竟然有閒閒的口氣，感覺像是看夠了熱鬧之後來一句「無聊，散會」一樣。

「是，臣妾一時口快冒犯了皇后，還請皇后大人大量不與臣妾計較。」辛情略微誇張地福了福身，誰知竟有一樣東西從她袖中掉了出來。彎腰撿了起來，是一塊圓形紫玉牡丹，雕刻精美，連花蕊都看得清清楚楚。心頭一震，辛情握著玉佩的手用力到指骨節都發白了。

「這玉佩我找了兩天了，原來您藏起來了逗著我玩，求求您還我吧，娘娘。」說話的是隨心。

辛情回身將玉佩給她，「以後外面的東西不要帶到鳳凰殿來，還好妳記著，若是記不清楚了，又落人口實，給我添麻煩。」辛情的口氣很平靜，然後看一眼拓跋元衡，他的臉有些陰沉沉的，再看過去，太后的臉是白的。皇后瞇著眼睛，臉上帶著疑惑。昭儀的表情很是平靜，似乎辛情撿起來的真的是塊平平常常的玉佩。

隨心告了罪，忙把那玉佩收好了，低頭侍立一邊。

「既然這幾樣東西都有了來處，沒必要再問了。不過是奴才們混放了東西自己也忘了便推到主子身上，好好懲戒，以後小心就是了。」拓跋元衡結案陳詞。

話音一落，眾人的目光齊齊看過去。

「這怎麼行？這東西的來處如此含糊……」皇后說道。

「皇后，妳要抗旨？怎麼做，皇上聖裁就是了。」太后喝道，辛情聽出了她微顫的聲音，估計是氣的。

一時之間，拓跋元衡只是冷冷地看著她，太后和皇后則是恨恨地瞪著她。辛情不說話，等著拓跋元衡給人偶一「罪」判決。

拓跋元衡還在思考給辛情的定罪量刑，昭儀忽然乾嘔了起來。於是，所有人的注意力瞬間被轉移過去。昭儀已起了身，袖子掩著嘴角，對著幾人行了禮嬌弱地開口說道：「臣妾失禮，請皇上娘娘恕罪。」

拓跋元衡皺皺眉，說道：「愛妃這次害喜得厲害，先回去歇著吧！」昭儀答應著告退了。她走了，被轉移的注意力重新集結回辛情身上。

「這人偶與幾個月前鎮魘貴妃的人偶當是出自一人之手……」拓跋元衡說到此打住，手裡擺弄著那個人偶，動作相當悠閒。

辛情仍舊維持著微笑的表情，這話有意思，可以有多種判決方式，若是看她不順眼了，自然上一個是她陷害赫連和正德。若是想徹底了結了那兩個人……，第三，若是既看她還順眼，又思念舊愛，就可「重新」找出「黑手」。

鎮魘，是後宮除了謀害皇子之外的第二大禁忌，所以，被扣上這個帽子的人會很難翻身。辛情放了心，她不會死的，蘇豫剛剛「為國捐軀」了，拓跋元衡要是這個時候廢了她，會招來罵名，而且她手裡剛剛那個玉佩……太后應該暫時也不會想讓她死，果然——

「皇上，依哀家看，此事需重新細細查辦才是，這兩個人偶明目張膽出現在鳳凰殿和翔鸞殿，看來，此人的目標很明顯就是要除掉貴妃和雲昭儀，可是，如今赫連和容庶人都在離宮看管，此事必不是她們所為，這個人應該還在後宮之中。希望皇上早日徹查個水落石出，也好還了赫連和容庶人的清白。」太后說的在情在理。

拓跋元衡笑了，「母后言之有理，既然弘德夫人和正德夫人是被冤枉的，也該召回她們，恢復名分才是。至於這隱藏的惡人，朕會下令仔細徹查。」說著，看了辛情一眼。

「謝皇上和太后明察。」辛情行禮說道。

「獨孤貴妃，妳也別怪哀家和皇后，要說招來這樣的事，不過是因為皇上太偏著妳們而惹人嫉妒了，以後，妳和昭儀也勸著皇上些，別總拉著皇上不放，歷來都是雨露均霑，這後宮才平和。」太后說完，又看著拓跋元衡說道：「皇上，皇后身體也好了，貴妃喪親、七皇子被鎮魘了，這許多日子身子骨不好，需昭儀悉心照料，怕是沒什麼精力料理後宮，所以……」又停住了，大家都明白的話就自己揣測去。

「皇后身子既然好了，自然要主持後宮。」拓跋元衡起身，「傳旨下去，即刻派人前往離宮奉弘德夫人和正德夫人回宮。」

總管太監答應著去了。幾個大老闆也離開了。

辛情冷冷地看了看仍舊跪著的宮女太監們一眼，說道：「起來服侍吧，我要安歇了。」所有人都沒動——有一個動的，隨心，她跪到了辛情面前。

「請娘娘責罰。」隨心的聲音低沉壓抑。

「赫連小姐怎麼說這樣的話？本宮倒是不明白了。」辛情走到桌邊坐下，自顧自倒了茶喝了一口，然後起身，端著茶壺掃視一眼說道：「讓我親自動手去泡茶？」

話音未落，馮保馬上站起來躬著身子來到辛情面前，欲伸手接那茶壺去換水，辛情笑著說道：「馮保，你記性這麼好，讓你給我端茶倒水真是浪費了，這麼著吧，從明兒起，你就負責記錄這鳳凰殿的寶貝吧，有來歷的記好別混了，沒來歷的編好了別錯了，也算不浪費了你這個好腦袋。那扇子、玉佩什麼的容易惹人遐思的，尤其要注意，明白嗎？」

馮保撲通又跪下了，「娘娘，老奴……娘娘恕罪。」欲言又止。

「馮保，你就這麼肯定我這個娘娘要做到頭了，這麼快就找了新東家了？」辛情將茶壺拿到他面前，漫不經心地說道：「算了，起來吧，我說過不會怪你，人之常情嘛！不過，既然在鳳凰殿一天，就勉為其難服侍一天吧！」待馮保接了茶壺，辛情對著仍低頭的人說道：「起來吧，該幹什麼幹什麼去。」太監宮女們這才敢站起來，唯獨隨心還跪著。

「扶赫連小姐起來，今天跟著我累了一天了，收拾了偏殿，讓赫連小姐早些歇著吧。」

「知道娘娘在氣頭上，臣女以後會解釋給娘娘聽。」隨心慢慢站起來，眼神複雜地看了看辛情坐在桌邊的側影，又福了福跟著宮女們退出去了。她走了，辛情一把扯下了桌上的桌布，茶杯和玉花瓶在地毯上四處亂蹦，瓶中的水洇濕了地毯，花瓣也散落了幾片在歪著的瓶子旁，正忙著鋪床、抬水的宮女太監們瞬間石化，然後「撲通」又跪了一地。

「滾，都給我滾出去！」辛情冷冷地說道。

待他們慌慌張張出去了，辛情坐在桌邊半晌，忽然開心地笑了，笑了許久都停不下來，馮保等人在外面只剩下了哆嗦。

第二天一早，宮女太監們重新進得殿來，辛情的神色恢復了平靜，不冷不熱不喜不怒。隨心過來請安，辛情對她以禮相待，安靜地用完了早膳，太監報說燕國公主求見。邯鄲進來的時候是滿面笑意的，笑意盈盈地向辛情行了禮，辛情讓她坐了。

「母妃看起來臉色不好，沒睡好嗎？」邯鄲關切地問道。

「嗯，沒睡好，夢見黑白無常來索命。」辛情看她一眼，低了頭喝茶，「一大早上來耀武揚威？太得意忘形了！」

「母妃誤會了，玥兒是來恭喜母妃的。母妃昨日有驚無險，玥兒可是捏了一把汗呢，還好，父皇還是偏著您，玥兒真心為母妃高興呢。」

「玥兒，妳這齣貓哭耗子演得真假，讓人看了就想抽妳。這麼爛的演技還好意思到母妃我的面前來顯擺？跳樑小丑當得開心，母妃我沒心情看，請完安就回去吧，妳的生母可是要回來了，回去好好想想說些什麼貴妃的倒楣事能讓她高興的。」辛情漫不經心地說道。

邯鄲精緻的小臉一下子就垮了，恨恨地看了看辛情，「是，邯鄲遵旨。」起身走了兩步又回頭說道：「母妃，您說昨兒的事正德夫人會高興嗎？」

辛情沖她燦爛地笑了，「妳再加上貴妃被人狠狠打了臉，她一定高興。」

邯鄲的神情不自然，隨心立刻低了頭。

辛情茶也喝完了，到案邊坐下翻了翻經書，還有三分之二才能抄完。剛寫了幾行字，隨心在她對面坐下了，半晌說道：「我可以解釋。」

「不用，又不是什麼大事，不必提！」辛情說道：「陪了我好幾天，妳也該回去看看孩子，一會兒我派人送妳出宮。」

「是回來的路上我放的。」隨心說道。

「算了，妳這孩子自打回來就沒幾句真話了，我懶得聽，不想費那個腦筋去分真假，妳省省吧。」辛情放下筆叫馮保，讓他去請示拓跋元衡說送赫連小姐出宮，一面又吩咐宮女收拾隨心的東西。

很快馮保回來了，准奏，宮女們也收拾好了東西，齊齊在門外等著。辛情也不起身，只是放下筆，靠著繡墩一臉平靜地看她。隨心似有許多話要說，卻不知從何說起，最終只是對著福了福，退了出去。

辛情嘆了口氣，頭向後仰，看著頭頂金碧輝煌的裝飾，忽然想起「前生」的窩，前生的窩精緻，雖然她儘量想將它佈置得溫暖，也用了暖暖的米色，還有許多溫暖顏色的家具、沙發，擺滿了各個房間的各樣顏色的鮮花，可是那個屋子只讓她感覺到冷。好像從小到大，讓她覺得溫暖的屋子只有水越城那個小小的麵店，那個房間——辛情此時才發現，自己對那個房間完全想不起來是什麼樣子了，只有淡淡的陽光色的印象，可是具體的什麼也想不起來了，忘了自己用什麼樣的被子、帳子、桌椅，忘了屋裡面是否有花……忘了，什麼都忘了，富老爹、魚兒也通通想不起來什麼樣子了。辛情驀地坐直了身子，心頭一陣狂跳。

伸手摸了摸額頭，沒有發熱，那這是怎麼了？為什麼她記不起來了？這些她天天想著念著的人和物忽然都沒了印象。迅速起身，到床邊到櫃子裡找了蘇豫的那把匕首出來，然後發現——蘇豫，她也想不起相貌來了。仔細看著匕首，它曾經扎在蘇豫的心口，還帶出了許多血，蘇豫還跟她說要去很遠的地方，不知道什麼時候才能回來。這些她都記著，可是偏偏不記得蘇豫的臉了。

順著櫃子滑坐在地毯上，對著匕首苦笑，是他們離開她太久了嗎，以致於久到想不起來樣子了？然後又想到，她都忘了，他們應該也不記得她了吧？一種前所未有的孤獨感慢慢從心頭升起，此時她才發現自己多麼害怕被忘記。

低著頭陷入沉思的辛情，完全沒有察覺殿門口處負手靜立的人。

「怎麼想不起來了？我這是怎麼了……」辛情低著頭喃喃自語。殿門口的人也不做聲，就那麼看著她。

「馮保！」辛情忽然叫道，馮保躬著身子畢恭畢敬地對著殿門口的人點頭哈腰過了才到了辛情身邊。

「娘娘有什麼吩咐？」馮保小心問道。

「上次給我畫像的那個畫師……你把他給我傳來，我要畫像。」

「是，娘娘。」
「等等！」辛情叫住他，「算了，不用傳了，等我想起來再傳。」
「敢問娘娘，您是要畫誰的像？」
「獨孤豫、老爹和魚兒的，可是我想不起來他們的樣子了。」
「娘娘，老奴大概還記得。」馮保忙說道。
辛情搖了搖頭，「算了，不畫了，畫出來也許我也不認識，出去吧。」然後自己站起身，一抬頭看見了門口站著的人，表情瞬間愣了下，馬上又笑了，「皇上今兒怎麼下朝這麼早？」
「今天不是上朝的日子，怎麼忘了？」
辛情轉轉眼珠，笑著說道：「臣妾現在萬事不關心，您上朝雖是大事，可臣妾是女人，這事離臣妾可遠了，記著還是忘了也沒什麼。」
「也有道理。」拓跋元衡終於移動「貴足」到她身邊，看到她手裡還沒來得及收起來的匕首，皺了皺眉，從她手中抽了匕首去，問道：「這東西……留著幹什麼？不吉利。」
「臣妾知道不吉利，才沒拿去送給如煙晴。這東西，臣妾把它好好藏起來就是了。」辛情邊說著邊自然地拿回匕首放入袖中，抬頭看拓跋元衡，「皇上有什麼話要問臣妾儘管問吧，臣妾知無不言。」
「妳覺得朕該問什麼？」拓跋元衡習慣性抱住她，「為了這麼件事攆若水出去，妳還真是不給赫連家面子。」
「不攆她出去，沒準兒再過兩天就該您攆臣妾出去了。」辛情笑著說道。出去，橫著出去。
拓跋元衡看她一眼，莫測高深地笑了笑。
「出去？出去能到哪裡？」拓跋元衡問道。
辛情愣了一下。以前從王府出走時她是自由人，無牽無掛愛去哪裡去哪裡。現在呢，她要去哪裡？

能去哪裡？她盼著好幾年的那個地方已經沒有人了……

「天下這麼大，臣妾隨意找個地方就好，總有地方去的。實在沒有收容我的地方，一抔黃土一堆柴草還找得到！」她想回水越城，可是還有個討人厭的奚祁不讓她過消停日子。

「最近總是胡說八道，是不是太閒了？」拓跋元衡拉著她到案邊坐下，隨手翻了翻她已抄完了一遍的經書，「已抄完了？」

「這一遍是抄完了，不過閒著也是閒著，多抄幾遍就當積福了。」辛情笑著說道。

「抄了一遍就算了，佛經這東西不要多念，念多了會心慈手軟。」拓跋元衡笑著又看辛情一眼，「而且，妳這個人心狠手辣出了名的，不怕被人說假慈悲？」

「我假慈悲我的，讓別人說去吧！」辛情也笑。

一時之間兩個人都不說話，拓跋元衡只拿著那一疊經文看，辛情在一邊略微歪了頭看拓跋元衡，猜他真正的用意和想法。昨天的事既然大張旗鼓了，不可能就這樣草草收場算了，那接下來的戲他是要往哪個方向導演？這人可以拍懸疑劇，結局除了導演誰也不知道。

「又琢磨朕什麼？」拓跋元衡眼不離紙，目不斜視。

「琢磨皇上的想法，琢磨皇上的用意。昨天的事，臣妾不相信皇上對臣妾沒有想法，只是臣妾現在還猜不透您的意思。」辛情微笑著說道。

「妳覺得朕該有什麼想法？」

辛情搖頭，「若猜到了，臣妾還用這麼茶飯不思嗎？不過，臣妾以後也不敢再猜皇上的心思了。有人曾好意提醒臣妾，天底下誰的心思都可以猜，唯獨皇上的不可以，否則就是在刀尖上跳舞。臣妾以前爭強好勝，事事揣度皇上的心思，雖說辦的事還算讓你高興，可是久而久之皇上就難免防著臣妾了。臣妾還記得您說若被您防著，後果不堪設想。現在的情況臣妾已是如履薄冰，哪還敢再去老虎嘴上拔毛，除非臣妾活膩了。」

拓跋元衡這才轉頭微瞇著眼看她，「朕赦妳無罪，說來聽聽。」

「您又想套臣妾的話，臣妾才不上您的當。」辛情笑著說道。

拓跋元衡只是若有所思地看了她半天。

又過了兩天，如煙晴進宮來向辛情請安，當時辛情還在悶頭抄寫經書。

「府裡還住得習慣吧？奴才們沒有欺生吧？」

「沒有，娘娘請放心。」

「那就好。」辛情點頭，又說道：「若不好就攆了重新買，對他們不必太好，忠心的奴才是有，不過，欺主的多。」

旁邊侍立的宮女太監們頭更低了。

「娘娘，臣婦以為將心比心，人心就算是石頭做的，也有捂熱的那一天。」如煙晴輕聲說道。

辛情手頓了一下，片刻之後笑著說道：「有的人到了特定的環境就已經沒有心了，難不成還能再造一個給她？」

「娘娘說笑了，人怎麼可能沒有心呢？」

「算了，不說這個了，有沒有又不能一個個開膛破肚來看。妳這日子打算怎麼過呢？」

「臣婦在為國公抄往生經，恐怕要費些時日，至於以後，臣婦已想好了，除勤儉持家外，還要廣做善事，為國公往生積德。」

聽了她的話，辛情低頭不語。

「娘娘，臣婦可有冒犯之處？」如煙晴見她不說忙問道。

辛情搖頭，說道：「如煙晴，獨孤豫已經死了。」然後抬頭直視如煙晴：「死人是沒有知覺的，妳做再多他都不知道，妳的生活真要以一個死人為中心嗎？」

如煙晴也看她，眼中有一閃而過的憂鬱。

「那娘娘抄往生經又是為了什麼呢？」

「我？」辛情嫵媚地笑了，「貴妃娘娘心狠手辣雖出了名，但若親哥哥死了都無動於衷，會被罵沒有人性，再說，沒了權力，總得找點事情打發時間啊！」

如煙晴搖頭，柳眉微蹙，半晌輕聲說道：「娘娘原來一直這樣自欺欺人，欺人易，自欺難，娘娘怕是很累！」

「妳又在欺誰？」辛情馬上眉毛一挑反問道。

如煙晴淡淡笑了，「臣婦沒有欺誰，臣婦對自己所想所為從來沒有絲毫懷疑，也不用對任何人掩飾。」

「妳——」辛情忽然住口，笑了，「差點又犯了戒，罪過罪過。妳這麼個文靜的人也能害我犯戒，看來我還是沒修煉好。」

如煙晴淡淡一笑，欲言又止。

兩人又說了一會兒別的話，如煙晴起身告退，辛情亦不挽留，只讓人好好送了她回去。她走了，辛情將她的話細想了想，發現這姑娘真是不簡單，與人爭論不急不躁，卻總是中人要害，不禁又感慨蘇豫沒有福分。

拓跋元衡自從上次來了之後一直沒在鳳凰殿登臺現身，改傍她人了，鳳凰殿裡開始和外面一樣越來越冷清，辛情也「兩耳不聞殿外事」，每日除了抄經，就是抱著朵兒說話，殿裡的下人們想聽她與他們說句話難如上青天。辛情看他們的眼光似乎他們是透明的。

赫連夫人和正德夫人已回宮了，恢復了妃位，這還是邯鄲特意跑來告訴她的。辛情只是微微一笑就把她打發走了。

十月二十是皇后的千秋，按陽曆算已是十一月了。辛情天天盼著下大雪，可惜都沒有如願。到了十月十八的時候，邯鄲又來了，繪聲繪色眉飛色舞地給她講述鳳凰殿外歌舞昇平的世界，辛情只是笑著聽，不插話也不評論，直到邯鄲說得有些口乾舌燥了，辛情才總結性地發言說了句：「大好的熱鬧不去看，有權的人不去巴結，跑這裡來踩我，妳是自己閒得慌，還是受了什麼暗示，要咬人證明妳厲害？」

邯鄲的笑容當時就凝滯了，憤憤不平地起身欲走，辛情不緊不慢地說了句：「十月二十，妳要來這裡陪我一起過去才合禮法。」

「是，母妃，玥兒記住了。」邯鄲青紫著臉地走了。

辛情撫摸著懷裡的朵兒，笑著說道：「日子無聊了是不是？小東西，你再忍忍吧，等我走了你就自由了。」

接下來的十九平靜無事。

十月二十一早，辛情任宮女們擺佈著剛換好了禮服，邯鄲就來了，兩人一起去顯陽殿請安——顯陽殿已恢復了往日的門庭若市，她的到來讓皇后本就容光煥發的臉更加神采奕奕，眼睛都笑成了彎月。辛情暗笑，沒想到自己還有這個讓人有類似「迴光返照」症狀的本事。

雲昭儀一如既往優雅淡定地來請安了，只是周圍蜂擁圍著許多人，讓人接近不了。辛情想笑，原來所謂的「不食人間煙火，不沾染人世濁氣」是因為被隔離了，想想，自己真是很有才華的人。

顯陽殿拜完了，皇后帶著女人們去慈壽殿，滿眼所見的女人們都是興高采烈，眉飛色舞。

到了中午時分，陰了一早上的天開始飄起雪花，而且有越下越大的趨勢，賀壽的人說這是祥瑞的兆頭。既是祥瑞自然要好好欣賞一番才是，拓跋元衡似乎也很有興致，帶著人浩浩蕩蕩到了霄遊苑。坐在亭內看雪飄落，辛情很想脫離大隊伍偷偷找個地方走走。想了想，抬起袖子掩著嘴角打了個噴嚏——居然沒人理她，莞爾一笑，既然沒人理就厚臉皮一把吧，輕輕起身向拓跋元衡福了福，說道：「皇上，臣妾去加件衣服就來。」

「讓奴才們去拿，好不容易下了場雪，好好看看。」

辛情坐下，感覺到周圍看熱鬧的視線，在心裡把拓跋元衡當拖把狠狠踩了又踩，登時沒了看雪的興致。

忽然有人提議去御花園走走，去看看銀裝素裹的景致，辛情看去，居然是錢世婦。也許大家都坐得有點腿麻，所以贊成者眾多。基於少數服從多數的原則，大老闆一聲令下奔赴御花園。到了這廣闊的天地中，大家有志一同地緊密團結在以拓跋元衡為中心的領導周圍，辛情也便不好搞什麼分裂，只好放慢了腳步跟著。

「這裡的雪比江南美麗得多。」身邊有人說話，辛情側頭看，錢世婦一臉微笑。

「各有各的好，沒法比。」辛情說道。

「各有各的好？沒錯，不過，有人愛南國雪的纏綿，有人鍾愛北國雪的瀟灑。」錢世婦說道。辛情覺得她的比喻很有才。

「妳慫恿我？」辛情笑著問道。

「娘娘不覺得北國的雪雖然瀟灑，卻過於冷硬了嗎？」錢世婦還是美麗的笑。

「哪裡的雪下多了都能凍死人的。」辛情壓低了聲音，「妳準備下手對付我了？」

「也不能這樣說，只是想讓您明白這裡已經不需要您了，您在這裡可有可無了。」

辛情沒言語，繼續往前走，過了一會兒小聲說道：「我等著。」

事情的發生實在出乎辛情的意料之外，沒想到錢世婦是個如此果斷的行動派。

正走著的辛情毫無徵兆地跌倒，然後發生了骨牌效應——她撞倒了昭儀身後跟著的宮女，宮女不幸地撞到了昭儀，昭儀的弱不禁風在宮裡是出了名的，由於事發突然，正側頭和皇后說話的拓跋元衡來不及施救，於是乎，昭儀在眾目睽睽之下被撞倒在地，臉上很快露出了痛苦的表情。

情緒是會傳染的果然一點不假，辛情立刻發現周圍所有人的眼睛都瞪大了，像是難產的產婦。只有回過神來的拓跋元衡，眼睛眯成了一條縫。

「傳太醫。」抱起捂著肚子痛到「咬牙切齒」的昭儀大步往前走，還不忘留下一句：「將貴妃關起來。」這一句話讓許多人的難產表情變成了喜得貴子的眉開眼笑。

辛情自己起身輕鬆地拍拍身上的雪，看向皇后，「不是要關起來？關在哪裡？」

「皇上一時氣話，怎麼捨得真就關了妳？貴妃還是先回鳳凰殿好了。」皇后揮揮手，辛情被簇擁著回了鳳凰殿。

鳳凰殿裡一片死寂，辛情靜坐等候，拓跋元衡應該會來找她算帳的。

開著殿門，看了一夜紛飛的雪花，她一動未動。

天剛剛亮，太華殿樂喜帶著幾個小太監來了，一臉惶恐，不敢看辛情，只帶來了一道口諭：貴妃妒，謀害皇子，去貴妃號，降為御女。然後惴惴不安地走了。辛情長出一口氣，起身睡覺去。

一覺醒來叫人，卻只有馮保和宮女茉茉在旁。馮保一臉擔憂，茉茉眼睛紅腫。馮保說皇后的懿旨，按制身邊只留兩人服侍，餘者調於別宮安置。

「哦。」辛情聽完了只發了這麼個音。馮保和茉茉兩人呆了呆。辛情一派神態自若，整理衣服、頭髮，四處查看了一圈，人調走了，鳳凰殿的東西都還在。打開鳳凰殿的門，殿外白茫茫一片，近處遠處的宮殿都戴了頂白白的帽子，可惜巨大的院牆擋著，看不到院牆外來來往往的鮮豔顏色的人，風景有些單調，乾淨倒是真的。

忽然間覺得呼吸順暢，心情輕鬆，連身上的肉都不繃得那麼緊了，然後說了一句讓馮保和茉茉化成石像的話：「這麼好的雪留著浪費，堆雪人去吧！」馮保和茉茉對視一眼又各自調開視線。

「公公，娘娘是不是太難過了？」茉茉小聲問道。受刺激過頭了嗎？不過，自從從鄢陵回來，貴妃娘娘已經有些不正常了，近些日子更是嚴重。

馮保看著已跑進雪地裡的辛情，緩緩但是堅定地搖了搖頭。

堆雪人工程一直持續到第二天傍晚時分。看著一個個矮墩墩憨厚的雪人，辛情笑了，心情大好。

鳳凰殿本來有點冷，辛情卻熱氣騰騰，高興地吃著檔次忽然降到四菜一湯的「晚膳」，馮保和茉茉在一邊侍立都暗自納罕——辛情的食量。以前那滿桌子的魚翅鮑魚她吃幾口就完，現在這樣的飯菜她倒是吃得多。酒足飯飽了，辛情坐下來接著抄經。

邯鄲又來了，進了鳳凰殿先是疑惑地說了句：「怎麼這麼冷？這麼冷的天妳還抄經？墨水都凍上了吧？」

「就因為冷才抄，運動運動就不會那麼冷了。」辛情沒抬頭搭理她。

「看來妳很認命，妳怎麼不爭了、不鬥了？心甘情願坐這裡抄這勞什子。」邯鄲微笑著在她面前坐下，緊了緊大斗篷。

「我倒是不想坐這裡，可是沒有別的地方去啊。」辛情笑著說道。

「我不是這個意思。」邯鄲說道：「我的意思是妳輸了，妳終於被父皇嫌棄了，要在這裡終老了。」

辛情搖搖頭，「不會的。」

邯鄲用鼻子哼了一聲，看她抄經，沒一會兒便打了個噴嚏，拿出小手帕擦了擦鼻子，邯鄲起身，「這地方這麼冷，怎麼睡得著啊？妳夜裡多蓋條被子不要著涼了，失寵的妃子太醫可是不會給好好瞧病的，萬一誤用了什麼虎狼之藥可就危險了。」

「雖說妳叫我母妃的時日短，看來還是個孝順孩子。我雖然無兒無女，不過，如果我死了，妳有難過一點點我就滿足了。」

「就算妳曾經不是我的母妃，好歹也是父皇的妃子，面上我總要難過一下的。」邯鄲笑著說道。

「面上做了就夠了，真難過會被笑的。」辛情也笑。

「我知道。」邯鄲說完走了。辛情搖搖頭，這孩子還真是小孩子脾氣。回過神見馮保和茉茉在搬暖爐過來，在她身邊圍了好幾個。

「我不冷。」辛情看看馮保，「馮保，你坐下，我有事問你。」

馮保跪下了，「娘娘，老奴知道您要問什麼，但是老奴不能說，即使娘娘要老奴死，老奴也不會說的。」

「我知道你不會說，我現在也沒什麼能威脅到你的了。我想問的不是你新主子是誰，我只是想知道，那扇子和玉佩上的字是什麼意思，這個總可以說吧。」

馮保抬頭看了她一眼，似乎很費解，不過還是恭謹地說道：「娘娘，偃帝即位前封號為平王，靳王唐漠風字敬之。」

「那同心結是怎麼回事？」

「這……老奴……」馮保猶豫。

「要我自己編？編排誰都行？」辛情笑問，「好了，沒問題了，你們兩個就在這兒坐著吧，就這裡還暖和點。」

「謝娘娘，奴才等不怕。」馮保說道。

「不是心疼你們，怕你們病了沒人伺候我。」辛情說完，仍舊低著頭抄經，馮保和茉茉便在一邊站著。

辛情納悶為啥女人們沒來羞辱她，她被廢已經過了五天，除了邯鄲居然沒有人來羞辱她，不過，這天她終於知道原因了。她們不來，是因為她們覺得看一個死人的笑話浪費時間。

被廢的第六天近午時，虎著臉的太監們來「提審」，當時辛情抄累了經趴在案上正睡著，被馮保輕聲叫醒的時候還是滿臉的迷茫。看到黑著臉的太監，她笑了，該來的終於來了，坐正身子，隨手弄了弄頭髮，起身隨他們去了。

審訊的地點卻是在瑤池殿，這多少讓辛情有點意外，她以為謀害皇子這樣的罪應該在太華殿審訊呢。

瑤池殿早已跪了一個人，上面還是坐了三個人，那個雄性臉青得像埋了幾千年才被挖出來的青銅器——青得有點綠了。地上跪的那一個後背上的衣服裂開了——鞭子抽的，裂口周圍是暗紅色的血。頭髮散亂著低垂著頭，像是用盡了全身的力氣在硬撐著，從背影看實在看不出來是誰。

「跪下！」青銅器說話了，露出的牙白森森的，隨時都會撲上來咬人的肉一樣。

辛情便到了那人旁邊輕巧跪下，那人勉力側頭看她，灰白的臉色，嘴角和鼻孔下有血跡，辛情瞪大了眼睛，是畫師史洓。心下明白，難怪在瑤池殿來審，原來是畫像的事被拆穿了，看著不成人形的年輕畫師的樣子，恐怕是被太后老太婆下令折磨半死的。心裡嘆息，這老太婆和弘德夫人真是不共戴天啊，難怪是禁忌。

正想著，有太監捧著一堆小畫卷來到她面前堆在地上，辛情拿起一卷打開，是蘇朵的畫像，比石窟和瑤池殿這幅屏風上的更栩栩如生，不禁莞爾一笑。一一打開了餘下的，或嬌嗔或憂鬱或微笑或凝思的蘇朵一一展現在眼前，能畫出這樣的蘇朵定是有心人了。

「史洓，這是你畫的？」辛情問道。

「罪臣冒犯娘娘。」史沭對著她說道，氣若游絲。

「畫完了怎麼不送給我，讓我也高興高興。」辛情平靜地說道，忽然明白青銅器發絲的原因了。

「賤人！這些畫像妳怎麼解釋？」老太婆惡狠狠地問道。

「解釋？我不懂畫畫，沒法給您解釋。」辛情合上畫卷，看著上面的三個人。

「不說也沒關係，前些日子那扇子、玉佩因為沒有人證，所以被妳遮掩過去，但是如今人證物證俱在，這罪臣已招認了，妳還怎麼抵賴？」太后胸有成竹。

「史沭，從實招來！」青銅器說道。

史沭緩緩伏地叩頭，說道：「罪臣私下繪製娘娘鳳顏，自知死罪，只是沒想到會連累娘娘。罪臣即使遭受千刀萬剮也毫無怨言，但是，罪臣死前定要為娘娘洗清不白之冤，還娘娘清白。」上氣不接下氣，史沭頓了頓。

「宮中娘娘有數位，妳也為多位娘娘繪製過畫像，怎麼妳單單私藏獨孤氏的畫像？」皇后問道，正中要害。

史沭側頭看辛情，滿眼的歉意，然後才繼續說道：「私藏畫像是因為罪臣對娘娘仰慕至深，情難自禁。自古以來，愛美之心人皆有之，自從有幸得見娘娘鳳顏，罪臣雖未刻意去記，娘娘容貌卻揮之不去，如在眼前。罪臣對娘娘只是欣賞，絕無半點褻瀆之意，還請皇上明察。」

可能是話說多了，史沭強烈地咳了起來，嘴角邊又有殷紅的血流了下來，辛情眼前似乎看見了蘇豫流著血的嘴角，受了催眠一樣，辛情抬起袖子輕輕為他擦拭嘴角，說道：「又弄髒了。」

在場的人，奴才們的頭低得不能再低，拓跋元衡的臉綠得像菠菜，太后和皇后的臉燦爛如朝霞，史沭的臉定格成石像。

史沭一把推開辛情，喘著粗氣說道：「娘娘何苦自辱……」

辛情這才回過神來，看看史沭，又看看自己袖子，明白自己剛才做了什麼，一時也有點愣然。

「皇上可看清楚了？這樣水性楊花的賤人怎麼配留在後宮？」太后的聲音帶著笑意，嘲笑的笑意。

「水性楊花？」這個詞刺激了辛情的神經，她目光凌厲地看向太后，「當年妳用這個莫須有的罪名陷害弘德夫人，怎麼，如今輪到我了？」

太后的臉刷的白了，指著辛情讓人拖她出去。

「獨孤氏，妳休要胡言亂語污蔑太后。」辛情似乎聽到了拓跋元衡的磨牙聲，恐怕他也沒想到辛情會說出這句話。

「是，我一時心直口快，冒犯了太后，還請太后恕罪。」

「掌嘴！」拓跋元衡的牙縫裡蹦出這兩個字。

辛情不笑了，眯著眼睛，冷冰冰地看拓跋元衡。

二十個巴掌，辛情就那樣盯著拓跋元衡看，他的視線也不挪開，與她對視。

打完了，辛情感覺到嘴裡的腥甜，抬袖擦了擦嘴角，堆出滿臉的笑，轉頭看史沭，輕聲問道：「我還好看嗎？」

史沭點頭。

「那就好，否則以後就沒有水性楊花的本錢了，奚祁也不會對我心心念念，唐漠風也不會舊情難忘，就連元緒——恐怕也不會再費勁心思藏了同心結在花盆裡送我了。」辛情笑著看向太后，「妳不是想知道那扇子、玉佩和同心結的來歷嗎？我告訴妳，扇子是奚祁做王爺的時候送的，玉佩是萬壽節時唐漠風託人轉交的。那天的牡丹玉佩，是元緒讓赫連若水轉送的，只是我一時沒收好，居然掉了出來。」

「滿口胡言！妳這個賤人，簡直是滿口胡言！」太后氣得發抖。

「這些事情本就是遮遮掩掩見不得天日的，您都有本事查到這些隱祕的東西，您就再費力去證明一下這些東西不是拓跋元緒的好了。」辛情笑。

「獨孤氏善妒成性，意圖謀害皇子在先，污蔑親王在後，著——即日廢為庶人，囚於鳳凰殿，非旨不得出鳳凰殿一步。」拓跋元衡一字一句地念出判決。

「皇上還是捨不得我死嗎？」辛情媚笑著看拓跋元衡。

「帶她出去。」拓跋元衡說道，馬上就有太監架著她往出走，被辛情甩開，看看癱在一旁的史沭，辛情笑著來到他身邊，彎下身和他對視，想了想，從頭上拔下幾根頭髮放到他手上，「全身上下只有身體髮膚是我自己的，你這呆子白白為了我送死，我雖心狠手辣，卻也於心不忍，這頭髮就當是我對你的承諾，好好記住我的臉，下輩子如果還能相遇，我做你的情人，還你這一世的情。」然後起身昂首挺胸走出瑤池殿。

殿內，史沭握著那幾根頭髮微笑，細心地收入懷中，然後對著拓跋元衡鄭重地磕頭，「得她如此承諾，史沭今日雖死亦無憾。」拓跋元衡手中忽然精光一閃，一把匕首沒入了史沭的胸口，他笑著看拓跋元衡，氣若游絲，卻堅持說道：「放了她……」

看著史沭的屍身，拓跋元衡牙縫裡擠出兩個字：「滅族。」

跨進鳳凰殿範圍，院門在她身後緩緩關閉，發出了沉重的「吱嘎」聲音。平靜地走回殿裡，辛情只看到茉茉和她腳邊的朵兒。茉茉說馮保已被皇后調去顯陽殿當差了。辛情有些納悶，馮保是皇后的心腹？沒有道理，可是又懶得去猜。誰是誰跟她都沒有關係了，她要做的事情已經做完了。死或者是孤獨對她來說都無所謂，去奚祁身邊也無所謂。

進了鳳凰殿，雖然陰冷的殿裡會讓人精神一震，可是辛情卻忽然困倦得很，爬到床上，讓茉茉拿了好幾床被子蓋了昏昏睡去。臉上火辣辣的疼疼醒了辛情，裹了被子讓茉茉拿了雪團來敷臉。忽然之間打了個寒顫，側頭看了看，竟然是拓跋元衡——特意來追加審判的？

「還有什麼想問的？」辛情平淡地說道。

「妳在找死。」拓跋元衡恨恨地說道。

辛情笑了笑，「我不找死，你難道不想我死？我一向會猜你的心思，這一次應該也沒錯，我一向又會做順水人情討你歡心，這一次也一樣。」

「妳就這麼想去奚祁身邊？」拓跋元衡狠狠攥住她的手，逼著她和他對視。

「想去哪裡？誰給過我選擇的權利了？」辛情笑著說道：「一個玩物的天命就是等待和順從，我這個玩物你們可以爭搶可以收藏可以寵愛可以毀棄可以殺死，唯獨不可以離開。你問我想去哪裡，應該是我問你，你接下來要讓我去哪裡？還是就這樣關著一輩子？去哪裡都沒有關係，我只是一個玩物，等待就可以了。」

「朕的東西從來不讓人。」拓跋元衡的口氣冷冷的。

「我猜也是。」辛情笑著環顧殿內，「這裡也挺好的，真讓我出去我都不知道去哪裡。我的親人都死光了，剩下魚兒生死未卜，我沒地方去，我也不知道怎麼生活，出去了也許只會淪落煙花或者街頭行乞。雖然這裡會有人來羞辱我來踐踏我，但是無所謂，這些事情我從小就習慣了，只要有吃有喝，什麼都無所謂，何況這裡還是讓人豔羨的金碧輝煌的宮殿。再者，這是我該得的報應，老天有眼，作惡的早晚有報，不是不報時候未到。我的時候到了。」

「妳為什麼要這麼做？為什麼不聽朕的話要惹是生非？」

辛情忍不住笑了，因為嘴咧得大扯得臉皮都疼了。

「聽你的話？我以前確實不聽你的話，我時刻防備你，算計從你身上得到好處，算計得要累死了，睡覺都睡不安穩，想著今天該說什麼夢話給你聽，呵呵，只有這次——只有這次我試著聽你的話，試著相信你，我只是想歇一會兒，一會兒就好，可是事實證明我太蠢了，我怎麼會信一個皇帝的話，尤其是你的話，你所謂的金口玉言、金科玉律，對我有幾件是真的？所以我想明白了，現在這個樣子是我自作自受，我活該。只是，你為什麼不殺我？是看在蘇豫的面子上嗎？如果是這樣，大可不必了，蘇豫之所以出現在這裡是為了要帶我走，他所謂的為國捐軀也不過是因為背叛了奚祁被斬草除根了。只要你說明這一點，就可以正大光明殺我了。如果，你是因為對我這個玩物還有絲毫留戀的話，也不必了，我告訴你，我在這裡還撐著活到現在，唯一的目的就是要報復你，這樣的人應該千刀萬剮的，千萬別手下留情。」

「妳並沒有報復到朕。」拓跋元衡冷冷地說道。

「是啊，沒有。回頭想想真可悲，我所做的一切就像是跳梁小丑，自以為多高明，卻讓你在旁邊看戲看得開心。我多想讓你母子相忌、兄弟相殘、骨肉分離，讓你嘗嘗那種錐心之痛，可是好像沒什麼成效，因為……你根本就是鐵石心腸，你根本就不會難過。」辛情笑著說道。

「朕並未虧待妳，妳從來都不領情？」拓跋元衡的聲音低沉。

「呵呵呵……虧待？你以為我稀罕這些死的東西嗎？如果稀罕，我根本就不會想方設法從靳王府逃出來。不過，如果知道會有這樣的遭遇，會碰到你這個魔鬼，我死也不會離開那裡的。可惜啊，人算永遠不如天算，我辛情總是被老天耍著玩。」辛情環顧四周，嘆口氣，「我為什麼要領你的情？我這樣人不人鬼不鬼都是你造成的，本來我以為我逃出升天了，我以為我也會有人關心，有一個溫暖的家，有親人，你為什麼要出現？為什麼要毀了我好不容易才得到的？殺了人又給她錦衣玉食金銀珠寶，你覺得有用嗎？死人是沒有感覺的。不過，你永遠都不會懂，因為你自大、狂妄，你以為你的權勢和金錢可以換到一切，你看到我辛情向你要地位爭權勢要賞賜，沒錯，為了權勢和金錢，甚至只要為了活下去，我就可以出賣身體，但是我不會出賣靈魂，尤其——不會出賣靈魂給你這種人。」

辛情聽見了拓跋元衡骨頭喀喀作響的聲音，看了他的手一眼，握得死緊。

「又想打我？別客氣，今天不是剛賞了二十個耳光？趁著疼得麻了再打啊，反正棄之不用的玩物用來撒氣也算廢物利用。」辛情笑著說道，幻想著拓跋元衡氣到爆炸。他沒有爆炸，他伸出手捏住辛情的雙肩，疼得辛情皺了眉。

「是妳逼朕打妳，妳是不是瘋了？提到前朝舊事，妳要翻案嗎？」拓跋元衡的嘴角抽搐。

「是你逼我的。」辛情笑著看拓跋元衡，「其實在你心裡，沒有一天不懷疑我的貞潔是不是？對了，你猜那同心結到底是不是拓跋元緒送的？你猜我和拓跋元緒到底有沒有姦情？我偷偷告訴你，有的，很多次我們在請安的路上相逢都會眉目傳情，在你壽辰的時候我去偏殿換衣服，那紫色牡丹還是他親自幫我簪上的。他說全天下，也只有我配戴這紫色牡丹，多甜的嘴，讓人想不疼他都難。」

「妳真的想死？」拓跋元衡捏著她肩膀的手又用力。

「我不想死，可是你想我死。記得在鄴陵你說的話嗎？你說你想我死。」辛情平靜地陳述。

「朕已說過，那不過是句玩笑話。」拓跋元衡的骨頭還是喀喀作響。

「玩笑話、無心之語往往才是人最真實的想法。拓跋元衡，我問你，你和你心愛的昭儀說過這句玩笑話嗎？」辛情微笑，然後自問自答：「沒有對不對？呵呵，拓跋元衡，你從來都只想我死而已，所以在後宮裡，我永遠被你推到風尖浪頭，看到我狼狽得抵擋著一場場血雨腥風，看著我這樣活著很有樂趣是不是？拓跋元衡，我早已過夠了這種日子，你知道嗎，如果我的死可以報復到你，我現在可以毫不猶豫地殺了我自己。」

拓跋元衡閉上眼睛，半晌長嘆一口氣，睜開雙眼，惡狠狠地盯著辛情。

「朕以為能感動妳，看來妳真的沒有心。妳想讓朕生氣？哼，高看自己了。」拓跋元衡的力氣差點捏碎辛情的骨頭。

「感動？你沒看到我感動嗎？你忘了我對你笑得多燦爛嗎？」辛情奮力抬起手拍拍他的臉，「什麼外皮都被揭穿了就不要演了，你對我好，我對你笑，不過是因為我們要各取所需。你要我上床服侍你、取悅你，而我要的是權力，可以一步步報復你的權力。不要作出自己吃虧的樣子，這一切我是用身體換來的，是你給我的酬勞。扯平了，誰也不欠誰的。從現在開始，我們的雇傭關係結束了，總算你大方，還給我一個苟延殘喘的地方，賞我飯吃，如果你有需要，我會拿身體付帳的。」

「朕——看錯妳了！」拓跋元衡鬆了手，半天才說了這麼一句。

辛情笑著揉自己的肩膀也不說話，看著拓跋元衡大踏步走了出去和隨即關上的門，以及隨後進來的哆哆嗦嗦的茉茉。

「別抖了，再拿點雪來給我吧，臉燙得慌。」辛情笑著說道。

幾近零度的氣溫讓辛情這朵久在溫室的花終於病了，連續好幾天都昏昏欲睡，只不過睡著的時候不再說夢話了，安安靜靜地死了一樣的睡著。嚇得茉茉手腳冰涼，去拍鳳凰殿的院門卻沒有人應聲，大喊大叫也沒人搭理，茉茉急得如同熱鍋上的螞蟻，最後沒有辦法，只有拿了冰塊用帕子包了，放在辛情額頭，希望她能醒過來。

辛情醒過來的時候已是深夜了，茉茉在床邊站著直點頭。辛情好不容易掙扎著坐起來，吵醒了茉茉，茉茉忙拿了軟枕給她靠了，到了此時臉色才輕鬆了些。高興之餘急急地跑去端了一直熱在茶湯子裡的粥來，一口一口地餵辛情吃。

「嚇著妳了吧？」辛情問道。

茉茉點點頭，紅著眼眶，帶著哭腔說道：「還好娘娘沒事，醒了就好了。奴婢想去讓他們請太醫來給娘娘看病，可是都沒有人應聲。娘娘，您快好了吧，您好了等皇上再來，您跟皇上賠個不是。皇上一直最寵愛娘娘，這次也一定會原諒娘娘的。」

「跟著我讓妳受苦了。茉茉，如果有機會，妳去別的宮裡當差吧，免得將來連累了妳。」

茉茉撲通跪下了，「娘娘，奴婢不是這個意思，奴婢不是怕吃苦。奴婢只是覺得娘娘這樣的日子太苦了，娘娘，您為什麼不跟皇上說您是被陷害的？皇上一定信的。」

辛情笑了，挪到床邊，伏身拉了茉茉起來在床邊坐下，「有些話說與不說都是一個樣子，他心裡給妳定了罪，再怎麼辯駁都沒有用。」

「皇上會信的，娘娘，皇上會信的。」

「信不信也沒差別，都是生不如死的日子，沒意思。這樣，反倒清淨省心。」辛情嘴角噙著一絲笑。

茉茉不解地看著她平靜的臉。

這天深夜時分，辛情睡不著，問茉茉：「茉茉，今兒是初幾了？」

「回娘娘，今兒初六了。」

「初六了？還有五天我就過生日了。這麼多年還沒人送過我禮物，茉茉，我生日那天妳送我一件禮物好不好？」辛情笑著問道。

「娘娘的壽辰不是六月初六嗎？」茉茉納悶地問道，六月的時候可是規模盛大地慶祝了的。

「那是獨孤貴妃的生日，不是我的生日。」

「奴婢一定送娘娘禮物的，不過，奴婢沒什麼值錢的東西，還請娘娘見諒。」茉茉笑著說道。

「好，謝謝妳。」辛情也笑。她的生日一定是最讓人難忘的。

茉茉發現辛情自初六之後每天都微笑著，很高興的樣子，還拉著茉茉一起收拾鳳凰殿。她的那些衣服就收拾了兩天，裁霞院送來的那近九十套衣服，辛情讓茉茉好好收了放到偏殿去，又從自己沒穿過的衣服裡挑了九套放在一起，自言自語說是給邯鄲的嫁妝，長長久久的才好。

到了初九，終於都收拾完了。那天忽然降了溫，鳳凰殿裡更是格外的冷，辛情想了想，讓茉茉和她一起睡。茉茉緊張的什麼似的，辛情歪頭看看她然後笑了。

「妳老家是哪裡？幾歲進宮的？」辛情開始和她聊家常。茉茉答了，慢慢地就不那麼緊張了，辛情像是自言自語一樣開始講自己：「我沒妳那麼命好，我生下來就被父母拋棄了，後來被收養，那個地方的孩子都是沒有父親和母親的。那兒條件很差，吃得不好，而且常常吃不飽，於是大孩子就仗著力氣大，經常搶小孩子的東西吃，如果不想挨餓就只能讓自己變得厲害，讓別人不敢來搶你的東西。我到了五歲的時候就開始和小朋友打架了，只為了吃飽。大孩子們便經常在大人們面前告黑狀，我就常常被懲罰，我記得有一次下著大雨，電閃雷鳴，我又被趕出去了，渾身上下都濕透了，我便跑到一棵樹下避雨，誰知道——茉茉，妳相信報應嗎？」

茉茉點頭，辛情苦笑：「在那之前我不知道什麼是報應，可是那之後我不信報應。我只是想吃飽飯，只是她們搶我的東西，可是被罰的是我，被雷劈到的也是我，我當時嚇傻了，以為自己要死了，後來她們讓我回屋子裡，我整整一個月沒有說一句話，沒有睡好一次覺，一閉上眼睛就會覺得雷聲在腦中轟隆隆地響。我害怕，可是沒人安慰我，我只好自己抱住自己，縮在床角等著天亮。後來，長大了，再想起那件事來，覺得自己像是死過了一回。我告訴自己我什麼都不怕，我要變得很強大才能保護自己。我拚命的學習，有時候困了就拿針扎自己的手心。終於離開那個地方了，我去了更好的地方，有了自己的房子有了錢，可以買自己喜歡的東西，吃很貴的飯菜。可是我沒有朋友，生病的時候、難過的時候只能靠自己。」

「沒想到娘娘有這麼苦的日子。」

「再長大才知道最苦的不是吃不飽穿不暖，而是沒有人心疼，沒有人想念，沒有人珍惜，無論是生是死對別人來說都無所謂，妳只有妳自己。」辛情嘆口氣，「全世界的人都幸福著，只有一個人被屏棄在外，只能看著嫉妒。」

「可是，娘娘不是還是國公，還有您義父和義妹嗎？」

「曾經有，現在都不在了，國公和老爹已經死了，剩下魚兒還不知道是死是活。不過也好，不知道就還有希望，我就當她活著好了。」辛情陷入了回憶中，「以前老爹和魚兒還在的時候，我們開了一家小小的麵店，雖然不賺錢，可是每天都過得很開心，每天一起吃飯一起打掃一起關店門。梨花開了，我們就關店去山上看花兒，天氣熱了我們就去野外，看人家放風箏，在水邊釣魚。有時候我還和魚兒一起上街買胭脂、買布料，老爹心疼我們，到了冬天就不讓我們出去，他自己每天跑出去買菜買米買麵，我和魚兒看店。我說要養一條魚，老爹就買了一條給我。那魚很懶，吃飽了就一動也不動地裝死，我叫牠小魚兒，魚兒還抗議過，呵呵。那時候夜長了，我和魚兒就烤馬鈴薯和地瓜吃，有一次烤了胡蘿蔔，還滿好吃的。」

「娘娘……」茉茉不知道說什麼，辛情的臉上是滿滿的憧憬。

「我們還收留過一個女孩子，一個很笨的女孩子，每天都要打碎幾個碗，還會和我鬥嘴，不過，那女孩子心眼兒也不壞。」辛情說完，看看茉茉，「我一直盼著能回去，可惜……算了，嘮叨這麼多，茉茉，妳想回家嗎？」

「以前想過，後來不想了。」

「不敢想了？」

茉茉搖搖頭之後縮了縮肩膀，半天才下定了決心一樣說道：「本來，奴婢是有一次機會可以出宮回家的，奴婢盼著哥哥來接我，可是他來了卻說，爹娘都死了，嫂嫂又生了好幾個孩子，他沒有錢養我。我說我可以做針線，可以自己養自己，哥哥說，從宮裡出來的人有幾個是乾淨的，讓奴婢不要回家給他們丟臉了。奴婢哭了一個晚上，再也不敢想回家了。」說著話，帶了哭腔。

辛情皺皺眉，沒說話。茉茉也不說話，兩人都看著床頂的金雕牡丹。

初十晚上，漫天飄起了雪花，辛情和茉茉抱著手爐開著殿門看雪。到了十一一早起來，雪還沒有停的趨勢。看了一天的雪，晚上，辛情和茉茉抱了幾罈酒來，說是要給自己慶生。沒幾杯酒下肚，茉茉便雙眼迷離了。辛情笑她酒量太差，扶了她去床上睡了。自己也不喝了，起身到櫃邊去找東西。

茉茉醒了的時候見辛情一身大紅的嫁衣，臉上是精緻的妝容，極其嫵媚地笑著看她，懷裡抱著朵兒。殿內到處是酒味。頭疼欲裂，茉茉想動，才發現自己被反捆著雙手雙腳。

「娘娘……您要幹什麼？」茉茉驚問。

「我要走了。」辛情笑著過來摸摸她的臉，「讓妳受委屈了，不過，即使捆妳起來我也不能保妳一定不死，所以，妳記住一句話，親自對拓跋元衡說，如果他對我還有一點點留戀，也許不會殺妳。茉茉，對不起，在這宮裡，妳算是對我最好的，請原諒我的恩將仇報，對不起。」然後拿了一塊乾淨的手帕塞住了她的嘴，費力地拖著她出了鳳凰殿，放到正殿高臺下。

茉茉使勁搖頭，嘴裡發出「嗚嗚」的聲音。

「我讓妳記住的話是——『也許，我只有皇上了。』記住了？」說完轉身走了，上了幾級臺階回頭看了看她，說道：「還有，我把夜明珠放在妳懷裡了，如果妳能活著，將它放在宮門口，給我指點方向，我怕找不到出宮回家的路。」

辛情緩步邁上臺階進殿去了，鳳凰殿的殿門沒有關上，茉茉還能看見辛情的動作，她拿了火摺子四處走著，經過之處點點火光燃起……波斯貓朵兒跟在她身邊亦步亦趨……茉茉想喊，卻只能發出「嗚嗚」的聲音。

試著挪了挪，茉茉驚恐地睜大了眼睛，殿前前些天堆的雪人身上都披著一件大紅的衣裳，寬大的衣襬隨風飄著，在白白的雪地裡看起來極其詭異。茉茉嚥了嚥口水，掙扎著。她拖著身子一點一點往臺階上爬，因為雪還在下著，漢白玉臺階上這些日子的雪也沒有清理，所以非常滑，她累得滿頭大汗才爬上一個臺階，眼看著鳳凰殿裡的火光越來越大。

鳳凰殿的院門被打開的那一瞬間，所有人不約而同震了震，雪花中飄著的紅衣裳看起來像是厲鬼夜行，而冒著煙、火光閃閃的鳳凰殿看起來也是詭異得很。

拓跋元衡步履匆匆向著高臺走去，根本沒看到臺階上那個鬆了口氣的被捆得粽子一樣的宮女。近前了，撲面而來的熱氣令人氣息一窒。拓跋元衡剛抬起了一隻腳，樂喜忙喊道：「皇上不可──」卻見拓跋元衡已步入殿中了。

殿內很安靜，只有火勢悄悄蔓延的聲音，正對著門的地上有一堆灰燼，還有幾張沒有完全燒盡的紙，人卻不知道在哪裡。侍衛們小心圍著拓跋元衡，卻被他一聲怒喝斥退。樂喜不敢再勸，只祈禱這獨孤妃別又是任性火燒鳳凰殿來復寵。

拓跋元衡定睛掃視，無奈眼前顏色鮮豔的衣服、絹紗掛得到處都是，阻擋了視線。揮劍砍斷這些東西之後，卻什麼也沒看見。一名侍衛急匆匆地進來回報，說貴妃娘娘在鳳凰殿屋頂之上。

高臺之下，數百人的眼睛盯著屋頂上的大紅身影，雪還在下，她提著裙角在房脊上小心走著，如同夏日中少女入河捉魚那般小心翼翼，她的前面走著波斯貓朵兒。在夜雪中，這一人一貓看起來像極了剛剛修煉成人形的妖精，一樣的小心翼翼。

拓跋元衡深深吸了口氣，大手一揮，便有許多侍衛動作迅速地靠近鳳凰殿。而那剛剛還在學步的紅衣人忽然回神，看下面一眼，笑了，笑聲飄忽得很。

「妳又在胡鬧，下來！」拓跋元衡說道。

辛情從袖中拿出一把匕首抵住自己的脖子，「退後。」

侍衛們立刻呆立，不敢亂動一步。

辛情又笑了，看著屋頂瓦片上的雪已被殿內的熱氣烘烤化了。她坐下來，朵兒在她身邊蹲了，一貓一人看著下面的人。

「朵兒，這火是地獄裡的火，會把人燒成灰燼的，風一吹，就都灰飛湮滅了，不會在這骯髒的塵世留下一點痕跡。真好，我要解脫了，我要乘風歸去了……呵呵……」辛情笑著說道。

「放下刀，朕——既往不咎。」拓跋元衡恨恨地瞪著辛情，拳頭緊握。辛情這才忽然夢醒發現他一樣。

「拓跋元衡，我說過，除非我死了不能動了才不會離開你，可是這幾天讓我想到了這個法子，即使死了也可以離開你，你總不會滿天下追趕我的骨灰吧？哈哈……這個鬼地方我終於可以離開了，自由自在……」話音未落，頸上的匕首忽然改了方向直衝心口去了……

侍衛躍起的瞬間，底下的眾人看見了波斯貓朵兒更早一步的躍起撲向辛情握著匕首的手，可是，他們也清楚地看到，那匕首還是刺入了胸口。

大紅的身影歪倒滾落，裹著滿身的雪從天而降……

太華殿上，一群太醫腦門上冒著冷汗，跪在拓跋元衡面前。

「怎麼樣？」拓跋元衡坐在龍床邊，龍袍上一片血紅，右手握著帳內那還有些冰冷的手。

「回皇上，娘娘福大命大，由於貓兒的力量，使得匕首歪了位置，沒有刺中要害，不過，雖說性命無礙……」說話的是盧太醫，頓了頓又說道：「但是、但是、但是娘娘已有了三個月的身孕，恐怕龍種……」龍種難保這四個字他怎麼敢說。

此話一出，殿裡的人集體僵化。

「身孕？」拓跋元衡斂聲屏氣，回頭看了看帳中臉色白得像鬼一樣的女人。

「是，而且……娘娘腹中是雙生子。」盧太醫答道。

「你們——全部留在宮內直到貴妃和皇子完全康復，若有差池，朕砍了你們的腦袋，拆了你們的府第，聽清楚了？」拓跋元衡冷聲。

眾太醫馬上磕頭稱是。拓跋元衡揮了揮手，樂喜會意，做了手勢帶著所有人出去了。

拓跋元衡坐著沒動，握著辛情的手，她的胸口雖已包紮過了，仍舊透著殷紅。

「灰飛煙滅，如此決絕。想不到，妳竟如此痛恨朕，恨到不惜殺了自己報復朕。辛情，妳以為妳死了朕會難過？」拓跋元衡握著她的手，不自覺地用了力，辛情一點反應也沒有，「朕不會難過，知道嗎？朕不會難過。不過是女人，朕要多少都找得到，何苦非留妳這個又臭又硬的女人在身邊惹自己不快。既然這麼想走，好，妳不是喜歡賭嗎？打個賭，妳活著朕便放妳走。」

臉色慘白的辛情仍舊是死屍一般不動，只有微微起伏的胸口還能證明她是活人。

拓跋元衡沉默坐著，樂喜小心翼翼進來了，蚊子似的開口說道：「皇上，娘娘燒的東西似乎是經書，這是老奴找到的幾片殘留。」

拓跋元衡接過去了，是幾片快被燃燒殆盡的紙，一片只剩下了下面橫排的兩字「情、生」，另外幾片都是支離破碎的佛語。拓跋元衡將那紙片揉成了團，又回頭看辛情。

「原來這往生經妳是為自己抄的，鄢陵之行妳已決定要死了？妳這個傻女人，怎麼偏偏是朕的剋星……」拓跋元衡使勁握了握她的手。

樂喜偷偷退了出去。

辛情是大半夜醒來的，渾身疼得不得了，睜著眼睛看看四周，半天才意識清醒。動了動，胸口撕裂般疼痛。掙扎著坐起來，探頭看了看殿內，一個人也沒有。苦笑了下，居然這樣也死不了。

口渴得厲害，辛情強忍著疼下了床，腳一碰到地毯便有些頭暈目眩，她知道這應該是失血過多外加睡了太久的緣故。渾身用不上力氣，等她好不容易挪到桌邊坐下，猛喘幾口氣，胸口更疼，一手撫著胸口，一手輕抖著拿起茶壺，正欲倒水，身後傳來一句：「妳幹什麼？」茶壺應聲落在茶盤裡碎了。

辛情轉頭看來人，「我渴了。」一說話，嘴唇也因為太乾被扯動而有些微的疼。

拓跋元衡看她的臉，面無血色地慘白著，襯著一身白衣益發淒涼，可是她臉上的神情帶著些自嘲和倔強。兩人相視無語。

「為什麼要死？」拓跋元衡慢慢走近她，看到她臉上的笑容。

「我這個人臉皮薄，與其等著人家弄死我，不如我自己先死了乾淨。」

拓跋元衡到了她面前，「扎下去疼嗎？」

「忘了。」辛情一笑，「就算疼也是一時的，忍不了這一時就要生受一世，算來還是划算。」抬頭看拓跋元衡，「不過，看來，也許我還需要忍受第二次疼痛。」

「如果沒有朵兒，妳就一屍三命了，妳還要再疼一次？」拓跋元衡眯了眼睛，握了拳頭。

辛情忽地站起來，胸口的疼讓她的眉頭皺成一團，忽然而來的眩暈感讓她站立不穩，還是拓跋元衡動作快將她攬進懷裡。

「真的？」辛情的氣息有些不穩。

「妳不知道？」拓跋元衡的口氣不自覺地柔和了些，看著懷裡女人一臉的驚詫。

辛情的眼睛瞪得老大，忽然一把推開拓跋元衡，低了頭輕輕撫摸自己的肚子。

「真好，我有孩子了。」辛情微笑著說道，小心翼翼地坐下摸了肚子半天，那情態像是一個喜悅的母親期待自己快要出生的孩子，「寶寶啊，聽到媽媽說話了嗎？對不起哦，媽媽錯了，媽媽差點害了你們，你們還好嗎？」

拓跋元衡的表情放鬆了些，辛情忽然抬頭看他，蒼白的臉上綻出了妖媚的笑，「一屍三命不知道會不會很好玩……」

「妳還要殺朕的骨肉？」拓跋元衡額上青筋暴起，聲音如冰刀，銳利冰冷。

「這要看你。你放我走，我會好好留著他們。」這個混蛋愛自己的孩子，還好，她終於有了威脅他的本錢——還是兩個。

「跟朕談條件？」拓跋元衡又往前一步。

「不是談，是讓你自己做決定，他們的生死在你手裡。」辛情的手撫著肚子。她真是蠢，如果第一個孩子就想到用這招，她現在也許在外逍遙好幾年了。不過話說回來，當時他手上有威脅她的籌碼，她不敢。

「若朕不放妳，如何？」拓跋元衡握著拳頭，控制自己一拳打飛眼前這個一臉微笑的女人的衝動。

辛情看著自己的手腕，「刀扎進胸口死不了，咬舌自盡啊絕食啊撞牆啊，死的辦法多了。我死了，他們會因為沒有新鮮空氣而被憋死。」抬頭看拓跋元衡一眼，「死的方法很多——如果真要尋死，誰也攔不住。」

「妳捨得他們死？妳曾經很期盼。」

「你說那些小衣服和泥人嗎？」辛情笑了，「演給你看的，我知道身邊有你的眼線，不演得像一點你怎麼會相信呢？我從來沒想過要生你的孩子，不過，我若是不表現得有那個期盼，你怎麼會放任我呢？呵呵，我再想想還演過什麼給你看？哦，送子觀音是我特意找了畫師按護國寺中弘德夫人石窟石像繪製的，所謂求子不過是藉口，動這個地方就是要讓太后生氣的，這樣她以後若害我，你也會相信。翔鸞殿的人偶是我放的，那銀針是我親自一根根扎上去的，然後假裝被鎮魘睡不著。那段日子好辛苦的，每天夜裡要拿針扎自己的手心保持清醒，還要忍著割破了的腳，若無其事地去跳水。為了確保你會生氣，之前我還特意命人在翔鸞殿裡放了些東西，讓她會做噩夢的東西。還有什麼？哦，還有皇后的病，她中毒是我搞的鬼，她吃的東西本不足以中毒，可是在過年之前她其實已經吃了很多了，日積月累，不中毒都難，可我沒想她死，我只是要借她的權力用用而已。琳春樓的火也是我讓人放的，事先塗了白磷，然後讓人拿著熱水靠在附近，很容易著了，趁機撤了太后的人，然後她們鎮魘我就順理成章了，對不對？」

「真以為朕捨不得妳死？」拓跋元衡的胸口起伏。

辛情搖頭，「像我這樣的女人要多少有多少，不過，你應該捨不得這塊肉吧？」然後開心地笑了，「果然，威脅人是很有趣的事，看著人憤怒卻無可奈何的表情真是享受。」她憋了這麼多年，終於也有揚眉吐氣的時候了。這叫什麼？不在沉默中滅亡，就在沉默中變態？

拓跋元衡冷眼看她半晌，然後冷笑著說道：「這麼多年朕都縱容妳，這一次，朕絕不饒妳。不是想死嗎？朕滿足妳。」

辛情愣住了，瞪大了眼睛看拓跋元衡，她的孩子——

「來人。」拓跋元衡的臉上換上了冷冷的笑，拳頭卻還是絲毫沒有放鬆的跡象。

進來的人是盧廷周和樂喜，端著一碗藥汁躬身到了桌邊放下。辛情的眼睛隨著那藥碗移動，一碗黑黑的湯藥，讓她忽然想起了孟婆湯。盯著湯藥看，沒意識到自己的手護在腹前。

手慢慢地伸向藥碗，還沒碰到，拓跋元衡說話了，「如果選擇留下，妳可以不喝。」

辛情的手一頓，毅然端起碗，從容地喝光。接著抬頭微笑，看著拓跋元衡。眼前有些模糊了，右手輕撫著肚子，辛情笑著說道：「寶寶，原諒媽媽的自私……拓跋元衡，我終於可以……可以離開你了……」人慢慢地軟了，趴在桌上，臉上的笑容看起來很幸福。

盧廷周側頭看了看拓跋元衡，又看了看趴在桌上的女人，惶恐地低下了頭。

「醒醒，再睡就真死了！」一個聲音在辛情耳邊說道。辛情的眉頭動了動。沒了聲音。辛情費力地睜開眼睛，有個妖媚的女人正彎著身看她，居然是美女蛇。辛情一下子睜大了眼睛，然後立刻摸向自己的肚子，手一動，胸口跟著絲絲抽痛。

「看什麼？不知道自己是死是活啊？」美女蛇又露出了顛倒眾生的笑。

辛情再一次納悶，為什麼這個人沒被有錢男人當收藏品。

「本來以為自己死了，看到妳，知道自己又會生不如死了。奚祁還真是步步為營啊，我想死都死不了，這世道……」辛情嘆氣說道，她的命，真的註定是與人鬥「其樂無窮」？

「獨孤氏死了，現在正風風光光大辦喪事呢！」美女蛇妖嬈地坐下。

「獨孤氏是死了，接下來辛情要到奚祁身邊承歡獻媚。」辛情笑著看美女蛇，「妳叫什麼？雖然妳在我心裡是一條美女蛇，但我總不能這樣稱呼妳吧？」

「叫我桃花就好了。」

辛情聽了一時愣住，又開心地笑了，「奚祁真是花中色！桃花？那宮裡那個是什麼花？」

「叫什麼都不重要，以後世上沒她這個人了。」桃花笑著，一點都沒有同門之情。

「真沒同門愛，那麼，妳是接手她的任務了？」辛情忍著痛坐起來，手輕輕撫著胸口放慢呼吸，「妳——要麼殺了我，要麼等著送我的屍首去！」

「為了妳肚子裡的兩塊肉？」桃花笑著問道。

「跟妳沒關係。我知道妳做不了主，去跟妳主子說吧。」辛情低頭輕柔地摸肚子。

「主子？以後妳就是我主子了。唉，我這個人就是愛財，抗拒不了黃燦燦的金子和銀閃閃的元寶，何況除了這些，還有鳳凰殿那些稀世珍寶。」桃花一副嚮往狀。

辛情抬頭看她，「什麼意思？」

「什麼意思？」桃花湊近她，辛情將她幾根睫毛都數清了，「意思就是拓跋元衡堅決不能忍受妳去奚祁的床上承歡，所以呢，給妳來了個死遁，將妳那鳳凰殿的寶貝悉數送給我，當做保護妳下半輩子的酬勞。本來我是不想接的，可是──鳳凰殿的寶貝實在讓我不能拒絕。」

這番半真半假的話辛情考慮了一會兒，開口說道：「他信妳？不怕賠了女人又破財？他沒這麼笨。」

「他是皇帝，天底下他想找誰、殺誰不容易啊？我要是把妳弄到奚祁那裡，怕是剛有了這個想法他就會派人滅了我，讓我真正從這個世上消失。」

「妳背叛奚祁，不怕死嗎？」像蘇豫那樣從世界上消失。

「那妳以為我現在是活人身分嗎？呵呵，我早已不在這個世界上了，所以拓跋元衡才找我。」桃花拍拍她的臉，「從此以後，我和妳，就是這世上的兩個不存在的人了，以後就是兩個遊魂。呵呵，再加上妳肚子裡的兩個小東西。我去叫大夫，看看他們還能活著不？」辛情伸手摸向自己的肚子，感覺到肚子的隆起，長長地出了口氣。

不等她回答便晃了出去，辛情環顧四周，又是一間完全不熟悉的房間，腦袋沉沉的。

沒一會兒桃花回來了，身後跟著位老大夫，「大夫，你看看，她死不了吧？」

老大夫小心切了脈，說身體太虛，定要好好補養補養才行。腹中胎兒雖是一切正常，但要小心，孕婦不能操心費力，安心養胎要緊，千萬別動了胎氣。

辛情在帳內聽了，摸了摸肚子，想著自己懷的是不是什麼小妖怪之類的，要不生命力怎麼這麼強？

讓一個小丫鬟送走了大夫，房內又只剩下她們兩個人。

「我知道妳還有問題，不過，妳還是先調理好了我再告訴妳吧。反正妳不用去奚祁身邊，不用擔心了。」她先辛情一步開口。

辛情看了她一會兒才點點頭。

過了些日子，辛情可以下床散步了，桃花卻不見了人影，只有小丫鬟在她身邊照顧她。辛情小心著自己的肚子，真心盼著兩個孩子能夠順利降生。雖然有諸多的疑問縱橫交錯絞成一團麻，但她儘量不去想過去的人和事。

桃花消失了半個多月才再次出現，一身風雪出現在客廳，媚笑著看辛情。

「我以為妳捲款跑了呢！」辛情剛吃過晚飯，正在屋子裡扶著肚子散步消化。

「跑什麼呀，有妳這麼個美人兒在，我也捨不得啊！」桃花脫了斗篷坐下，倒了茶，斯文地喝了兩口。

「這麼說我還要謝謝妳了？這麼久不在，妳算是失職了吧？怎麼，找妳相好的去了？」

「我的相好？我倒是想，可是拓跋元衡不上鉤，所以我就很失望地回來了。」桃花說著話，不著痕跡地看辛情，可惜，辛情四平八穩動也沒動。

「他有了天仙昭儀，妳這樣的蛇妖自然不入他的法眼。」拓跋元衡的後宮本來就是妖孽橫行的地方，這美女蛇去了正好是到了大本營。

「非也非也，妳這樣的妖孽都是他的寵妃呢！據說皇帝因為心愛的貴妃被害死而大開殺戒，禁宮之內血流成河，人人自危，妃子、皇子、宗族、外臣，有一個算一個，除非是不得已，否則沒人主動出現在他面前，只除了……」桃花說到這裡停下，看著辛情。

「讓我猜？我猜是樂喜。」辛情笑著答道，拓跋元衡藉著獨孤氏的死，終於要上演好戲了。

「樂喜是奴才不算。妳怎麼不猜雲昭儀？」桃花眼珠子妖媚地轉了一圈，恍然大悟狀說道：「通常一個女人對另外一個女人絕口不提，若不是因為仇恨太深，就是因為——男人，那麼，妳是因為什麼？」

辛情開心地笑了，「為了不讓妳如願！想看笑話，等著吧，等我心情好的時候沒準兒演給妳看！」

「沒看成笑話，那我講個笑話給妳聽吧！在拓跋元衡面前出現卻不會被罵的只有六皇子，獨孤氏十個月大的兒子。」桃花滿意地看到辛情被水嗆到。

「好笑話！」六皇子不是早夭了？他親媽都被拓跋元衡給喀嚓了，怎麼忽然變成她兒子了？

「好笑的事還有呢。獨孤貴妃明明是自殺，拓跋元衡卻說她是為了幫助皇帝查明後宮的謀逆之人，不惜以身為餌，被謀逆之人害死。貴妃深明大義，為彰貴妃之德，追封為皇后，六子拓跋玨交由皇后撫養。獨孤皇后生前最愛溫泉宮，因此，於溫泉山西十里造鳳凰陵寢安葬，陵寢完工之前，獨孤皇后暫安溫泉宮長生殿，皇帝因為難捨獨孤皇后，因此要親自護送靈柩前往行宮。」桃花說完問道：「這個是不是更好笑？」

辛情看著杯子，半天說道：「恐怕又是什麼權謀的事，拿可憐的獨孤氏做幌子。」

「不管怎麼樣，這獨孤氏的恩寵可是前所未有的，恐怕她死了也不會安生，後宮的女人們怕是要拿小木偶詛咒她的亡靈呢！美人兒，以後妳要是哪天忽然癲狂了、口吐白沫了、癡傻了，我們也不用著急，因為知道病根在哪兒，呵呵！」

「我們現在還在京城？什麼時候離開這裡？」辛情轉移話題，不想提皇宮裡的任何事。

「死冷寒天的，妳又……現在走，萬一路上有個傷風感冒、三長兩短，我的酬勞就拿不到了，再說，大夫也說了，妳的身體太虛，要是不好好安胎很容易就會出事，除了這些，奚祁那邊也要等他消除了疑心才好，否則妳一露頭就會被搶的，還是說，妳真想折騰到奚祁身邊去？」桃花閒閒地說道：「何況，妳怕什麼呢？拓跋元衡都讓獨孤氏死了，妳以為他還會把妳抓回去？安心待著吧，那男人現在對妳沒興趣了。」

辛情沒言語，只是點了點頭。

沒過兩天，桃花出去了一趟，回來說獨孤氏的靈柩正風光出京，皇帝攜獨孤氏的六子同往。辛情知道這些話是故意說給自己聽的，但是忽然間很想看看「自己棺材」通過是什麼感覺，桃花卻哂笑著告訴她，不想被人發現躲在這裡就安生一點兒，再說她一個大肚子跟著湊死人的熱鬧幹什麼。

「我只是想看一下棺材，想像一下躺在棺材裡的感覺。」

「不用想像了，我告訴妳。」桃花捏著蘭花指晃到她身邊，伸出手指慢慢撫上辛情的臉，「躺在那裡，會驚恐萬分，會覺得沒有希望。妳知道替妳躺在那裡的是誰？」

辛情皺眉，「是茉茉？」

桃花搖頭聳肩，手指頭畫著辛情的輪廓，「是那朵海棠花！這個蠢人，居然在拓跋元衡眼皮子底下到妳那裡耀武揚威，嫌自己命長了。妳那個小宮女茉茉又給她及時補了一刀，說海棠來要逼死妳。妳知道嗎？拓跋元衡不只給她吃了藥，還親自割開了她的手腕，活生生看著自己血盡而死，妳知道多麼恐怖嗎？拓跋元衡就是要她慢慢地清楚明白地死去，這個男人——太狠毒了！」

「拓跋元衡最容忍不了的就是對他的子嗣下手，現在說什麼都晚了，可憐了一朵海棠花。」

「我沒看出妳的真心。」

辛情拍掉她的手，「要害我的人，就算是被千刀萬剮我都不會眨一下眼睛。」

「妳和拓跋元衡真是天生一對！」桃花笑著說道。

「呵呵，錯了，妳們那五朵金花之首才和他天生一對兒。我猜那五朵金花之首叫蘭花對不對？」

桃花動作稍滯，然後點點頭，疑惑地看了看辛情，「妳怎麼知道？」

「猜的，沒想到猜對了。其實我覺得她叫罌粟花才符合，呵呵。」辛情慢悠悠晃到窗邊，將窗戶推開個縫，又開始下雪了，外面白茫茫一片。桃花也不說話，只是妖嬈地笑著看她。

辛情不只不出院門，連房間的門都少出去。桃花偶爾出去都是在夜間，鬼魂一樣飄來蕩去，有兩次辛情睡不著，被她窸窸窣窣踩雪的聲音弄得神經緊張。

快過年了，這個院子裡只有她們兩個，以及兩個從不說話的丫鬟和一個啞婆。過年的氣氛不熱烈，每日照常平平淡淡的。雖說還身在京城之內，但是沒有了那些人那些事，她每日只要專心照顧肚子裡的兩個小傢伙就行了。

入夜了，外面又在下雪，辛情穿了厚厚的大斗篷，抱著手爐放在腹前，走到廊下看雪，啞婆小心站在她身後盯著她的肚子。

忽然牆外飄進一個黑影，辛情知道是桃花那個女鬼又飄回來了，果然那人影落了地，見到廊下站著的人，便一搖三擺地飄過來。

「喲，美人兒，妳這是擔心我嗎？怎麼這麼晚還等著呢？」

「擔心妳？誰讓我現在只能先依賴妳呢！妳要是有了什麼意外，我指望誰去？」她大概知道桃花夜半出門和拓跋元衡有關係，可是她不想問也不想知道。

桃花到了廊下，熱乎乎地扶著她的胳膊進了屋子在小客廳坐下。

「妳這個女人說話真是不討喜，難怪人家要把妳攆出宮。」桃花說話間褪了小斗篷，除了蒙面的黑布，一身夜行裝顯得她凹凸有致。

辛情不接話，和拓跋元衡有關的話題她都不想提。沒錯，到最後是他放了她，可是卻已經將她的生活破壞得面目全非了。她出了宮多了的不過是一份自由，她曾經所擁有的親情和友情都沒有了，而且她的心累了，像是歷經了一世的滄桑。這一切都是他給她的。

「我困了，睡覺了。」辛情小心起身，走兩步又看桃花一眼，「過了年，我們就離開這裡吧。」

「為什麼？」桃花抿著茶笑問。

辛情停步定定地看她，「不為什麼，我想。」

桃花掩嘴輕笑，「我知道妳擔心什麼，不過，我覺得妳應該放心，皇帝已有了嫡長子了，就算妳生了兩個兒子，也爭不過獨孤皇后唯一的『親生』兒子。再說，皇帝正為了一把椅子處理他家裡那些不聽話的弟弟們，哪有心情管妳。還是那句話，不想妳肚子裡那倆不太平，妳就老實待著。想走？可以，妳自己走！」

辛情沒理她，睡覺去了。

（未完待續）

漾小說 37

梨花雪後 中

國家圖書館出版品預行編目資料

梨花雪後 / 東籬菊隱 著. -- 初版. -- 臺北市：
麥田, 城邦文化出版：家庭傳媒城邦分公司發行,
2012.04
面；公分. --（漾小說；37）
ISBN 978-986-173-743-0（中冊：平裝）

857.7 101001931

作　　者　東籬菊隱
繪　　圖　游素蘭
責任編輯　施雅棠
副總編輯　林秀梅
編輯總監　劉麗真
總 經 理　陳逸瑛
發 行 人　涂玉雲
出　　版　麥田出版
城邦文化事業股份有限公司
104台北市中山區民生東路二段141號5樓
電話：（886）2-25007696　傳真：（886）2-25001966
發　　行　英屬蓋曼群島商家庭傳媒股份有限公司城邦分公司
104台北市中山區民生東路二段141號2樓
客服服務專線：（886）2-25007718；25007719
24小時傳真專線：（886）2-25001990；25001991
服務時間：週一至週五上午09:00~12:00；下午13:00~17:00
劃撥帳號：19863813；戶名：書虫股份有限公司
讀者服務信箱：service@readingclub.com.tw
麥田部落格　http://blog.pixnet.net/ryefield
香港發行所　城邦（香港）出版集團有限公司
香港灣仔駱克道193號東超商業中心1樓
電話：852-25086231　傳真：852-25789337
E-mail：hkcite@biznetvigator.com
馬新發行所　城邦（馬新）出版集團【Cite (M) Sdn Bhd】
41, Jalan Radin Anum, Bandar Baru Sri Petaling,
57000 Kuala Lumpur, Malaysia.
電話：(603) 90578822　傳真：(603) 90576622
Email：cite@cite.com.my
美術設計　洸譜創意設計股份有限公司
印　　刷　鴻霖印刷傳媒（股）公司
初版一刷　2012年04月10日
定　　價　250元
I S B N　978-986-173-743-0